比较诗学导论

陈跃红 著

北京大学出版社
北京

图书在版编目(CIP)数据

比较诗学导论/陈跃红著. —北京:北京大学出版社,2005.2
(21世纪比较文学系列教材)
ISBN 978-7-301-08777-0

Ⅰ.比…　Ⅱ.陈…　Ⅲ.诗歌-比较文学-理论研究　Ⅳ.I052
中国版本图书馆 CIP 数据核字(2005)第 018773 号

书　　　名:	比较诗学导论
著作责任者:	陈跃红　著
责 任 编 辑:	刘　爽　张　冰
标 准 书 号:	ISBN 978-7-301-08777-0/I・0721
出 版 发 行:	北京大学出版社
地　　　址:	北京市海淀区成府路 205 号　100871
网　　　址:	http://www.pup.cn
电　　　话:	邮购部 62752015　发行部 62750672　编辑部 62767347
	出版部 62754962
电 子 邮 箱:	zbing@pup.pku.edu.cn
印　刷　者:	三河市新世纪印务有限公司
经　销　者:	新华书店
	650 毫米×980 毫米　16 开本　22 印张　320 千字
	2005 年 2 月第 1 版　2007 年 6 月第 2 次印刷
定　　　价:	25.00 元

未经许可,不得以任何方式复制或抄袭本书之部分或全部内容。
版权所有,侵权必究　举报电话:010—62752024
　　　　　　　　　　电子邮箱: fd@pup.pku.edu.cn

出 版 总 序

北京大学比较文学与比较文化研究所,是教育部于 1985 年批准建立的我国高等学校中第一个从事比较文学学术研究和培养相应学术人才的实体性研究机构。就人才培养而言,在近 20 年的时间里,建立起了培养硕士、培养博士和博士后流动站作业的比较完善的学术教育系统,同时也形成了接纳来自国外的高级研究员,以及来自国内兄弟院校进修教师的有效机制。

比较文学繁重和复杂的学科教学,迫切需要一套相应的教材和读本。这套教材和读本,既要能够表述本学科基本学术内涵,又要能够表现学科研究中所取得的相对合理和稳定的公共成果;既要能够阐述国际比较文学研究中具有学科真理性和前瞻性的见解,又要能够表述作为中国学者从事比较文学研究的理论体验和文本解析特征。这套新教材的根本宗旨,应该在于使中国人明白到底什么是"比较文学",并且使对这一学科有兴趣的中国人懂得到底应该怎样做"比较文学研究"。

目前,比较文学的教学基本上是依靠译介国外的学科著作作为学科教材和读本。国内流行的由学者们撰著的(包括我们参与的)"比较文学"、"比较文学原理"和"比较文学概论",乃至"高等原理"等等,起到了"启蒙"和"救急"的作用,但由于基本内容都是关于国外对这一学科学理的阐述,几乎没有中国文化和文学文本参与其间,也没有作为学者本身参与实践的体验,虽然给了读者不少的知识,但读者却常常觉得对比较文学的学科理论难以把握。不少有兴趣的研究者也仍然徘徊在学科的门前,不得登门入室之道。我这样说,丝毫没有贬损 25 年来我们在比较文学学科中的努力和这一学科发展的事实,也没有贬损"译介"国外学科著作的价值和意义。当我们在获得充分的历史感的基础上，作为一个担负着十分沉重的比较文学学科教育责任的研究所，点检我们学科教材与读本的建设，我们深感应该集合学科诸位同仁的力量，改变在这一学科的基本理论层面上四分之一世纪中以国外著作为主，以本国学者阐述其著作为辅的学术尴尬状态，重新编撰一套我们深切期望的具有上述四个特征的比较文学学科教材。希望这套教材能够提升学科人才培养质量，并引导更多对比较文学有兴趣的青年能够较快地走进学术之门。

北京大学比较文学与比较文化研究所，总结自己20年来在培养硕士和博士教学和在博士后流动站作业中，以及国内外研究者的研修中积累的学术知识和学术体验，综合自己的学术研究，并约请相关的同仁，共同着手编著"21世纪比较文学系列教材"。依照目前的规划，参与这套教材第一期的作品有乐黛云等的《比较文学原理新编》、乐黛云的《比较文学简明教程》、严绍璗的《比较文学观念与方法论导论》与《比较文学发生学导论》、孟华的《比较文学形象学导论》、车槿山的《比较文学叙事学导论》、刘东的《比较美学导论》、陈跃红的《比较诗学导论》、张辉的《比较文学阐释学导论》、谢天振的《比较文学译介学导论》、张哲俊的《东亚比较文学导论》等。

我们希望这套教材能够把比较文学的学科注意力，在一般概念阐述的基础上引向更加深入的学科的各个研究层面，展现学科各个内在领域的内奥与各自的特征，并力图使读者在理解学科的总体学术框架的同时，在比较文学的众多研究层面中体验学术的实践要领。

这套教材之所以用"21世纪"冠名，是为了体现它的"开放性"和"长期后续性"的特征。此即这套教材由我们现在开头，它将在整个21世纪不断得到补充和更新，有更加丰富的学科教材参与其间。大部分作品定名为"导论"，意思是表示本教材仅起着"导航"的作用，它不可能穷尽比较文学所有的理论和所有的研究层面；它试图承担起"领航员"的作用，而船舶入港的速度，靠位的准确与否，则在于船舶驾驶员的能力和船舶本身的结构与性能了。

出版总序

参与这套教材的各位编著者,都是在我国比较文学学科中长期从事学术研究,并且长期指导着本学科各类研究生的学术实践者。他们的业绩为我国比较文学界普遍地知晓,更有数位是在国际比较文学界有一定地位的学者。他们以自己的睿智综合国内外学术界研究成果,阐述自己在学术实践中的体验,条分缕析,辨证考核,注重实践,谢绝玄虚,期望以自己的学术心得有益于把我国比较文学的研究推向切实的研究层面。

正是在这样的意义上,我作为目前担任的本教材的主编,多少可以自豪地说,"21世纪比较文学系列教材"的每一部作品,其实也是每一位先生在一个专门的领域中的一部专门著作。它既为比较文学学科的研究生提供了基本的教材,也为在我国各类学校中未经受过严格的比较文学学术规范训练而正在从事着这一学科教学的同行,而且也为在更加宽阔的层面上喜爱比较文学的读者们,特别是年轻的朋友们,提供了一套由中国学者自己编著的学科读本。假如各位读者能够在本教材系列中得到程度不等的学术教益,受到学术启示,并因此而多少有助于各位的学术事业,那就是对本教材编者们最大的慰藉了。

我们也诚恳地期待在阅读本教材过程中各位读者的批评指正和商榷感想。

这一套教材是北京大学"211工程"重点学科建设项目的一个部分。

本研究所感谢北京大学出版社承担本教材系列的出版,感谢外语编辑部张冰主任与各位编辑的辛勤劳作。

严绍璗

北京大学比较文学与比较文化研究所所长

21世纪比较文学系列教材主编

(2004年立春之日撰于北京大学静园六院)

目 录

序　言 …………………………………………… 乐黛云 （1）
作者前言 ………………………………………………………（7）
绪　论 …………………………………………………………（1）
第一章　比较诗学的学科语境 ………………………………（5）
　第一节　文艺研究的历史趋势 ……………………………（5）
　第二节　比较文学深化的必然 ……………………………（14）
　第三节　理论创新的现实需求 ……………………………（24）
　　一、参照系与性质显现 …………………………………（24）
　　二、古代文论参与现代理论发展进程的渴求 …………（30）
　　三、构建中国文论新话语的需要 ………………………（37）
第二章　中西比较诗学的历史与现状 ………………………（40）
　第一节　问题意识 …………………………………………（40）
　第二节　历史相遇中的失衡 ………………………………（43）
　第三节　非学科化时代的进展 ……………………………（49）
　第四节　学科化建构时期 …………………………………（57）
第三章　基本概念的还原与展开 ……………………………（79）
　第一节　文学与诗 …………………………………………（80）
　　一、文学 …………………………………………………（80）
　　二、诗 ……………………………………………………（84）
　第二节　诗学与文论 ………………………………………（87）
　　一、诗学 …………………………………………………（87）
　　二、文论 …………………………………………………（92）
　第三节　现代汉语语境中的"比较诗学" …………………（102）
　　一、知识传统与现代语境 ………………………………（102）
　　二、"中国诗学"的现代内涵 ……………………………（106）

第四节　跨文化的文论对话……………………………(112)
第四章　中西比较诗学的方法思路………………………(125)
　第一节　现代阐释学的认识超越……………………………(125)
　　一、阐释学的历史由来……………………………………(126)
　　二、现代诗学阐释学的认识突围…………………………(132)
　第二节　古今对话:传统诗学的现代性展开 ………………(139)
　第三节　中西对话:互为主体的应答逻辑 …………………(144)
　　一、对话是以人作为人的
　　　　诸多共同性作为基本前提……………………………(157)
　　二、对话是以人类文学艺术发展的
　　　　历史类同性为先在条件………………………………(159)
　　三、人类诗学话语的历史继承性和交流程度
　　　　作为对话的基础………………………………………(160)
　第四节　读解模式:中国现代诗学阐释学的可能 …………(163)
第五章　中西诗学对话的入思途径………………………(176)
　第一节　营造众声喧哗的理论语境…………………………(177)
　第二节　在持续读解中走进对方……………………………(181)
　第三节　寻找共同话题………………………………………(193)
第六章　诗学语言的转换与互译策略……………………(215)
　第一节　视域融合与互译性"格义"…………………………(215)
　第二节　语词的文化血统与合法化接受……………………(220)
　第三节　翻译的宿命与突围策略……………………………(233)
第七章　中西诗学对话的深度模式………………………(254)
　第一节　诗学对话关系的深度模式结构……………………(256)
　　一、文学的观念属性模式…………………………………(256)
　　二、文学的意义生成和阐释模式…………………………(258)
　　三、文学的语言性存在模式………………………………(259)
　　四、文学的文化—审美阐发模式…………………………(266)
　　五、文学的学科性理论建构模式…………………………(269)
　第二节　深度模式研究举例(一):文学的观念
　　　　　属性模式……………………………………………(273)

目 录

第三节　深度模式举例(二):文学的意义生成
　　　　和阐释模式……………………………………(288)
第四节　深度模式研究举例(三):审美—
　　　　主题阐发模式…………………………………(300)
　　一、传统中国思想中的生命意识………………………(303)
　　二、生死一体,殊途同归 ………………………………(306)
　　三、死亡焦虑与永生失望………………………………(308)
　　四、悲剧与悲剧性………………………………………(312)
　　五、生命的道德价值……………………………………(319)
结语:比较诗学的学科存在及其学术意义 ………………(324)
教学和阅读参考书目………………………………………(328)

序　言

乐黛云

　　认识跃红转瞬已是 20 年！1985 年深秋，在深圳召开的中国比较文学学会成立大会上，他颇具独到见解的发言和机敏干练的办事才能已经给我留下了深刻的印象。两年后再次相遇在西安第二届年会时，没想到他和他的朋友们已经率先在贵州成立了属于中国第一批的省级比较文学学会。作为"文革"后首届高考入学，毕业后留校任教的一代，他那种满怀雄心壮志、不计功利得失的学术热情和干劲深深打动了我，使我对中国比较文学的发展充满了信心。真的，纵然我自己 50 岁才开始涉猎比较文学，但有众多跃红那样的后来者，又有什么可担忧的呢？不久，跃红为了自己的学术梦想，毅然放弃家乡已向他敞开的学术仕途之门，报考了北大的比较文学研究生，于是我们由乡亲进而成为师生，三年后又做了研究所的同仁，就这样一直走到今天。无论是上世纪 80 年代末的政治惊涛骇浪，还是 90 年代的学术风风雨雨，不管是在多次国际会议对话的热浪中，还是在欧洲讲学之余的海滨漫步时，多年来我们都是一起走过来的。

　　在比较文学学术界，跃红是出了名的"只问耕耘，不问收获"的干将。作为中国比较文学学会连续四届的秘书长，也就是学会的"管家"，他为学会各方面的发展所做的个人奉献有目共睹，但是对于其间工作的艰辛，及其对时间的消耗，作为会长的我却比别人知道得更多。他所从事的全无报偿，有时还要挨骂的烦琐之事，绝不是一般人所能做和所愿做的。对学会如此，对北大比较文学与比较文化研究所也是如此。十多年来，他一方面做了大量教学和科研工作，同时为研究所的学术行政和学术建设,默默无闻地操持着。直到2003年,从副所长被推举到北大中文系主管教学的副系主任岗位上,不到一年时间,他突出的工作业绩已经让大家刮目相看了。我相信,他在这一领域还会继续有所作为。

尽管有如此繁重的学术事务工作,跃红在教学和科研方面却从未松懈。他备课认真,逻辑严密,语言生动,富于感染力,在历届学生中有良好的声誉,不少北大的优秀本科同学听了他的"比较文学原理"课程之后,在接受推荐和报考研究生时选择了比较文学专业。他参加编写的几部重要教材,所承担完成的章节往往思路严谨周密,材料翔实,分析很有说服力。他带出的不少研究生,无论在国外还是在国内,无论是做学问还是做人,一般都得到好评。

在学术研究方面,跃红在比较文学理论、比较诗学、西方研究中国文学的理论与方法、比较文化研究等领域均很有成绩,发表了近百万字的著述。他关于比较文学在中国的学科定位、"比较"的历史与现代多重涵义、比较文学的类型化研究模式的建立,以及比较文学学科建设的系列文章,在学界都有很好的反响。他对于西方研究中国文学的理论与方法的研究兴趣,源自他数次去国外做访问学者和承担教学工作,目前,这已形成了一个他所选择的、新的学术方向。作为这方面研究的成果之一,《欧洲田野笔记》一书出版,随即被数十家杂志和媒体所选载,而那篇发表在《国际汉学》上的两万多字的《汉学家的文化血统》,其对西方的中国文学研究的历史梳理和现实分析,没有亲历西方的文化环境,没有敏锐的跨文化理论眼光是写不出来的。最近我在主编《20世纪中国文存·比较文学卷》时,翻拣到他15年前写成,后来发表在《文学评论》上的硕士论文的一部分,题目是"语言的激活:跨文化诗学视野下的言意关系研究",其立论、观点、材料和分析,至今读来仍旧是严谨而富于新意,该篇已作为20世纪比较文学成果之一列入《文存》。

当然,在诸多领域中,跃红的学术研究重点始终是比较诗学,这在他的研究生阶段就已确定下来。这些年来他发表的文章中,也以这一领域的分量为最多最重。当他把这本积累了十多年,先后专题教学了七八年,立项研究写作了五年的《比较诗学导论》交给我,请我写序的时候,我深深感觉到它的分量,并意识到这本书的意义和价值。

正如作者在本书前言中所说,自王国维先生于上世纪初发表《红楼梦评论》和《人间词话》以来,比较诗学的学术理念和方法就开始在中国萌芽生长,钱钟书先生的研究为这一学科领域树立了具有国际水准的尺度。近二十多年来,比较诗学学科在研究和教学的深度和广度方面,也都有了长足的进展,形成了规模性的研究和教学队伍。但是,迄今为止,除了几本颇有创意的专著外,无论中西,都尚未有一部全面介绍这一学科产生的历史源起、学术语境、基本概念、理论特征、方法路径、研究范式以及具体研究示例等诸方面的系统性著述。现已出版的各种比较诗学论著,大多只是简略介绍了什么是比较诗学之后,就进入具体分析,缺少一以贯之的理论思想和方法路径,正是"视其难者,觉得其理论原则和方法范式都有些难以捉摸;而视其易者,常常以为只要把两种不同文化的文学理论范畴概念放到一起,说说他们之间的异同就大功告成"。这种局面对于比较诗学的学科发展和研究深入都是不利的。然而,真正要写出一本系统性、导论性的比较诗学理论著述,没有丰富的研究实践、扎实的理论功底,以及对该学科全面深入的了解和较强的逻辑综合写作能力,是很难做到的。我虽多次讲授过比较诗学这门课程,但总觉得力不从心,始终怯于将讲稿提升为一部系统的学术著作,而只能寄希望于比我更高明的后来者。跃红的这本书可以说在很多方面实现了我的这一心愿。

通观全书,整体的结构系统和主要章节内容都是作者潜心研究多年的成果。围绕着什么是比较诗学,比较诗学的历史与现状,比较诗学的基本概念,怎样开展比较诗学研究,比较诗学的未来走向和深化可能等等,各章节之间构成了一个严密的理论逻辑体系。全书以讨论比较诗学基本概念为逻辑起点,全面分析了比较诗学学科所产生的文化语境,在清醒的问题意识和掌握大量材料的基础上,系统梳理了中西比较诗学学科在域外和本土发展的历史与现状,深入论证了比较诗学基本概念的意义内涵和外延;全书以当代诗学阐释学为理论背景,一方面借助以古今对话为契机的对传统思想的现代诠释,一方面以中西文化之间互为主体的应答逻辑为理论范式,结合比较诗学研究的历史经验,清理出了一套行之有效的比较诗学研究的途径和方法;另外,在如何营造良好的理论语境,如何在交流和读解中走进对方,以及如何寻找共同的话题等方面,也都提出了冷静而富于创意的理论思路;由于意识到不同文化之间的诗学对话归根结底要借助语言来展开,跃红在多年教学实践和深入读解的基础上,更尝试从视域融合与互译性可能、语词的文化血统与合法化接受、翻译的文化宿命与突围策略等不同侧面,深入细致地研究了诗学语言转换和互译性的可能策略,把诗学翻译问题从一般性的语言探讨提升到了文化和理论对话高度来认识。其逻辑的严谨和理论分析的深透,无疑是本书的重要特色。

　　此外,本书还在分析过程中结合了大量案例进行举证,尤其在讨论语言译解的部分更是细致入微,使理论的论证具有很强的说服力。同时,为了帮助学习者增加感性经验和尽快进入研究实践,作者从总结已有的比较诗学研究实绩入手,清理并总结出当下中西比较诗学研究的一系列重要深度研讨模式,并且以自己的研究成果和体会向读者示范了一些主要模式的研究实例,使得本书既有理论的系统构建,又有实践案例可资借鉴,为读者带来学习的方便,从而构成本书的另一特色。

　　本书讨论的虽是作为学科的比较诗学的理论体系建构,但是由于意识到中国文化和诗学现代性命题的突出意义,作者在其学术目标的侧重上,却是把中西诗学本身作为主体来加以论述和展开的。因此,有关中国传统诗学价值的重新体认、当下多边理论关系的梳理、中西文化对话的理论和方法以及未来本土诗学体制的建构等,便情不自禁地成为作者叙述讨论的重心。这正说明作者是以冷静的历史意识和面对现实的学术态度,展现出一个中国学人的文化立场和学术责任意识。

总之,这本《比较诗学导论》虽然是以教材的名义出版,并且其结构和内容也适合于做教材,但就跃红个人所坚持的"见解必出于个人之思,文字必出于个人之手"的研究和写作态度,特别是就本书学术上的价值和意义而言,它更是一本有创意、有深度的学术专著,它为比较诗学的深入发展提供了新的认识角度和新的思路。我愿意向国内外比较文学和比较诗学研究者以及爱好者推荐这本重要的新作。

中国比较文学学科的复兴之路,已经走过四分之一世纪。回首来时路,当年的一大批新生代,如今已成为中国比较文学学科的栋梁,跃红也不例外。正因为有了他们,我坚信中国比较文学必有无可限量的、光辉灿烂的未来。

2005 年春于朗润园

作者前言

比较诗学作为比较文学的重要分支学科,在世界和中国的比较文学相关理论研究领域正扮演着越来越重要的角色。而在当今21世纪中国的文学批评理论界,由于其在研究视野和学术方法上越来越明显的、不可避免的跨文化特征和国际化趋势,其对于从跨越语言和文化的学术立场去研究文学现象的比较诗学学科的理论和方法借重,也正在变得越来越普遍和强烈。

上个世纪初,也就是自王国维先生1904年发表《红楼梦评论》,1908年发表《人间词话》,尝试以新的参照系统来重新言说中国文学的问题开始,比较诗学的学术理念和方法就开始在中国萌芽生长。最近二十多年以来,随着比较文学在本土中国的重新崛起和学科化发展,比较诗学学科在研究的深度和广度方面,也都有了长足的进展,具备了一支初具规模的研究和教学队伍,出版了一批颇为可观的、以比较诗学和比较文艺学命名的专业著述,院校中形成了不少以比较诗学为学术方向的博士点、硕士点和大量研究性的课程。

但是,迄今为止,无论中外,都尚未有一部专门介绍这一学科产生的历史源起、学术语境、理论特征、方法路径、研究范式以及具体研究示例诸方面的系统性著述,从而为这一学科的教学和研究提供一种入门性的参考。而目前我们关于比较诗学的学科知识,基本上还是来自于各种比较文学概论性教材的相关章节,其内容既不系统全面,也欠缺学科认识的深广度,同时也很难说有什么具体的、研究实践上的引导作用。至于一些具体的专门研究著述,虽有比较诗学之名,但由于其只管自己做具体的专门研究,并不认真告诉人们何为比较诗学;而在学术的思想和方法理路上,又往往是智者见智,仁者见仁,各自为政,出入甚远。有从范畴论去讨论的;有从认识论去梳理的;有从本体论去入手的;也有从美学立场去展开的;甚至还有以比较诗学为名,却意不在诗学,而是从价值现象学视野去讨论思想和信仰主题的。可谓五花八门,不一而足。令后学者颇不易学习和效法,也使得这门本来就有一定难度的跨文化理论批评学科变得益加有些神秘。视其难者,觉得其理论原则和方法范式都有些难以捉摸;而视其易者,常常以为只要把两种不同文化的文学理论范畴概念放到一起,说说它们之间的异同就大功告成了。

尽管连本书的作者本人也认为,从事一门专业性的学科研究,未必就一定需要先去学习某些所谓"概论性"、"原理性"的入门书。有时候,精读一些相关的经典性、权威性的著述所能得到的知识和方法收获,比看一堆概论性的入门书籍所能得到的启发更多和更有参照价值。但是,就比较诗学目前的学科现状而言,要使目前在学理上的混乱情形和方法范式诸方面的界限不清状况有所改变,使学科内已经有的研究者多少引起一些省思,使后来者少走一些弯路,看来,多少有那么几种主要以探讨该学科的学术源起、历史流变、理论特征、方法范式和研究深度模式的专门性著述,对于学科的发展而言还是有意义的。它可以提供一种较为系统的学理思路,也可以提供一些研究的所谓规范性实例,无论如何,还是有些必要和益处的;另外,对于院校中的专业教学而言,则可以起到把学生先引进门来的意义,使他们尽量少走弯路。弄得好,也许还可以举一反三也说不定。

正是出于这样一种学科上的基本信念,作者才在数年前立意做这方面的专门系统研究,并且表示要写出一本关于比较诗学或者说是跨文化文学批评理论研究的"导论"性著述。其意即在于清理自己一些年以来关于比较诗学研究的学术思路,同时也试图为专业内外的同学提供入门学习上的参考。

大约七八年以来,作者在从事研究和写作的同时,为北京大学比较文学以及相关专业的研究生开过许多轮次被称之为"比较诗学导论"和"比较诗学论著选读"的讲读课和专题讨论课,最后完成课程学习和课程论文的博士生、硕士生超过百人。本书中的某些见解,正是在和同学一起学习和研讨的过程中逐渐成形的,所以同样也包含着同学们的思考和心血。作为教师,我没有权利把这一切归到自己的名下,这是这里要特别加以申明的。正是在这样不断研究和教学的基础上,本书逐渐成形,并且作为讲稿在教学中使用了两轮,自认为效果还算理想。尽管我个人认为,本书中的许多内容还有待推敲和深化,但是在出版合同已经超期和编辑的不断催促下,只好暂时以目前的面目交付出版了。好在,如果它真的多少有几天生命力的话,也许就还有修改的机遇。我始终期待着。

按照北大传统的专业性专题课程教学的习惯,一门课程的开设与教师本人的专题研究是密不可分的;而当研究告一段落,课程讲过几轮,作为成果的专著或者教材出版之后,这门课程也就该打住了。作为教学研究人员,他将要去寻找新的研究方向,拓展新的思考领域,开设新的课程。但是,比较诗学毕竟是我的主要专业学术方向之一,虽然本书已经出版,但是,个人关于这一领域的研究和教学方向的思考肯定不会停止,或者可以说,才真正算是开了一个场。

如果依照我的学术思路,但凡是有兴趣的人们,都可以自由决定是否要购买和了解本书的内容,但是,根据编辑的要求,我还是必须具体一点来确认本书所谓最合适的读者群,于是,我只好说,大概本书对所谓比较文学、世界文学、文艺学、中国各时代文学,或者说希望并且愿意从跨文化立场去从事文学和批评理论学科学习的同学和专业工作者,无论如何多少都有些参考意义,不管他是博士生、硕士生、本科生或者其他的人们。如果有人愿意采用它作为包括比较诗学在内的课程教材或者参考书的话,我将感到荣幸,并且真心地愿意听取您对本书的各种批评建议。至于出版社和编辑,他们自然会觉得有成就感,因为这样就增加了他们工作的社会和经济效益。

最后，通例应该感谢曾经支持过本书写作的人们，可是，由于牵涉太多就不想都列举了，反正在今后的岁月中我也会尽量地为朋友们提供力所能及的支持。但是，有三个名字是不能不说声谢谢的，一位是我的硕士导师乐黛云教授，没有她，我恐怕没什么希望走入北大的校园大门；也是她，不仅将我领进比较诗学的学科门槛，还把她上了多年的比较诗学课程信任地托付给我继续下去。另一位是我那个总也读不完的博士学位的导师伊维德教授（Prof. W. L. Idema），他在荷兰莱顿大学做文学院院长的时候收下了我这个四十多岁的老学生，现在做了哈佛大学东亚系的教授和费正清研究中心主任，还依旧确认继续做我的导师，并且允许我先写完本书，然后再继续做那篇学术要求严格，语言恐难过关，答辩遥遥无期的论文。我真的要感谢他的宽容和耐心。最后要谢谢本书的编辑张冰女士，她的耐心、负责和关注，是本书得以顺利出版的重要前提。

关于本书的主题，初步打算尝试回答的其实只是两个问题，一个是：什么是比较诗学？另一个是：如何去做比较诗学研究？虽然我在书中已经尽了自己的努力，但是，能够在多大程度上实现预期的学术设想，显然是要由读者读过之后自己去评判的，这里就不事先絮叨了。其实，说好说坏都是自说自话，还是给读者，也给自己留点批评和辩解的余地吧。

2005 年春于屯溪

绪 论

本章提要：

诗学的古典和现代意义；文艺学诗学与文类学诗学；比较诗学：跨文化的文学理论研究；普遍含义与当下重心；诗学与文论；非学科时代与学科化时代。

"诗学"一词在现代意义上的运用，无论在西方还是中国，其内涵与它们原初的古典意义均是不尽相同的，其间无疑有各种各样的历史渊源，会牵涉到各种思想和理论的变迁，但首先强调它们不是一回事，这是本书的一个重要的理论和逻辑起点。

简略地说，在中国古代以至近代，所谓诗学，主要是以诗歌作为讨论对象，论及关于诗歌创作、欣赏、批评，以及由此引发的一系列文论、美学和思想文化问题的学问，人们通常习惯把这样的论述叫做"诗话"、"词话"、"诗论"，当然也有直接称之为"诗学"的，不过不太常见。

而在西方的古代以至中世纪，尤其在作为西方文化源头的古代希腊，诗学主要是以古希腊悲剧为主要研究对象，把当时的主要文类如喜剧、史诗和抒情诗等进行综合研究，通过探讨诗的起源、诗的历史、诗的特征等，进而去阐述古代西方人的文学观念的学问，他们将这种研究称之为 poetics，翻译成汉语的意思也就类似于"诗论"、"诗学"等。不过它与我们今天所说的诗学研究仍旧有相当的距离，无论在研究理念、研究对象和理论目标方面，许多现代的学科化的诗学研究观念和见解对于西方古典的诗学而言，基本上都还不齐备。

在经过了漫长的发展历程,尤其是在经过了20世纪初叶以来中外学术交汇、对话、一定程度的融合和现代转型以后,诗学的概念在21世纪的今天已经发生了学科理念上的根本变化。也就是说,在现代意义上,或者说在现代文艺学研究的意义上,所谓诗学,主要是指人们在抽象层面上所展开的关于文学问题的专门研究,譬如从本体论、认识论、语言论、美学论或者说从范式和方法论等思路去展开的有关文学本身命题的研讨。一般讲,它不像文学批评那样去阐释具体作品,也不像文学史那样去对作品做历史评价,而是关注和研究文学存在的理由、价值和文学意义产生的范式和途径,文学的语言性存在条件,文学的审美阐释模式,等等。

换言之,今天我们在多数场合所谈的所谓诗学,其实是一种广义的诗学,它更接近通常的文艺研究,或者说关于文学的批评理论研究,只不过,在这里用"诗学"概念来表达看上去更加具有历史感和意义的包容性,其关注的意蕴有着更多的感性、诗性、方法和范式诸方面的内涵,属于一种所谓"文艺学诗学",作为一种习惯性的表述,就简称为"诗学"。至于从国别文学研究,尤其从中国古典诗艺以及整个诗歌学研究的意义上去谈"诗学",同样也言之成理,不过,那已经是在相对狭义的范围和层面的讨论。这类研究如果从比较文学,或者说具体到比较诗学的视野观之,它更多是属于有关文类的专门理论研究,或者就可以称为特定的"文类学诗学"及其相关理论的研究范畴。

至于比较诗学,则肯定是从跨文化的立场去展开的广义诗学研究,或者说是从国际学术的视野去开展的有关文艺问题的跨文化研究。这里,比较诗学与一般意义上的文学理论研究,如中国古典文论研究、西方文论研究、东方文论研究、一般的文艺学研究的核心差别主要就在于它特有的"跨文化"立场和学科知识结构。一个真正的比较诗学研究者,尽管有着命运赋予他的文化血统和背景,但是在研究的立场和视野上,却应该是超越其上的。如同钱钟书先生那样,所谓"颇采二西之书","以供三隅之反",以追寻人类"诗心"和"文心"的沟通,这正是比较诗学的价值目标所在。

不过,我们也必须注意到,在现代汉语的文化语境当中,问题并不那么简单。比较诗学之所以成为一个现代学术命题和比较文学学科范畴内的重要学科分支,它的产生和存在,至少基于以下的学术焦虑和理由:首先是,近代以来中国诗学和文论传统在世界性文艺研究格局的被矮化和被忽略;其次是,西方文学理论在中国文艺研究领域的攻城掠地和话语霸权趋势;再就是,现代中国文艺研究追求自我突破和现代性发展的策略选择。为了实现中国的文艺研究在 21 世纪的现代突围,学界正在尝试各种路径,而很显然,比较诗学便是其中的重要学术抉择之一。

也正因为如此,在具体操作中,目前国内比较诗学界往往把学术研究的重心,较多地集中在"中国古代文论与西方文学理论的比较研究"以及所谓"中国古代文论话语的现代转化"等命题上。很显然,比较诗学可能的学术空间绝对不可能仅限于此,它的理论、方法以及美学深度和广度都有待进一步开拓,但是,当下理论的迫切性和现有的本土学术资源,使得我们不得不把较多的目光和论述重心投注于上述命题,在今日中国的思想理论界,显然是一种普遍的学术宿命。在这一意义上,本书所存在的论述局限并不等于就是比较诗学的局限。正如我们之所以用"诗学"这个概念而不用"文艺学"的概念,在一定意义上也同样有着扩张、还原和返回文学研究本身的原初状态和本体存在的意味,其目的之一,显然暗含着找回"诗学"之所以作为"诗学"的全部生动性和丰富性的意图,但是,在具体论述中,又不得不较多地局限在文艺研究的理论框架之中,但这并不等于说,在"诗学"和"文艺研究"的概念抉择上真的具有随意性。

然而,正是由于这些历史概念和现实命名的叠合,命题构想与论述局限之间的矛盾,更由于是在跨文化比较语境中对概念和范畴的整合运用难度,很可能导致人们对中国古代文论与西方诗学的许多概念范畴在符号意味上的运用争议,即所谓"能指"的错位,以及在读解过程中对于其意义内涵歧义性的忽略,即所谓"所指"的差异,从而在学科研究的理解上引发一系列争议和追问。关于这一方面的问题,我们将在以后深入加以讨论,因为如果在缺少必要的学术背景和学科历史了解的情况下,一开始就引入问题的论争,容易让听众和读者摸不着头脑,甚至形成更多的误解。

无论如何,比较诗学作为20世纪文学研究学术现象的存在,可以说是已经走过了差不多一个世纪的路程。早在20世纪初,王国维在他的诸如《人间词话》等著述,鲁迅在他的《摩罗诗力说》中,就都曾不同程度地运用了类似的研究手段。此后到了三四十年代,又如朱光潜在他的《诗论》,钱钟书在他的《谈艺录》中,已经自觉地运用了比较诗学的方法,同时还打破了中西界限,兼及了其他地区和国家的文学理论,而且还进一步打破了学科界限,广泛涉及了心理学、精神分析学、人类学诸方面的知识整合。

然而,比较诗学作为比较文学的学科现象成立,却是20世纪60年代以后的事情。自法国著名比较文学学者艾田伯于1963年提出"比较文学必然走向比较诗学"的判断以后,差不多40年来,比较诗学在世界范围的比较文学界得到了蓬勃的发展,尤其是在中国,中西比较诗学研究以它无可争辩的实绩,证实了这一历史预言和学科发展趋势的正确性。关于这一方面,读者只要看看本书开出的参考书目,便可以窥斑见豹。

毋庸置疑,一种新的学术现象的出现和存活发展,总有它得以成立的理由和背景。比较诗学之所以成为20世纪下半叶比较文学研究深化的重要分支,成为当代文艺研究的一片新兴领域,自然也有着它所倚赖的学术土壤,而不是空穴来风。因此,在我们开始认识和理解这一领域的知识结构和实际研究中存在的种种问题的时候,作为前提,我们首先需要系统地来关注一下这一学科所产生的时代文学研究背景,即所谓学科得以存在的历史语境。

第一章 比较诗学的学科语境

第一节 文艺研究的历史趋势

本节提要：

文艺研究的历史趋势；单一民族文化自足时期：概念基础；地区性文化自主交往时期：中心与边缘；世界文化普遍交流时期：对话与比较；理论自足与参照多元。

在人类历史上，但凡有较长文明史之民族的文学研究历史发展过程，与其文化和文学本身的发展历史相比较，一般都有着大致相同的精神缘起和发展走向。

如果硬要在其间做出某种区分的话，站在比较文化研究的立场，我们不妨以它们相互之间的文学和文化的关系方式作为衡量尺度，这样略微可以将其发展大致分为三个时期：一是单一民族文化相对自足时期，二是地区性文化相对自主交往时期，三是世界性文化普遍交流的时期。

由于存在不同的发展阶段和落差，各时期之间的具体情况也相当复杂，我们在这里并不打算给出严格的时间界限，而只是一种大致的区分。由于角度和理解的不同，其时间差距无疑会相当的大，不同民族各自的发展时间段也往往有较大落差。因而只有面对具体研究对象的时候，才可能去考虑具体时段的严格界限。而在做宏观论述的时候，时间的界限其实并不重要，重要的是不同时期关系的差异特性。但是有一点还是可以认定,即在不同的时段内,人们对于理论及其相互关系的要求的确是有些不太一样,这正是我们希望读者理解的所在。

首先,在所谓单一民族文化自足的时代,如古代的希腊、罗马、中国、印度等国度,与文学共生的文学批评和研究意识都是在与外界不太相关的环境条件下,沿着各自文化的路线独立发展的。譬如:古希腊时代以柏拉图、亚里士多德为代表的所谓西方诗学思想(如悲剧理论)、印度独具特色的文论(如味论)和中国古代的文论思想(如"文以载道"论等),都是在自身相对封闭的环境下发展起来的。尽管它们都必然遵循人类自然和社会历史演进的某些共同性,但同时又更多地受到其民族文化发展传统的制约和影响。前者在后来的比较研究中构成对话的共同基础,后者则成就为不同民族理论在今日与其他民族对话的独特资源。然而,在当时,民族间的文学理论对话和比较显然有些无足轻重,或者说是根本就缺乏普遍需求。试想一下,古代各大洲之间,山水渺渺,大洋滔滔,虽然说有证据试图证明人类的祖先是从非洲陆续走将出来,再散布到各个大陆的,但那是一条历经百万年的进化生存之途,那个时候的所谓"人",很大程度上还是"猿",也就无所谓精神文化的创造,更无所谓诗与诗学。即使是到了孔子和柏拉图的时代,尽管孔夫子本人一度想坐船去外邦传道,"道不行,乘桴浮于海。"柏拉图也曾经向往过东方的盛世,但也都只是说说而已,人类的视野始终还是局限于自身所处的有限自然地理环境领域之中。当时的交通工具又是如此的原始,纵然有个别不畏艰险者,历尽千辛万苦,到达某一有限的异邦,最多也不过是惊鸿一瞥,转瞬即逝,真正的一般性思想和文化交流都还谈不上,更遑论文学与诗学这样的所谓高雅话语。既然雅典的亚里士多德从未听说过什么《诗经》、《楚辞》,而身处齐鲁的孔夫子也从未听说过什么《俄底浦斯王》、《荷马史诗》之类,他们也就根本没有可能去一起讨论"什么是诗?""诗人何为?"这样的诗学命题了。确实,在这样整整一个漫长的时期内,跨文化的比较研究真的没有什么理由存在,诗学的比较研究也就更没有出现的可能。

　　进入地区性文化自主交往的时期以后,如汉唐以后的中国及其周边,18世纪以至19世纪以前的欧洲、中东、南亚等地区,这一时期文化的交流开始变得常见,但主要还是围绕某一个文明社会为中心,以本地区内部和周边的文化交流行为为主。譬如中国本土中原的儒家文化对所谓周边四夷的同化,以及对于日本列岛、朝鲜半岛、印度支那地区诸如越南等国的影响。这一时期,跨地区的交流不是不存在,譬如有丝绸之路,有玄奘的南亚印度一带之行,有马可·波罗的东方之旅等。他们在一定程度上也曾带来异域文化的影响因子,譬如佛学对中国文化的影响。但从量和质的整体上去看,地区性自主的文化交流才是这一时期文化交流的主体,而真正跨洋越海,突破洲际文明、超越人种差异和文化范型的跨地区文化交流始终不占主流地位。在特定文明的眼界中,地区以外是不可理喻的异域,其包含的宇宙观、价值尺度,甚至事物的分类逻辑也都不一样,很难得有真正的交流和对话。正如后来英国作家吉卜林所言:"啊,东便是东,西便是西,这两者永不会相遇,直到在上帝最后审判的宝座前,天和地都静静候立……"一如当时西方人心目中的东方和东方人心目中的西洋一样,各自对于对方几乎都是超出文化理性之外的神秘所在,既可能是黄金国度,也可能是妖魔的世界。在这样的背景下,实际意义上的交流基本上只能是围绕各自的文化中心去展开。同时,由于每一个地区都存在自己的文化生成和延续主体,如基督教文化、伊斯兰文化、印度文化和儒教文化等等。因此,这一类交流的中心和特点往往表现为,一方面是中心对于周边的影响,另一方面则是周边对于中心的认同关系。由于没有特别的文化对等需求,所以平等的比较研究并不迫切。至于有关本地区以外的文化,人们从本地区的有限眼光出发,主要还是表现为对于域外文化的猎奇和同化的欲望,缺乏基于自身生存和发展意义上的文化对话和比较意图。而关于文学理论的研究恐怕更是如此了。今天我们在谈到不同的文艺理论传统的时候，比较喜欢用笼统的西方文论称谓，而不是希腊文论、罗马文论什么的，并且也习惯于用东方文论去与西方文论比较，就基本上是属于这种地区性文化的遗留风气。以中国和西方的关系为例，在19世纪以前，尽管文学之间的译介和交流已然存在了多时，到19世纪初叶，已经有相当一部分中国古典文学的作品被译成各种西方语言的文本，出现在西方读者的面前，但是诗学或者说文学理论之间的译介和交流依旧是基本付之阙如。因此，所谓跨文化的诗学比较研究依旧不成气候，纵然有那么一些痕迹，也是星星点点的零碎议论而已。

曾经有这样一些个学者，或许是出于某种强烈的爱国心，或者说是出于某种文化上的民族情绪，在论述中国比较文学学科发展历程的时候，总喜欢把中国存在有意识的比较文学研究的历史尽量往历史的深处去推进，抓住一点蛛丝马迹便无限夸大，似乎要给人这样一种感觉，好像中国人在先秦以至老子写《道德经》的时代，就已经理性地会从事比较研究，而跨文化的比较在秦汉时代就已经出现。其实，我们只要闭上眼睛，想一想那个时代，想想我们这个星球，想想在漫长的历史时期内，我们这个世界上的不同地区、不同民族文化之间真正能够交流的，几乎微乎其微的实际状况，答案应该不难做出。一旦进入世界文化普遍交流的时期以后，情形就完全不同了。

随着科学技术的进步，交通和信息的便捷，尤其是西方殖民势力为资本和资源的疯狂血腥开拓，无论是主动还是被动，无论是所谓访问还是贸易行为，无论是以启蒙面目出现的宗教活动还是赤裸裸的侵略，最终作为一种结果，国家与国家、地区与地区、大洲与大洲之间的交往都变得日益频繁，那些个来自异域的、截然不同的文化和文学，开始日渐影响着人们过去已经习惯了的物质和精神生活方式。在对异域文化的认识和了解过程中，文化间的错位和误读开始成为越来越普遍的现象。在经历了最初的新奇和震惊之后，人们发现，其实在不同的思维、文化、传统、习惯以及文学之间存在着极大的差异性,有的甚至是质的差别。要想在不同的文化之间进行真正的沟通,往往存在着极大的困难和众多的困扰。在这当中,不仅存在着生活习惯和传统的差别、思想方式和文化方式的差别,就是在美学和文学领域也常常错会和误解对方,看不懂的情况始终存在。

譬如,同样一个技术发明,由于思维理念和方式不同,其运用的方向就截然不同。就像鲁迅曾经批评过的,中国人发明了火药,只是用它去做鞭炮敬神,而西方人却用它制造枪炮弹药去开拓殖民地;至于指南针的发明权虽然也属于中国人,但是,当中国人只是用它去看风水的时候,西方人却已经用它指示方向,去漂洋过海,航行世界,开拓新边疆了。当只信奉耶稣基督惟一神的传教士们来到中国的时候,他们无论如何也难以理解,中国人怎么可以同时信奉多种的宗教观念,儒释道怎么可以互补,天地君亲师又怎么可以共处于同一个祭坛之上。尽管利玛窦作为一个熟悉中国传统文化而又比较有包容性的传教士和学者,也曾经试图在一定程度上沟通整合一下上帝与中国人的祖先的关系,可最终还是被双方的文化权威话语所有者和诠释者,即罗马教廷和明朝的皇上一口否定,接下来又是新的一轮海禁和拒绝接触。至于文学,习惯了直白地实话实说的,譬如认定美就说美、爱就说爱的西方读者,初来乍到,怎么也不会接受这样的诗学和美学解释,为什么《诗经》中一篇明明是谈情说爱的诗歌,怎么一分析就成了歌颂后妃之德的伦理教化文章。

于是,除非你永远关上文化的大门,要不你就不得不面对和就这些现象做出解答。而关门这种选择在进入现代社会以后,实际上已经不太可能,或者说是最不明智的选择。否则,只要你开始接触,如何通过交流、对话、比较和理解去实现沟通,就成了近代以来文化交往中十分迫切的问题。正如英国比较文学家波斯奈特在19世纪末所言:"基督教传教士把中国的生活和文学如此生动地带回来传给欧洲人……每个欧洲国家的生活和全世界总的行动摆在面对面的位置;比较的习惯空前普遍,风行一时。"①

正是在这样的时代背景下,各种以比较命名的学科在欧洲曾经一度风行,并且发展成为专门性的研究学科,譬如比较人类学、比较解剖学、比较神话学、比较生理学、比较语言学等等,这其中自然也包括比较文学。我们应该注意到,所有这些比较学科的出现,差不多都是发生在19世纪中叶以后的事情,它们的形成与当时的时代风气和各种文化之间的交往程度密切相关。

到目前为止,比较文学作为一门学科的产生已经差不多有一百多年的历史了,所以,我们尽管常常说比较文学是一门现代学科,那并非是以它出现的时间为条件,而主要是从它开放包容的学术精神和主张去理解的,如果是从它走过的时间路程去看的话,相对今日中国大学里的大多数学科而言,比较文学早就应该算是一门经典学科了。就是在中文系这样的所谓国别文学的各专业中,我们只要稍微比较一下就明白,像作为学科专业课程的古代文学、古代汉语都是20世纪开始以后才形成的课程,更不用说像现代文学、当代文学、文艺学这样的学科了,它们每一家的岁数都比比较文学学科来得年轻。

相对比较文学而言,作为它的重要分支和理论深化的比较诗学形成的时间就更加短暂。正如前面我们已经提到的,比较诗学作为一门学科的初步形成,基本上只是20世纪六七十年代以后才逐渐体制化的学院行为。之所以这样,是因为作为比较诗学研究的文学交流基础和背景,首先在本土要有一段对外来文学接受的时间过程,要有一个对外来文学影响的数量和深度的积累过程。譬如,倘若没有20世纪初诸如林纾、伍光建等一大批翻译家和学者对西方文学大规模的译介、评论和教学活动,没有当时的中国读者社会对外来文学普遍的阅读接受,任何关于中外文学的比较研究都是不可能的。

而当这种交流达到一定的频度,接受的积累达到一定的程度之

---

① 波斯奈特:《比较文学》,1986年,第21页。

后，原先如蜜月期一样的新鲜和好奇逐渐消失，理性的思考就会走上前台，许多一度被感性掩盖的误解、冲突、矛盾和不适应就会逐渐显露。于是，如同对于对方的其他奇术异巧的好奇和适应过程一样，对于对方的文学艺术，人们也不再满足于知道，这是什么？多么有趣？他们更需要了解，何以如此？有何不同？以及其他更多的方面了。

譬如为什么西方的小说常常是多条线索，诸峰并起，众声喧哗，读了半天还抓不住中心，而中国的则是线索清晰，人物关系一开始就交代得清清楚楚。再则，为什么中国古典小说中的人物性格分明，一以贯穿，毫不暧昧，甚至可以做成脸谱。譬如《三国演义》中，白脸的曹操代表奸雄的性格，红脸的关公代表正直和义气等。而西方小说却往往人物性格多变，心理活动频繁，有时候甚至矛盾重重，让人如同猜谜，多方读解而不得要领。譬如那个闻名全球的哈姆莱特，迄今为止，他的那句"to be or not to be"，已经不仅仅是一个问题，而是变成了关于他的性格诠释的千百个问题，而我们始终还是不能对他性格中的游移不定做出惟一的解释。

看来，一般性的文学性解读确实已经不能回答普遍的困扰，现代的人们需要从深层的理论根基上去寻找现象背后的原因和动力。譬如究竟什么是"小说"，汉语中的"小说"果然可以与英文中的"novel"划等号吗？什么叫做悲剧？按照西方的标准，中国有西方式的悲剧吗？如果没有，究竟是为什么？难道中国非得有西方式的悲剧才算正常合法，否则中国文学就出了问题？等等。

所有这些，都是在多种文化共存于一个空间的时刻才可能发生的问题。当面对这样一个多种文化传统共存于一个空间，众多不同国家和地区的文学却成为同一族群的日常文化消费品的时候，当来自不同社会的文学现象及其矛盾同时进入今日文学接受者视野的时候，纯粹本土的或者说单一的理论批评工具便立刻现出了它的局限性。当这些属于单一民族的批评话语，被尝试运用来解读来自异域的文学现象的时候，常常就会显得特别的笨拙和普遍的不适应，有时候甚至闹笑话。于是,人类便有了新的理论需求,需要有新的解读多元文学现象的理论范式和方法工具,需要从两个或者多个文化的跨越性立场去面对和处理文学问题。正是基于这一需求,比较诗学这种新的学科和研究路径便应运而生。

需要指出的是,研究者要实现文学学术研究观念的转换,期间必定存在一个较长时段的,所谓时间融合性的适应过程。在国际性的文学交往展开的相当长一段历史时期内,多数时候,欣赏者和研究者们还总是不习惯于从比较和跨文化的理论视角出发,去看待和分析现实中已经变化了的文学生产和消费的国际化、全球化事实。

一般人虽然清楚地知道,这个世界上存在着许多截然不同的文学理论和批评的体系,譬如自希腊、罗马以来的西方系统,从古代恒河流域生出的印度系统,还有阿拉伯系统,以及自孔子和老庄以来的东方中国系统等。多年来,我们对于外来的文学理论著述和主张也不缺乏引进和介绍。可问题是在面对眼前众声喧哗的多元文学消费现状的时候,作为一种文化惯性,在思维方式和研究的习惯性范式尚未革新以前,研究者们还是习惯于用本土单一的理论和批评模式去看待和处理各种文化差异甚大的文学现象。一些在过去的时代里被认为是天经地义、似乎放诸四海而皆准的理论模型和话语,在新的历史条件下很快出现了观念错位、尺码不对、误读、歪曲,甚至无能为力的感觉。因此,可以断言,无论是西方的研究者或者是中国的研究者,他们早晚有一天都会意识到,至少在文学领域,这个世界上其实并没有什么放诸四海而皆准的真理。出自于单一文化传统中的理论工具,没有这种能力去面对和回答来自不同地域和文化传统的文学问题。正如来自从古代柏拉图到今日韦勒克的西方文学理论,在面对中国的文学现象时会有力不从心的感觉;而当一个中国研究者用出自儒释道传统的文学架构,如刘勰《文心雕龙》的概念和范畴,试图去回答某些西方文学现象时,也会有如照哈哈镜的感觉。

例如,当一个西方文学评论家按照所谓"圆形人物"和"扁形人物"的理论模子去批评《西游记》中角色形象的固定化、扁平化和模式化的时候,他其实并不知道有史以来中国人的宇宙观和价值观如何,以及他们由此怎样去看待所谓小说及其形象功能的。在中国人看来,天道循环,世事轮回,万变不离其宗,更何况人的性格。你所处的自然和社会环境、家族血统和家庭教育等,基本上就确立了你的个性和性格特征,而且"江山易改,本性难移",此后也很难改变。中国的文学作品在刻画人物的时候,重点并不在于他的性格形成和变化,而在于基于此性格个性去演绎出众多有声有色、形象生动的情节和故事来。这也是中国文学名著中,那么多的著名形象能够脍炙人口,长留人间的原因和理由。这是一个以西方批评模式来读解中国小说的批评家所万万难以理解的。同样,中国人用自身的理论模式去批评外来的作品,也多数会遭遇类似的尴尬境遇。

显然,在当下客观存在的全球化文化和文学语境中,既然没有任何一种文学理论和批评的传统能够全面有效地诠释现实普遍的文学命题,更没有一种观感构思程式和审美观念能够独霸天下。而与此同时,至少在可以想见的时间范围内,我们还不能设想会有什么世界公认的理论范式和话语系统出现。那么,剩下的策略就只能是大家坐到一起来讨论如何去解决问题了,即在平等对话的前提下,各自亮出自己的理论家底,并且尽可能地设法让对方能够听懂和理解,并在此基础上,尽力地去寻找可以面对和读解现实多元文学现象的言谈方式,尝试同时运用多种话语去诠释、挖掘文学的事实,提升人们对不同文学现象的理解和认识水平。正是在此意义上,以此为学术目标的比较诗学必然就会成为通向当代多元文学世界的入思和读解诠释的必然途径,成为一种历史的必然需求。

第二节 比较文学深化的必然

本节提要：

比较文学学科深化的必然；影响研究——比较诗学价值的沉潜；平行研究——空间扩展和跨文化视域；阐发研究——理论热与理论失效；寻找通约性——比较诗学的途径和目标。

除了文艺研究发展的历史自然趋势之外，比较诗学的兴起也是比较文学学科理论发展和研究深化的结果。

早期开创比较文学这一学科的欧洲学者，尤其是确立这一学科地位的法国比较文学界，所重视的研究主要还是有"事实联系"的"影响研究"。作家、作品、形象和文类的跨界实际交往和影响，在这一时期成为关注的重点。又由于置身于欧洲这样的文化环境中，所谓的比较大多主要是局限于欧洲或者说西方这样一个地区性的文学圈子之内，文学理论基本上是源于一个传统，即所谓自希腊、罗马以来的理论系统，一般欧洲各民族国家都大致能够认同这一共同的文化和理论的历史渊源，因此，在它们之间展开美学和诗学理论之间比较研究的意义并不十分明显。况且，理论问题的玄妙和形而上特征，面对所谓影响关系的潜移默化过程，寻找所谓事实根据不是不可能，但的确也还是相当困难，有时候甚至令严谨的学者感到无比的绝望，一般敢于去尝试的人并不多见。所以，在那个时代里，比较诗学比较而言难以成为热点，所以也进入不了学术大师们关注的视野。

直到 20 世纪 50 年代后期，由于美国学者大力提倡对缺乏事实联系的文学间现象进行"平行"研究以后，开始空前地扩展了比较文学的研究领域。譬如在谈到西方比较文学界应该如何面对东方文学的成就和经验的时候，韦勒克就认为："比较历史上毫无关系的语言和风格方面的现象，同研究从阅读中可能发现的相互影响和平行现

第一章 比较诗学的学科语境

象一样很有价值。研究中国、朝鲜、缅甸和波斯的叙事方法或抒情方式,同研究与东方的偶然接触——如伏尔泰的《中国孤儿》——一样名正言顺。因为比较文学本身就是从国际的角度来研究一切文学,并认为一切文学创作和经验是统一的。"① 这不仅为历史上缺乏事实联系的文学间的比较研究提供了理论方面的依据,而且也为 20 世纪的各种人文社科理论进入比较文学领域提供了机遇,其中也包括各种相关的民族诗学理论。现代批评理论进入比较文学研究界的势头,在 20 世纪后 20 年是如此的迅猛,甚至于超出了当初提倡平行研究,强调美学评价的理论元老们,譬如韦勒克等人的预料,以致 30 年之后,他本人竟成了反对比较文学理论化的领军人物,在比较文学的国际年会上批评理论对于文学的颠覆了。看来,历史对于某些个人角色扮演的规定、分配和颠覆,也常常是颇具反讽意味的。

应该说,在比较文学界,平行研究的兴起和各种现代批评理论的引进和运用,对于比较诗学的脱颖而出起到了重要的和关键的推动作用。

首先,它使缺乏事实联系的文学和理论现象之间的比较研究具备了合法的地位。非如此,我们很难想像,如何把亚里士多德的《诗学》与刘勰的《文心雕龙》放到一个学术平台上来加以对话和讨论。这在比较文学学科中以影响研究为主导的时期是很难想像的。

一般讲,在比较文学的国际文学关系研究中,文学文本之间的影响、交流和研究相对比较容易实现。因为,像神话传说、诗歌、戏剧、小说、散文等文类,常常是不同民族和文化之间相互交流和传播的首选,相对而言,从一开始他们就会尽快地进入接受者和研究者的视野。每一个时期内,多少都总是会存在一定数量和程度不一的文化和文学交流的事实关系,从而成为影响研究的基础。

---

① 韦勒克:《比较文学的名称与性质》,《比较文学译文集》,上海译文出版社,1985年,第 144—145 页。

但是，正如地区文化内部的理论关系一样，在不同的文化传统之间，各种文学理论的传播和相互影响关系却总是相对滞后和踪迹不太明显。其原因，一方面在于，对于社会而言，通常的传播本身总是从形象生动、易读易懂的文学文本开始，它具有广泛的受众和消费群体，而美学和批评理论只属于少数专门的研究者和批评家，其传播的相对滞后完全正常。另一方面，理论概念和文论体系本身的学术话语个性和抽象性，也加剧了译介和交流的难度，勇于尝试的译介者相对总是较少。一个明显的例证就是，统计证明，在20世纪以前相当长一段时间的中西文学关系史上，尽管其他方面的交流热闹异常、数量可观，但是，在文学批评理论方面的交流却十分鲜见，甚至几乎就没有专门的论述出现。

处于这种状况下，如果仍旧画地为牢地局限于事实联系，那么，从跨文化角度进行理论比较研究的比较诗学，就根本不可能提上比较文学的议事日程。事实上，在20世纪60年代以前的中外比较文学著述中，属于纯粹诗学研究的内容就十分鲜见。

其次，20世纪，尤其是二次世界大战以后，西方文学研究界的理论热是一个普遍的现象，今日众多的所谓新理论、新方法，都是那一阶段开始造起来的势。由于对于理论的热情，导致比较文学界的人们对于不同文化体系之间的理论关系也产生了关注的热情和研究的欲望。著名的比较文学学者，美国哈佛大学比较文学系前主任克劳德·纪延（Clandio Guillen）就曾经说："在某一层意义上说来，东西比较文学研究是、或应该是多年来（西方）比较文学研究所准备达至的高潮。只有当两大系统的诗歌互相认识、互相关照，一般文学中理论的大争端始可以全面处理。"[①]整个20世纪，伴随着哲学和语言学研究的突破和转型，像新批评、结构主义、精神分析学、符号学、原型批评、现象学美学、解释学、西方马克思主义等理论思潮相继出现，一时

---

① 转引自叶维廉《比较诗学》总序第7页，台北：东大图书公司，1988年。

间掀起一股理论大潮,并且很快成了西方现代文学理论的主流,晚近又有所谓后结构主义、解构主义、新历史主义、后殖民理论文化研究的盛行,以致有人把20世纪的文艺批评学界称为理论的世纪。这股理论潮流对文艺研究领域的方方面面都造成强大的刺激,比较文学学科也没法例外,甚至在某种程度上扮演了推波助澜者的角色。即使是在中国本土,自20世纪80年代以来,许多新的主义、理论、概念和话语言说方式的引进和介绍,多少也都和比较文学学界的热情译介和大力宣传有关。譬如那个在中国被言说和引用过成千上万次的西方马克思主义文论家弗里德里克·杰姆逊的理论主张和著述,最早就是比较文学界引进的,他于80年代中期在北大比较文学与比较文化研究所和外语系科的授课和讲座,以及根据其讲义整理出版的讲演录,一时间成了不少新锐文论学者的案头必备和口头禅,就是一个典型的例子。

梳理20世纪比较文学研究的历史,可以清理出这样一种现象,那就是,各种批评理论大规模进入比较文学研究,差不多是20世纪中叶以后的事情,而真正形成高潮却要等到七八十年代。

就是在这一时期,与过去典型的、类似语文学、文献学方法的传统比较文学研究相比,这一时期的比较文学在西方,尤其是在北美表现出明显的理论色彩,那种借助各种新的理论来发明阐发传统文学现象的做法,竟成为一时的风气。文学研究出版物中的哲学思辨和方法创新话语愈演愈烈,大有与哲学类、思想类学科一争高下之势。

围绕着理论进入比较文学领域的利弊,国际比较文学界直到80年代中期还有着激烈的论争。不过这一回的反方领军人物倒成了韦勒克,而正方领袖却是当时的国际比较文学学会主席,西方后现代理论研究的领军人物佛克玛等人。我们在这里并不打算清理这场论争的是非曲直,因为一些在当时看似很对立的观点,后来都逐渐融合,而此后的学术研究现实选择,也已经为这场争论做了结论。其实,正方的辩护和反方的质疑,在很大程度上都推动了理论本身在学科内的健康运用和发展。但是有一点却是确定无疑的,那就是,由于理论在比较文学界的风行,为比较诗学,尤其是中西比较诗学的发展扫清了道路,同时也为其提供了更加有效的学术资源。自20世纪80年代以来,学界对于比较诗学质疑的声调就相对微弱得多了。

一方面,如同前面所言,一些明智的西方学者已经开始认识到,只有开展东西之间的比较研究,才能真正从国际的意义上来面对文学理论上的重大问题,也才能对理论的适用性和解释力加以检验。

而另外一个更重要的方面,在中国学界,则是更多的学人开始越来越强烈地认识到开展中西比较诗学研究的重要意义。之所以出现这种急迫的理论研究欲望,实际上也是和中西比较文学研究的实际状况分不开的。

关于这一点,这里不妨略加详述。

众所周知,就中国文学和西方文学的整体而言,二者均属于两种历史悠久和文化差异很大的文学传统。在过去相当长的时间之内,它们曾经在互不相干的环境中形成了自己的体系、传统和特色。尽管自近代以来,双方的交往日益加强,但是从历史的长时段去观察,它们在过去历史上的实际交流和相互影响并不如某些人想像的那么深广,其比较研究的空间也相当有限。因此,无论是在中国本土还是在海外,但凡从事中西比较文学研究的学者,从一开始就会面临一个挑战,那就是如何根据中西文学关系的实际出发,寻找适合于自己的研究方向和研究空间,寻找属于自己的理论和方法路径。

这一自觉的学术理论建设最初是由一批境外华人学者所肇始,80年代以后,中国内地的学者也积极加入其中,并且有了更多的建树和发明。

最初,学者们在中西比较文学影响研究范围中的努力,让人不断感觉到这类研究的条件严苛和材料的局限,前者在学术上要求尚属合理,但是后者就明显制约着研究的规模、范围和中西文学研究的学术和理论深度。

第一章 比较诗学的学科语境

但是,在走向平行研究的广阔空间后,研究者又在所谓"可比性"的复杂性和伸缩性面前感到无所适从。如果说,材料的缺失影响了事实研究的展开,那么,缺乏限制的、A加B式的简单比附,又使平行研究面临肤泛和深入不下去的局面。

此时,西方理论在国际比较文学界的广泛运用,给从事中西比较研究的学者带来了灵感和动力。在总结五四以来前辈学人经验的基础上,一种叫做"阐发研究"的研究方法,开始在七八十年代的境外比较文学界大行其道,此后中国内地学者也积极跟进,还进而提出了所谓"双向阐发"的主张。这里所谓阐发研究,简单地说,就是运用各种外来的文学理论和方法去分析和处理中国的文学作品和文学现象。检索20世纪七八十年代以来北美关于中国文学研究的出版物,以及这一时期台港的比较文学杂志,譬如《中外文学》、《淡江评论》等,在短短的一二十年时间之内,几乎当时多数的西方理论方法都被尝试着运用来处理各种中国小说、诗歌、戏曲以及历史散文等等。其间既有柳暗花明的发现和发明的惊喜,也有盲人摸象的片面,甚至有张冠李戴、乱点鸳鸯谱的笑话。正是在这样亦悲亦喜,有所见又有所不见的研究经历中,有心的学者们开始不断发现一系列的所谓理论失效现象。

从理论体制的整体上去看,这种失效主要表现为两个方面:一是理论运用的放大失效,一是理论本身的逻辑演绎失效。

所谓理论放大失效,是指在通常的情况下,产生某一文化传统的文学理论和批评方法,在对本传统范围内的文学现象的描述、解释和结论过程中,具有一般普遍的有效性。可是当进入跨文化的传播时代后,一旦你试图用这一理论和批评方法来处理并非本民族文化传统的文学现象时,这一理论话语本身就失去了对作品和文学现象的控制,甚至是产生出乎意料的效果,出现荒唐的结论,或者就是干脆没法解读作品。所有这些,就是所谓理论放大失效的现象。

譬如用严格的结构主义的理论方法去解读中国的小说和历史散

文文类。由于中国小说和散文文类在结构意识上并非如西方那样严谨明晰和充满隐喻性，其分析的结论就常常会溢出中国传统学术本文的意蕴，进而生出许多具有西方意味的判断来。

美国学者浦安迪(Andrew H. Plaks)在分析中国古典小说名著《金瓶梅》等四部作品的专著《明代小说四大奇书》①一书中，基于西方新批评和结构主义等读解分析理论，对这几部文学名著的思想主旨、结构、修辞和寓意等等方面，进行了详尽的分析。他发现所有这些被古代著名的文人学者重写过的所谓"奇书"，都具有一种特殊的所谓"奇书文体"的叙事特点，所有叙事要素都是作者精心的构制，充满着各种各样的深刻寓意，甚至在作品回目数字的奇偶整合安排中，看似一般的数字游戏，实际上也具有严谨的结构思想和微言大义。按照这样的分析，这些文人作品从回目数字、结构安顿、修辞运用乃至物象游戏，无一不充满各种象征、讽喻、反讽和寓意，令人觉得中国以所谓"四大奇书"为代表的叙事文类艺术成就之大，不仅远在同时代西方叙事文类成就之上，而且，即使与今日现代性的西方小说和叙事文类相比，也可以说是创意奇绝，叹为观止。然而掩卷之后，却不禁让人生出疑虑，就中国文化的特性和古代中国文人的思维和想像习性而言，如此严谨的结构和逻辑思想实在有些不可思议。当真那些在宇宙观上讲求天人合一，美学上崇尚模糊传统的文人学士们，有如此清晰明确的西方式结构思想、符号意识和数字逻辑安排能力？于是，对于这样的分析就不得不多少保留一些疑问了。西方汉学界一度对于中国古代小说和叙事文类居高临下的贬低诚然不可取，但是，如果不是基于中国文化和诗学精神的分析拔高，恐怕也未必能够说服人。当然，这里并非是说这类分析读解没有意义，不过，属于此类的分析，在解释学的意义上，与其说是作者的发现，倒不如说是他

---

① 参见《明代小说四大奇书》(*The Four Masterworks of the Novel*: *Ssu ta chishu*)，普林斯顿大学出版社，1987年；中文版，中国和平出版社，1993年。

者的跨文化读解和发明更加贴切一些吧。

　　再比如用精神分析和原型批评的方法来分析中国古典诗歌,文献资料中也时有牵强的笑话。研究者稍有不慎就可能落入生搬硬套的陷阱,这几乎是事先就可以预料的状况和风险。境外学界有一个广为流传而又近乎笑话的学术争论故事,这一事件涉及中国古典诗词中常见的蜡烛意象。在中国诗词中,譬如红烛、烛泪等,其修辞多与种种有关爱情的比喻和象征有关,于是有学者就试图以弗洛伊德的精神分析理论去加以阐发,并且认定蜡烛从根本上讲就是男性生殖器官的象征,以此为角度和起点,洋洋洒洒写成学术宏文发表。然而此见解一出,学界大哗,立刻就有学者质疑,因为,举个例子,若以此见解去分析李商隐的《夜雨寄北》所谓"君问归期未有期,巴山夜雨涨秋池。何当共剪西窗烛,却话巴山夜雨时。"这"共剪西窗烛"该是一个多么荒唐恐怖的意象啊!与作品本意又何止相差万里。这当然是一类极端的例子,不能够以偏概全,不过问题分析的荒谬性却也是不争的事实。

　　同时,这些现象和问题却都清楚地说明,如果不对理论方法本身做出改造和创新,只是简单地套用和阐发,必然会出现一系列文化和审美尺码框架不合的问题,甚至处处遭遇陷阱。

　　那么,解决的办法又何在呢?

　　这里,如同一些雄心勃勃、志向高远的本土学人所声称和宣传的那样,也许我们可以理想主义地去想像,或许可以创造出一种跨越多种文化传统的、世界通用的文学理论,如同有些课程和著述所言的,把它们叫做"世界文学理论"、"总体文学理论"什么的。这样也许就可以一劳永逸地解决所有由于理论的文化差异带来的读解困扰。但是,面对严酷的中外文化发展落差和学术理论发展的严酷竞争现实,本书的作者却没有勇气喊出类似的口号。正如在当今以民族主权国家作为族群的全球性基本存在主体的时代,人类的基本事务主要还是由国家内部来解决,联合国至多扮演一个讲坛和协调机构的角色，而不是一个凌驾于一切之上的超级国家。同理，在民族文化作为族群的世界基本存在主体的时代，也同样难以想像，如何可能就会出现一个比《联合国宪章》还有普遍性的，超越所有文化传统的超级通用文学理论。就作者目前关于比较诗学学科的价值观而言，我觉得还是谨慎一些为妙。也许，我们现在所能够做的只是建立一座讲坛，构建一种对话协调机制，搭建一个讨论问题的平台，共同来讨论不同文化、语言和族群之间的文学理论问题。它最好还是叫"比较诗学"，而不宜称为"世界文论"或其他什么过于吓唬人的学科名称。

首先，要回到各自文学批评理论的传统本身，检讨理论本身的合法性问题和适用度；接下来，要看看这些理论之间有哪些是可以兼容的成分，有哪些是各自的特色，有哪些是互补的长处等等；在此基础上，谋求认识自己，减少误会，理解对方，互识互补，共同发展。这也许可以说就是当前急需的跨文化诗学比较研究的现实目标。

至于所谓理论的逻辑演绎失效问题，则主要是针对理论系统和概念本身的内在关系合理性问题而言。譬如某种文论的系统、概念、范畴等，作为对于某类文学现象的相对规律性概括，按理说应该是具有所谓普遍有效性的，或者说，它可能用来解释所有一般的文学问题。但是，人文社会学科的情况常常与自然科学的情况不太一样，它的理论判断和总结，受到自身文化传统的影响尤其大，有时候这种影响甚至是决定性的。于是，出自自身文化的许多理论概念对文学现象的概括，其概念、范畴、修辞形式和理论话语的逻辑结构关系，常常只是在自身文化的传统界限内普遍有效，对于揭示自身文化内的文学现象特征有理论说服力。而一旦把这类理论引进另外一种文化传统的范围，其概念、范畴、言说习性和表述的逻辑关系链条就会发生断裂，没法用来谈论和概括非我的文学现象并将其上升到所谓规律性的表述。这主要是因为不同文化影响和制约下的人们，对于同一类事物，往往有着不同的认识逻辑、分类方法和表述体系。而其所总结概括的，又基本上都是本我文化传统中的历史文化和文学事实。

在其所表述的话语体系(能指)与意指对象(所指)之间,关系紧密,界限清楚,逻辑环节层层相扣,相关的概念在相关的文化语境中能够得到合理的意义表达。而一旦越过这一关系范围,能指和所指二者之间连接的文化和逻辑链条即刻断裂,整个话语体系就变成了无根的、漂浮的能指,从而使得既有的话语体制和表述系统没法对外来的、新的意指对象进行言说、分类和概括定性。既然理论的逻辑演绎体系与非我的文学现象之间不能整合,也就更谈不上直接套用这种理论去解释和回答非我的文学问题了。

譬如西方美学中的"崇高"概念、"悲剧"概念,中国古代文论中的"风骨"概念、"有""无"的概念,印度文论中"味"的概念,日本文论中的"暧昧"的概念等等,我们几乎一眼就可以看出,它们都是各自理论系统中独有的东西,不仅译介困难,而且相互之间很难理解。因为它们之间完全就不在一个理论的逻辑演绎系统之内,你如果不是深深植根于这种文化当中,生于斯,长于斯,基因中浸润着这一文化的元素,血管中流动着这一文化的血液,也就很难体察到它的本真和妙处。

如何来实现这些所谓缺少通约性的理论和概念之间的理解和沟通,无疑是一个世界性的难题。然而,理解性的对话却可以肯定是一种好的开始方式。根据跨文化理论的基本原则,既然我们需要有参照,需要有他者,否则就没有办法理解对方,也难以更好地认识自己,那就需要想方设法去走进对方的理论逻辑,走进对方的话语结构,走进对方的概念范畴,甚至走进其理论的思维方式。我们当然不可能真正变成对方,但是,我们却可以试图尽量地去接近对方,认识对方,其实这同时也是为了尽量地接近我们自己。

这不仅是比较诗学,可能也是全球化时代所谓多元文化之间的历史宿命和现实使命。

从理论运用的困扰,进而走向理论的对话,再进一步走向比较诗学,这或许是一条中西比较文学学科发展和深化的必由之路。换句话说就是，比较诗学在很大程度上也许就是当代比较文学研究深化的必然方向之一和重要的发展趋势。正因为如此，最近三十多年来，比较诗学研究才逐渐成为比较文学学科中最有意义、最具有挑战性，同时也是最激动人心的研究方向之一。

第三节　理论创新的现实需求

本节提要：

理论创新的现实需求，A：对话关系的历史差异，比较的两种意义，古典意义与现代，参照系与性质显现。B：古代文论参与现代理论发展进程的渴求：有无可能？如何开始？学术的两种形态——古典与现代；差异与现代性命题；两种对话——中外与古今；现代转换——内在价值与话语系统；走出古典的泥沼。C：当代中国文论新话语的建构，三种文论——古代、西方、革命文论。三方会谈，资源共享，协调共建。

一、参照系与性质显现

在对比较诗学学科产生的历史条件和其作为比较文学学科重要组成部分的发展内在原因有所了解之后，其实我们对于比较诗学学科的现实意义也已经有了一定的认识。

然而有些问题仍旧需要进一步加以申述和说明。

首先，我们必须意识到，无论是比较文学还是比较诗学，它们都只是作为现代学术表征的比较潮流的学科表现之一。这里所谓的比较，绝不是简单地和随便地把任何两个东西放到一起来的比较，而是一种代表着现代文化需求和现代学术精神的方法取向。这种方法取向的重要依据之一就是：如果离开了参照系，我们不仅没法了解他人，甚至连自己是谁恐怕也都未必真正能够弄得明白。

因此，现代比较文学这种比较性的学术研究与古典时代的学术范式明显不同。在古典形态的社会中,任何一种孤立发展的文化体系都觉得它们是世界和真理的代表,譬如:柏拉图的"理式"、基督教的"上帝"、黑格尔的"绝对精神"、伊斯兰教的"真主"、中国思想诸家的"道"等等。在这样的思想指导下,学术的终极与某种不言自明的、永恒的真理是等同的,所以它其实并不需要什么真正的、平等的比较。因为,既然是平等的比较,就意味着承认这个世界上有和自己相类似的参照系,而这种判断对于某一文化的权威性、惟一性和真理性而言,无论如何都是大逆不道的。因为这样就意味着对自身真理性和合法性的否定。可是,真正现代性的观念恰恰并不承认什么永恒的真理和最后的性质,而只承认在某一参照系映照下的性质显现。参照系的无限性也就意味着事物性质的无限敞开性。这就是所谓现代精神的表现。具体地说来,由于我们今天身处的是一个各种文化多元并存的世界,它们之间互相依存,互为参照,互为主体,却不能够互相替代,而且,各自的存在都是对方存在的前提,所以它离不开对话,当然也就离不开比较。

其次,这种现代意义上的比较与19世纪风行一时的那种比较也有所不同。学过比较文学原理的我们都多少知道,19世纪各种比较学科的兴起,是和西方资本主义和殖民势力在世界范围内的崛起密切相关的,诸如资本的扩张、工业革命、世界贸易和市场等等,都无非是在说明学科产生的基本物质环境及其变迁影响而已。而与此相应的自然科学的系列突破、哲学上实证主义和认识论方面的进展、文学上现实主义、浪漫主义等潮流的盛行等等,也都带来了近代意义上的社会科学和人文学科的繁荣。应该说,这一时期的西方社会对整个世界的现代性发展的贡献是毋庸置疑的。

但是,作为它的副产品,却有两件不好的东西形成和发展起来,至今阴魂不散,其中一个是政治、经济、军事和文化上的殖民主义,另一个就是文化上的西方中心主义。尤其这种文化中心主义恶性膨胀的结果,就是把文艺复兴和启蒙时代以来一直存在的对东方和其他地区文化的学习态度扫荡殆尽,变成一种视西方逻各斯理性中心主义权威至上的文化扩张主义。在这样一种背景下,于欧洲19世纪前后出现的,包括比较学科在内的各种新兴学科,也都不可避免地沾染上了这种西方文化自我中心主义的影响。直至今天,在诸如比较文学这些个移植来的学科的理论预设、研究范式和方法论原则中,多少仍旧都可以找到它的痕迹。这种思想假定西方的一切都是先进的,而非西方社会的一切都是落后的,因此必须加以启蒙和教诲,使它们效法和靠拢西方文化。其结果自然是想要泯灭非西方文化的本性和特点,抽空它们的文化精髓,然后将它们的一切都纳入西方文化的价值体系中。比较文学学科当然没有例外。

早期西方的比较文学研究有两个特点值得注意:一方面他们对非西方文学采取忽略的态度,只是热衷于西方文化内部的文学比较研究;而另一方面,有时候他们也喜好居高临下地谈论西方文化是如何"影响"了非西方的文学,而对非西方文化在历史上曾经给予西方文化的影响却视而不见。如果说,他们对非西方文化的忽视,还可以从有限的资料和时空视野的局限去加以辩护的话,可是当论及他们心目中理想的未来文学图景时,其西方中心主义的理念便变得十分直截了当了。也就是说,他们一点都不忌讳自己的中心主义意识,一般来说,在那个时期,西方学者所谈论的所谓"世界文学",实际上多数指的就是西方文学,即自希腊、罗马时代以来的欧洲文学,近200年来又加上了以美国为主的北美地域。而当他们讨论所谓"总体文学"的价值目标的时候,其实基本上也是以欧洲的文学传统作为范本来展开的。

这当中只有极少数的研究者成为例外,譬如歌德,他在1827年与爱克曼的谈话中就预感到文学在世界范围内发展的可能性,宣告"世界文学的时代已快来临"[①]。这里之所以说他的世界文学观念较

---

① 歌德:《歌德谈话录》,朱光潜译,人民文学出版社,1982年,第113页。

少偏见,并且多少还和东方乃至中国传统文学相关联,乃是因为在他的论述中对东方文学表达了平等的欣赏态度,譬如他对中国古典小说《好逑传》的评价和敬意。

而在多数西方学者心目中,以西方文化来替代世界各民族文化似乎早已经是顺理成章的事情。法国著名的比较文学家洛里哀就曾经说过:"至于近世,西方在智识上、道德上及实业上的势力业已遍及全世界。东部亚细亚除极少数偏僻的区域外业已无不开放。即使那极端守旧的地方也已渐渐容纳欧洲的风气。如是,欧亚两洲文化渐趋一致已属意中之事了。""而民族间的差别将渐被铲除;文化将继续它的进程,而地方的特色将渐渐消灭。各种特殊的模型,各种特殊的气质,必将随文化的进步而终至于绝迹。到处的居民将不复有特异于人类之处;游历家将不复有殊风异俗可访寻。一切文学上之民族特质也都将成为历史上的东西了。"①看来,当其他所有的民族特质都泯灭之后,剩下的就只是欧洲或者说西方文化的一统天下了。这种所谓比较文学的学术目的追求,在今天看来近乎无知和狂妄,但是在一个世纪以前,西方的比较文学家们却是虔诚地当作真理来追求的。

在这样一种学术氛围下,你不可能期望他们公平地对待非西方的文学及其理论;而建立在此基础上的所谓跨文化比较,其精神实质只能是文化上的中心主义和扩张主义,它与我们今日所理解的现代意义上的比较精神相去甚远。在这样的语境条件下,我们可以看到大量的西方文学产品流向非西方世界,而作为文化殖民和猎奇消费的需要,我们也可以看到少量的非西方文学产品流向西方。但是,一旦真正涉及理论的普遍性和学术的精神实质上的对话、比较和研究,譬如比较诗学这种理论深层对话的时候,西方学界要么是不能,要么就是不屑一顾地转过身去。此种偏见,即使在今天的西方学界也依

---

① 〔法〕洛里哀:《比较文学史》,傅东华译,上海书店,1989年,第351、352页。

旧不少见,甚至还很有市场。所以,我们有理由相信,未来真正的比较诗学学科推进以及重要成果的取得,很可能并非发生在具有历史文化偏见的西方世界,而是可能崛起在非西方的某些地域。在这一学科领域,中国学界有着历史的资源和平等的机遇,只要我们做持之以恒的努力,命运很可能就会眷顾中国的比较文学学人。

那么,究竟如何去开展所谓代表着现代精神的诗学比较呢?或者说,什么是现代意义上的诗学比较研究呢?

正如我们在前面所提及的,所谓现代意义上的比较,其实是对人的认识有限性和历史性的认可,是一种平等的和理性的、在外来参照系映照下的、不断有各种性质显现的学科认识论。进而言之,有平等参照系的比较研究,是对所谓绝对真理、对所谓理论的普遍有效性、对终极价值的强烈质疑和拆解。而真正要展开这样的比较,一定而且必须建立在一个重要的前提之下,那就是有各种可以把握和具有比较价值的参照系的引入和它们之间互为参照的比较和研究。

类似现代比较精神这样的现代学术观念的产生,显然是和 20 世纪以来科学、社会和人类思维方式的进步和学术研究中学科思想的改变密切相关的。

就宏观的环境而言,首先是由于人类的生存和发展格局进入了一个剧烈的转型时代。有如科学和工业技术革命至今已由蒸汽机的时代开始,跨越电气化时代,全面进入了知识经济(新经济)和信息社会的时期。无论是传统现代化的地域格局和现代性的精神内涵,在今日都面临不断调整、深化和更新。政治上,冷战后的世界正处在个别超级大国意图全面控制世界,而多种力量都在相互分合较量,以图促成一个多元世界格局的进程中。经济的全球化一方面在势不可挡地推进到地球的每一个角落;另一方面,它所代表的价值方向和社会困扰,又在不断地受到异己力量的挑战。作为这种矛盾的象征,类似每年的世界贸易组织(WTO)年会,或者达沃斯论坛的会场之外,都会有来自民间的挑战性论坛和有组织、大规模的抗议和反对之声。

第一章　比较诗学的学科语境

至于学科观念的改变，则更和人类的思维和认识方式进步有关。远的不说，仅仅就是在 20 世纪，譬如相对论对于牛顿力学的发展，量子力学对经典力学的修正，大爆炸理论对于人们宇宙观的改变，比特、芯片、电脑和互联网技术对人的思维和记忆能力的挑战。而在人文和社会科学领域，诸如马克思的社会革命论及其实践，描绘和尝试了与现存体制截然不同的新的社会理想，并且还在不断的实践过程中，正是这一系列新的参照系的存在，才使以前天经地义的资本主义体制显出了不同的性质，带来了 20 世纪人类社会形态的分化组合；而弗洛伊德、荣格、拉康等人的精神分析理论，以其对无意识精神世界的揭示，有力地挑战了通常人们习惯了的意识规律；从弗雷泽的《金枝》到本尼迪克特的《文化模式》论等，则让我们看到了不同社会发展阶段和不同民族文化的相对性和存在合理性。如此等等，我们还可以举出更多重要的变化。

所有这些，都在不断地改变着我们从古典时代以来形成的各种关于学科认识的观念。而其中一个最重要的改变，就是承认了事物本身内在的多样性，这也就意味着承认它们的相对性，而在研究它们之间的相互关系之时，对于参照系的需求就成了必备的条件，因为，没有参照就谈不上关系，而有了参照，比较就将不可避免，现代意义上的比较学科便应运而生。因此，作为现代精神的比较学科肯定不仅属于比较诗学，在追求现代性的过程中，它同时也是现代更多学科的选择，这也是目前在我们大学教育和研究机构的学科专业体系中，以"比较"命名的学科和专业越来越多的原因所在。

就文化发展的整体而言，我们当下正处在一个力求追求文化发展的多样性，而同时这种多样性的追求又不断受到阻击的国际文化环境中。一边是文化上的中心主义及其发展极致的文化霸权主义，另一边是文化相对主义及其发展极致的文化孤立主义。这两大主要的当代文化潮流，对当下的人文和社科学术研究构成几乎起着决定性的影响。关于前者，早已经是人所共知的事实，尤其是在冷战结束之后,在政治和经济领域占尽优势的西方,从文化上对非西方展开围堵和渗透,打着全球化、一体化的旗号日渐加剧。这只要看看弥漫在我们周围的西方文学、理论、音乐、影视、体育、电玩游戏、互联网文化就一目了然,甚至就是在教育领域,也日益地显现出以西方模式为范本,去改造、靠拢和复制的趋势,那种一谈教育改革就言必称哈佛,论必说剑桥、牛津的话语俗套,便是现实的例子。至于受到挤压的非西方人文社科学界,当然不愿意无所作为,他们于不利处境中始终在艰难应对,在充满荆棘的崎岖道路上艰难前行。其中,近年关于东方主义、后殖民批评和文化研究理论的广泛回应性研究,可以窥见一斑。譬如:在亨廷顿的文化冲突论、关于文化身份研究、新儒家研究、亚洲文化价值探讨、地区文化研究等时新的学术热点中,我们都可以找到中西两大文化立场论争的影子,这种论争的趋势构成了现代中国学术思想界的一道典型的风景线。

在这种社会历史发展大趋势及其冲突的影响之下,比较诗学作为新起的学科走向和文艺研究的现代入思途径,它不可能不受到这种影响。而且,它的研究特性和话语模式,也很可能使它成为从文学研究的立场去参与这种广泛文化对话的理想方式。

二、古代文论参与现代理论发展进程的渴求

就比较诗学研究的价值目标而言,它当然并非仅仅是为了宏观地去参与文化对话的进程,应该说,就学科特性而言,它更多的还是为着文学研究和批评理论自身的发展。正因为如此,作为当代中西比较诗学的主要学术目标之一,就必然包含促使中国古代文论话语参与这一理论现代发展进程的重要使命。

中国古代文论及其话语之所以要参与现代进程,一方面是它有这种参与的理论资源本钱,另外一方面则是由于历史的阴错阳差,它被不公平地阻挡在这一现代进程之外。学界近年来不断有人呼唤中国古代文论的所谓"现代转化"问题,动机也大概出于此。这当中既

有历史的原因,也有现实的冲击,而正是来自这两方面的压力,使问题被推到了前台和突出的地位。

就历史的理论及其现代性落差而言,前者表现为一个可以被称之为"古今对话"的命题;而就现实的外来理论冲击而言,后者则往往是以"中西对话"的形式加以强调的。不过,所谓"现代转化"作为一个学术命题,由于包含了不加选择的对古代话语的整体虚拟肯定,以及对现代语境下文艺观念发展的怠慢,极容易被人诟病,所以,我们宁愿称之为"参与",即以自己的古代理论资源中有生命力和有特长的部分,经过现代调试,参与到这一进程中来。

其实,当代中国的比较诗学研究,从一开始,基本上就是以中国古代文论与西方诗学对话的方式来展开的。然而,这里首先碰到的问题就是,二者在形态性质上的巨大差异,令它在话语形式方面极其难以沟通,有时候甚至谁也并不真正听得懂对方说的是什么。譬如,在20世纪80年代以来的中国文学教学和研究界,无论是著述发表、学术讨论,还是学位论文评审等,古今中外不同的学科参与者之间,常常有所谓"听不懂"的批评声音。除掉那种话语杂陈、逻辑混乱,或者压根连自己都不知道在说什么的文字外,多数的问题,似乎都是由于这种话语体系的形态差异所构成的隔阂。

略微熟悉西方理论的人们都知道,西方文论话语在其历史的形成过程,一方面既保持了它的历史连续性,另一方面又在近代以来的发展中,特别是在20世纪的人文和社会科学转型的过程中,逐步实现了它从古典形态到现代形态的转型。

例如西方现代解释学的历史发展基本上就是这样。西方阐释学的古典形态在古希腊时代的学术对话中就已经奠定了基础;进入中世纪所谓圣·奥古斯丁的时代以后,被学科化为所谓"神学阐释学",至今还有基督教和《圣经》学者们在套用;到了十八九世纪,经过诸如施莱尔马赫、狄尔泰等人的发展,成为具有认识论和方法论色彩的一般阐释学,一度在阐释学界具有举足轻重的影响;而到了20世纪,经过胡塞尔、海德格尔、伽达默尔等人的革命性改造，阐释学被提升到了充满本体论意味的哲学阐释学，从而基本上实现了阐释学从古典形态向现代形态的转化。这当中的进展虽有波折和冲突，有着学者和流派自身的选择和坚持，但也始终是相对稳定的推进和在推进中保持了历史的连续性。所以，今天我们谈西方阐释学的时候，没有像谈中国古代文论那样，有恍若隔世的古典感觉和话语体制的时代差异。同样，当我们今天试图借鉴使用各种西方诗学理论方法的时候，多数并不曾在话语的感觉上有时代的隔膜。应该说，西方的现代诗学言谈方式与作为语境的当代思想理论的进展，基本上是能够整合在一起的，这正是我们本土中国理论的差距之所在。

而中国文论发展的情形就不太相同。谁都不会否认，中国的古代诗学是一座文艺思想的宝库，其丰富性、复杂性和独特性，都无疑是世界上不多的几座理论金山之一。但是，尽管在我们今天的文学学术批评话语中，不时地可以见到古典诗学的智慧闪光和概念范畴符号，在今日的古典文论研究界也不同程度地面临现代话语的言说性阐释，但是就整体而言，其至今仍然还是处在一种古典的形态范围，没有实现西方阐释学那样的整体提升，这同样也是不争的事实。

造成这一局面的原因至少有两个：一是伴随中国封建社会制度的崩溃，作为它的文化表现方式之一的文论话语，如诗论、文论什么的，也同时失去了发展的动力，被留在了古典的门槛之内，譬如古典诗词、戏曲、历史散文、小说等。尤其是随着近代中国一场巨大的历史变迁，包括五四以来新文学、白话文以及现代汉语发展的巨大冲击力，其中还包括不少矫枉过正的举动，譬如一度对于汉字、古汉语、古代文学和儒家思想的批判和整体否定，从整体上使古代文论话语的语言承载机制——古代汉语和文言文——也退出了历史的中心舞台。而作为这场巨变的结果之一，中国古代文论资源的生命力和理论价值，在无形中受到了低估和忽略，这种后遗症一直延续至今，尚未见到根本性改变的曙光，也许我们真的可以期待于比较诗学也说不定呢。

　　而另一方面的原因是,20世纪初以来,趁着旧的话语势力刚刚退出舞台,而新的话语体制尚未建立的空白机遇,西方文论呈大举入侵之势,不容分辩地、迅速地挤占了中国文学研究的话语市场。这当中既有来自早期俄苏和日本的左翼文论,也有来自欧美的各种古典的、现代的文论流派,什么古典主义的、启蒙主义的、现实主义的、浪漫主义的、现代主义的等等,都到中国文化这块经典土地上来一显身手。1949年以后,苏联社会主义现实主义的文艺思想及其中国化的两结合(革命的现实主义与革命的浪漫主义结合)革命文论,在相当长的时间内居于主导地位。而20世纪80年代以来,在对外改革开放的中国,又经历了一波长达二十多年,并且延续至今的,各种理论潮流的引进,几百年以来所有出现在西方的,流行的与不流行的,有借鉴意义的和未必真有什么价值的理论,在中国学界和文坛你方唱罢我登场,差不多都被演练了一遍或者十多遍,其中有些在1949年以前就热闹过一回了,算不得新鲜。在长达一个世纪的时间内,无论某一时期的主导话语是任何一种,中国古代文论的价值始终都没有得到应有的重视,它的生命力尽管并未真的销声匿迹,但在文坛和学院里的被忽视,却始终是一段时间内的客观事实。当然,这也并非是说,它真的就完全销声匿迹了,中国古典文论有时候也会受到一定程度的提及,但在理念上多数也只是被当作古董一般地供少数专家去研究。作为证据之一就是,一般大学的中文系都较少有专门从事中国古代文论教学研究的位置,哪怕是在著名大学的中文系里,也最多是在文艺学教研室安排不多的人手搞点古代文论,或者叫做批评史的教研,而且一定是选修课。

　　由于上述种种原因,中国古代文论在差不多一个世纪的时间内,不知不觉地竟然就失去了走入现代性的历史机遇。这可以算得上是一场巨大的历史性误会。我们都知道,就西方学术社会而言,20世纪恰恰正是理论发展的绝好时机,对于作为理论世纪的这个时代而言,的确真的是一个千载难逢的机会,可是中国文论传统却竟然与其擦身而过,给历史和今人留下了巨大的遗憾。正因为如此,在今天我们尝试真正为建设新的中国文论寻找机遇的时候,一个寻求古代文论价值的古今对话的知识交流过程,就成为了必不可少的重大前提。

直到世纪末,当比较诗学开始兴起,当我们感到本土现代资源的匮乏,当我们迫切需要寻找资源来与西方对话,并且寻找和重建自身的时候,总算逐渐想起了中国古代文论,想起了《文心雕龙》、《诗品》、《二十四诗品》、诗话、词话、小说评注什么的。我们开始感觉到它的存在,直觉地意识到它的巨大价值,于是,我们终于开始学会理性地向后看了,传统理论的资源宝库从历史深处开始频频向现代的研究者招手。

然而,当我们把这一切从宝库中请出来的时候,才发现它们穿着的依旧是古代的袍服,带一身历史的冬烘味儿,说着的全是今人不易理解的古代语言,言谈的对象也都是过去的历史内容和老旧的家常故事。尽管它的内囊中缀满了碎琼乱玉和许多有价值的宝物,但真正要把它们发掘出来,使之成为世人,也包括非我文化的人们能理解和接受之物,显然必须要经历一番脱胎换骨的更新,这也就是人们所谓的内在价值的深入发掘和话语形式的现代转换命题。这一过程,既包含所谓的"古今对话",也包括所谓的"中外对话"。因为,作为"今"的一方,除了19世纪以前漫长的历史资源外,也包括惨淡经营了现代一个多世纪的中国现代文论的经验,其中也弥漫着西方文论的影子。而所谓的"中外对话",其中作为"中"的一方,侧重当然是在古典文论,至于作为"外"的一方,既包含作为参照的西方诗学,也有某些走入现代性的现代中国新文论的雏形。

这里所谓对话,其实也就是比较,通过比较和交流,通过创造性的诠释,通过话语的转换,使古典文论以新的面目示人,成为现代文论话语的有机组成部分。如果不适宜说是一个现代转换的过程,我们不妨也可以将其称之为:中国古代文论的去古董化过程。

第一章 比较诗学的学科语境

关于这方面,比较诗学研究界与中国古典文论研究界虽有着共同价值的欲望,那就是让中国古代文论的思想和精神在现代的中国与世界重新发扬光大,并且真正在学理上走向世界。但是,在以什么样的形态重新出现在理论的体制结构中,在如何去与世界,尤其是如何与西方对话的问题上,二者之间却是存在着一定的分歧。

古典文论家作为这一理论传统的权威解释者和守护神,他们往往要求在这场中西诗学对话中要以"原装"的、所谓"原汁原味"的、有着权威解释的,甚至未加改变的形态去面对西方,与西方交流,除了"注、疏、校、评"之外,其他什么都不能添加改造,更不能尝试"换个说法",其立意是要展示出一个整体的、经典的、基本不变的中国古代文论的原初形态和固定价值,否则就有歪曲、缩减和背叛的嫌疑。

而在比较诗学研究者看来,这只是一种近乎乌托邦式的努力,它甚至在一定程度上意味着拒绝真正意义上的现代对话。

首先,就目前和相当长一个历史时段的情形来说,国际学术的语言和话语环境就多有问题,基本不具备提供这样的语言交流上的可操作性。如果说,目前各个国家、民族都有众多的学人,他们能够直接以英文或者其他西方语言去阅读欧美的文学理论著述,同时,又有大量较好的西方文论译本供参考对照的话,而一旦轮到非西方文化,譬如中国古代文论,多数人实在所知寥寥,即使在众多国外汉学系、中文系、东亚研究系里,能够用汉语原文直接读解中国古代文论的学者,也实在是屈指可数。至于译成各种外文的中国文论著述,近一个世纪以来,其数量显然相当有限,除了汉学界内的文论专门家以外,基本上还不具备让一般文学研究学界普遍了解和接受的条件。

关于这一点,我们在后面谈到中西诗学的历史性相遇的时候会有详细涉及。

再说到"原义"的问题。这里先不说有没有所谓"原义"这个东西,但是,要谈"原义",就必须有关于原意言说的重要前提才行,那就是它的时空有限性和相对性。否则,即使是在历史学和阐释学的意义上,原义也都是一个相当可疑的说法。

　　且不说古代文论在历史时空中的运动性和发展性,光是它在语言文字外壳和话语表达方式方面的疏离,就足以使它徘徊在现代理论话语的主潮之外。更不必说它所持有的古典诗学阐释学的精神了。这种不加置疑的关于原义的言说,在整体的倾向上具有自我循环性和自足性,只是在本文化的特定的时空言说场域中能够被理解和认可。在现代要实现其意义的开敞性,显然就不能依靠这种自循环过程中去实现突围,它要想进入世界文艺理论对话的主流话语层面,就必须有待于在参照系的衬托烛照下,才有可能发现和确定它在世界理论格局中的独特价值。这也正是我们之所以要通过比较诗学的努力去实现的重要学术目标之一。

　　因此,当下中国古代文论的主要问题与其说是要迫不及待地去世界上寻找和确立自己的位置,倒不如说,首先是要尽快地从古典的泥沼里面脱身出来,经过中西古今艰难的"四方对话",在话语的表达途径和意义的呈现方式方面,逐步实现其在现代阐释学意义上的现代精神接轨,让古典的闸门打开,让其中理论的活水涌入现代的河床,在所谓交谈方式、表述范畴、学术方法论断,以及所谓本体论、认识论以及语言论、审美论等意义上的价值,得以提升至现代性的理解平面,并且与现代众多话语实现一定程度的自然融合,共识呈现。然后,中国古典的文论话语才有可能以其独特的文化视域、富于生长性的历史资源和现代学术语境可以接受的话语方式,自信地参与到现代理论的框架中去,并且在参与中去实现自身和继续发展自身。

　　这也许就是我们和某些固守古典观念一隅的古典理论家的分歧所在。这里很难说其间有多大的谁是谁非,很可能只是思维和方法路径的差别居多,一切都只有听候历史去检验。我们当然希望是殊途同归。然而我们始终认为,没有对话,没有参照,没有比较,没有现代阐释学意义上的提升,中国古代文论的世界参与和现代性命题,恐怕只能是关在自我文化疆域中的自说自话吧。

三、构建中国文论新话语的需要

然而,中国古代文论要参与现代理论的发展进程,说到底,也还是一种历史资源的利用和发展的策略性努力,是想"找回"理论传统过去的意义和价值。而真正当代中国文论研究的最主要重心,却始终应该是在于"开创",是如何去推动文学和文学研究的发展,是如何努力去构建未来的中国文论新话语、新体制的问题。也许这才是理论所真正应该选择关注的战略目标之所在。

为了实现这一战略性命题,恐怕需要中国甚至世界几代文艺研究者的努力。而且,这在很大程度上,也将与中国未来在世界政治、经济和文化格局中的位置密切相关,分割不开。当然,还是那句话,为了这一目标,无疑有着许多可供选择的路径和方法,而比较诗学将只是其中重要的路径之一。

至于比较诗学如何去参与这一战略努力,应该说,所有围绕本书全部论述的潜在目标和学术方向其实都在于此了。但是,作为前提,我们首先必须要对20世纪以来中国本土所存在的文艺学的状况格局有所了解。很显然,整个20世纪中国文艺学的现状是一个大致的三足鼎立的局面。

其一,是历史悠久,但是在1911年以后几乎被送入博物馆的古代文论。

其二,是同样有着悠久历史传统而又呈现为强势的现代形态的西方文论。

其三,是融合了马克思主义、毛泽东思想和其他左翼文论思想的革命文论。

如果我们再加细分的话,也许还会注意到在现代文学的发展过程中,还存在一些糅合了中国古典文论思想和包括印度、日本文论在内的新的文论生长因素,但目前它们的影响还有限。

了解中国现代文艺学历史的人们都知道,前述三种文论在不同的历史时期都曾经占有过主导地位,而正是这三方面文论的张力,规定了现代中国文论研究的资源、动力、冲突和基本格局。由于中国文论的建构,基本上是在中国文化面对世界现代文化发展中的历史落差,从而全力追求现代性这一世纪性主题的语境下展开的,因而文论这三个方面的历史地位变迁也显得并不均衡。

西方文论在 1949 年以前和"文革"后二十多年曾经影响巨大,当下也在不断制约着现代中国文论话语的主流进展。

革命文论在 20 世纪前半叶崛起,在 1949 至 70 年代末一直占有主导地位。

最可怜的是古代文论,它们自从封建末世失落之后,经历了一个世纪的沉默和准沉默,只是在 90 年代以来,当西方文论铺天盖地地占领市场,而所谓中国文论的"失语症"越来越严重的时候,才逐渐被重视和关注。

所以,如果不否认革命文论基本上也是舶来品的话,则就整体的现代中国文论发展趋势去看,我们大概可以这样总结,所谓现代中国文艺学的发展,实际上就是一个西方文论日渐张扬,中国传统文论话语日渐退缩的过程。尽管自五四以来,经过数代文论家的努力,当代中国文论话语中多少已经有了一些富于活力的现代性因子和对话的资源,但是基本的局面并无大的改观。

如此,不管我们愿不愿意、承不承认,这都是一个百年来延续至今的理论现实。而要想真正建立未来适合中国自己的现代性特点的文论话语和文艺学体制,也不可能是一座平地而起的空中楼阁,而只能从这三足鼎立的基底出发去清理、发掘、整合和重建。不可否认,三者中的每一方面,都拥有为建构新理论而需的思想资源和理论生长因子,但是,与此同时,它们中的任何一方也都不能独自担当起建设新的文论话语的历史任务。可是,真正要由三方或者四方去共同建设,首先就面临关系整合的问题。因其不同的理论背景、言谈方式和价值目标,仅仅是要让它们对话都绝非易事,更谈不上沟通了。这必将是一个相对而言较为艰难的协调和适应过程,当此时,以调适各种话语和组织跨文化、跨学科对话见长的比较诗学便成了一座非常有用的桥梁。所以,从比较诗学的理念出发,去启动中国现代文艺学理论体系和言说话语的重建之途,有理由被证明是一条相当有效的捷径。

让我们借着比较诗学的方法和手段,本着"和而不同"和"互识、互证、互补"的原则,化"对立"为"对谈",化"交锋"为"交流",尽可能地在参照性对话过程中去开掘每一方的价值资源和言说问题的独特之处;譬如革命理论对于语境和作者的关注,西方文论对于文本的审美和形式分析,古代文论在自然与人文的认识、语言与意义关系上的见解等等。在此基础上,似可为建构具有现代特征的、中国新的文艺学理论和言谈话语机制提供能够共享的资源基础和有可操作性的方法路径的可能。正是在这一意义上,本书认为,比较诗学在这一理论演进的过程中所能扮演的角色肯定是具有不可替代性的。

第二章　中西比较诗学的历史与现状

第一节　问题意识

本节提要：

中西文论与西方诗学的历史相遇；冲击与回应；融会中西；文化自信；近50年中西文论交流特点；现代化进程与现代性宏大叙事。

比较诗学在中国的兴起，自然是以中国文论与西方诗学的历史性相遇为前提的。而双方在这一领域的如此相遇，就其一个多世纪以来的效应和未来可能产生的影响作用，显然可以算得上是20世纪中西文学研究史上最为重要的精神际遇之一。

众所周知，一部中西近代关系史，其最基本的特点就是：一个先进而又扩张成性的西方，对一个古老落伍而又封闭保守的天朝大国的殖民史和掠夺史。即使是从文化史的意义上去看，也是属于一种借助其政治经济强势的现代文化，对于一类在政治经济上处于守势的历史文化进行压抑、渗透和力图同化的历史。

但是，文化、学术以及诸如文学这样的精神探索领域的发展，毕竟有它自己的规律和特点。无论是被动的碰撞还是主动的相遇，闸门一旦开启，主流意识形态对它们的掌控就往往相当有限，文化和学术的关系发展史与政治经济的关系史毕竟有所不同，它们常常会执拗地走一条自己的路径，按照自己的精神惯性行事，甚至可能从中造就出颠覆性的异己力量来，此种现象已经有大量的文化交流史的事实可证明,有时候甚至让人觉得有某种规律性的感觉。其实,试想一下,有哪一种历史文化发展中的异己力量,不是从原先的旧形态中生长出来的?王朝的替代与制度的更新是如此,文化的革新和变迁也是如此,只不过,在精神生长的领域里可能更突出一些罢了。因此,就中西文化交流史而言,它在文化史和学术史意义上所产生的众多副产品,都是相当复杂和耐人寻味的。

这其中当然也包括文论诗学之间的关系历史及其可以期待和无意衍生出了的各种结果。

就中国文化本身而言,它作为世界上少数几个独立发展、未曾断裂、延续至今的文明,在漫长的文明史上有着自身极为丰富的文化积淀和积极的发展势头。只是在 17 世纪以后,由于近 300 年的自大不前和不愿开眼看域外,造成在政策上一次又一次的闭关锁国举止,于是,中国文化和科学技术的发展才逐渐落在了西方世界的后面。譬如,在 17 世纪,中国的劳动生产率还与英国相当,可是到了 1860 年前后,由于实现了产业革命,英国的人均劳动生产率已比当时的中国高不止几十倍。教育和文化上的实际情形是,当西方的孩子已经十分熟悉达尔文、法拉第和万有引力定律的时候,中国的孩子还在念三字经、千字文,背诵"天地玄黄、宇宙洪荒"。在近代世界漫长的岁月里,新的近代科学文化的观念和知识终究没有成为中国传统文化的一部分,从而极大地阻碍了它后来的现代性发展。直至今天,在我们的社会生活和精神领域,还能够清晰地看到历史留下的这种印记,感受到这种近代文化渊源对社会生活的许多方面产生的影响。

不过,事情也总是存在着它的另一面,不管压抑力量多么强大,内在的革新和颠覆力量总是在这一过程中渐渐生长。

一方面,尽管由于闭关自守的原因,中国朝向现代社会的发展是如此的缓慢,但是到了近代,在中国文化传统的内部还是逐步出现了强烈的对外交流欲望和关于现代性的物质和精神需求。譬如早在 1607 年,上海学者徐光启和意大利传教士利玛窦就已经合作翻译了欧几里得的《几何原本》，这比牛顿发表他的近代科学奠基之作《数学原理》还要早80年。

另一方面，外来的强大冲击也迫使中国文化自身不断做出回应。特别是进入19世纪以后，这种冲击变得愈加势头凶猛，西方文化跟在列强的枪炮后面，开始昂首阔步地闯进了中华大地。这样，不管自身是否情愿，中西交流和对话都已成为不可阻挡之势。只是在当时，这种交流与对话明显地表现为一种并不平等的、即某些西方学者所谓的被动型"冲击—回应"交往模式。也就是说，处于守势的中国文化，在西方文化咄咄逼人的冲击下，总是在不情愿的、退让的、被动的、穷于应付的过程中做出自身的回应。

不过，这里还是有必要指出这样一种文化心理现象，那就是，尽管由于这种"冲击—回应"模式的话语强力，常常掩盖了中国文化自身的更新动力和作用，但是，包括学术文化界在内的众多中国思想者却从未对中国文化彻底丧失信心。一代又一代的志士仁人，始终都在探索着如何能够复兴中国文化的途径。这也就是"全盘西化"的主张从近代至今，始终不能在中国的文化发展序列中占据主流地位的原因。

20世纪中国学术思想的发展，曾经有过无数种理想、主义和道路的尝试，但待众多的尝试都成为历史之后，回头再看，其中能够被普遍认可的主流学术理念实际上还是一个所谓的"融会中西"，并且这一理念一直在制约着整个这一时期的学术范式和理论话语的建构。

我们只要看看20世纪盛名一时的，近年来讨论得比较多的一些历史的学术主张就可以理解。开放性地去看，在这些主张中，人们真正喜欢的还是"师夷长技以制夷"（魏源《海国图志》）；是"中体西用"，"别求新声于异邦"（鲁迅）；是既重视地下实物也重视纸上遗文，既重视异族故书也重视吾国旧籍，既重视固有材料也重视外来观念的"三重证据法"（王国维）；是对域外思想和方法的"同情的了解"（陈寅恰);是"兼收西法,参合诸家"以达到"会通以求超胜"(钱钟书),等等。所有这些主张的关键理念,其实就是想要汇通中西为一炉,以熔铸出符合汉语文化传统、适应世界潮流,同时又具有所谓现代性特征的中华民族新文化。

这种围绕着如何处理中西文化关系的延续久长的文化论争和实践探索,必然也会对作为其一方面学术领域的中西诗学关系产生影响,而中西诗学从20世纪初的历史性相遇最终走向具有强烈对话特色的比较诗学,正是这种复杂矛盾关系运作的必然结果。

在这一广泛的意义上,即使是研究诗学关系这一局部的话语范畴,其所关涉到的,依旧是与中国的社会和文化发展命运休戚相关的"现代性"宏大叙事主题。某些表面上看似简单的术语概念之争,却时时与文化和学术的大课题密切相关。在关注中西比较诗学发展的历史和现状的时候,我们尤其不应该忘记这个背景和思想文化的参考系统。

正是在这一特定的历史条件和过程中,再回头来看看西方诗学如何走向中国,中国文论诗论又如何走向西方,及其所呈现出的显著不均衡局面,很多疑难便变得比较容易理解了。

第二节 历史相遇中的失衡

本节提要:

文论贸易赤字;庞大的文论西来之潮;东去的涓涓细流;交流的规模与不平等关系;成果队伍、人才结构;自我与他人的文化关系。

中西诗学在近代相遇和交汇的历史,是一场进口绝对大于出口的文化赤字贸易。

先看西方诗学走向中国这一方面。

尽管在18世纪中叶的时候,西方文学就已经开始被陆续介绍到中国,但数量和品种都很少,多数也只是关于《圣经》的翻译和圣经故事改写。真正大规模的引进则是在中日甲午战争以后的晚清,尤其是19世纪末20世纪初。自从梁启超、夏曾佑、黄遵宪等人提出"小说界革命"、"诗界革命"的主张以来,中国引进和译介西方文学的潮流可以说是一波接一波,其潮流蔚为壮观。根据阿英的统计,晚清出版的一千多部新小说中,有三分之二其实是外国的翻译小说。① 而西方文论的引进又更要稍微晚一段时间,一直要到了五四前后才逐步形成一个小小的高潮。

整体地看,西方文论在中国本土的译介,至少先后经历了从五四到1949年、70年代末至今两次大的高潮。期间从1949年到20世纪80年代中期以来,值得强调的还有马克思主义文论和毛泽东文艺思想的长期主导。其中,不管是社会主义现实主义,还是革命现实主义与革命浪漫主义"两结合"的文论,甚至"文革"时代的极"左"文论,也都同样缀满了外来理论的各种痕迹。

不管今天我们认为这种译介、研究和借鉴使用的广度、深度和严谨方面还存在多少问题,如果横向地和周边世界比较,或者是和西方译介研究中国文论的情况比较,便立即可以看出,无论是被动的接受或者主动的选择,也许除去日本外,还没有哪一个民族像中国一样,如此大规模地、全方位地引进各种各样的西方文艺学的思想、理论、方法、范式和概念的成果。特别是最近20年来,其引进的规模在文坛和学术界可谓铺天盖地。有关数量的统计学研究在这里已经意义不大了,因为除了外来文论的引进、评介和运用实践,其他文论话语的声音早已经变得相当微弱,文坛和学坛上充斥的基本上也都是来自西方的理论和言说话语。从古代希腊、罗马的诗学思想到文艺复

---

① 阿英:《晚清小说史》,第180页。

兴时代的文艺观念,从新古典主义的戏剧理论到启蒙时期的理论主张,从 19 世纪的各种主义到 20 世纪的现代理论,从整个西方古典文论一直到所谓的后现代文论,包括史论、理论、方法及各种主义、流派,从经典大师到文论新秀,可谓全面深入,包罗万象。各种各样舶来的讲义、教材、文论史、文选、专著、选集、评述等等,充斥着我们的理论出版领域和图书馆的书架,各种外来的文艺观念、学术话语和修辞表达风格弥散在大学讲堂和研究论坛。学术期刊和学术讨论会上争论的焦点和主题,往往都是西方理论发展引出的话题,有的干脆就是典型的西方话题,不过是晚了半拍或者把讲坛搬到中国的汉语世界来了而已。以致到了 20 世纪 90 年代末,一个关于中国的理论和文学批评界患了"失语症"的论断和论争竟然莫名地成了文坛的热点话题。这里所谓的"失语",其真实的含义并非说文坛和研究界都哑了自己的嗓门,处于理论的沉默状态,而是不满今日文学研究话语几乎都成了西方文论独白的天下,从而呼吁要发出自己文化和理论的声音。

不管这种说法是否恰当,但它至少说明一个事实,那就是西方文论话语确实是铺天盖地地来到了中国人的面前。

再看中国文论走向西方的情况。

与上述情况形成鲜明对比的是,西方在译介和引进中国文论方面,无论规模和深度都相当有限。只是到了 20 世纪的后半叶,随着中国的开放,社会经济的发展,国际影响和国家地位的提升,情况才稍微变得好一些。而且,在承担这一历史使命和从事这类工作的人群中,有相当大一部分还是由域外和本土的中国人主动去担当的,真正西方血统的学者比例相当有限。

中西文论诗学交流这种不平衡局面的存在,与整个中西文化交汇的现实一样,今天看上去只能说是一种历史的宿命。就现象的起因而言,自然要由我们自身的历史发展和文化失策去承担,但无论如何,它绝不是历史和现实的中国学术界的耻辱。不仅不是耻辱,它甚至在一定程度上所反映出来的,恰恰是中国学术界知耻而后勇,敢于面对世界,大胆借鉴、参照他人长处的勇气和努力追赶世界脚步的欲望。同时,更有意思的是,作为一种意想不到的结果,对大胆接受的一方而言,在从资料和信息掌握的广度和深度上,为今后的革新和创造打下了坚实的知识和信息基础,在客观上奠定了未来新的理论和思想在中国能够形成和持续发展的条件和历史的可能性。

严格说来,西方对于中国古代文论的译介和研究,主要还是由汉学界和后来称为"中国研究"界的一部分人去缓慢展开的。

19世纪末以前,专门的中国文论在西方的译介基本上是空白。尽管通过对各家中国文化经典的译介,如《易经》、《老子》、《庄子》、《论语》、《诗经》等,不同程度上也把中国文论的某些思想带到了西方,但是,其实人们并没有怎么从所谓文论的角度去关注这些经典的意义,也并没有人真正有意识地去专门介绍和研究其间的文学批评思想问题。而且当时好像也真的没这个必要。

20世纪前50年,在西方汉学的文献中开始出现一些有关中国文论的翻译和介绍,像《文心雕龙》的节选、某些诗话、词话的节选等。当然,也有像瞿理思等人先后全文翻译的《二十四诗品》,不过他们更多是将其作为深邃优美的哲理诗来介绍的,至于像德国汉学家德博以《沧浪诗话》的德译本和导论评述作为教授论文的专题研究情形,几属凤毛麟角,难得一见。

直到20世纪50年代末,这种状况才有所改观。1959年哥伦比亚大学出版社出版了施友忠的《文心雕龙》英译本(1970年台北英汉对照本,1980年香港再版本);1962年中国的杨宪益、戴乃迪夫妇在英文版《中国文学》(第8期,第58—71页)上选译发表了《文心雕龙》的五个章节;使西方世界意识到在东方中国也有类似亚里士多德《诗学》这样体大虑周的鸿篇巨制式的著述,从而引发了汉学界较多研究的兴趣。

不过,对迄今未止的关于这一领域的海外学术史梳理的结果可以证明,在将来有一天西方主流学术世界真正对中国文论这一领域有需求和感兴趣以前,即使是当下的汉学界和所谓中国研究界的中国文论研究,也还未形成引人注目的翻译和研究的学术阵势,譬如像今天的中国学术界翻译、研究和应用西方理论的热情那样。

当然,无论如何,中国作为一个重要的地区性大国和历史文化尤其深厚的国家,随着其影响的增大,特别是改革开放 20 年以来的全面影响,中国文化的因素日渐对世界变得重要,因此,相比较而言,自上个世纪 50 年代开始,经过 80 年代到目前,在这大约 50 年期间,西方,尤其是英语世界对于中国文论的关注,还是有了很大发展。

根据不完全的统计,仅仅是在北美和英国等其他英语世界里,到 2000 年为止,关于中国古代文论的博士论文、研究专著、专题论文和翻译评述,可以统计到的大约超过了 500 种。① 其中中国不同时代的文论著述和各体文论也都受到了不同程度的研究和关注。

随便举一些例子,在整体和系统研究方面,就有我们所熟悉的刘若愚的《中国文学理论》、费维廉的《中国文学批评》(*Literature Criticism*,1986)、宇文所安的《中国文论读本》、叶维廉的《地域的消解——中西诗学对话》、张隆溪的《道与逻各斯——东西方文学阐释学》等。尤其值得提出的是,由梅维恒教授主编,纽约哥伦比亚大学出版社 1994 年出版的《哥伦比亚中国古典文学选集》,是一套长达 1300 多页的英文巨著,其中就包括《诗大序》、《文赋》、《文选序》、《沧浪诗话》和元好问的《论诗诗》等。接下来 1996 年由诺顿公司出版,宇文所安编著的《诺顿中国古典文学选集:初始至 1911》,其中就包含许多重要的文论的篇目。以诺顿文选在西方经典的位置,自然就使中国古典文学被正式列入了与西方经典并置的地位,其影响和意义不可小看。目前耶鲁大学出版社与中国外文局计划出版的多语种

---

① 参见黄鸣奋《英语世界中国古典文学之传播》,上海学林出版社,1997 年;王晓路《中西诗学对话——英语世界的中国古代文论研究》,四川巴蜀书社,2000 年,第 27—58 页。

"中国文化与文明丛书"七十卷,其中也包括某些文论的子集,一旦出版,其巨大的影响也是可以预料的。

就研究队伍的现状而言,过去那种基本上是由传教士、外交官和探险家充任汉学家的时代早已经过去,目前西方从事这一领域研究的学者群基本上包括三种人:

第一种是新一代的学院派西方汉学家,他们出身于诸如汉学系、东亚系、中文系这样一些西方中国研究院系,多数又都有在中国留学研究的经历,有较深的中国文化和文学素养,敢于尝试文论研究这样相对艰深的课题。

第二种是50—70年代留学西方并且最后"学留"下来,现在就职于国外大学华人学者,这一批人为中国文论在西方的较系统翻译和深度介绍用功较多,可以说立下了筚路蓝缕的汗马功劳。

第三种则是80年代以来中国内地赴西方的留学生,在文论研究领域主要是一些赴北美留学以后留下来任教的学人,这部分人对内地的学术现状有较深的了解和体察,在经历了系统西学训练之后,常常行走于中西之间,开始能够比较有的放矢地研究文学理论之间的学术问题。在涉及跨文化文论研究的问题方面,处理起来也比较有现实感和问题意识。

以上仅仅就队伍的构成而言,同样也可以见出,即使是西方如此有限的中国文论研究队伍,其中具有中国文化血统的华人的参与,还是占据了相当大的一部分。因此,在评价所谓域外的中国研究,也包括中国文学和文论研究的时候,如何区分真正非我的"他者"研究与所谓华人的"自我"研究的差别和意义,未来也将成为一个细腻却十分重要的学术命题。不过有一点现在就可以断言,也就是说,时至今日,那种只是以简单的地域性差别作为区分跨文化学术研究尺度的做法,在进入21世纪的今天,已经是显得过于粗糙了。

无论如何,尽管中国文论的西传在规模和深度上都无法与中国对西方文论的引进相比,但是这种双向的交汇和相遇,毕竟实现了材料的大量译介和积累、人才的造就和一定的研究经验和学术成果,而面对此后研究上不断深化的要求,进入中西诗学之间正式的对话和比较就成为研究者们的必然选择。

在 21 世纪跨文化诗学研究注定成为学界关注重点的今天,重新去回溯和反省这一历史的过程,其意义主要是在于,它可以提醒我们,在今后的研究当中,尤其需要将我们的问题意识建立在一个更加理性和明晰的基础之上。

第三节 非学科化时代的进展

本节提要:

崛起与展开;从五四到 1949 年;王国维、鲁迅、朱光潜、钱钟书等;自觉意识与积极回应;随意的研究和较小的规模;非学科化的问题。

在本书一开始的时候,我们就曾经提及,中国的比较诗学研究开始于 20 世纪初叶的五四前后,而学科化的形成却是六七十年代的事。迄今为止的研究大约可以分为两个阶段,前一个阶段可以说还处在非学科化的探索期,而后一个阶段则逐步进入了学科化建构的发展阶段。

非学科时代:从 20 世纪初到 1949 年。

从时间分段去看,西方文论进入中国,在五四前后是第一个高潮。但是,实际上,即使是在 20 世纪初叶的时候,对于西方理论的借鉴性运用也已经有了初步的进展。

譬如在国内关于新小说的理论探索中,通过介绍日本的文艺思想,间接地和一定程度地就受到了西方小说理论的影响。例如梁启超在流亡日本期间发表于《清议报》的一篇重要的小说理论文章《译印政治小说序》①中，就首次强调了"政治小说"的概念，主张大力翻译外国小说。而后来的研究证明，梁启超的观点主要是来源于当时倡导创作政治小说的日本小说家和理论家的影响，而这些日本的小说理论，在很大程度上，却又是受到英国小说家，诸如布尔沃·李顿和本杰明·狄斯累利等人影响的结果。②而后来王国维以西方理论观点讨论《红楼梦》的文章，正式发表已经是在1904年的事情。由此可见，即使是在现代的意义上，中国自觉的比较诗学研究，也是在比较文学的学科理论进入中国之前大约20多年的事情，这一研究实践走在了学科理论前头的事实，在一定程度上说明，如果有研究的实际需求和问题意识，学科理论的出现只是件早晚的事情，它既可以是相似的外来理论的引进，而如果真的没有理论可以舶来，它同样也会从自身的土壤中生长出来。

如果把这一命题推广开去，就将意味着，只要中国的现代性和现代文化发展是一个客观存在的实践需求，是一个所谓的真命题，那么，不管有没有外来理论的引入和借鉴，它自身都应该和有理由去形成属于自己的研究理论体系，只不过有的情况下需要借助外来理论的参照去催生，有的时候，恐怕还得自己到实践中去总结和原创而已。

中国比较文学的学科发展史明确告诉我们，西方比较文学的理论著作只是到了30年代才被译介到中国本土来的。1924年，吴宓在东南大学开设"中西诗之比较"课程；1929年英国批评家瑞恰兹在清华大学正式开设以"比较文学"命名的课程；而戴望舒翻译的梵第根的《比较文学论》的中译本，已经迟至1937年才出版，并且在当时的影响也相当有限。

所以，我们可以肯定，这一时期中国的比较文学研究从一开始就

---

① 梁启超：《译印政治小说序》，《清议报》第一期，1898年12月，横滨印行。
② 参见米琳娜编《从传统到现在：19至20世纪转折时期的中国小说》中文本，伍晓明译，北京大学出版社，1991年，第26页。

第二章 中西比较诗学的历史与现状

没有遵循所谓从"影响研究"发展到"平行研究",再推进到"阐发研究",最后终于走向"比较诗学"研究这样的常规路数。作为所谓文化上"冲击—反应"的回应手段,从一出手,几乎是很自然的,中国的比较文学研究就自觉地把比较诗学作为一个研究重点,这当然是因为,中国的学人在本土传统文学思想方面拥有像《文心雕龙》这样的丰厚的、自己值得骄傲的资源。实际上,由于中国的传统文论有着自己的资源本钱,所以,西方理论一旦进入,一些研究者十分自然地就会拿它去与中国古典文论传统加以比较,从而在一开始就形成了关注诗学方面的跨文化研究的理论态势,为我们今日体制化、学科化的比较诗学研究打下了良好的学理和方法诸方面的基础。

根据对1949年以前近三百余种国内比较文学论著和论文的统计,其中可以列入比较诗学研究范畴的就足足占去四分之一左右。① 而且可以说,当时一些最优秀的比较文学成果,如王国维、鲁迅、朱光潜和钱钟书等人的论著,其实都是以比较诗学和比较美学为代表的,这也正好说明了这一代学人心目中始终所保有的文化自信和开放包容的学术心态,他们都是大胆拿来、借鉴西学的高手,但是,对于传统也从来就没有真正丧失信心。认识到这一点,对于作为后学者的我们,应该是颇具启发意义的。

首先看王国维,他1904年发表的《红楼梦评论》,从一开始就摈弃了传统索引考证的烦琐,直接借用叔本华以及康德的悲剧美学思想,思辨特色极为浓厚地展开其对《红楼梦》的分析。在他看来,传奇"无非喜剧",而元杂剧像《窦娥冤》、《赵氏孤儿》等则"最有悲剧之性质",至于《红楼梦》应该是"悲剧中之悲剧"。这种在今天看来并无甚新意并且大可商榷的见解,在上世纪初的中国文学批评史上,无疑却是一个创举。

---

① 可参见《中国比较文学研究资料:1919—1949》,北京大学比较文学研究所编,北京大学出版社,1989年。

1908年，王国维更发表了《人间词话》。在该著述中，作者自觉地融中西文论为一体，将"写实的"、"理想的"、"优美的"、"宏伟的"等一系列西方诗学和美学的概念引入中国文学批评的园地，并且试图以新的参照系来重新言说传统中国文学的诸多问题。在王国维看来，西方之学专于思辩、抽象和分类，而中国之学则长于实践，重印象，以具体的知识为满足，倘若将二者加以"兼通"，相互取长补短，结合参照，则肯定可望有新的理解和发现。这种有点去枝留干、定向切割式的区分和比较，虽然突出了各自文化的某些重点特征，但同时也很可能就此抖落掉各自文化的丰富性和鲜活的血肉。但是作为一种有启迪性的跨文化研究开端，他尤其是强调了取长补短的兼通互补目标，即使是在今天的认识视野，也仍旧是有着相当的参考价值。

王国维的建树，在现代中国学界普遍被承认具有承前启后的开创意义，今天，对于王国维的学术思想，无论有多少问题和不足，但却不得不以他的研究作为起点，即使在跨文化文论研究的领域，他也始终可以说是中西比较诗学和构建现代中国文论话语的重要起点。今天，无论我们的讨论如何开始以及如何深入，恐怕都不可能绕过王国维这块界碑了。故而陈寅恪先生在《静安遗书序》中论及王氏在学术方法上的三大贡献时，除了"取地下之实物与纸上之遗文互相释证"、"取异族之故书与吾国之旧籍互相补正"外，还有一条十分重要的就是："取外来之观念与固有之材料互相参证"。这所谓的三重证据之方法，其中两重都是和参照系映照之下的跨文化研究密切相关的。

也就在王国维1908年发表《人间词话》的同年，青年鲁迅发表了他的长篇论文《摩罗诗力说》。尽管后世的研究者证明，这篇长文的写作，也曾经借鉴了某些日本学者的研究成果，但它并不影响论文作为近代中国比较文学研究重要成果的价值意义。该文以文言写成，文笔犀利，气势雄健，汪洋恣肆，出入自由，风格并不受通常比较文学的所谓研究类型中的范式格局方法限制，而是应题所需，信手拈来，自由地去展开比较。对诸如19世纪欧洲，尤其是该地区各国浪漫主义诗派的许多代表人物,如尼采、拜伦、雪莱、普希金、莱蒙托夫等人的作品和诗风,一一加以大力推介和述评,而且从中国文论的立场出发,频频引证诸如《诗经》、《庄子》、《文心雕龙》的论述加以比较,令习惯了诗话词话类文论言说、习惯了比喻式审美品藻的读者顿时耳目一新。在鲁迅看来,"意者欲扬宗邦之真大,首在审己,亦必知人,比较即周,爰生自觉。自觉之声发,每响必中于人心,清晰昭明,不同凡响。"①

在《题记一篇》一文中,他进一步指出:"篇章既富,评骘自生,东则有刘彦和之《文心》,西则有亚里士多德之《诗学》,解析神质,包举宏纤,开源发流,为世楷式。"②尽管鲁迅先生当时未必就会想到系统地从学科理论去深入研讨比较文学和比较诗学问题,但是,根据研究者的发现,鲁迅确乎阅读过勃兰兑斯的《19世纪文学主潮》这样的欧洲比较文学著述的日译本,而且在1911年1月2日致许寿裳的信件中,还认真向他推荐了洛里哀的《比较文学史》一书。因此,他这种自觉的文论比较互证意识,既是现实问题研究的自然需求,同时也在一定程度上受到了欧洲比较文学理论论述的影响,从而在世纪初就已经是走在了时代的前列。除了这些比较文论的研究之外,在具体的文学创作,尤其是中外文学关系研究方面,鲁迅与比较文学的关联,学界已经有众多的著述成果,读者自可以根据需要去选择参考,这里就不再赘述。

但是只要想想,时至今日,我们还有不少抱残守缺的学人,仍旧对从跨文化的、国际化的角度去探讨文艺理论问题,采取默然、视而不见,甚至拒斥的态度,孰高孰低,何谓天才和匠人?什么叫大师和先知先觉者?稍加对比就已经不言自明了。

进入三四十年代以后,不少在学问方面具备一定中西兼通能力

---

① 《鲁迅全集》,人民文学出版社,1991年,一卷,第64页。
② 同上书,八卷,第332页。

的学者,均开始有意识地力图超越单一文论体系的认识局限和中西文化差异,自觉地去寻找中西诗学之间交流和沟通的可能性。他们相对而言比较全面的中西语言和文化素养,对于文艺研究的专门性爱好等个人因素,使其从一开始就具备了从事展开类似深度研究的可能。这当中尤其以朱光潜和钱钟书的研究值得重视。

1942年,朱光潜先生的《诗论》由重庆国民图书社出版。该书比较侧重于探讨某些中西诗学和美学的规律性问题。尽管作者主要还是一位美学家,但是,由于其对中西古代文论和诗论的娴熟运用,不少论著同时也见出十分明显的比较诗学的特色。并且由于这时期的一代学者们有的已经有了较为强烈的双向比较意识,所以,能够做到互为主体的相互参照,即既用西方理论解释中国的诗歌,也能够用中国的文论尝试去阐发西方的文学。正如朱光潜在《诗论》一书的序中所言,"研究我们以往在诗创作与理论两方面的长短究竟何在,西方人的成就究竟可否借鉴",其方法只能是相互参照和比较,因为"一切价值都由比较而来,不比较无由见长短优劣"。[①] 如果说,在比较诗学的学科研究范式中存在多种探讨路径的话,美学的比较和追问无疑是十分重要的路径之一,而朱光潜先生的理论探索显然具有开创性的意义。20世纪80年代以来,众多沿着美学思路进行的比较诗学研究,大多也都是从朱光潜、宗白华等人的基础上去申发和不断展开的。

与朱光潜相比,青年时代的钱钟书从一开始就是一个地地道道的酷爱谈艺论文、倾力研究中西文学批评问题的学者。早在学生时代他就对中外文论诗学问题兴趣盎然,常和师友切磋,言谈间信手征引中外名家著述,谈笑中新见迭出,倾倒众人。1948年,他的《谈艺录》由开明书店出首版。以钱氏的天分、兴趣、学识和学术立场,均注定他将成为贯通中西,对文论现象和问题做跨文化全面处理和总结

[①] 朱光潜:《诗论·序》,三联书店,1984年。

的一代著名学者。其实,早在1937年,他发表于《文学杂志》一卷四期的《中国古有的文学批评的一个特点》①一文中,在畅论中国特有的"人化批评"的时候,就已经非常娴熟地在旁征博引古今中外各家文论,十分令人信服地来阐明他的学术命题了。《谈艺录》一书在形式结构上选择的是中国传统诗话的话语形式框架,甚至连语言都是纯熟地使用文言文写作,但在具体的论述中却是明显的所谓"旧瓶装新酒",论述的招数一扫旧有的路子,让西方各家诗学的论述自由地涌入话语范畴,令各派观点和各家的论述,让来自不同文化的创作例证,由外向内,放射性地指向论述的中心,使得繁难的论题在众声喧哗中倾向渐出,不言意义自明。

关于钱钟书的学术话语特点和论述方式,我们将在本书以后的章节中陆续加以介绍,但是,有一个毋庸置疑的事实可以事先指出,那就是,当他颇为轻松地,几乎是在超越一个学人所能想像的中外材料范围,去不断引述、分析、质疑和论证问题的时候,不管你是否同意,是否心悦诚服,你一定已经意识到,作者这样丰厚的材料深广度,这样宽阔的学术视野,如此睿智眼光和话语风范,别人要超越恐怕已经很难。如此这样一位大师级学者已经出现,算得上是20世纪中国文学研究队伍的幸运,而在他所涉及的命题上,无论是研究对象、研究话题和材料标准,都给后来的中国学术界树立了一个需要努力去效法和追赶的学术典范。

钱钟书文论诗学研究的理论和方法,从一开始就是自觉和自成一体地融中西为一炉的。正如他自己所言,其学术的基本研究范式就是要"取资异国","颇采二西之书",通过互参互照,"以供三隅之反"。他之所以能够这样确认其学术的研究格局,乃是因为自身有着一个坚定的学术观念,那就是"东海西海,心理攸同;南学北学,道术

---

① 《中国比较文学研究资料:1919—1949》,第44—60页。

未裂"。① 而无论是东方西方,只要是作为所谓无毛两足动物的人类,都该具有共同的"诗心"和"文心"。正所谓"心之同然,本乎理之当然,而理之当然,本乎物之必然"。② 也就是说,在深层的人性和艺术的本性方面,无论东西方都是有许多共同的东西可以加以对话和沟通的,而它们之间又是有着许多各自的特色和长处可以交流互补的。

而到了70年代末,他在"文革"艰难处境中写就、"文革"一结束就出版的鸿篇巨制《管锥编》,则更进一步扩大了对话讨论的范围。该系列多卷本书系以一批重要的中国古代经典作为讨论对象,在资料的运用上,不仅突破了文艺学和美学的界限,突破了东西方文化和多种语言的界限,他本人除完全专业性地运用中、英文外,还另外熟悉5种以上西方语言,而且还更多地突破了各种专业学科的界限,在整个人文学科和社会学科的博大空间和历史范畴中去展开命题的研究,其论证常常给人以出乎预料的感觉。读他的著述,感觉往往是这样的,当你觉得这东西只有中国才有的时候,他立刻就会从西方或者其他民族给你找出一堆类似的例证来;而当你认为某种批评观念只有西方才有的时候,他也马上会从中国的传统文论中给你找出许多证据,以说明这并非仅仅是西洋人的专利。前者如看似作为中国文论的"人化批评"长处,他却能够到西方论著中找到众多类似的说法;而后者有如西方诗学引以为自豪的"通感"手法,他却同样能够从历代中国诗歌创作的实践中,拈出无数精彩运用的例子。所以我们似乎可以这样说,钱氏的诗学研究侧重点,表层是大量的相异性和独特性的寻找,而在根子上却是倾向于"打通"和"求同"的,只不过比起别人,他的论述显得更加丰富、复杂和变化多端罢了。

总之,从世纪初到1949年,这一时期中西比较诗学研究的特点

---

① 钱钟书:《谈艺录·序》,中华书局,1984年。
② 钱钟书:《管锥编》,中华书局,1979年,第一册,第50页。

基本上是:学者们有着内在的文化自信和自觉的研究意识,尽管从事的是跨文化诗学理论研究的话语领域,却有着积极回应外来文化冲击的学术追求。用钱钟书在《谈艺录》序中的话来说就是,"虽赏析之作,而实忧患之书也"。但就整个研究的规模而言,相对还是较零散和微小,基本上还没有自觉的学院化的学科建设意识,没有研究机构,没有专门学术团体,院校中没有基本的专业体制,所以也就还排不成系统的研究阵势,基本上还是学者们的兴趣和个人性的话题。

第四节 学科化建构时期

本节提要:

境外华人的努力;学科自觉的探讨;西方理论的巨大影响;文论寻根,规律探讨;80 年代本土复兴;两代学人;学科化建构;海外深化;本土的目标;现实困扰。

历史走进了 20 世纪 60 年代,在经过了半个世纪的摸索之后,中国比较诗学研究的学科化时代终于姗姗来临。这期间大约经历了三个阶段。

20 世纪 60 至 70 年代

从 50 到 70 年代,鉴于内地的学术环境,除了如钱钟书这样的个别人在私下仍旧坚持做着自己的研究之外,整体上基本上不可能开展什么系统和公开的比较诗学研究,也更不可能有像样的专业论述出版。尤其在极"左"文艺思潮占统治地位的情况下,如果斗胆把中国文论和西方诗学作为建构革命文论的讨论基础和资源,其命运除了成为革命大批判的对象,不会有更好的结局。

更何况,比较文学在苏联早已被作为资产阶级反动的文艺方法被批得体无完肤,而相当一段时间内,中国的文学学术研究又基本上都是照搬苏联的学科体制和价值范式,既然这种学科路径在当时的苏联已经是过街老鼠,那么,在中国它也就不会有任何机会出笼;即使是到了"文化大革命"时期,主流文艺思想除了更僵化,"左"得更过分以外,理论体系与话语格局也并无根本性的改变。在这样的氛围中,比较诗学的研究除了销声匿迹,似乎也找不出比这更好的命运。

毋庸讳言,事实上,这一时期中西比较诗学的发展,主要还是由境外的华人学术界来推动的。

境外学界比较诗学的兴起,与比较文学学科在台港的发展是同步的。它一方面可以说是承继了五四以来中国学人的研究传统,因为他们其中一些人在其专业教育的过程中,于母语文化和师承上都多少与五四以来的学术传统有所续接。在当时的台港院校和文化界,不少学人的师承都和那个时代有着千丝万缕的联系。譬如50年代,台湾大学一度的校长就是五四新文化干将傅斯年,至今台大校园内还屹立着他的墓地"傅亭",还有纪念他的"傅钟"。而海外著名的比较文学学者叶维廉在他的代表作《比较诗学》的序言里,就曾经谈到自己在治学路上所受到的五四精神和诸如宗白华、朱光潜、梁宗岱、郁达夫、茅盾、钱钟书、陈世骧等人的影响。他说:"像我的同代人一样,我是承着五四运动而来的学生与创作者。五四本身便是一个比较文学的课题。五四时期的当事人和研究五四以来文学的学者,多多少少都要在两个文化之间的运思方法、表达程序、呈现对象的取舍等,作某个程度的参证与协商,虽然这种参证与协商,尤其是早期的作家和学者,还停留在直觉印象的阶段,还没有经过哲学式的质疑。"[①]但是,五四的的确确为后人提供了从事比较文学研究的思想和方法的基础,在叶维廉看来,首先,于比较文学的意义上,五四的开放精神,使我们几乎来者不拒地一下子接受了大量外来的文学运动、主义、理论、方法、题旨等,使我们了解西方文学的程度,远远超出西方人了解东方文学的程度;其次,五四还提供了新理论实验的果实,

---

① 叶维廉:《比较诗学》,"比较诗学序"第1页,台北:东大图书公司,1988年。

这主要是指前述五四以来一代学人的比较文学研究实践,为以后的研究者打下良好的基础,也使得六七十年代的港台学人和后来80年代的内地学人,在开展比较文学研究的时候,不是白手起家,而是有一个可供借鉴、反省和前行的参照性前提。

另一方面,也许更重要的是,进入六七十年代的境外华人学界,相对于中国内地无奈的文化封闭的情形,他们已经可以更方便和更直接地去领受真正学科化国际比较文学潮流的影响和刺激。尤其是他们这一代研究者,相当多的人是在欧美,特别是在美国院校的比较文学系或者英美文学系受到过系统的西方文化和理论的训练,这基本上决定了他们的学术倾向性。而且,值得指出的是,这一时期也正是各种当红的西方理论开始大举进入比较文学领域的开始,远至世纪初的新批评理论、形式主义、结构主义,近至语义学分析、神话原型批评、存在主义、精神分析学理论、当代阐释学、后结构主义和西方马克思主义等等,均成为那个时代台港比较文学学人们手中的方便理论武器。而这一代人的文学修养的根基却又基本上是出于中国,毕竟他们的生长环境和许多人至少本科以前阶段的教育,都是在中国文化的血缘系统和文化氛围的语境中培养起来的。

这样,既有五四的成果思想可以借鉴,又有新的理论作为研究工具,一旦他们披挂上阵,开始要从事真正有点个性的比较文学研究的时候,他们的选择重点实际上已经被历史地决定了。西方传统的影响研究对于材料的严格要求,使研究者在处理类似中国与西方之间这样一个有着巨大文化差异,同时又历史性和地理性地长期隔绝的文化之间的学术问题,无奈地面临着极大的信息和材料的搜集困难。同时,就影响研究本身而言,历史较近的现当代以来的文学交流的事实相对较多,也看似比较容易入手研究,然而,偏偏当时台湾的这一段文学历史,由于与政治意识形态千丝万缕的联系,多数属于学术的禁区,无奈,研究者只能把目光的重点放到中国古代文学领域。这样,要从比较文学的角度出发,对于中国古代文学的研究有所突破,在当时实际上只有两种较好的选择：首先，就具体的作家、作品和众多文学事实而言，借助外来理论去重新观照、反省、阐发、照亮本土文学的"阐发研究"是一种较好的路径；其次，就古代文论的研究而言，借助西方理论的参照，开展具有跨文化理论探讨特色的比较诗学研究几乎就成了情不自禁的学术选择。事实上，检索那个时期台港比较文学研究的成果目录，这两个方向的研究确实居于优势的数量，也正是这两个领域的研究，构成了当时境外华人学界中西比较文学研究的重要特色。

实际上，在讨论域外中国人的比较文学研究的时候，我们一般很难将境外研究严格区分开来，因为来来往往的都是那么一批学者。在那个年月里，去北美学习任教的华人多数都只能是台港学人，中国内地是天然没有机会的。而台港比较文学的兴起，最初虽然是由台湾和香港几个主要大学的学者，诸如朱立民、颜元叔等人的发动，但真正从事研究和出成果的还是这新起的一代人。1969年台大比较文学博士班正式开班，叶维廉等人陆续回到台湾和香港的主持和任教，可以说是一个重要的标志性开端。此后的众多比较文学活动，如《中外文学》、《淡江评论》的创刊，院校中硕士、博士教学体制的建立、东大图书公司的"比较文学丛书"的开始印行，台、港各自相关比较文学研究中心和学会的成立，台湾岛内和香港定期的比较文学学年的召开，开放以后迅速与内地学界的交流等等，都成为那个时期域外华人学界比较文学兴盛一时的标志。这其中，比较诗学领域始终是讨论的重心和成果的重点之一。

关于境外比较诗学研究的一些有参考价值的具体研究范式和方法，我们将在本书后面的论述中详细展开。这里只是先从整体上介绍一下它们的基本特点。

首先，这一时期台港的比较诗学研究具有较为自觉的学科意识，并且形成了一定的专业化学术群体。华人学者们的研究都能够互相呼应，并且可以在学院和学会的范围内展开普遍的交流，共同推进比较诗学的研究。譬如,一般情况下,北美华人学界用英文发表的比较诗学论述,很快都会被翻译成汉语在台港发表,而台港的研究进展,在北美华人学界的教研论坛也有发表的机会。诸如此类情形十分常见,比如刘若愚的《中国文学理论》英文版出版后,很快就能够译成中文在台湾出版。

其次,那一代境外华人比较诗学学者,在外语和西方理论方面的训练较为专攻,能够比较娴熟地运用各种西方文学理论的批评工具开展工作。这批学者大多都对一种或数种现代西方文论有较深透的了解和认识,因此,在运用它们作为参照系,与中国传统诗学相互对话的时候,可以从不同的理论角度加以尝试,并且能够做较扎实的分析。我们只要看看台湾东大图书公司出版的那套"比较文学丛书",就可以相信此论不虚。该丛书虽然出版于80年代初期,但多数研究成果都是在70年代完成的。其中除了叶维廉的《比较诗学》外,还有周英雄的《结构主义与中国文学》、郑树森的《现象学与文学批评》、王建元的《雄浑观念:东西美学立场的比较》、古添洪的《记号诗学》、张汉良的《读者反应理论》等十余种,不仅可以见出他们之间群体力量的阵容,也见出他们在运用西方理论方面的擅长和成果。其中每一个具体的研究者,基本上都是基于一种或者两种理论,以此为理论工具,利用其特有的理论角度,逐步较为深入地去考察中国文论的问题,这一点很值得国内的学界借鉴。我们国内近年来有那么一些万能理论家,无论西方出现什么新的理论,也无论是否真的了解,有时候甚至是道听途说,同时也不管是否合于中国文学研究的实际情形,他就是敢于随便就拈来,逮住某个中国的文学命题就大发议论。

第三,在比较诗学研究的重心方面,基于过去系统研究的缺失,同时也是面对西方理论的强势,出于让西方学界尽快了解中国文论特征的欲望,这一代学者的著述比较优先处理和侧重于探讨的,往往是诸如中西共同的理论规律的追寻,某种跨文化普遍使用的批评架构的探讨等,相对而言属于宏观话语性和系统性比较的课题。

我们不妨分别以刘若愚的《中国文学理论》和叶维廉的《比较诗学》作为代表。

刘氏的这部书1975年由芝加哥大学出版社出版，以后台湾1977年和1980年先后有过两个译本，80年代以来在内地也有两个译本。该书以艾布拉姆斯在其《镜与灯》中提出的艺术四要素（作家、作品、宇宙和读者）及其关系为理论框架，试图把中国古代数千年的诗学发展，整理分类成为一个清晰的系统。以所谓"形而上学理论"、"决定理论"、"表现理论"、"技巧理论"、"审美理论"、"实用的理论"这六种理论构成一个完整的理论结构框架，全面整合中国历代诸家的诗学观念，然后以英文著述的方式，对西方学界给出了一个看似相当清楚的中国文论的体系。作者还试图由此进一步说明，在探索普遍有效的所谓一般文学理论的时候，中国古代文论的许多世界性因素是不可忽略的。正如作者在本书"绪论"中指出的："我希望西方的比较文学家和文学理论家，对本书所提供的中国文学理论加以考虑，不再只根据西方的经验，阐述一般文学理论。"①尽管刘氏的分析和整理只是依据西方理论的单向框架，在今天看来难免有较多的切割、缩减、牵强和生涩的地方，但它的意义却在于：作者不仅向国际学术界指出了中国诗学的内在世界价值，更在于它率先尝试以一种新的方式，用西方人比较能够理解的结构和话语，去向西方世界谈论中国的文论问题。这在跨文化理论研究尝试方面无疑是一个大的突破。对于中国古代文论话语如何实现国际化的理解，如何实现向现代读解的转换，也都是富于启发性的一步。作为一种证明，在相当长的一段时间内，该书都是北美甚至欧洲一些汉学系、东亚系或者中文系在开设相关中国文学和文论课程时候的教材或者重要参考书。

而叶维廉的方法就有所不同。他在1983年，也就是刘氏著作出版八年之后，由台湾东大图书公司出版《比较诗学》一书。显然他已

---

① 刘若愚：《中国文学理论》，台湾联经出版公司，1980年中文版，第5页。

经敏锐地注意到,单向套用西方理论来处理中国文论现象,其中明显地存在文化差异的陷阱和问题,有着太多的切割和生硬的整合,在这一过程中很可能丢失中国文论本来的面貌和特点。因此他坚持提出,在寻找"共相",探索"共同的文学规律"和"美学据点"的时候,必须放弃死守一个理论模子的固执,而应该同时从中西两个理论的模子去寻根探源,梳理差异,追求共识。也就是说,不能只以西方理论为元语言,中国文论为对象语言,把中国文论作为待加工的面团,去迁就和设法容纳进西方理论的学科框架。

如果让我们把叶维廉的这种观点发挥开去,把其中隐含的潜话语明白地表述出来,则进一步可以说:从诗学发展本身的地域差异和文化个性出发,中西双方甚至世界各民族的理论,都应该具有各自的原创价值和世界贡献,也都有权利和资格具备谈论的元语言性质,不能因为对方一时的话语强势,便放弃自己的理论自主性,甚至成为别人理论框架的填充物和延伸性的注脚。而任何跨越文化地域的诗学阐释,也就是所谓比较诗学的研究,从一开始就应该是属于双向性的互释互证,只有把它们放到一个平等的谈判桌上,一个均等的话语平台上,去谈判、对话和协调,这样,才有可能从跨文化的意义上去探求真正的所谓理论的普遍性问题。而这些所谓的普遍性问题,譬如在有关文学观念做哲学本体论意义上的、认识论意义上的、语言论意义上的,甚至包括美学意义上的对话性探讨,作为讨论的结果,其最大的可能性也只不过是达成某些共识、某些理念的认同、某些话题的互动性,甚至一类在话语上基本能够沟通的、共同的讲坛等等。但是却很难,或者说不太可能出现一种大家都认同和服从的共同的普遍的文学理论,一部类似法规性的世界文艺宪章,或者如某些人所想像和臆造的"世界文艺学"。

应该说,无论刘若愚还是叶维廉理论的见解和探讨方向都是有一定道理的,包括比较诗学后来的发展以及本书作者的理论逻辑梳理发挥也是一样,它们其实都是中西比较诗学发展不同阶段必然的认识过程。

问题在于,处于当下中西文化语境不平等、文学及其批评理论发展落差较大、语言和学术意义的世界地位失衡的情况下,如何将这些看似无懈可击的理论逻辑和学术见解贯彻到底,这其中显然存在着难以克服的困难,所谓剃头挑子一头热,关键是要西方学界对这一命题同时也具有真正的兴趣,然而现实却并非这样。从历史的宿命去理解,我们几乎注定只能是在努力中耐心地去等待而已。任何打算将中国的诗学理论一举推向世界,或者说向世界输出的,并得到普遍性认可的企图,多少都具有点理想主义和乌托邦的味道,一旦你的一腔热情遭遇到西方世界几乎是不屑地转过身去的背影时,其挫折感无疑都是具有某种悲剧意味的。这也许正是在出现了 80 年代的比较诗学理论研究高潮之后,境外的比较诗学研究一度又转入沉寂的原因之一吧。

历史留下的难题,恐怕也只有耐心地留待历史发展的长时段来逐步解决。不过这并不意味着现实的人们只能无所作为,事实上,它给我们的启示却是,事情看来只能一步一步地推进,至于有无某种阶段性突破的可能,比较诗学学科的发展是否能够寄希望于作为后来者的当代中国内地的研究者,这恐怕既要看历史给不给我们这个机遇,也要看我们是否有理论的自觉和能否取得这种必备的学术资格。不过,有一点十分明确,那就是,历史是否会比较公平地赋予谁入选的荣誉,全都决定于人们自身,而不是其他。

20 世纪 80 年代

毫无疑问,从 20 世纪 80 年代至今的这一段时间,中国进入了改革开放,主动走向世界的时代,文化上的逐步开放也不断带来学术的机遇,由于时代气氛的改变和内地学者的普遍参与,伴随比较文学学科在中国的复兴,作为其中重要一翼的中西比较诗学研究,在中国本土也很快进入了一个普遍深入展开的兴旺时期。

而这一时期的开始,却是以 1979 年中华书局一举推出钱钟书四巨册的《管锥编》作为标志的。该书承继了作者《谈艺录》以来的研究风格,随着作者学养的日渐深厚,在研究过程中进一步打破了更多的语言、文化和学科界限,以更加广博的知识面和跨文化涉猎展开其研究的广阔视野。作者以《周易正义》、《毛诗正义》、《左传正义》、《史记会注考证》、《列子》张湛注、《焦氏易林》、《老子》王弼注、《楚辞》洪兴祖补注、《太平广记》、《全上古三代秦汉三国六朝文》等十种经典为对象,旁涉中、英、德、法多种语言,千余种中外著述的材料,旁征博引,探幽索微,针对中国学术思想和文学、文论话语的表达和存在特点,力求从中去探讨那些所谓"隐于针锋粟颗,放而成山河大地"的文艺现象和规律性问题,并且将它们置于国际学术文化的语境和材料中加以现代性的处理和确认,从而在别人刚刚开始学科启蒙的时候,作者已经一举在中国和国际学术界打造起了一座跨文化学术和文论比较研究的丰碑。

《管锥编》涉及的学术面相当广泛,而且也并不全是比较诗学的问题,但是,其中关于中西文论与诗学关系和问题的大量研究成果,无论在方法、范式,还是学理思路方面,在这一领域都有深入的推进和许多原创性的发明,更不用说丰富厚实的材料和众多新颖的见解了。从宏观历史较长时段的意义上,我们也许可以说,学术的进步与时间的演进是相应的,但是,在诸如十年、数十年,甚至数代人的意义上,后来者却未必就能够超越它的始作俑者,而在中国内地20世纪80年代以来的比较诗学研究中,钱钟书很可能就是这样的一个始作俑者。他让后来者为中国比较诗学研究的原创性成果而骄傲,同时也使一大批雄心勃勃的后辈学人面临着难以超越其上的精神沮丧。

尤其必须指出的是,钱氏的研究和写作工作,基本上是在那个真正的学术研究处在万马齐喑的"文革"年代进行的,而一旦"文革"结束,只是稍加整理,四大本皇皇巨著便出人意料地出版问世。在这里,它同时也意味深长地向人们昭示,一个学者的学术信念和研究执著,的确是可以到达所谓天塌地陷不为所动的地步,这实在值得今天心态浮躁的一代学人深思。钱钟书夫人杨绛女士在《干校六记》中记录了他们在河南干校的一桩事情,说是有一天二人经过干校的菜园,杨绛指着菜园中的窝棚说:"给咱们这样一个棚,咱们就住下,行吗?"钱钟书认真想了一下说:"没有书。""真的,什么物质享受都罢得,没有书却不好过日子。"杨绛又问钱钟书,会不会后悔解放初留下而没有出国,钱钟书几乎未经思考就回答:"时光倒流,我还是照老样。"①这里没有任何的高调和口号,而是在完全生活化的、平实的对话中,一个真正的中国学人的文化自信、学业执著和人格形象巍然屹立。

诚然,钱氏的学问是不能以一个什么比较文学家或者比较诗学家的名头所能够概括的,但是,他在文论研究方面独树一帜的研究理路,却为中西比较诗学的研究开出了示范性的路径之一。正如他在和张隆溪的谈话中所指出的:"文艺理论的比较研究,即所谓比较诗学是一个重要而且大有可为的研究领域,如何把中国传统文论中的术语和西方的术语加以比较和相互阐发,是比较诗学的重要任务之一。"②

继钱钟书之后,老一代学者的学术积累也陆续问世,如王元化的《文心雕龙创作论》(1979年,上海古籍出版社)、宗白华的《美学散步》(1981年,上海人民出版社)以及杨周翰的《攻玉集》(1983年,北京大学出版社)等。在这些著述中,许多篇章都具有明显的比较文论的特点。王元化先生的《文心雕龙》研究与此前所谓"龙学"著作的一个明显不同,就是引入了西方文论的观念作为参照对象;而宗白华先生在他的美学散步过程中,中西方的对话总是在他的闲庭信步过程中碰出火花;至于不苟言笑的杨周翰先生,作为中国比较文学学会的首任会长,他的著述更多了一份学院派比较的学科严谨,在他的笔下,许多17世纪英国作家的知识结构中,关于中国的叙述和传说,竟

---

① 参见杨绛《干校六记》,三联书店,1981年第一版,第74页。
② 张隆溪:《钱钟书谈"比较文学"与"文学比较"》,《读书》,三联书店,1981年第10期。

然不断成为其创作想像力的重要基础。而当弥尔顿乘着想像的中国加帆车在"失乐园"中疾驰的时候,中国这个被想像改造过的东方帝国,已经在不知不觉中成为了西方人世界意识和美感诗学的组成部分。

80年代中期的中国学术界,的确有过一段让人难以忘怀的激情岁月。思想的解放带来了学术的普遍复兴和大规模的建设。这一时期同时也是中国比较文学学科复兴的大好时光。作为其标志性的事件,就是1985年秋季,中国比较文学学会在改革开放前沿城市深圳的成立。当时的国际比较文学学会会长佛克玛曾经在1988年于德国慕尼黑召开的第十二届国际比较文学学会年会的开幕之辞中,高度评价了这一时期中国比较文学研究复兴的意义,他说:"我们学会近期的一件大事,就是中国比较文学学会于1985年秋季成立。中国人在历经数载文化隔绝后对文学的比较研究和理论研究的兴趣,是预示人类复兴和人类自我弥补能力的有希望的征兆之一。"[①]

在这一时期的比较文学研究各分支领域中,比较诗学的研究也得到了迅速的发展。

新起的一代学者,明显受到来自三个方面的启发和借鉴:一是五四以来前辈学者的经验和成就;二是境外华人学界的学科知识和成果;三是内地文学和文艺学研究领域兴起的新理论和方法热潮。面对国际学术发展的大趋势,不少学者由此而敏锐地意识到比较诗学的研究对于中国文艺学研究走向世界的重要意义,于是选择在这一领域急起直追。

从80年代后期开始到90年代初期,陆续有较多专门的比较诗学成果问世。譬如《中西比较诗学》(曹顺庆,1988年,北京出版社)以范畴比较研究见长;《拯救与逍遥》(刘小枫,1988年,上海人民出

[①] 中译文见《中国比较文学通讯》,北京大学比较文学与比较文化研究所编,1988年第3期,第1页。

版社)以作家的哲学和美学精神比较分析见长,书中谈得更多的倒不在比较诗学问题,反而是思想和信仰问题;《中西美学与文化精神》(张法,1994年,北京大学出版社)以美学和诗学范畴的分析为特色;《西方文论述评》(张隆溪,1986年,三联书店)以借助中国的观念介绍西方文论见长;此外还有黄药眠、童庆炳主编的《中西比较诗学体系》(1991年,人民文学出版社)和乐黛云、叶朗、倪培耕主编的《世界诗学大辞典》(1993年,春风文艺出版社)等,前者是多人对众多诗学问题的系列研究,而后者却由各方面的学人共同撰写,在中国文论研究史上,可以说是第一次把中、西、印、日、阿拉伯、朝鲜等国的诗学观念融为一书,整体作全方位总体性的介绍,从而为后来的研究者提供了一个全面和严谨的资源空间,并且在一定程度上改变了当代文论研究中,只要提到外国文论一直以来总以西方为中心的写作倾向,这是该辞典最有创意之处。

这一时期比较诗学学科化的一个值得注意的进展,就是"比较诗学"作为一门研究生课程,开始出现在国内的大学讲坛。譬如北京大学比较文学与比较文化研究所、四川大学中文系等,都把比较诗学规定为比较文学专业研究生必修的课程,它预示了关于比较诗学学科化进程的重要开端。

世纪末海外研究的深化也正是在这一阶段。海外,特别是美国的中西比较诗学研究,由于中国本土的开放和交流的深入,以及来自不同方面的研究力量的介入,也陆续有了很大进展,出现了一批有深度的成果。尤其是作为当代留学大潮的一个结果,不少来自中国本土的、专注于中国语言文学研究的人士,通过留学而"学留"之后,许多人开始在国外与中国研究相关的院系任职,譬如东亚研究系或者是相关的语言教学研究机构等,从而成为当地一股新的研究力量。其中包括由不少留美学人组织的,一度曾经较为活跃的"北美中国比较文学学会",80年代后期以来就和国内交流甚多,并聚集了不少优秀的研究者,不少人的研究重点也都和比较诗学有关,例如为大家所

第二章　中西比较诗学的历史与现状

熟悉的学者,如张隆溪、刘禾等人,他们与国内交流的话题也常常涉及西方理论和比较诗学研究。在 80 年代中国学术热的这一过程中,不少重量级的西方学者和华人学者,也在一定程度上参与了这一领域的活动,如弗·杰姆逊、李欧梵、宇文所安(Stephen Owen)、孟而康(Earl Miner 厄尔·迈那)等人。

这一时期在域外出版的研究成果中值得注意的,当首推张隆溪的《道与逻各斯:东西方文学阐释学》(杜克大学 1992 年出版;中文版,四川人民出版社,1998 年)。该学者出国以前就读北京大学英文系,师从杨周翰教授,也是中国第一个比较文学组织"北京大学比较文学研究会"的成立推动者之一。在国内期间主要从事西方文论和比较诗学研究,出版有《20 世纪西方文论述评》(三联书店,1986 年),发表过一系列比较诗学的论文,譬如《诗无达诂》(《文艺研究》,1983 年第 4 期)等。到了美国以后,他把其在国内形成的关于比较诗学的思想加以系统化和丰富化,作为其主要的成果就是这本《道与逻各斯》。在该书的序言部分,作者比较系统地阐述了自己对比较文学的见解和比较诗学观。在他看来,西方建立比较文学学科之初,就酝酿着很大的学科理论困扰和研究难题。这些问题在西方尤其是在欧洲文化的范围之内不算太突出,而一旦进入真正的跨文化范围,涉及像中西比较的时候,真正的危机就出现了。因为在二者之间"事实联系"太少,而批评话语又面临巨大的"差异"。前者使影响研究难以深入,后者又使平行研究处处面临理论陷阱。那么出路何在呢?于是就只能是设计理论比较的比较诗学研究了,即是将东西方许多蕴涵某种普遍性的理论和批评方面的问题加以跨文化的比较研究,而其中相应成果的意义不可小看,也许很可能会超越一般的比较文学研究,成为中西比较文学研究的重要一翼和深化标志。

认真地说,张隆溪的进入角度主要是阐释学。他认为今天我们所看到的阐释学理论,基本上是来自于西方传统,而中国固有的阐释学思想却被淹没在传统话语的泥沼下面未曾出场。他在方法范式上的选择,则是将西方批评传统和中国古典文论置于一个平等的平台上面,多角度地去细查其中的相关阐释学概念和理论问题。其目的则是想一石二鸟,一方面向西方学界介绍一种来自中国这种独特文化语境中的阐释学理论,打破他们的独尊观念;另一方面,在与西方阐释学理论的对话过程中,尽量使中国文论和诗学中那些有关阐释的理论实现"系统化"和表达上的现代话语化,以勾勒出一个关于中国阐释学的连续的历史发展轮廓,并以此证明人类阐释经验和阐释理论的世界普遍性和许多问题的共同性。显然,他的研究在立场、角度、方法和目标方面,都算得上比较深思熟虑,其尝试也是成功的。但在其设想和实践方面目前依旧存在相当距离,许多方面也都有待进一步开掘。

曾任国际比较文学学会主席,并且执教于美国普林斯顿大学比较文学系的孟而康应该是纯西方学者中,一度专门从事东西比较诗学研究的学者。尽管他的专业方向是日本文学,但却始终将视野放在对整个东方文学的关注上面,从而使他与中国的比较诗学研究结缘。

在提到孟而康的时候,我们不能不提到在中国比较文学研究史上一次重要的会议。1983年8月29—31日,由美中学术交流委员会和中国社科院联合发起的第一次中美双方比较文学讨论会在北京万寿宾馆召开,这可以说是改革开放初期中美学术交流的重要活动之一。双方在组团方面都十分慎重,规定每一方都由十人组成。中方由王佐良教授为团长,团员包括杨宪益、杨周翰、许国璋、周珏良、袁可嘉、钱中文、张隆溪、赵毅衡、周发祥;美国方面则由孟而康为团长,团员有刘若愚、西利尔·白之、欧阳桢、余宝琳等人。一向很少出席学术会议的钱钟书先生以中国社科院副院长的身份出席开幕式并发表重要讲话。他将这次会议称为"不但开创了记录,而且也平凡地、不铺张地创造了历史"。认为"会议本身就可以作为社会人类学上所谓'文化多样'和'结构相对'的实例"。强调"无论如何,学者们开会讨论文学问题不同于外交家们开会谈判,订立条约。在我们这种讨论里,全体同意不很要紧,而且也不该那样要求。讨论大可以和而不同,不必同声一致。'同声'很容易变为'单调'的同义词和婉曲话的"。① 差不多 20 年过去,今天重温钱氏的这些言论,发现原来中国传统文化中关于"和而不同"的见解,被引申来说明和阐释国际文化关系的原则,已经由钱钟书在差不多 20 年前就强调过了。一叶知秋,一篇简短的讲话,却透露出深刻的学术和历史洞见,我们应该从中可以有更多的体会。

在该次会议上提交的 20 篇论文中,竟然就有 12 篇涉及诗学和诗歌的比较研究,足见分量之重。孟而康教授的论文为《比较诗学:比较文学的几个理论和方法问题》。1987 年,又是他在普林斯顿大学出面接待了出席第二次双边讨论会的代表,而正是这次会议更加突出地强调了从跨文化视野去研究比较文学理论问题的重要性。十分可惜的是,由于 80 年代末特殊环境的影响,本来可以不断继续下去的这种定期对话势头和形式被中断了。好在历史终究要不断延续,有志于这一学科的人们,在不断的尝试摸索中,仍然以别的方式继续着各种各样的交流。

孟而康对比较诗学的研究和见解,比较集中地体现在 1990 年由普林斯顿大学出版社出版的《比较诗学:文学理论的跨文化研究札记》(*Comparative Poetics: An Intercultural Essay on Theories of Literature*, Earl Miner, Princeton, New Jersey: Princeton University Press, 1990)一书中(该书中译本 1998 年由中央编译出版社出版)。此书并没有系统地去讨论比较诗学的基本概念和理论问题,而是以"文类"作为比较研究的对象和全书的结构基础,将西方式的"戏剧"、"抒情"和"叙事"这三大文类在不同文化传统中的表现

---

① 钱钟书:《在中美比较文学学者双边讨论会上的发言》,《中国比较文学年鉴——1986》,北京大学出版社,第 365—377 页。

进行对比和分析之后,得出的基本结论是:某一文化中诗学体系的建立,必然以这一文化中占据优势地位的文学"文类"为基础。也就是说,某一"基础文类",相应地会产生某一特征的"原创诗学"。譬如,西方的基础文类是建立在古代希腊戏剧的基础上的,因此,它的原创诗学的特点就是所谓亚里士多德的"模仿诗学";而中国和日本的基础文类建立在抒情诗的基础上,因而它的原创诗学的特点就是一种所谓的"情感—表现诗学"。

而以模仿为内核的西方诗学尽管盛行西方两千年,并且借助西方在现代国际社会的历史地位,不断对非西方世界施加影响,但是,这并不意味着它就具有跨文化的普遍性。首先它难以解释产生于其他文化中的基础文类问题;其次,它必然与其他的原创诗学观念存在差异,不可能互相替代。而所有这些不同文化的诗学的存在合理性,主要就是因为它们都是建立在各自的基础文类基础上,有着坚实的文学实践基底。一旦脱离这个基础,它的解释学前提就会漂移开去,而它的符号系统(理论)意指的对象(文学现象)一旦失去,它的批评实践就没有真正的整合力。所以,我们从孟而康著作中读出的潜本文就是:产生于任何一种文化的诗学理论系统,都不可能对其他文化的文学现象具有普遍有效的解释权,而它们之间如果要试图沟通,首先就必须经历一个比较、参照、对话和协调的过程。

我们认为,孟而康的成就并不在于他发现了东西方诗学的这种差异,在他以前早已经有许多研究者指出了同样的问题,其研究的意义更在于:他注意到了这种差异的原因及其合理性,从而放弃了在东西方诗学之间争论孰优孰劣的价值判断论争,而是走到了相对比较平和、公正的境界。这对于西方学界深化对东西方文论问题的认识和研究显然都是很有意义的。故而前香港大学比较文学系主任安东尼·泰特罗(Anthony Tatlow)教授称该书为在真正的跨文化诗学研究方面"第一次有力的尝试"①。

最后应该提到的,还有哈佛大学东亚系与比较文学系教授宇文所安(Stephen Owen)的《中国文论选读》(*Readings in Chinese Literary Thought*, Stephen Owen, Cambridge: Harvard University Press, 1992)。该学者在中国古典诗歌研究方面的造诣,在北美中国文学研究界屈指可数,其观点也常常引起争议,而其关于中国文学的学术著述有时候竟然能够有较好的销售记录,的确是一桩很有意味的学术现象。此前他已经出版了不少颇有影响的著述。譬如《初唐诗》、《盛唐诗》、《追忆》、《迷楼》等,许多还在中国出版了中译本和个人自选集,譬如 2003 年在江苏人民出版社出版的自选集《他山的石头记》。作为西方大学的教材,他编译《中国文论选读》一书的基本出发点就是认为,不相同的文学传统之间一定存在许多共同的特征,但是,在这些文学的理论概念、范畴、文类和文学思维方式之间,则常常存在较大的差异,有着自己独特的理论体系和评价系统。由此来观察中国的文论和诗论,它的表述方式之所以难以为西方人所理解,不仅在于其特有的模糊含混的、体验性的表述方式,尤其在于西方读者对于作为"能指"的中国文论术语所指向和表达的"所指"不熟悉,这个"所指"即是这种文化及其意指的对象物,因此,非中国文化的读者也就很难领会这种理论所依仗的思维结构及其特定的生产物——意义,而除了在文本的互译、互识和相互比较中认真主动地去学习这种文化,似乎目前并没有更好和更便捷的解决办法。正是基于这种目的,他才花很大的精力去翻译和编著类似《中国文论选读》和《诺顿中国古典文学选集》这样的书,将选定的原文、译文、注疏、解读熔为一炉,再交由读者自己在互文性的阅读中去辨识和理解。应该说,宇文所安的学术见解是十分平实和理性的,也是较为切合目前中西文论和诗学对话现状的现实解决策略,我们甚至可以说,

---

① 安东尼·泰特罗:《本文人类学》,北京大学出版社,1996 年,第 57 页。

他的学术策略在一定意义上代表了新一代西方中国文学研究者学术理性和深化研究的一面。

20世纪90年代至今

进入20世纪90年代以来，比较文学研究的学科化进程日益加快，研究和教学日益变得规范化。这种学科化的努力主要表现为以下三个方面。

首先，是向中国教育界和学术界普及了比较文学的学科理论知识，在高校和研究机构初步建立了一支专业的和兼业的比较文学研究队伍；

其次，组建了自己的学术组织机制，譬如团体、杂志、丛书出版和国内外学术交流管道；

第三，则是由于三代人的努力，积累了相当的学术研究经验和可观的学术成果，在国内外建立起了不可忽视的影响。

在这一基础上，比较文学在中国大学体制中的地位从最初的不被重视，到一步步得到国家教育机制的承认。从北大开始，先有零星的硕士点，然后有个别的博士点，1993年，国内第一个比较文学博士点经教育部批准，在北大比较文学与比较文化研究所建立。此后，这一学科也开始受到较多的重视，譬如，1995年北大召开"文化对话与文化误读国际学术研讨会"，国家教委主任朱开轩亲自出席做报告；而2001年北大召开"多元之美"国际学术研讨会的时候，教育部副部长章新胜也亲自与会。尤其是随着比较文学学科作为国家认定的文学一级学科隶属的二级学科（比较文学与世界文学）进入合法的专业和课程教学体制，比较文学学科体制化的速度日渐加快，一整套学科教育体系的框架不容分说地开始快速形成，仅就目前而言，已经有两个院校的比较文学成为国家重点学科，国内已经有十数个博士点，数十个硕士点，相当一批实体和虚体的研究机构，甚至有了两个本科比较文学系挂牌，尽管还是以汉语言文学专业的名义招生，但是毕竟本科教育也开始试图走向体制化了。

第二章　中西比较诗学的历史与现状

与此同时,原先所有大学中文系的"世界文学教研室",也变成了"比较文学与世界文学教研室",课程教学和研究生培养都开始向所谓比较文学倾斜。这样的学科规模,即使是与西方比较文学的发达国家相比,也已经算得上是洋洋大观了。尽管这当中始终存在这样那样的问题,既有高等教育市场化冲击下的急功近利和翻牌式的学科改造,也有挂羊头卖狗肉,以"比附文学"当作"比较文学"的泡沫教研机构,但就整体上讲,我们仍旧可以说,中国比较文学学界在经过二十余年的努力之后,终于在学科体制建设方面迎来了大发展的局面,它正确地反映了当代中国的文学和文化研究与时俱进地走向现代性和国际性的历史趋势。

这当中,作为比较文学研究最重要部分之一的比较诗学,在教学、研究和人才培养方面得到了普遍的重视和较大的发展。譬如,最先被批准的比较文学博士点,其研究方向基本上都是以比较诗学为主。作为例证,全国第一个比较文学博士点的北京大学比较文学与比较文化研究所,首先确定和认可的培养方向就是比较诗学方向;而暨南大学的博士点则是认定为比较文艺学方向;至于四川大学的博士点则选择了以古典为主的比较文论的方向。因此,从根本上讲,它们的基本研究方向实际上都是"比较诗学",而且将研究的重点普遍都是放到了中国古典文论与西方诗学的比较研究领域。只不过由于各自的专业强项不同,各自的表述和侧重点不太一样罢了。

在这一时期以来,由于队伍的壮大、参与者知识结构的差异,以及教学培养中的师承关系等等,国内的比较诗学研究领域开始分化集结,出现一些各具特色的重点研究群体。譬如以北大为主的北京等华北地区的学者群体,就比较重视西方诗学理论的引进、译介、传播和消化,重视基本诗学概念、范畴和研究范式的研究,近期更关注中国文化经典中的跨文化诗学问题的深入探讨,力图站在思想文化和现代性宏大叙事的高度,重新去读解翻新经典中的诗学意义,从而引出一系列相互关联的研究命题。譬如:中国诗学阐释学的现代意义问题,与此相关的言意问题、隐喻、反讽、象征诸形态的转换生成问题,跨文化诗学中的"时间"问题、叙事问题,近代中国审美现代性的产生和外来影响问题,基督教思想中的诗学问题,《诗经》的解释学问题,《孟子》及其先秦儒家著述的意义生成和对话研究,现代性意义上的中国小说理论的生成问题,钱钟书的诗学研究范式和成就等等。

至于以四川大学为主的西南地区学者群体,则似乎在主攻文论总体规律和传统中国文论名著的阐释,时有热点问题抛出,引发学界争论。譬如中国现代文论话语的"失语症"问题、中国古代文论现代转换问题等。他们强调对于中国文论体系价值意义的挖掘、对中国古典阐释学理论的宏观考察、对中西诗学概念的异同比较、对传统诗学名著如《文心雕龙》等的理论现代性申说,以及从非主流的民间立场对于诗学问题的颠覆性批判建构等等。

至于以暨南大学为中心的广东等华南的学者群体,则更注意从哲学、宗教、语言和美学等层面去追问和辨析诗学的问题,尤其注意佛教与中国文论的关系、现象学意义上的传统诗学理论还原、基本诗学概念的生成性追问等。一度也很有生气。

除此以外,国内也还有不少高校和研究机构的学者致力于比较诗学的课题研究,有的侧重对于中西比较诗学海外资料的整理,有的着重对跨文化的理论交往和对话理论的探讨,有的重视发掘马克思主义、尤其是西方马克思主义的思想资源对于跨文化诗学交流的意义,更有的从文学人类学、文学社会学的多种角度,试探重新建构和叙写中国的文论话语等等。

与前一个时期不同的是,这一个时期作为比较诗学和广义的跨文化文论研究著述的出版相当普遍,据不完全统计,仅仅从 1995 年至 2002 年期间,出版的相关专著和论文集就已经超过了 50 种。我们在这里已经难以一一赘述,读者可以参看本书所附的参考书目,从中去认识和感觉这一时期学术的进展和变化。其中不少都是由较为扎实的博士论文改写而成,在学理上有着较坚实的资料基础和较严密的问题逻辑,而且宏观式的全景梳理减少,专书专题的论述增多;肤浅的价值判断减少,深入的分析增多;情绪化的民族文化浪漫情绪减弱,理性的对话增多,等等。这些,也都是日渐学科化的比较诗学研究进展的显著标志。

值得提及的是,20世纪90年代后半期以来,国内文艺理论研究界对于文论的比较研究有越来越重视的趋势。1995年8月,由中国社科院文学所和外国文学所两个研究所和一批重点高校发起,成立了所谓"中国中外文艺理论学会",并在济南召开了成立大会和首届国际学术研讨会,这意味着在原有的比较文学队伍之外,又集合了一批文艺研究的精兵强将,开始致力于中外文艺理论的专门研究。中国社会科学院比较文学研究中心也把他们主要的项目放到了比较诗学领域,开始从不同国家诗学关系的细分层面上来组织专题的研究和出版,一套国别性的比较诗学丛书有望在几年后问世。

眼下,和所有的学科一样,比较诗学也已经进入了仍旧是变幻莫测的21世纪。在整个文艺学领域和比较文学的学科范围内,比较诗学的研究分量和学术价值正在变得更加突出。原有的群体格局正在发展,作为比较文学重点学科的北方和西南等地区,都将在比较诗学领域加大研究力度。新的研究群体也正在崭露头角。不少院校的比较文学与世界文学学科,也都不约而同地把研究侧重投注到了比较诗学以及相关的跨文化理论研究方面,并且信心十足地要超越原有的研究群体。所有这些,都从某种意义上说明,比较诗学的研究,亦即中外文学理论的研究,正在坚实地走向新的深度和广度。并且,它已经不再是比较文学界一家的学科分支,而早已成为国内文艺理论研究界的共识。文论研究的跨文化走向和国际化特征,也已经成了21世纪中国文艺理论和批评研究的重要走向和必然选择。

事实上,上述无论是在学科内还是学科外,是南还是北的各家各派研究群体,尽管对比较诗学研究的理解不同,命名不同,说法不同,进入和研讨批判的方向也不尽相同,然而,大家实质上的目标都是企图从跨文化的路径去深入诗学问题的内层,从不同角度去逼近问题的实质,力求回答和处理中国诗学自身的现代性命题,以及如何使它走向和融入世界的世纪性难题。

对此,我们有信心也有理由继续期待它的新进展。

第三章 基本概念的还原与展开

在前面两章中,我们讨论了比较诗学学科得以成立和发展的理由及其条件,并且详细介绍了比较文学学科的历史与现状。接下来,我们还必须对一些基本概念的历史由来和现代内涵加以说明和界定,这是从事比较诗学研究的重要的概念认同前提。在本书中,或者说在未来的研究过程中,我们都有必要把这样的概念认同在研究中贯彻始终,否则,在这类跨越文化边界的研究实践过程中,由于对于概念的认识误解,很可能会逐渐偏移自身的研究基点和学术重心而不自知。因此,厘清几个重要概念的原初意义、演义变迁和现代理解,则是本章的重点和学理上的主要目标。

尽管在今日现代汉语文化背景下从事比较诗学的研究,其在很大意义上重点始终是中国古代文论与西方诗学的比较研究。然而,无论是中国古代文论,还是西方诗学或者甚至说西方文学理论,都不仅仅是起于现代的全新创造,它们早期的建构和眼下基本格局的存在,在一定程度上都是单一民族文化自足或者说地域文化相对封闭时代的独立产物。这同时也意味着,它们之间在思想起源和发展的历史路径方面,一直以来都存在差异和各自的文化独特性,并且在其表达的形式和话语结构方面也很难简单整合起来。

而一旦把它们双方置于"比较"这一层面来展开对话和研究,并且试图用"诗学"这一概念将其统合起来的时候,无论是在内容还是表达的结构形式方面,都必然会遇到一系列表述差异和意义倾斜的问题。这是任何从事比较诗学研究的人们都没法回避,而且必须认真面对的问题。而只有真正意识和理解它们在表达策略与其实际上所蕴涵的矛盾和差异,我们才有可能展开理性和有深度性的探讨。

让我们从比较性地分析中国文论和西方诗学的以下几个基本概念及其关系入手,它们分别是文学、诗、诗学、文学理论。

第一节　文学与诗

本节提要:

"文学"概念的古今差异;"文学"概念的中西差异;人文之学;文献之学;西方现代"文学"观念的形成;中国现代"文学"观念的形成和内在缺陷。

"诗"的概念原初形成的中西差异;西方"诗"概念的外延弥散;中国古代"诗"概念的明确定位;二者的部分兼容。

一、文学

中国古代意义上的所谓"文学",在当时的文化语境中,很大的程度上其实就只是有关广义的人文之学及其写作规范和方法的学问,而且,至少从春秋时代开始,它们就经常是和经学联系在一起的。

《论语》中提到孔门弟子各自擅长的学习科目,就是德行、言语、政事和文学。[①] 而其中子游和子夏所擅长的文学,其实只是关于诗书礼乐的学问统称,是所谓"发明章句"之学,而非今日专门的诗词歌赋、小说戏剧之学等等。文学之士在统合的意义上也等于就是不同意义上的经学之士。即使是到了中古以后,人们在谈论文学和文学之士之时,尽管多少会论及诗赋方面的内容和诗文写作的理念,但都

---

① 杨伯峻:《论语译注》,中华书局,1980年,第110页。

还是从广义人文写作的意义上谈论所谓"文学"。

在中国传统文化的历史上,像现代西方那样,把文学的概念完全限定在抒情的诗歌、叙事的小说、史诗和模仿的戏剧来研究的专论似乎从来就没有。因此,长期以来,中国古代文论中的"文学"概念与现代西方意义上的文学(literature)在很大程度上是各有内涵,互不对应的。

其实在很长一个时期内,欧洲自己也曾经像古代中国那样,常常把一切书写和印刷的文献都称作"文学",似乎"只要研究的内容是印刷和手抄材料,是大部分历史主要依据的材料,那么,这种研究就是文学研究"①。实际上,西方语言学和人文学研究的古典传统是一脉相承的,古典时期的所谓文学和语言学都是由一门学科,即所谓修辞学来统摄的。对人文学术的研究常常以语言学的问题为核心,文字、词汇、语法、语义的考证和阐释,以及一定程度上的所谓哲学思辨,构成了从希腊、罗马时代开始,经中世纪、文艺复兴至19世纪的,对于古典作品的学术研究传统。后来在19世纪又与实证主义结合,发展成了一门被称为"语文学"(philology)的研究古典文化的学科。此后19世纪近代意义上的文学研究也深受这种学术思想的影响,无论对历史还是对于文学等经典的研究,都强调材料、典章、语言和历史关联的追索,讲究史料的考证等等,这在一定程度上与中国传统的治学方法,尤其是讲求文字、训诂、音韵的小学和章句之学有一定相似之处,至少在话语和方法的形式上是如此。这种理解和做法在古代实际上是一个普遍的现象,只要想一想中国古代在很长一段时间之内存在的文、史、哲不分的文化局面,便可以理解,同样的情形出现在西方也并不奇怪。

中西古代的文化研究均无专门的现代意义上的所谓"文学"。这种近于共同性的现象给我们的一个特别的启示则应该是:当我们今

---

① 韦勒克、沃伦:《文学理论》,三联书店,中译本,1984年,第7页。

天要回过头去研究过去时代的文学和文学理论的时候,切记不要将自己的目光仅仅局限在那些所谓纯粹的文学和文学理论的文本材料范围之内,如果这样的话,那将大大地限制住我们的研究视野,甚至导致错误的结论。尤其是在面对中国文学研究的历史清理过程的时候,尊重和还原传统关于概念的历史见解,是我们在研究过程中,一定程度上应该,而且能够避免现代西方中心主义的重要学理前提。

不过西方与中国之不同之处则是在于,西方后来毕竟是在自己的历史发展过程中,逐渐生成了一套完全属于自己的,所谓今日美学和纯文学意义上的"文学"概念系统。而中国现代意义上的"文学"概念,则有待于在晚近时代才在西方观念的烛照下得以勉强形成,并且由于其厕身于中西之间而充满着各种逻辑矛盾和结构性缺陷。

中国现代意义上的"文学"概念,某种意义上是近代翻译和影响接受的整合产物,是现代中国的文学史家在西方文学史观念的影响下,不断试图重新描述中国传统文学发展过程的一种结果。

实际上,文学史作为一个学科的概念本身,也同样是19世纪以来借鉴西方的结果。尤其令人沮丧的是,甚至连现代史上第一部中国文学史,说起来也不是中国人自己写的,先有日本人写过数种,后来又由一个叫瞿理思(A. Giles)的英国人(1845—1935)写成一本。此公曾经较长时期于在华外交界工作,后继威妥玛为剑桥大学中文教授30年,学术研究广泛,著作等身,较出名的有《中国文学瑰宝》两卷本。他于1901年出版的《中国文学史》,不敢说是有中国文学以来第一部现代意义上的文学史专书,因为日本人在此之前已经写过多种,但是,它肯定是在中国人用汉语写出第一部中国文学史之前,以英文写成的第一部中国文学史。该书以历史朝代为序,叙述了公元前600年至公元1900年中国文学的发展。尽管今天从中国学者的角度出发去看,问题多多,甚至很不成话,但它在汉学史上和文学史上的意义却是不容忽视,后来林传甲在京师大学堂任教期间写成并出版的中国文学史,一定程度上也参考了瞿理思的著述,这已经被研

第三章 基本概念的还原与展开

究者所证明,这里就不再展开了。

欧洲文学批评史的记载和描述告诉我们,西方现代意义上文学和文学批评概念的形成,实际上也有一个较长的过程,不过它不像现代中国的情形,仅仅是由文学史家在文学史写作尝试过程中,借鉴西方的体制和分类方法初步形成。西方的文学和文学批评观念的形成,主要是由文学批评家和文学理论家来完成的。

尤其是美学在18世纪后半期的出现,为文学和文学研究提供了具有现代色彩的学科框架和话语方式,正是在传统诗学不断美学化的过程中,诞生了现代意义上的文学观念和文学理论的观念,从而使西方文学理论通过审美现代性的获得,实现了现代性的转化。恰如韦勒克在他和沃伦合作完成的那本相当权威的《文学理论》一书中所言:"看来最好只把那些美感作用占主导地位的作品视为文学,同时承认那些不以审美为目标的作品,如科学论文、哲学论文、政治性小册子、布道文等也可以具有诸如风格和章法等美学因素。"[①]而所谓美感作用占主导地位的作品,在韦勒克看来,多数就只能是戏剧、抒情诗、史诗、小说一类的作品。值得提醒的是,在西方文学理论和批评中,常常有把小说归入史诗文类来加以讨论的情况,好的小说更是直接称之为史诗。很显然,从现代西方观念看来,只有那些充满想像和虚构特征、以美感为主要价值功能的文本,才是所谓文学性的作品的文本。

在这里,如果我们承认韦勒克等人的观点具有较大代表性的话,那么,我们今天所日常运用的所谓"文学"的观念,实际上,即使是在西方,很大程度上也是一个经过现代转化的、具有较浓厚现代审美色彩的概念。它在总体上具有较为纯粹的美学内涵,并且以此为其基本的学科价值规定性。但我们还是不得不说,这样界定的结果,却在一定程度上遮蔽了文学更广泛的人文意蕴。

[①] 韦勒克、沃伦:《文学理论》,三联书店,中译本,1984年,第13页。

进而言之,则无论中国古代文论和西方诗学中都有自己关于"文学"的概念,但其含义却明显不同。西方古代的"文学"(literature),曾经是指一切手抄和印刷的文字材料,但它并不曾为西方古代诗学或者现代文学理论的研究所直接继承。西方现代文学理论所关注的只是狭义的美的文学(fine literature),即以诗歌、戏剧、小说为代表的,以审美为目标的文本。而中国古代文论中的所谓"文学",正如前面所说,在很大的程度上其实就只是有关广义的人文之学及其写作规范和方法的学问,是和经学联系在一起的。它基本上是关于诗书礼乐的学问,是所谓"发明章句"之学,而非指专门的诗词歌赋、小说戏剧之类的作品。也就是说,在中国古代所谓"文学"的概念和意义范围,尚缺乏像西方那样,把文学限定在抒情的诗歌、叙事的小说、史诗和模仿的戏剧来研究的概念。实际上,中国古代文论中有所谓诗论、词论、曲论和小说评点等专门的文类论著,却是从来没有西洋近现代意义上的所谓统合性的、形而上的、近于纯粹审美体验的文学之论。中国真正具有以小说、戏剧、诗歌和美文为对象,以审美为目的的"文学"概念,在很大程度上只是一个现代概念,是在西方和俄苏等地域的外来文学理论观念引入以后的事情。

因此,研究"文学"的观念如何在中国实现从古代向现代的转型及其与西方文学理论的关系,本身就构成一个比较文艺学研究的重要命题。在中西文学理论关系史研究的意义上,它的确是值得关注的。

二、诗

无论是从古代希腊、罗马的诗学视野出发,还是从古代中国诗论的立场展开,一旦我们试图去追问何谓"诗",正如同追问什么是"文学"一样,肯定都是一桩相当复杂和耗费心力的话题。幸好这并非本学科和本书的任务,它应该由一般的文学理论研究去深入展开,所以,在这里我们只是尝试通过中西方的粗略比较,尽可能地去走近与

第三章 基本概念的还原与展开

我们的讨论相关的关于诗的主要理论命题。

在古希腊神话的时代，人们普遍认为，诗歌不是被吟诵者想出来或者诗人写作出来的，而是被视为某种灵感的产物，而灵感的来源并非是来自人本身，而是来自天神，来自神力和神的附体。诗人实际上只不过是神的子民或者使者，是那么一些特殊的天才，他们在葡萄酒浇灌所导致的迷狂状态下被动地代神立言。用古希腊诗人品达在其《赞美诗》中的话说就是："神告诉诗人的事情人是不能发现的。"①因此，诗人的歌唱全都不过是作为神的传声筒而已，并不是他自身心智的创造。在这样的认识论前提下，任何人的心智的产物，包括诗学在内，显然都是没有意义的，所以诗学在这种条件下就必然没有发生和发展的理由。

著名的希腊哲学家柏拉图虽然承认诗歌是诗人凭借神启和酒力，使自身陷入迷狂状态下的产物，但他对诗人是否真的是在代神立言却持怀疑的态度。他认为诗人们常常"胡言乱语"，"不可信赖"。又由于在一定程度上，诗人做诗也就是类似绘画这样的技艺，是对具体个别事物的模仿，而事物不过是理念的影子，因此诗歌就只能是理念的影子的影子了，其实也就和谎言差不多。因此，诗人就只好要么自觉地，要么被人驱逐出理想国，总之是必须离开柏拉图建立在理性知识基础上的理想国。

不过，由于柏拉图承认诗歌有模仿事物的一面，这就为后来亚里士多德的模仿学说和诗学观念的建立开启了思考之门。作为一种技艺和创造的"诗"和诗学于是开始有了成为人文学术研究对象的可能。

至于中国古代关于诗产生的谈论，却是真的与神灵没有太大关系，而是被视为个人心智和外部世界互相作用的产物。《毛诗序》中就说："诗者，志之所之也，在心为志，发言为诗。"那么，诗是用来干什

---

① 转引自塔塔科维兹《古代美学》，中国社会科学出版社，中译本，1989年，第54页。

么呢？很简单，言志而已。古老的《尚书·尧典》中就说了"诗言志"的诗学名言。这从一开始就规定了中国诗歌的价值功用传统。孔夫子将其说得更具体，他认为通过诗可以去认识人、社会和自然，"小子何莫学夫诗？诗，可以兴，可以观，可以群，可以怨。迩之事父，远之事君，多识于鸟兽草木之名。"①所以，在发生学的意义上，中国人的诗学观念有更多理性和唯物的成分。

中国纯文学的源头几乎就完全是诗。所以一说诗，首先就是指《诗经》，或者说，"诗"常常就是《诗经》的简称，这在古代中国文论的言谈语境中也是约定俗成的。

但是，中国确实又是世界著名的诗歌发达的大国。因此，一旦说到诗，同时也是指各种诗体的有韵的文字，如骚体、乐府、古体、近体律绝等，或者亦可以说就是西方意义上的所谓"抒情诗"。即使是到了今天，在中国谈论诗的时候，人们也仍旧多数是在文类和文体的意义上来自觉界定自己的言谈疆域。所以，我们的传统诗学论述，尽管其间也往往涉及普遍的文学理论问题，但在话语体制上，较多的主要还是和西方文学部类中狭义的"诗"和诗歌批评的概念相通约，而较少进入西方文学理论意义上广义的"诗"，也就是所谓整体文学观照的范畴。诸如荷马式的史诗、悲剧、喜剧，以及后来的叙事文类，诸如小说等，在基本概念上和中国的传统诗学完全不发生关系。

而西方就不同了，从古希腊时代开始，其关于"诗"的概念主要就是广义的理解。一如亚里士多德在《诗学》的第一章开头就指出的，它包括史诗、悲剧、喜剧、酒神颂等等②，也就是说，其关于诗的理解至少包括了史诗、戏剧诗和抒情诗三大类型，它与西方后世在此基础上发展出来的狭义的文学概念大体相当，在宏观的意义上囊括了作为叙事文类的小说、各种戏剧和诗歌等的主要的文类。与此同时，西

---

① 《论语·阳货》。
② 参见亚里士多德《诗学》中译本，杨周翰译，人民文学出版社，1982年，第1页。

第三章 基本概念的还原与展开

方随后也渐渐细分出了狭义的诗的概念,那就是与小说、戏剧亦及散文相对的文类。诗在西方于是就有了完整的广义和狭义的区别。一个是特指的文类,一个是整体的所谓"美文学"。这样,一个"所指"同时具备了两个既有关联又明显区别的"能指",所谓异义而同名,这是我们在理解西方关于"诗"的概念的时候特别需要加以区分和记忆差别的。

而在中国,"诗"概念就没有这样清楚的广义和狭义分别。因此,中国古代的"诗学"在其理论的涵盖和话语体制上,也几乎就是一笔糊涂账。就学理上讲,它当然会关涉普遍的文艺理论问题,是我们今天历史地研究中国文艺学的基础;但就其话语体制而言,则纯然是诗歌文类的研究,诗学几乎略等于所谓诗歌之学,甚至往往就是抒情诗的批评理论。

看来,西方与中国古代以来关于"诗"的概念,至多只有部分的兼容,不可混为一谈。如前所说,这是非常有必要加以区别性理解的。

第二节 诗学与文论①

本节提要:

西方:亚里士多德的模仿"诗学"观念;作为技艺的诗学;美学中介、诗与文学的历史关联、诗学与文学理论的历史关联;中国:古代中国关于"诗学"与"文论"的不同界定;人文话语构型论与写作之学;韵律、文采——中国意义上的"纯文学"的开端;"文"的超越与"体"的设限;话语落差与对话可能。

一、诗学

亚里士多德的一生贡献,是在理性的基础上,于广泛的人类知识

---

① 本节讨论的部分段落参考了余虹所著《中国文论与西方诗学》第一章的相关论述,特此致谢。

领域内建立起了各种门类的技艺科学,譬如政治学、伦理学、心理学、物理学、生理学,乃至修辞学等。而既然在亚氏看来,诗歌不过是对于事物及其内在理念的模仿,那么,做诗实际上也就是一门技艺,于是建立一门专业研究所谓"诗艺"的学科就是顺理成章的事情。"诗学"在西方由此而得以诞生,而它的开山之作就是亚氏本人的《诗学》。

读过《诗学》的人们都知道,它实际上是一部未整理完成的讲稿。其内容是在以分析古希腊悲剧为主的基础上,把当时的主要文类如戏剧、史诗和抒情诗进行综合研究,通过探讨诗的起源、诗的历史、诗的特征等,阐述了自己的文艺观,同时也初步建构起了西方诗学话语的框架。尽管在以后数以千年的时间内,西方诗学的概念发生了各种各样的变化,但是其基本格局却并没有真正被颠覆。于是,在西方各国,一旦涉及所谓的诗学命题,就不得不从《诗学》开始。

与我们关于比较诗学的学科论述相关,在亚里士多德的《诗学》论述中,有两点尤其值得注意:

第一,诗被视为诸多模仿技艺之一种,与绘画、雕塑等其他技艺并列共置。这样,当后世把这类技艺逐渐归置为"艺术"这一大的门类范畴的时候,实际上已经为西方诗学研究的价值方向和对象范围做了初步的定位。也就是说,诗学研究是属于艺术这一大范畴下的研究部类。其内涵和外延都比较清楚,这是与中国文论的边界含混不一样的。

第二,亚里士多德的诗学研究对象,从一开始就没有限于诗歌的狭小范围,而是包括悲剧、喜剧、史诗、抒情诗,甚至音乐和舞蹈等等。这样,当西方人日后把诗与文学共称,有时候还以诗作为文学的代名词时,就总是显得那么顺理成章。这当中既没有明显的思维断裂,一般也不会造成误读和误解。而当论及诗学的时候,也都能够理解和接受这样的见解,即诗学研究的对象就是广义之诗,也即是包括诸多文类品种的文学。而不会像我们今天许多不了解比较诗学由来的国内古典文学和诗学研究者那样,一说比较诗学研究,首先想到的就是诗和诗歌的比较研究,稍微离开一点去谈普遍的文学理论问题就视为大逆不道。其实这完全是由于文化语境的差异而造成的误解,它本身也构成了一个学术文化思维的比较问题。

不过,在古代西方被视为模仿技艺的诗、音乐、绘画、雕塑等,在近代并非是直接触发了艺术范畴的认定并且成为艺术门类的必然组成部分的。同样,我们所说的广义的"诗"(poem)也并非是直接就找到"文学"(literature)这个概念作为替代性表述的。它们都经历了一番历史的变迁和现代的转化过程。其中总是不断有新的思想资源和学术资源的参与和介入,并且最终成就为它们今天的面貌。

我们都知道,亚里士多德的《诗学》在中世纪曾经被长期埋没,直到文艺复兴时期才被重新发现和认识。意大利的当代著名学者和作家翁贝托·艾科曾经以此为题材写过一部著名的小说叫做《玫瑰的名字》,被翻译成许多个国家的文字出版可见其影响不小。在亚里士多德之后,古罗马的古典主义理论家贺拉斯曾经写过一本《诗艺》,以诗体书信的形式表达自己的文艺见解。其基本的思想是对亚里士多德文艺观的发挥,尤其强调继承古希腊传统,突出理性的原则和模仿理论。而文艺复兴之后的新古典主义时代,理论家布瓦洛的《诗的艺术》则是古典主义戏剧的圣经,他发挥了亚里士多德和贺拉斯等人的理论,其核心进一步强调了模仿自然、理性原则和"三一律"等。这些文艺思想的承继发展和话语的命名习惯,都使西方文艺界逐渐习惯了如此的关于"文学"的称谓,使"诗"与"文学"的概念换用成为习性而不必加以置疑。

另一方面,文艺复兴本身也带来了诗歌、雕塑、绘画和其他门类技艺的发达。关于后者,我们只要稍微了解那个时期的文学艺术历史就可以明白。文艺复兴时期的大师们,很少是单一学科的专家和纯诗人,往往都是多面手,甚至是百科全书式的学者。譬如但丁在文学之外对于语言学、政治学、天文学和宗教学的贡献,达·芬奇在机械学、数学以及其他自然科学方面的发明,后来者如培根这样的百科全书式的全才就不用说了,即使是米开朗琪罗、莎士比亚……都有多方面的才艺。尤其文艺复兴时期,随着人们对于各种技艺的精益求精,对于非实用的美感的普遍性追求,于是开始逐渐意识到,所谓的诗、音乐、绘画、雕塑等等,并非是一般的实用性技艺,而是一种生产美的技艺。在这一基础之上,美学作为一种学科的意识有呼之欲出之势。

而我们今天也都知道,美学研究的对象首先就是各种各样的艺术门类。到了18世纪,法国学者查里斯·巴托1747年在其论著《论美的艺术的界限与共性原理》中,首次用了"美的艺术"(beaux arts)来界定诗歌、绘画、雕塑、音乐、舞蹈、修辞、建筑等,他由此严格确认了现代艺术的概念,并且使所谓美的"艺术"与亚里士多德的"模仿技艺"找到了融合与继承的关系。

而真正使艺术问题成为美学问题,使美学成为一门当时被称为"艺术哲学"的学科,并且确立了"诗"与"文学"的兼容关系和特定内涵的人们,则是一批睿智的德国美学家,尤其是鲍姆嘉通(Baumgarten,1714—1761)、康德和黑格尔。鲍姆嘉通是第一个主张美学成为独立学科的人,并且将美学命名为"埃斯特惕卡"(Aesthetica)的人,他被称为"美学的父亲"。[①] 他以系统化的方式将许多艺术的问题纳入美学的视野,使"审美艺术"以其独立的面貌得以呈现。而康德却是在纯粹感性和纯粹理性之外,令人信服地确证了艺术的独特活动疆域与活动方式,确立了现代艺术概念的审美本质,划清了艺术与非艺术之间的界限。

至于黑格尔,则是以他特有的逻辑和组合能力,构建了基于美学视野的完整的"艺术哲学"。在黑格尔那里形成的近代艺术体系和空间格局,至今并无根本改变,除非是由解构主义理论家来提出挑战。

首先,黑格尔将美的概念与艺术的概念统一了起来,既然"艺

---

① 参见朱光潜《西方美学史》上卷,人民文学出版社,1980年,第293页。

第三章 基本概念的还原与展开

是典型的审美活动",而"美是理念的感性显现",那么,整个艺术活动的探索就只能够在这一内涵和外延的疆界里行动了。其次,无论是古代的悲剧、喜剧、正剧、史诗、抒情诗,还是现代意义上的文学,包括小说、戏剧和诗歌,都是艺术哲学关照的对象。也就是说西方古代广义的"诗"和现代意义上的"文学",在艺术的大范畴内,本身并无质的差别。

很显然,正是西方近现代美学概念的介入和艺术学科的确立,为亚里士多德时代的"诗"向现代"文学"理解的转化不仅铺平了道路,提供了思想资源,同时也建立起了它们之间的历史联系。于是,西方学界经由美学的路径,不仅实现了从古代"诗"的观念到"文学"观念的现代转化,从"模仿技艺"到"美的艺术"的转化,而且也顺理成章地为从"诗学"到"文学理论"的转化铺平了道路。因而今日在西方,当人们谈论文学研究的时候,无论使用"诗学"这个古老的概念,还是使用"文学理论"这个现代的术语,在概念的运用上都具有某种互换性,其内涵和外延方面都不存在大的争议。这实在是因为,在亚里士多德与韦勒克之间,在《诗学》与《文学理论》之间,存在着一条比较清晰的相互关联的历史路径和逻辑链接。具体地讲就是:从现象上表现为"诗(历史)—文学(现代)"的关系,从理论上则是"诗学(历史)—文学理论(现代)"的关系。

而在中国古代,如果以西方现代意义上广义的"诗"的概念作为标准,则中国古代基本就没有西方现代意义上的"诗学"(poetics)概念一说。这并非是说中国古代文论中没有诗学这个词。"诗学"之用于西词翻译,从来就不是"无中生有"而是"旧词新用"。实际上,远在西文的"poetics"等被译入以前,"诗学"一词便已在中国文学论述传统中普遍存在,甚至作为书名流布世间。如汉代便有"诗之为学,性情而已"的说法,[①]元明时期则有所谓《诗学正源》、《诗学正裔》及《诗

---

① 语出《汉书·翼奉传》。

学权舆》、《诗学正宗》等著作出现,①只不过其所关涉的内容更多是文类和文体学意义上的诗论,是单纯意义上的有关诗歌的创作和批评著述,也就是所谓"狭义诗学",而不能与西语"poetics"相提并论罢了。② 当然,这并不是说,在这些名之为诗学的论述和著作中,没有关于广义诗学,也就是一般文学理论的问题,而是说,它们在术语和概念范畴所涉及的论述范围规定上,主要是指向诗歌这一文类,这是中国和西方明显区别的地方。对于宏观的普遍的文论问题和多种文类问题的专门讨论,在中国主要是由《文心雕龙》、《文章流别论》这一类的著述来承担的。而以"诗学"作为讨论一般文学理论问题的统摄性概念,在中国,基本上是要等到进入现代汉语时代以后,尤其是进入 20 世纪后半叶以后才逐渐形成部分共识。在一般的情况下,人们还是习惯称之为"文艺学"、"文艺理论"等,而不喜欢像西方人那样,把一般理论问题的讨论直接称之为所谓"诗学"。

二、文论

在西方,当我们在面对"诗学"或者"文学理论"这一组概念的时候,尽管它们之间其实并非没有差别,因为毕竟 poetics 与 literary theory 均有着各自的术语发生和形成的历史以及意义内涵,但是,在一般的情况下,它们在西方不仅可以做相应的代换,而且学术的意义定位上也并不存在太大的错位。在很多情形下,这也许只是一个意义的范围规定和习惯性的表述选择问题。

首先,那里的人们都会把它们理解为文学艺术研究的一个部类,而不可能去研究科学、法律、宗教、历史、哲学等等。其次,由于它在现代主要以小说、戏剧、诗歌、散文的相关审美性、文学性或者说诗性

---

① 今人检索的中国古代以"诗学"为名的著作至少有:元代杨载《诗学正源》、范亨《诗学正脔》和明代黄溥《诗学权舆》、溥南金《诗学正宗》及周鸣《诗学梯航》等。参见蔡镇楚:《诗话研究之回顾与展望》,《文学评论》,1999 年第 5 期。

② 参见同上及李杰《中国诗学话语》,四川人民出版社,1999 年,第 1—5 页。

为研究对象,是研究通过语言(文字)这一独特媒介而得以实现其价值的艺术门类,这就使得它和其他艺术门类也能够严格地区分开来。因此,在西方文化语境的条件下,当我们使用比较诗学这一学科概念的时候,也就意味着这是一类关于文学理论问题的跨文化研究,其在理解和研究实践的过程中,与其相应的那些个话语范畴、概念和术语等,在相当程度上界定都是比较清楚的,可以通约兼容,而不必担心引起太大争议。

然而,在古代以来的中国文学批评史上,"诗学"和"文论"之间却有着明显的差异。关于中国传统的"诗学"研讨范畴的某些特殊规定性,在上一节我们已经论及,尤其在所谓的话语体制范畴内,它更多主要是指向单一诗歌文类的研究范畴。

现在,我们再来讨论一下所谓"文论"的概念,也就是中国传统意义上的"文论"的含义。

相对而言,中国历史文献记载的丰富,在世界各民族当中都是位居前列的。关于今日所谓"文论"意义上的记载也不例外。如果认真地清理爬梳,你会在先秦两汉各家的经典和史传材料中发现众多相关的言谈。但是,毕竟还是只有到了魏晋,才有了以"文"的定性、分类、写作和品评的专文论述,譬如曹丕的《典论·论文》、陆机的《文赋》、挚虞的《文章流别论》等。然而,在刘勰(彦和)看来,它们都既不全面,而且时有认识上的偏颇,即所谓均"未能振叶以寻根,观澜而索源"①。

事实上,真正以论"文"为己任,并且全面而周密地探讨了关于"文"的方方面面,从而建立起了中国古代文论框架者,确实只能是刘勰和他的《文心雕龙》。作为被鲁迅先生誉为与亚里士多德《诗学》具有同等世界价值的文论专著,它不仅自身体大精深,而且承前启后,作为中国文论史的核心论著和纲领性文字,它无疑可以被视作为我

---

① 陆侃如、牟世金:《文心雕龙译注》下册,齐鲁书社,1981年,第416页。

们讨论中国古代文论许多基本概念的出发点。

某些外国学者,譬如宇文所安就认为,中国文论的特点主要是那种逻辑性和体系性不太强的小说评点、戏曲议论、诗话、词话等,而像《文心雕龙》这样的严格体系性著作却只是个例外,认为其在中国文论体制中不具备代表性,因此,不宜把它的价值过于夸大。① 这种表面上是强调中国文论话语特色,而实际上却又把《文心雕龙》孤立起来的观点,近于削足适履和形而上学的文化割裂。问题在于,它只注意到中国文论话语感性模糊的一面,而切割了中国文论实际存在的结构周密的一面,无意中削平了它的峰尖,同时也忽略了中国文论的丰富性和发展性,有意无意地回避了与西方"逻各斯"相对的中国话语理性之"道"的普遍意义。其结果是使得中国文论在强调自己独特性的时候,却失去了与西方对话的话语共性和更加周密逻辑的另一面,成为隐含的西方中心主义的文化他者的特色需要。这显然是难以令人信服的。

《文心雕龙》凡50篇,关于该书的研究对象所在,按照其最后一篇《序志》篇,实际就是所谓讲写作缘起的题解性文字所言,全书的立意和主题对象之所在确实就是所谓"为文之用心"。这里的"用心",当然是和为"文"或者说文章的做法问题有关,但是,决不能因为这样,就简单地判定为作者讨论的就是关于现代意义上的"文学"的"用心"。

那么,刘勰所谓"文"的内涵和外延又是什么呢?

首先,他不可能仅仅是西方的广义和狭义的"诗"的概念,也就是通常所说的美文学的概念。我们在前面涉及的一切西方意义上的具体的"模仿"、"艺术"、"文学"、"美学"的概念,似乎都和这个"文"没有直接对应的术语和范畴关联。

其次,它也和我们今天在现代汉语语境中所理解的文学理论的

---

① 参见 Stephen Owen: *Readings in Chinese Literary Thought* (Cambridge: Harvard University Press, 1992)中有关《文心雕龙》章节的论述。

第三章 基本概念的还原与展开

观念不太一样。现代汉语中一度流行的文学理论,实际上是以西方文论以及俄苏以来的革命文论为体系框架,融合一部分传统文学概念而成的现代概念。在《文心雕龙》中基本上就缺乏类似的言说和概念的界定。这是我们的讨论从一开始就要小心区别的关系。

在《文心雕龙》首章《原道》篇的开首,刘勰就阐述了他关于文的发生的见解。他认为,世间的一切事物均出于自然的演进。并且将所有的事物分为天文、地文、物文和人文。所谓"人文之元,肇自太极"①。而"人文"既出,当然需要外化的表达。再往深处追问,所谓"人文"则是"心"的外化,并且以"言"为其表达的物质外壳。所谓"心生而言立,言立而文明"②,"言之文也,天地之心哉"③。因此我们可以说,《文心雕龙》所研究的"文"就是与天文、地文、物文等相对的"人文",是一个时空向度远超于西方文学和诗学概念的大范畴。

具体而言,这里的所谓"文",就是由天地之心生出的各种各样的"言"。用我们今天的概念来表达,也可以说就是各种"话语"。正因为如此,刘勰才说:"夫诠序一文为易,弥纶群言为难。"④说白了,刘勰的雄心所在,就是要"弥论群言",要告诉读者几乎所有人文话语的言谈和叙述表达方法及其规范。也正因为如此,后人才说《文心雕龙》"体大虑周",且能够全面"笼罩群言"。⑤

那么,刘勰的所谓"群言"具体又包括哪些东西呢?

这只要看看《文心雕龙》一书中所涉及的各种文体样式就行了。全书自第五篇开始,最初讨论的还是从看去明显属于文学范畴的诗、骚、乐府,赋等文类,然后开始逐步讨论了包括史、传、诸子、诏、策、檄、表、奏、议等35种大的文类及其诸多相关的小的文类。其中多数

---

①③　陆侃如、牟世金:《文心雕龙译注》上册,齐鲁书社,1981年,第4页。
②　同上书,第2页。
④　陆侃如、牟世金:《文心雕龙译注》下册,齐鲁书社,1981年,第422页。
⑤　章学诚:《文史通义·诗话》,《中国历代文论选》,第四册,上海古籍出版社,1986年,第322页。

其实是和今日所言之"文学"不相关的。刘勰的论述所指,几乎涉及了当时所有的文字记述的方式和文字写作类型。也可以这样说,凡是在人文这一大范畴之下的"文"所关涉的文体,都在刘勰的关怀之中。

因此,如果以传统所谓"文学理论"或者说西方"诗学"的箩筐去装载《文心雕龙》的内容体系,显然是太狭窄了。它的"文论"的意义对象空间远在一般性的文学其上,所涉及的领域和文类也都广泛得多。我们甚至可以说,他所关怀的几乎就是整个人文写作的理论、原则和方法范式。

从某种意义上去看,《文心雕龙》甚至有些类似今日西方流行的各种时尚批评理论,譬如新历史主义、后殖民理论、女性主义、文化研究理论等等。对于这些理论,我们都清楚其间的广泛的学术关系边界,总而言之,就是不能将其简单地归入某种狭窄的学科理论中去,比如所谓历史理论、文学理论、哲学思潮什么的。它们所意图涵盖的实际上也是像《文心雕龙》这样的整个人文以至社会学科的研究和写作。当然,这并非是说刘勰在他那个时代就有了现代批评理论的跨学科理论意识,但是,我们至少可以从这之间的思维逻辑轨迹当中,进一步去反省我们对《文心雕龙》的学术和学科定位的某种偏向。我们不妨想一想类似这样大胆的问题:即使是把《文心雕龙》当作与西方诗学或者文学理论相类似的著述看待,是不是还是低看或者切割缩减了它"体大虑周"、"笼罩群言"的真正价值?这样一来,很可能真的就开启出一条关于中国文论现代转化性研究的新的思路也说不定呢。毕竟,中国学人的历史智慧和长期的话语发展,其间所积累的思想资源,完全应该有理由为它新的现代创新性开启提供丰厚的条件。

如果沿着这一思路出发去看待《文心雕龙》的文本,它无论是在《原道》、《征圣》、《宗经》、《正纬》这些个总论性文字中所讨论的指导写作的精神原则,还是其余各篇中述及的基本写作要求和技巧,包括种种的谋篇布局、结构章法、修辞用语等等,都不是仅仅针对文艺性

第三章 基本概念的还原与展开

的诗骚乐府以及诸如赋体而言的,而是针对整个人文写作的"群言"之论,一切诏、策、章、奏、记、传、铭、檄等35体都必须加以遵从。譬如其从"群言之祖"的"六经"中提炼出来的关于文章制作规范要求的"六义"。所谓"一则情深而不诡,二则风清而不杂,三则事信而不诞,四则义直而不回,五则体约而不芜,六则文丽而不淫"。基本上就是作为一般人文写作的通则来提出的。

正因为如此,像《文心雕龙》这样的文论体系所指向的主要研究对象,就应该是涵盖整个人文写作的话语言说,而不仅仅是今天所谓文艺之学,它可以说不仅超越了中国传统的、文类意识非常强烈的诗学诗论,而且也超越了西方现代的、以美学为内核的文艺之学,而成为一种非常广义的文论,或者说是中国式的文化构型学和人文写作学。

至于今天的研究者将其作为专门的文论著述来讨论,恐怕还是在西方文学理论观念影响下,对于本土著述的一种现代性选择转化和定向性的读解罢。也许我们应该从更宽广的学术视野去重新认识《文心雕龙》的人文理论意义。这将是一个绝好的学术命题。

不过我们依旧必须注意到,中国的古代文论在所谓广义文论的言说之外,同样也存在着注重文本形式和文类区分的传统。例如在《文心雕龙》中,就是在以广义文论为纲的基础上,对各种写作文体进行了十分详尽的考辨。它不仅讨论了35种主要文体的特征,而且在许多文体下面还作了进一步的细分和规定。所以,如果从篇章系统的格局去看,从其关注的写作对象去看,全书同时又具有明显的文体论专著的特点。后世中国文论在讨论文体问题的时候,尽管也有像《典论·论文》、《文章流别论》等,也都涉及文体问题,但却没有像《文心雕龙》这样全面和完备的分类和论述。

除了文体论方面的发挥之外,中国古代文论自东晋以来的文笔之辨也试图从韵律的角度去确立文与非文的界限和标准。这一点也被《文心雕龙》继承发展了下来,《总术》篇一开首就说:"今之常言,有文有笔,以为有韵者文也,无韵者笔也。"①这实际上是以有韵和无韵去展开一种文类学意义上的区分。而齐梁时代精通声韵的沈约,则进一步把音律的有无和运用作为区别文与非文以及文章高下的原则。"夫五色相宜,八音协畅,由乎玄黄律吕,各适物宜,欲使宫羽相变,低昂互节,若前有浮声,则后有切响。一简之内,音韵尽殊;两句之中,轻重悉异,妙达此旨,始可言文。"②在沈约看来,只有那些讲究音律、"妙达此旨"的文字,才有资格言文。这就意味着从人文群言中单独抽离出一类讲究韵律的文字,言说至此,其讨论的所谓"文",倒是开始已经在形式上靠近了我们今天现代的"文学性"命题了。所以,我们也许可以说,只有沈约的观点,大概才是我们今天讨论中国古代以来具有相对"纯文学"意识的重要起点。而与其差不多同时的梁代昭明太子在选编《文选》的时候,也在一定程度上实践了这种注重文采的原则。他的标准是文章必须"事出于沈思,义归乎翰藻","以能文为主",达不到这一条件的,即使是经、史、子的文章,也都是不选的。

到了唐代以后,又有一种"诗文之分",所谓"文",主要是指无韵的散文,相当于以前所说的"笔",而"诗"的概念则比以前"文"的概念更加缩小,把骈文和赋之类都排除了。说穿了这还是一种文体论,也就是在前面所谓广义文论下面层次较低的专门的文体论言说和区分。

不过同样有一点值得注意的是,在这种区分基础上发展出来的"诗论",却在《诗品》以来的传统言说基础上,发展出了中国古代文学批评的一大类型,成为我们今天讨论中国古代文论的重要资源,也就是所谓的文类学诗学。但这里所说的"诗"和"诗论"还是与西方的"诗"与"诗学"的内涵有明显的区别。它们和后世的词论、曲论,甚至

---

① 陆侃如、牟世金:《文心雕龙译注》下册,齐鲁书社,1981年,第300页。
② 沈约:《宋书·谢灵运传》,《二十五史》(3),上海古籍出版社,第1831页。

第三章 基本概念的还原与展开

小说论,都更多是广义文论下面的专门文体的分类学和专门性的文类的诗学理论问题研究居多、而暂时还不具备西方诗学的多文体的、系统整体的文学艺术的全面关照立场。

这样,中国古代文论的研究对象就应该分为两个层次来讨论:

一个层次是研究"文",也就是从本体论、认识论和创作论等的宏观意义去研究前面所说的人文言述,研究整个人文写作的理论和原则,这是以经典为范式的为文之大道。可以谓之为"广义文论",这可以说是中国文论的主体。

另外一个层次主要是研究"体",即是从文类学和文体论的立场去研究各体文章的源流、分类原则、写作要求和审美原则。譬如以是否用韵、比、偶为标准去区分"文"和"笔",或者以是否有韵去区别"诗"与"文",或者以功能实用的原则对现行的各种文体加以定位,不妨说它是"狭义文论"。后者虽然最终没有成为中国文论的主流,并发展出以艺术审美为主导的文论潮流,但是却在中国古代文论的传统中开启了一路以文类和文体为论述主体的研究方向,所以,尽管中国古代缺乏西方意义上的广义"诗学",但是却有十分丰富的诗论、词论、曲论和小说论等。

于是,尽管在中国古代文论的研究对象和理论成就当中,自然也包括了与现代诗学或者说文学理论相关的内容,但是它在作为文论学科的整体观念和重要的术语范畴的涵义方面,却是既与今日西方的诗学话语不太一样,同时也与现代汉语中的文学理论话语存在很大差别。

综上所述,正如我们在前面反复申说的,西方诗学在古代是以理性为思想基础,以模仿性技艺中的史诗、戏剧和抒情诗歌等为研究对象的专门学科,而到了近现代,则是以审美为学理基础,以艺术大范畴中的语言文字艺术门类,即融含叙事、戏剧和抒情文类的文学为研究对象的学科。

而在中国,尽管有诸多的"诗话"、"诗论",但却缺乏西方意义上的整体诗学。相对西方诗学,中国的诗话、诗论在话语体制上是较专业性的文类诗学范畴,而西方诗学则是属于较大的系统文艺学范畴。所谓中国的古代诗学更多是在文体和文类范围展开的批评和理论言述,与词论、曲论、小说论等并列;而西方诗学则是针对整个以审美为目的的语言文字艺术的研究。

但是,相对中国的古代"文论"而言,西方的诗学又成了较小的范畴,而中国古代文论则成了更大的范畴。因为中国古典文论的研究对象是整个的人文言述和写作,至于西方诗学研究的对象,在古代是属于模仿技艺的广义的"诗",在近代以后却是属于艺术审美门类的文学,始终都没有超过中国文论涉及的人文言说的宏大论述范围。

如果从整体的结构性质上去看,西方诗学基本上是被作为艺术的学科门类来加以确认的,因此,对艺术问题的一般性思考是西方诗学和文学理论的逻辑前提。而"诗"或者说"文学"作为特殊门类的语言艺术,思考其与其他门类艺术,如造型艺术、音乐艺术的区别,思考其与其他语言表述系统的关系和特征,则是西方诗学得以确立自身的基本的方法论。

而中国古代文论就不太相同,作为所谓整体的人文言述(与天文、地文、物文等区别),它的思考的基本逻辑前提却是"文"与"道"的关系。专门化的艺术论并没有真正具体地进入它的基本思想方法的视野,而是被放到相对较为次要的地位,即所谓的"艺"和"技"之类,被视为小道和雕虫小技。只有文道之间的关系才是最重要的。中国的传统文论或者说诗学体制,在宏观的"文道"与具体的文类,诸如文体研究之类的"技艺"之间缺乏一个过渡性的空间,缺乏一个"艺术"和"审美"中介,缺乏一个联系二者之间的转换性研讨层次,也就使得中国传统的文学批评理论在进入现代以后,失去了重新圈定这一文学艺术学科现代边界的逻辑起点和定性前提,及如同西方那样的纯粹美学。

实际上,只要从整体的学科结构关系上去看,就可以发现,中国

第三章 基本概念的还原与展开

古代文论在所谓总体人文言述之下，不必借助所谓文学性定义的中间层次规定，直接地就进入了各种既存文体的讨论，而并未进行今日所谓艺术与非艺术、文学与非文学的再次分类。审美性的言谈写作基本上没有被作为专门的门类加以讨论。在人文总体言谈与所有各种文体之间是一种简单的、无所不包的放射性连接关系。这既给后世的讨论带来了更大的空间，同时又造成了认识、辨析和归纳的麻烦和不易，这也是中国古代文论话语实现现代转型的困难所在，它缺乏一个连接现代的所谓艺术审美的内核和学科门类起点。而西方却在广义的文学基础上，以艺术的名义单独归纳出以叙事、抒情、戏剧文类为对象的关于"诗"和"文学"的语言艺术门类，并形成了以此为专门研究对象的学科："诗学"或者说"文学理论"。研究其与非语言性、非艺术性、非审美性学科的差别，就成了西方诗学的基本方法论原则。当然，如果我们再仔细比较区分，在中西文学批评理论之间还可以发现不少这样的概念和范畴方面的差异性。

由此可见，中国古典文论与西方诗学，在一些主要概念的历史形成，本体性质的规定性、认识论基础、意义的内涵和外延，研究对象和结构关系，以及言说形式诸方面，都存在较大的表述差异和意义倾斜，不可以简单地放到一个论述平台上，不加区分地直接就用原有的话语和概念规定性去展开对话，如果对话，很可能就是自说自话或者干脆就是聋子的对话。考虑到它们之间存在的明显历史落差和概念系统规定性的区别，恐怕只有设法让中国文论话语走出历史的限定，重新给自己发掘和注入新的语义内容和学术规定性，有意识地回到现代性和现代汉语语境的话语范畴内，所谓真正意义上的、有效的"比较"和"对话"才会成为可能。

第三节　现代汉语语境中的"比较诗学"

本节提要：

知识传统与现代语境；差异作为对话的前提，抑或是颠覆性因素？旧瓶如何变出新酒；南柚北枳，西方话语在非西方语境中的价值颠覆；古代话语在现代语境中的意义变迁；现代汉语写作与现代文论传统；"中国诗学"的现代内涵；"诗学"符号转换过程中的三股意义汇流；学科概念的本土化与现代化进程。

一、知识传统与现代语境

通过前述关于"文学"与"诗"、"诗学"与"文论"等一组汉语符号形式相同的概念的历史清理，再经由相互的比较和区分，使我们可以比较清晰地见出中国古代文论和西方诗学在基本概念和范畴方面存在的表述性差异和各自不同的意义倾斜。毫无疑问，倘若进入各自话语系统的具体内容进行还原性的梳理和比较，其差异会更大。

如果我们承认前述分析在资料和理论逻辑方面的合理性，那么，也就意味着承认这种差异和倾斜是一种始终客观存在的理论事实。但是，存在这些基本概念和范畴的东西方差异，却并不意味着不可以在"比较诗学"的学科命名下展开跨文化的文学理论研究，甚至因为命名的历史差异而颠覆比较诗学作为一个现代学科的存在基础和理由。事实上，这些差异不仅不是拒绝比较诗学的理由，反而恰恰正是我们之所以要展开比较诗学研究的基本前提。

问题的关键在于，肯定差异的存在是一回事，而如何去认识和理解这种差异则又是另一回事。

历史的差异性只是意味着它们各自在知识传统方面的区别，这在异质文化之间是十分正常的现象。而在历史语境发生变化以后，所谓时代的学术精神诉求和诠释立场也就随之会发生变化，差异所可能带来的也许正是探究和开掘的机会和返本开新的起点。我们之所以要跳出自身地域和民族文化的藩篱而进入跨文化的诗学对话，其目的也正在于发掘这些差异和个性的意义，开启新的诗学理论建设的可能性。

有鉴于此，原先在命名和意义规定方面的差异不仅不是障碍，而且应该还是基本和重要的资源。基于时代精神和诠释立场的新的要求，借助新的文化和理论参照系这个"他者"的照亮，诸如中国传统的"诗学"、"文论"，这些也许曾经是在自身文化语境中涵义不同的传统概念和范畴，却完全可以通过互动认知的对话性互渗，在新的历史语境中取得新的意义规定性，从而成为类似"比较诗学"这样的现代学科研究的共同话语起点，而不必担心由于命名的符号性"能指"替换而失去自身曾经拥有的理论资源和话语权力。

这里尤其有必要特别加以强调的一个事实性前提就是：读者必须注意到，今天我们关于比较诗学的一切讨论，都是在现代汉语这样一个学术语境中来加以展开的。一切概念和范畴的内在规定性，都必须要考虑到这一十分重要的现代历史前提，那就是，所谓"现代"同样是作为历史的一部分，在过去几乎一百多年的时间历程中，早已经参与到传统话语历史的生命运动之中，众多的传统概念和范畴，不同程度地已经在这一过程中发生了相当的变化，甚至在约定俗成的过程中，已经被赋予了新的内涵和定义，成了类似旧瓶新酒的东西。人们已经不再会简单地用旧有的内涵去阐释它，而是在不知不觉中接受了新的界说。而作为现代汉语语境中的所谓"诗学"，也许正是这样一个被"转化"过而研究者并不完全意识自知的概念。

让我们试着历史地去清理一下现代汉语中"诗学"概念的现代源流。

从时间向度上去看，无论是从梁启超的"诗界革命"、"小说界革命"开始，还是以王国维的著述为起点，以古代汉语或者说文言文为载体的中国古代文论的表述性语言符号体系为现代汉语或者说白话文所迅速替代，至今已大致经历了近一个世纪的历史。

在这差不多一百年的时间内，中国文学理论的建构并非是完全空白，或者是鸦雀无声的所谓"失语"状态。尽管与古代文论相比较，现代中国文论的话语系统的确存在太多不尽如人意之处，但是，它毕竟在以现代汉语写作的方式存活着，而且是主动或者被动，积极或者无奈地在发展着，你不可能否定它的存在事实。它毕竟是在现代中国的文化语境中，立足传统，通过主动和被动地与外来文化和理论对话交流而形成的理论话语，是一种与20世纪中国的文学发展互为因果的现代汉语文论话语体系。它既不是传统文论话语的现代汉语版，也不是西方文论的简单中文版，而是古今中外多方对话互动的时代产物。因此，它的诸如术语、概念、范畴等等都有来自历史传统和外来理论的因素，但同时在整体的意义上却又有着现代的自身规定性和现实存在的理由。我们今天谈一切现代意义上的学科和概念的历史和外来资源的时候，都不可忘记这一关于理论的现代规定性和当下存在的事实本身。这当中自然也包括中西比较诗学这样的学科及其概念。

尤其需要指出的是，对于学科基本概念的现象内求和文化外求，作为一种还原性的追问，不是为了否定它，不是也不可能去颠覆它，而是为了更好地扩展和深化对这一学科的理解和认识。离开了这一前提，就会失去追问的理由和探索的意义。

严格地说来，在非西方学术语境的意义上，一切曾经是来自西方类似的众多学科，诚然可以确定它曾经是西方学界的发明，但是，它在进入非西方语境之后的建立和存在，不管曾经是主动还是被动，是送来还是拿来，却都是历史性共创的结果。它在非西方文化和语言环境中的存在和生命力，更多的是和它所处的新的文化居所有关，是新的文化选择的产物。它的命名和框架可能西方色彩明显，但是，其学术内涵和价值指向却可能大异其趣，甚至成为颠覆原先所命名学科的西方价值的武器。譬如当代非西方的社会学、人类学、历史学以及各种比较学科所曾经和正在非西方世界面临的遭遇那样,对于比较文学以及比较诗学亦当作如是的理解。

比较文学学科在中国的兴起,尤其是从其在中国出现一开始就表现出来的那种强烈的与西方文化对话的意识,以及自觉批判文化和文学上的西方中心主义的价值倾向,都是与这一学科在西方肇始时的价值意图相背离的。所以我们不能因为它的西方学科源头就忽略了它内在的理论革新和知识上的革命性颠覆能力。

同样,20世纪的中国文论发展在走过了一段不算太短的时空之后,它本身实际上也已经成了历史,同时也成就为中国文论的新的构成部分。这亦即是说,在21世纪的今天,我们所使用的中国文论话语,无论它有多么浓厚的外来文化,尤其是西方文化的色彩,也无论它在话语和概念的表述上,是如何地偏离了中国文论的许多历史本来面目,但它依旧是对过去有所继承的今日中国的文学理论,并且是这个传统的新的有机构成和流动的血液。你可以对它质疑和批评,也可以试图革新和发展,但却没法割断它与传统的联系,也不能忽略它的存在事实。因此,在论证像"比较诗学"这样的分支学科所依据的本土文论依据的时候,就不能只以古代文论的话语范畴和文字符号表述的形式外壳作为惟一的标准和判断其现代合法性的依据,而同时就应该将作为传统新的组成部分的现代汉语文论话语一并认真地考虑进去,让历史成为活的历史,成为与现代有关的历史,让我们的传统诗学从古代走来的时候,留下它在现代的思想痕迹,将已经走过的现代变成传统的有机构成,而不是截然分开传统与现代的界限,并在它们之间隔开整整一个时代的巨大的思想空白地带。如果不是这样,我们关于理论的对话在逻辑上就是有缺陷的和不严谨的。

基于这样的思路和学术出发点,在我们充分地注意到中国古代文论的概念和理论话语与西方文学理论的表述差异和意义倾斜的同时,也应该清醒和理性地把握这样的现代历史事实,那就是,在现代语境中形成的比较诗学学科及其话语概念范畴的现代新规定性,也许才更接近于我们展开这一学科讨论的现代的概念和逻辑出发点。

二、"中国诗学"的现代内涵

我们说中国古代文论中缺乏西方意义上的广义"诗学"(poetics)范畴,并非是说其间没有汉语表述的"诗学"这个概念。正如前面所讨论过的,"诗学"这一术语在中国文论著述中并不鲜见,只不过其所关涉的内容更多是倾向于文类和文体意义上的诗论,是单纯意义上的有关诗歌的创作和批评著述,即所谓"狭义诗学",难以与西语"poetics"相提并论罢了。[①]

而作为现代文论的概念,"诗学"和"中国诗学"的概念出现在现代汉语中,自有其十分特殊的历史语境。近代以来,尤其是五四以后,伴随西方文明的强势介入和中国文化界变法图强的自觉寻求,我们不仅在语言的表述应用上实现了从文言到白话,从古代汉语向现代汉语的转化,而且,随着外来观念和语词的涌入和译介,也使今日汉语的语词和概念体系在内容上得到了相当大的补充和改造。今天,只要我们翻开任何一部现代汉语的词典和百科类书籍,均可以不费力气地就找出很多在文言和古代汉语时代不存在和意义已经改造了的词语,像"物理"、"化学"、"民主"、"自由"、"科学"、"哲学"等。其中一部分更是直接的外文音译或者来自周边国家的外来汉文,如日语中汉语符号的直接转用,像"干部"、"同志"、"派出所"、"坦克"、"引擎"、"咖啡"、"逻辑"等;另一部分则是根据外来概念的汉语语义加以新的组合,例如"银行"、"科学"、"世界"、"宇宙"、"天体"等;还有相当的一部分是古代汉语的旧词新用,文字符号还是原来的样子,但是意义已经发生了改变,以致最后约定俗成,成为所谓的旧瓶新酒,被新的外来的和时代的内容灌注其间,从而成为现代汉语新的语词构成,像"诗学"、"文学"、"小说"等就属于此类。当然,肯定还有其他更多

---

① 参见李杰《中国诗学话语》,四川人民出版社,1999年,第1—5页。

第三章 基本概念的还原与展开

的情况。

很明显,这种历史性的语言转换,绝对不是一个简单的两两对译和凭空制造新词的技术性、工具性的操作过程,而是一场复杂的中外古今文化对话和选择性交融更替的艰难历程。不管是主动和被动,也无论是不是弱势文化对于强势文化的冲击性反应,它们可以说都是双向对话和跨界共创的结果。因此,就这些词语和概念本身而言,其间所包含的已经绝不是单纯的某一方面的含义,譬如纯西方诗学或者纯中国古代文论的意义,而是包含了熔铸古今的较为复杂的语义成分和学术内容。换一个说法就是,如果说它今天还有活力,那一定已经包含有现代的意义规定性了。

如果说我们过去受限制于历史的原因和条件,对这样的文化和语言事实缺少认真的研究,那么,在21世纪的今天,这类现象的考察、梳理和研讨,将完全有可能为我们对中国近代社会如何向现代性进化做细部观察和研究时,提供较为切实的文化和语义证词。

从此一角度去考察现代汉语意义中的"诗学"概念,在很大程度上,我们恐怕应该学会将其作为一种现代意义上的文艺学科概念来加以认识,作为现代中国文论中以旧瓶新酒形式而出现的新范畴、新术语来理解接受,这样也许能够更加接近某种历史的真实。

现代汉语中的所谓"诗学"概念,它既不能简单地等同于西方的poetics,更不同于一般传统诗论中的"诗学"概念。同时,也不能因为中国古代文论中没有所谓广义的诗学理论范畴,而就去冒失地将其置换成"诗话"、"诗论"之类在今天已经不太可能有现代规定性的概念表述,或者干脆就把一个早已在现代汉语语境中形成的重要中文学术理论概念硬推还给西方。这里,我们的理解性误读或者就错在简单地在现代汉语的"诗学"概念与西方历史的poetics之间划上了一个绝对的等号,以至于硬是要求这个已经多少现代化了的"诗学"概念回到中国的前现代古典时期去。

新近学者们的研究已经十分有说服力地证明,像现代汉语中的

"诗学"这样的概念,其意义生成实际上是由来自三个方面的意义源流所混合构成:一是对西文的翻译转换,如 poetics;二是对传统文论的阐发再造,如传统文类意义上的诗学;三是对现代文论的建构性开创,例如现代理论意识的渗入等等。说具体一点,现代汉语中的"诗学"概念,显然是在"传统"和"西方"两大资源的共同影响下,融会了较多现代意识的新生汉语文论概念。① 这一见解的启发性在于,它使我们跳出了语言符号的单一语义关系理解,进而看到了同一"能指"后面所包含的复杂丰富的意义"所指"。

首先,在 poetics 的学术范畴意义上,"诗学"确实有所谓"西词中译"的意义。它在基本的学科范畴规定上,确实是首先指向以西方意义上的文学,即以审美性文类为研究对象的艺术学科。但是它一旦经过所谓的语言翻译转换,即古人所谓的"格义",从而一旦 poetics 被用"诗学"这一汉字语词符号所来表达,汉语文化的传统因素便自然地涌入了其间,于是它就很难再简单地与 poetics 划上完全一致的等号。poetics 作为符号一旦脱离了西方文化和语言语境而进入汉语文化环境,便变成了汉语文化思维的材料,它的所谓"汉语性"显然就是不可避免的。因为当你用这一汉语符号来展开你的学术性思维的时候,你的头脑中浮现的不可能仅仅是与 poetics 以及其他西方文论概念相关的东西,除非你百分之百地用英文或者其他外语来进行思维,而这对于一个母语是汉语的人来讲,几乎是不可能的。因此,你在涉及"诗学"这一概念的时候,同时也会联想到中国文论当中的相关概念,譬如"诗论"、"诗话"、"诗学"、"文论"等等。可以说,通常一个看似从西方译介过来的概念,一旦成为汉语的符号表达,在意义上它就已经身不由己地居于中西之间了,它在符号转换完成的那一瞬间,汉语的意义在不知不觉当中就已经渗透其间。因此,在以汉语

---

① 参见徐新建的论文《比较诗学:谁是"中介者"?》,《中国比较文学》,上海外语教育出版社,2001 年第四期。本小节内容较多参考了该论文的观点。

表达任何外来观念的时候,这种观念就很难说是什么纯粹西方或者外来的东西了。

其次,"诗学"这一符号的现代使用,并非是汉语词汇系统完全的生造和重新的组合,而是所谓旧瓶新酒,是借用了传统中国文论中涉及诗歌文类研究的概念,即所谓狭义的"诗学"概念。因此,这个语词相关的历史诗学的语义成分也会源源不断地以各种方式进入这一概念的现代范畴,进入运用这一概念范畴的研究者的思维;这个时候的研究者,已经不再是以狭义文类批评的所谓"诗话"、"诗论"的概念进入分析,而是从文艺现象的整体规律性观照和抽象去介入思维、言说和讨论的。否则,为什么我们今天谈"意境"、"风骨"、"神思"、"滋味"、"通感"等术语的时候,都是把它作为整个文学艺术创作和批评的概念来理解,而并非局限在古代诗歌创作的疆域之内。原因就在于我们今天是在现代汉语和现代文学批评理论的语境下在使用这些语言符号概念,它们在经过历史的过滤和筛选之后,在性质和意义的涵盖面上,都已经发生了较大的扩展、改变和提升。

于是我们可以断言,从古代文类和文体意义上的"狭义诗学",向现代性的文学研究意义上的"广义诗学"的现代性意义转换,恐怕大致都摆脱不掉这样一个意义认知、更新、添加和提升的现代学理演进过程。

所以我们也就可以说,一个古代文论的理论符号,当它在中西交汇的现代汉语学术语境中被使用的时候,它同样也就情不自禁地处在了古今之间,从而很难在纯粹古代的意义上去使用它。

特别是在今天的文学理论和比较研究的领域,情况更是如此。也许,一个研究中国古代文论或者古代诗歌的学者,在他的学科范围内提及"诗学"概念的时候,多少会与现代意义上的"文学理论"的概念明显区别,而更多去关注它的诗歌学研究的意义,以及一定程度上对整体文学创造的价值。但是,对于大多数文艺学和比较诗学学科的研究者,在经过了现代一个较长时期的理解接受和适应之后,已经逐渐习惯于将其作为一个现代文学理论研究的宏观替换性概念来使用了。

就此而言,传统意义上的"诗学"概念在现代汉语语境下的意义提升、深化和扩张,本身正是它的一种现代转换成果。如果我们试图在概念范畴的意义层面上来探讨中国古典文论的现代融入和转换命题,"诗学"本身的意义变迁就是一个绝好的例子。其间的变化过程、意义的伸缩和范畴的扩展等等问题,都是极富启发性和值得清理总结的。

最后,特别值得提出的是,作为现代汉语意义上使用的"诗学"一词,在被加上了"中国"这样的定语后,其含义在这样一个本土化的现代进程中,很快就有了一系列新的意义开掘,它至少包含了三个方面的新含义:

一是强调这种诗学是属于"中国的诗学",而不是西方的诗学,由于有了现代的地域和文化疆界的规定性,它的内涵和价值方向都因此而被情不自禁地加以了限定。这样,在理解和运用的时候,其一定程度上已经初步具有了抵制西方诗学话语强势覆盖和语言暴力诠释的文化免疫力,所谓南橘北枳,尤其是在文化的交往关系中,同化和价值转向都是常有的现象。

二是所谓"中国诗学",如同我们今天讲"中国文学"、"中国史学"、"中国哲学"甚至"中国法学"一样,都是一个包含了一定历史意义但同时又熔铸了现当代意识的完整的学科概念,是一个从古至今源源不断的活的话语传统,是在以追求文化中国的现代性为目标,在与传统和域外文论理论不断对话交流和展开现实的批评实践的过程中构建起来的现代中国文学研究的学科概念,它并非只限制于用来言谈古代或者说19世纪以前的中国文学现象。有关20世纪现代汉语语境下的中国文学的研究也同样是它的有机组成部分,而且是它的关注重点。一旦从当下的时空位置去看百年来的中国现代文论进展,它本身早就已经成了新的传统。因此,现代汉语语境下的新的

第三章 基本概念的还原与展开

"中国诗学"概念,也就自然构成了我们新的传统的组成部分。我们没有理由因为其与传统的差异和与西方的关联,就要将其驱逐出现代文艺研究的话语概念系统。

三则应该加以澄清的是,在今天的意义上,谈什么"中国诗学"或者"中西比较诗学"等等,其实都是在世界和本土文化的现代性和文化多样性追求前提下的学术建构,是现代学术意义上的学科称谓。它既是一种表述的语言策略,同时更包含着以所谓知识创新为目标的学科建构和概念革新。它与中外传统的过去确有关联,但是它本身应该是一个属于新的时代的学科现象,它作为学科理念自己本身就具有相当大的想像和创造空间。它的"学科意义"比它的"学科命名"确实能够昭示更加深广的思想和学术前景。这也是我们在辨析中西文论和诗学的诸多问题时不应该忘记的思考前提。

根据上面的分析,应该可以见出,如果说在中国古代文论的领域,缺乏像所谓西方意义上的广义"诗学"概念,其相关内涵也多有结构性错位的话,那么,一旦将其放到20世纪现代汉语和现代学术的语境中来讨论,则像"诗学"这样的概念的出现,不仅事出有因,涵义丰富,而且具有现实学术要求的合理性和必要性。至于像"中国诗学"这样的学科概念,基本上就可以理解为20世纪中国文学研究的学科性创造了。其独创性和合理性应该是不言而喻的。而以此为研究基础的中西比较诗学的命名当然也就应该顺理成章,而没有理由被视为学科概念的西方逻各斯认同和自我的失落。

看来,问题只是在于,我们应当从什么立场和角度去看待这些命名和话语的规定性。尤其应该引起重视的,不是这一学科命名的合理性与否,而是在于你怎么去理解和诠释它的源流和现代内涵。任何简单的"以西释中"或者"以中释西"都是不可取的。至于脱离现实生成语境的还原性追问,也只是把问题引向了事情的原初起点,它有利于澄清一些含混的认识和警惕西方中心主义的影响,但不可能据此去颠覆学科现实的存在和命名这一客观事实。不过,如果忽略概念的历史原初起点去任意命名和诠释,也同样可能让人看不清学科的历史面目和问题,甚至在研究上过多受西方学理的掣肘。这当然同样也是应该要加以警惕的。

第四节 跨文化的文论对话

本节提要:

实际对话中的理论真实面目;理论本身的纯粹与杂多;你中有我与我中有你;零距离对话如何可能?对话中的语言和文化中介;翻译与作为本土文类的"翻译文学";译介、整合、再造与翻译文论;纯粹比较与多元对话。

既然"西方诗学"作为一个具有历史继承性,同时又具有现代性的学科概念,与所谓"西方文论"一样,尽管在西方学界本身看来,也许过于笼统和宽泛,不如在具体的民族国家的文化传统界限上区分更加具体,但是,无论在表述上,还是在相对确定的学科范围规定上,它们已经为现代中国的文学研究界所普遍接受和认可,而且二者在相当宽泛的层面上也已经可以互相替换,于是,使用这样的学科概念就自然具有它特定的学术合理性。尤其是,在中西这样两种差异极大的文化之间对话,作为具有类似传统来源,所谓自希腊、罗马以来的学科理论,西方诗学作为对话的一方,在大的文化地域的体系性定位中与中国文化对话,其在范畴的内涵和外延上也都比较近似,因此,严格说起来也并不委屈作为文化源头相似的整个欧洲和北美,也就是我们通常所说的所谓文化上的"西方"。

同时,依照我们前面的梳理和分析,"中国诗学"作为一个现代中国文学研究的学科概念,可以说也同样讲得通。那么,将二者置于一个称之为跨文化"比较"的平台上,也就是所谓"比较诗学"的平台上去展开参照性比较和对话性互识,从现代一般学科话语表述的意义

第三章 基本概念的还原与展开

上讲,似乎应该是没有多大问题和基本上言之成理的。

但是,事情显然并没有如此简单,因为这里所谓的"比较",绝不是将两种文论和诗学原汁原味地排列对照起来,进行所谓分析评价性处理和孰是孰非的价值判断。正如同我们在第二章讨论中西文论历史性相遇的情况时所展示的那样,当中西两类在文化上似乎截然不同的文论或者说诗学在20世纪特定的历史语境中相遇的时候,由于历史的机缘和文化、文学本身以及语言的定向、定位和切割性的选择,当这些不同的文论话语终于相遇的时候,它们所各自呈现给予对方的形象,可以说早已经不再是本来的典型面目。

如同我们曾经未加置疑地谈论"诗学"和"文论"这样的学科概念一样,一旦稍微展开现象和概念的还原性追问,就会发现其中的问题和陷阱都很多,因而不得不下工夫加以梳理和重新定位。同样,到目前为止,我们也已经习惯了不加追问地谈论"西方文论"、"中国文论"这些个概念。似乎这是一些完全封闭的"他者",一个相互完全迥异的异质性的理论体系,一个文化上的异己。于是,二者之间的截然对立不再需要质疑,好像一切都已经是约定俗成,天经地义,没有什么问题。

然而我们似乎在不知不觉当中就已经忘记了这样一个始终存在的事实和问题,那就是,我们必须要理性地和语言性地去体会到,今天的我们是在什么样的语言和文化环境下来谈论这个所谓的"西方诗学"和"中国诗学",或者"西方文论"和"中国文论"的。

还是让我们先来看看西方文论在中国的接受情况吧。

事实上,只要认真思索一下,就可以做出判断,那就是,我们基本上不是,甚至即使是有这种期望,也还是不可能真的站在西方的文化立场来谈论所谓西方的文学理论,通常我们都只能是站在作为中国人所谓他者的文化角度来言谈西方和西方文论这一类概念。因此,中国人即使是谈论所谓西方文学理论,也无疑将不得不面临一种所谓情不自禁的属于中国文化本位的立场。举个常见的例子:通常一个西方学者很难会像我们一般的学者那样，不假思索地运用这样的修辞话语，说什么"我们西方文学理论如何如何……"一般讲，西方的学者，不管是出于其或隐或显西方中心主义的立场，他们在谈论一种来自自身西方文化中的理论的时候，在一般情况下，或者干脆说从来都是把这种理论当成是全球通行的话语原则来考虑的，而决不会把它仅仅当作是局限于所谓西方疆域的有限理论，所以他不会说"我们西方文学理论如何如何……"实际上，至今为止，对于他们中的多数人而言，恐怕还没有这样的话语表述习惯。这也将意味着，我们今天在非西方的文化语境中来谈论所谓西方的文学理论，在很大的程度上确实是一种东方式或者说中国式的界定，是我们所给予对方的一种理论的东方式整合与命名。也就是说，即使是"西方文学理论"的概念本身，一旦进入非西方的语境，也就都染上了明显的诸如东方或者说中国的色彩。

因为，真正从西方人的立场出发，他们会很自然地说诸如希腊的理论、罗马的理论、法国的理论、德国的理论，或者美国的文学理论等，而很少会去笼而统之地说什么西方文学理论，除非他是一个汉学家，或者说是埃及学家、印度学家等等，他需要作出双方比较的时候，可能会如此去区分。就好像一个中国学者喜欢说中国的文论，而很少说什么我们东方文论一样。只有在他和东方其他国家的同行对话的时候，尤其是一旦需要共同面对西方来谈论问题的时候，所谓我们东方的诗学理论和文学理论什么的，才会出现在言谈的话语中，并且事先已经假定了一个整体的西方文化和理论他者的存在。而这样的言谈，在学理上却未必具有什么严谨的理论和逻辑分辨，只是一个地域性的文化言谈策略而已。

当然，问题的关键并不在于命名的妥当与否，这也如同我们讨论中国诗学的命名和相关问题一样，重要的是在这个命名后面所容涵的知识结构、理论成分和文化内容。具体到所谓西方文学理论，这种命名和它的知识内容在中国的创生和构建的历史，本身就是一个非常具有价值的比较诗学和比较文化研究的学术课题。

首先,就算从文化类同性的意义上区分,假定存在着一个相对统一的西方文学理论系统,那它们也绝不可能是百分之百成分纯正的铁板一块。我们虽然说过,它们的基本体系、概念范畴和话语体制是一种在早期相对封闭和自足的文化环境中生成的产物,有自己的文化特点、价值倾向和话语个性,但这并不等于在其后来的形成和发展的过程中,没有不同程度地受到来自非西方文化的参与和影响。

譬如西方文化在中世纪以来就受到中东地区的犹太教文化和阿拉伯文化的影响;而在文艺复兴以后,尤其是在启蒙主义的时代也曾经受到过中国文化的影响。近来的研究还表明,甚至被视为欧洲文化源头的希腊文化,在源头上也同样受到了亚非文化的塑造,尤其非洲文明,近来也被证明竟然是前希腊文明的重要源头之一。由一位叫马丁·波纳尔(Martin Bernal)的西方学者所著的一本叫做《黑色的雅典娜——古典文明的亚非源泉》(*Black Athena: The Afroasiatic Roots of Classical Civilization*)的著作,正是由于揭示了这样的历史事实而在西方世界引起激烈的争论。① 而我们谁又敢肯定地断言,在现代西方诗学的理论构成中,没有中国古代思想、诗歌美学和文论观念的影子在其间影现呢。只要想想歌德、庞德、海德格尔、燕卜逊、德里达、卡雷·史奈德等人,想想其他一些著名的西方理论家及其与中国文化的关系,至少就可以使那些认定西方文学理论与非西方文化毫无关系的断言少了些底气。

当然,有着这些文化关系影响的成分,并不意味着西方文学理论就不具备它独立的文化个性,而只是说,它在其生长过程中同样存在着来自不同的非西方文化的影响,因此我们不可以把二者之间的对立看得太绝对化了。

---

① 参见刘禾《语际书写——现代思想史写作批判纲要》,上海三联书店,1999 年,第 9—13 页。

其次，各种西方文论在作为外来文化理论的一种形态被引入中国的时候，并非只是一种简单的语言文字的符号形式转译，也不是一个简单的词语和概念的外壳替换。其间的情况实际上要复杂得多，它包含着艰难的文化选择、对话、诠释和整合的过程。

第一，在引入的时候，它一定有着出自自身文化匮乏和理论需求的选择性重点，也就是我们需要什么理论的问题。毕竟我们不可能把西方的东西整体地搬将过来，而是要根据需求进行选择。尽管多年来，实际上大多数西方理论都已经不同程度地被介绍入中国，但是，其间不同时段的选择性还是可以看出来的。譬如自1949年至20世纪80年代以前，来自俄苏的理论较为盛行，至于西欧理论则是对希腊、罗马和19世纪的各种主义有较多介绍。而20世纪80年代以后，现代主义和各种新的颠覆性、解构性的批评理论则成为一时的译介时尚。

第二，是运用汉语的话语体系去进行翻译和阐释再造，让非汉语文化的西方概念和理论，在这样一个过程中逐渐成为现代汉语文论的表述概念和范畴，成为人们习以为常运用的话语构成。譬如"浪漫"、"现实"、"自然主义"等等。甚至，也包括那些以汉语表达的西方文论专著、文集、文章和教材等方式，也在不知不觉当中成为了所谓现代汉语的文学理论体系的组成部分。

同样，这当中也包括使中国文化及其理论融入西方文论话语其间的"中国化"过程。于是，在这样一个跨文化的转换过程中，理论原先的性质和疆界也常常会发生改变，甚至在一定程度上脱离自己的本体而走到对方阵营中去的情况，也并非是没有先例的。

这样的例子可以说是比比皆是。譬如古代有印度的佛教进入中土后，逐渐转化为中国的禅宗以及其他的教义流派的情形，如天台、华严和藏传佛教，但却没有人否定它们作为中国思想资源组成部分的命名和存在意义。而现代西方的许多学科、思想、主义等，在被引进殖民地或者半殖民地的非西方学界以后，反而成了非西方学者用

第三章 基本概念的还原与展开

来批判西方殖民主义和西方中心主义的理论工具的事例,也是可以信手拈来的。像人类学、社会学、多元文化理论、后殖民理论、文化研究理论等等都曾经和正在扮演着类似的角色。比较文学在今天的发展也同样表现出了类似的趋势。

以此角度来观察西方文学理论在中国的影响和存在,可以另外去开启一条很有启发性的思路。它对于我们跳出中西文论截然对立和比较的二元思维模式,以及如何重新来审视西方理论在中国,甚至在非西方世界的存在价值,也许正好提供了一种突围的可能性。

这里有一个突出的例子:那就是,我们过去从单纯的接受意识出发,将翻译过来的外国文学作品一律视为纯粹的外国文学,对翻译中的文化和语言创造活动基本视而不见。这样,既然原著和翻译都是同一种外国文学,那么,在评价其价值意义的时候,当然是"原著"比"翻译"好了,于是,长期以来,"译作"总是在"原著"面前抬不起头来,哪怕译作拥有成千上万的读者,而读原著的只是少数人,还是改变不了"原著"的所谓"译作"在异国他乡的被歧视命运。

而一旦我们转换一种思路,不再把文学的翻译活动作为一类对外来文学进行简单语言转化的工具性、技术性的行为,而是充分注意到翻译活动中的接受者文化、文学和语言的创造性参与,不再把翻译文学当作纯粹的外国文学,而是把翻译文学作为本土文学中的一种文类现象存在来对待,情况又该是如何呢?明显的事实是,那些被译介过来的作品,作为一种文化交流和融会的产物,在所谓翻译的过程中,实际上早已经被再创造了,多数时候它们已经成为被所谓本土母语重新表述的"外国故事",而与其原作的原先面目有了很多的差异,包括语言、语义、语境、叙事方式、价值倾向和接受理解等等,都生出了新的内容,这还不包括大量的创造性或者错会性的误读。于是,当这一过程一旦完成,文本便具有了新的生命。近年来,一些有眼光的文学翻译家和比较文学研究者,明确主张要圈定翻译文学的相对独立的本土文类意义,譬如把五四以来的翻译文学单列为本土文学的一类,即所谓中国现代文学中的翻译文学部类,并将其纳入现代中国文学的范畴,成为其有机的组成部分。① 这样,既肯定了现代文学史上文学译介的巨大历史贡献,许多翻译大家的历史地位得到了肯定,同时由于翻译作为一种创造性文类的加入,不仅扩展了现代文学的外延,也突出了这一文化交汇碰撞时代特殊的文学创造。很显然,这一文学和文类学认识过程的演进和改变,确实是颇有启发意义的。

关于翻译文学的这种认识论提升,对于我们理解存在于中国本土的所谓西方文学理论无疑有明显的参照意义。

如同翻译文学被作为中国现代文学的一个组成部分而正在被人们逐渐接受一样,有关中国本土引进翻译的西方文论,能不能不再是仅仅作为西方的专利,而是把它多少视为中国现代文学理论中的翻译文论部分来对待?或者说,把翻译文论作为中西文学理论对话和比较的缓冲和交汇地带来认识?这无疑是一个很有创意和趣味,而又极富挑战性的命题。

这里首先要提出的问题就是:一直以来,在中国本土,我们所曾经面对的是一种什么面目的西方文论?

我们是不是可以先确认一条这样的原则:即就不同文化之间交流的普遍性现象去看,一个中国的读者或者说研究者,无论你接触的文本是原著还是译文,只要是站在非西方文化立场去对西方理论的读解,都只能是一种译介性、选择性和利用性的读解,而不可能在西方原著母语以外的文化空间中,去做到对原著真正原汁原味的转述和呈现。进而言之,不仅仅是西方著述的接受,一切外来文本在中国的接受恐怕都理应如此。

就熟悉外国语言和文化的翻译家和研究者而言,他所面对的自然是所谓原著的西方语言文本,他比别人拥有更多的关于原著所在文化的语言修养和各种知识。就其主观意愿而言,他在读解和翻译

---

① 参见谢天振《译介学》,上海外语教育出版社,1999年,第208—255页。

过程中,总是力图尽量去接近原著的意蕴和还原作品曾经有的文化语境,因此,我们有理由相信他会比一般的人多少更接近原著的意思。但是,我们还是有理由认定,他不可能做到真正的"还原"。

必须指出的是,翻译家所拥有的外来语言和文化知识,是基于中国文化血统基底上的"习得",而不是其文化血液中流出的"本能"。因此,在他的翻译读解之间,必然面临两种以上文化和语言的互动性处理过程。甚至一些看似特别典型的外来事物和表述,由于一旦变成汉语思维的表述符号,无疑也都会经历他自身所拥有的中国语言和文化的过滤和改造,成为文化交汇后的新事物和新概念。在翻译学问题上,无论是所谓"信、达、雅"的矛盾纠缠,还是"形似与神似"的争议,甚至是所谓"炉火纯青"的翻译,它所关注的焦点都不是以原著的文化作为价值尺度的"还原"标准,而是从翻译者文化尺度出发的,不同文化和语言之间的"融化"原则。即使是像西方文论这样抽象性较强的话语翻译也是同样。所以,当这种所谓西方文论以研究者的转述和中国语言译本的形式呈现的时候,各种中国文化的资源内容已经通过语言和话语氛围不同程度地掺和了进去。于是,与其说它是原汁原味的西方文论,倒不如说是跨文化读解的所谓准新学说了。

而对于不怎么熟悉或者完全不懂这类外国语言以及文化的读者和研究者而言,他们注定只能通过译文去认识所谓西方文论,因此,他从一开始所面对的,就是以西方文本为基底,却又融入了中国本土文化和理论内容的,被改造过了的一种混合型理论形态。这种东西其实并不是本原的西方理论"原型",而往往是"变体"。我们与其称其为西方文论,倒不如像称呼翻译文学一样,称其为"翻译文论"也许更恰当一些。①

这里所谓的"翻译文论",如同有些学者所言,实际上就是一种所

---

① 参见徐新建的论文《比较诗学:谁是"中介者"?》,《中国比较文学》,上海外语教育出版社,2001年第四期,第21页。

谓的"西学中译",是经由汉语及其文化选择、转述、阐释和加工改造过的跨文化的文学理论。其话语和内容特征往往是不中不西,亦中亦西的,它一经融入中国的论述语境,便成为汉语资源中难以分割的组成部分,或者说是西方文论在其本土语境之外的创造性衍生物。西方文论一旦处于这样一种文化语境当中,它实际上也已进入了现代中国文论的体制内部,成为其不可分割的重要构成部分。于是,我们便可以认识到,实际上,在所谓中西比较的"原型"理论之间,不知不觉已经出现一种身份特殊的"第三者",它可以如有些学者所说的,叫做"翻译文论",或者也可以说是汉语表述框架下的"跨文化文论话语"。

那么,如果颠倒过来再看,在中西之间实际上还不止一个所谓西方来的翻译文论这一个"第三者",而是应该有两个第三者。这所谓的第二个第三者就是中国古代文论的西译产物,即我们所谓的"中论西译"。那些被翻译成为英文、法文或者其他文本的中国古代文论译本,以及相关的研究著述,大概就属于这第三者的范围。

不必说,这里立刻就已经开始关涉到了两个主要的学术命题:一个是中国文论中的外来文化影响;另一个则是中国文论在西方的接受情形。

首先,尽管所谓历史上的中国文论基本上是在相对封闭的历史文化环境中发生和发展起来的,但是,在其生成流转的历史过程中,同样也接受和融入了其他外来文化的因素。

突出的例子就是从魏晋以来持续不断的佛教文化的影响。譬如,即使是在《文心雕龙》这样的著述中,也都可以明显见出佛教思想及其话语表述方式的影响因素,更遑论后世的其他著作了。而中古以来的戏剧、小说和诗学方面的著述,同样有时隐时显的周边国家如日本、韩国和所谓西域的文化因素渗入其间;近代以来,由于诸如传教士为首的西方文化的进入,在这个时候的文学思想中,19世纪以来某些西方文化的影子也已经可以明显地感觉到。

第三章 基本概念的还原与展开

至于现代中国文论,无疑更是中外文化碰撞交互的产物,中国式的马列文论和社会主义革命文论学说,虽然不可以说是舶来的东西,但是它和来自于西方的马克思主义文艺思想的关联,却始终是千丝万缕地纠结在那里的,其具体情形就不必赘述了。因此我们可以肯定地说,除了所谓单一民族文化独自发展的早期阶段以外,中国文学、文论和诗学理论在它的发展过程中,无论多少,都同样不断地存在着外来文化参照和影响性渗入的历史文化情形。

其次,中国文论向西方的译介,也同样并非是简单的语言交换。同前述分析西方文论在中国的译介一样的道理,不仅中国文论在其发展过程中或多或少不断会接受外来文化的影响,而且中国文论在被译介到非中国文化中的时候,也同样经历了前述一系列"翻译转换"、"阐发再造"和"建构性创新"的改造变形,而这同样也是一个更加艰难的文化选择和协调整合的过程。其由于思维、文化语义的差异带来的困难,比西方文论之进入中国有过之而无不及,如果去问问西方的汉学家们,他们一定会给你讲述许多有关这方面的酸甜苦辣的故事。

一方面,中国文论的语言表述和理解方式的特点,使其在接受上有明显的思维和理解的文化语境要求,如果没有深刻的中国语言和文化修养,常常是不得其门而入。那些所谓"有"与"无"的关系、"筌"与"鱼"的关系、"指"与"月"的关系等等,都不是置身于中国文化之外所能够透彻理解的。而另一方面,中国在近代全球社会的历史命运,又导致它的文化产品在世界上受到的关注较少,与它本身的价值极不相称。这也使中国传统的文学理论成果,在国际学术社会被谈论的时候较少,如果回到半个世纪以前,则几乎就是一个养在深闺人未识的待嫁之身。

但是无论如何,正如我们在前面所介绍的,最近半个世纪以来,关于中国文论向西方的译介,也已经有所积累和成就,并且,由于学界,包括海内外华人学界的努力,中国的传统文论思想也正在受到越来越多的重视。非如此,不可能有今天比较诗学发展的学科局面。

也正如我们在前面讨论西方文论在中国译介接受的情况一样,一旦中国文论进入西方语言文化的系统,不管它的规模大小和影响如何,它在一定程度上也就成了西方现代文论的一个特殊的组成部分,成了它们的"翻译诗学"。这和西方文论在中国的命运类同。譬如施友忠翻译成英文的《文心雕龙》、刘若愚撰写的《中国的文学理论》(Chinese Theory of Literature)、宇文所安编著的《中国文论读本》等等,以及一切以西方语言出版的关于中国文论的翻译、介绍和研究,都在扮演着类似的文化角色。

这里,一旦他们把中国的文学理论改称为 Chinese Theory of Literature 或 Chinese Poetics 以及其他语言的什么表述,结果也都一样,即它们就都成了西方话语标准下的 Theory of Literature,也就是成为了西方文论中的翻译文论部分,而不可能再是原汁原味的"中国文论"了。如同他们过去曾经到印度的史诗和奥义书中寻找诗学资源并且转化为己有一样,他们已经习惯于把非西方文化经过加工、改造,使其变而成为西方文化资源的一个组成部分。像《圣经》,像《一千零一夜》以及其他许多著述的命运一样,它们原初的故乡都在欧美世界之外,这些在欧美的古代和现代也都是人所共知的文化事实。

基于上述的复杂情形,今天我们所谓的"比较诗学",也就是在这样一种极其复杂多样的对象、中介和关系之间来展开的。这与其说是阵线清楚、泾渭分明的理论比较,倒不如说它是复杂的、纵横交错的多重跨文化的诗学对话更合适一些。

于是,我们需要理性地来把握这样一种诗学思考的原则:即中西比较诗学所要面对的双方,也就是所谓"西方诗学"和"中国诗学",显然都不会是截然对立而毫无牵连的封闭体制。如果从中国文化本位的立场出发,对于这类既融入了中国现代汉语思想资源,同时也融入了现代西文思想资源,并且担当了中西之间进行比较之"第三者"的

第三章 基本概念的还原与展开

这两种或者两种以上的"翻译诗学",或者说"翻译文论",它们作为在一定的历史阶段内双方的理论共创,不管其理论资源是来自西方、俄苏,甚至日本文论,还是来自古代的中国文论;也不管这种共创是如何的被迫和不平等,但是一旦有双方的语言和文化渗入其间,以所谓翻译读解过的不同的文论形式,得以共同呈现于今日跨文化比较的平台,作为今日现代中国文论的构成部分,它在一定程度上就已经被视为与现代中国相关的资源的不同部分,而并非只是欠下西方或者说古代中国的文化债务了。

出于这样的理解,也许可以使我们在面对西方理论这样一套复杂庞大,而又体现出强大的外来文化压力的参照系的时候,心态可以变得相对自然平和一点。

由此,我们同样还可以再具体地展开论述。也即是说,在一定意义上,处于今日中国文化立场的比较诗学,它的言述对象,就基本上是在与某类或者某几类由我们所选择和规定的所谓西方诗学或称"翻译文论"在进行比较和对话,而不是与真正的和全部的"西方诗学"或者说"西方文论"去进行比较和对话。

同时,我们也是在以某类或者某几类被选择和规定的所谓中国文论,即是被历代和现代中国的诗学家和文论家不断阐释过的中国文论话语,去与所谓的西方文论比较和对话。这其间不仅包含着很强的文化倾向性和话语的现代选择,也包含多种多样的互文性和镜像效果。而且,这种对话基本上可以说是"我中有你","你中有我","互为他者"。这种包含着对于"域外他者"和"古代他者"的复杂层面的比较性跨文化研究,其目标自然都是为着中国文论的现代性这一理论的迫切"自我"诉求。而在这个所谓全球化和多元化的时代,推动和制约着这种比较和对话诉求的动力,则是我们在文化领域去追赶和参与现代文化,寻求世界文化的接纳和认同的强烈历史欲望。

通过本章对于比较诗学研究的一些基本概念的梳理,进而对展开这类研究的文化语境和理论关系的分析,从而使我们对比较诗学这一新的跨文化研究学科的基本理论形态有了较深入的认识。严格一点说,只有注意到这些基本概念的历史内涵和现代扩展,明确了解这一学科研究的对话双方或者多方的文化基底,并在此基础上来考虑中西比较诗学的基本问题,也许才可以在全球性的历史与现实、话语结构与理论逻辑的多重层面,比较全面地总结中西比较诗学既有的进展,厘清存在的问题,探讨其未来深入的多条可能的路径。

而这也正是当下面临挑战和提升的中西比较诗学学科所必须面对和回答的追问。要想回应这样的挑战,一方面,应该如同前述一样,继续展开理论体制本身的辨析和深化;另一方面,也必须对历史既有的研究范式和理论方法加以清理和总结,而这则正是我们下一章要继续加以探讨的。

第四章 中西比较诗学的方法思路

第一节 现代阐释学的认识超越

本节提要：

作为方法策略的比较诗学阐释学的意义；阐释学的历史及其现代存在形式；现代诗学阐释学的认识超越及其对于比较诗学的意义。

对于比较诗学学科而言，我们不仅需要对一些基本的诗学概念进行还原性的所谓现象追问，同时，就这一学科而言，作为一种跨文化理论对话，它必须是在传统的基础上去追求所谓理论的现代性发展，所以，如何对传统进行新的阐释，便成了这一学科的重要方法路径追求。于是，比较诗学将不得不面对种种有关传统和现代的阐释学问题。

这里，所谓比较诗学意义上的阐释学展开，实际上就是借助现代阐释学的理论和方法原则，立足于中国文论追求的现代性主题，以西方理论范式为参照系，以现代人的认识能力作为基本维度，以中西古今对话为方法，对传统文论从整体观念、理论逻辑、论述范畴、术语概念、修辞策略等等方面展开阐释性言说，对其各个方面的理论话语层面加以界定和探讨。譬如：探讨经典生成的意义、诗学话语体制的结构过程、术语范畴的现代表述和意义重解、本土诗学的表述方式、符号体制与西方诗学的表述方式以及符号体制的对话融通可能等等。其目的主要在于，通过对历史的诗学概念系统施加现代意义上的符号(话语)化更新、意义重新言说以及新的思想灌注,从而使之以现代的符号面貌和意义内涵重新纳入现代诗学体系之内,使其成为具有现代文学阐释能力和意义生长能力的新的理论构成部分。

而为着这一可能的方法思路的展开,我们首先需要对什么是阐释学有所了解。这里所说的阐释学,主要是指现代西方阐释学,但是,作为其对话的另外一方,也包括对于中国传统阐释学思想的关注和发掘,并且还隐含着一个所谓重建中国文学阐释学的学术远景目标。

一、阐释学的历史由来

"阐释"能够成为一门学问,这是由语言在社会生活中所起的特殊作用以及它与人的存在的意义所决定的。可以说,在一切有着人的存在,有着人的思维和行动的时空环境中,就一定有"语言"的出现。不管这种语言是有声的还是无声的,也不管是口头语言还是固化为文字的文本,不管是具体的语言还是文化性的话语,甚至人的行为、人的存在也必须以语言作为其实现的先决条件。在此意义上,语言是人类认识和实践的必然场所,同时也是存在的家园。"人类的经验,从根本上说,是语言性的。"① 我们的一切意识和认识,都是以我们对于语言的认识作为基础而得以把握和固定下来的。然而语言(包括文字)生成和发展的历史性和地域性差别,决定了它不可避免的多义性、片面性和变动性诸特征。这就使我们借助于语言去确认自身和外部世界的努力不断受到阻碍和遮蔽。为了使语言对于人及其外部世界的确认更加接近人类所理解的所谓"真实",阐释学便作为一门学问应运而生。

就"阐释"的主要历史内涵而言,东西方各民族都有属于自己传

---

① 伽达默尔:《哲学解释学》(*Philosophical Hermeneutics*),柏克利:加州大学出版社,1976年,第19页。

第四章　中西比较诗学的方法思路

统的阐释之学,如果说有差别,主要还是表述的语言形式和内容的规定性有所不同而已。譬如中国传统的经学释义学,甚至讲求训诂、音韵、文字的所谓小学,以及文学上的评注点校之学等,也都是中国传统阐释学的基本存在方式。

在一般阐释学看来,语言文字以及今日所谓被称为"文本"的东西,只是用以作为还原和重建"文本"所指事物的观念的出发点。正是在这样一个相当宽泛的意义上,我们今日称为"学科"、"学问"之物,也都可以被看作关于某一知识领域的广义的阐释学。比较文学同样也不例外。明白这一点,对于理解本章的内容具有十分重要的意义,但却并非直接目的。本章的目标主要还是讨论作为当代文化理论的现代阐释学与比较诗学的内在关联。

今天我们所谈的阐释学,主要是指现代的阐释学,而现代意义上的阐释学基本上是20世纪西方哲学和文化学术研究的产物。60年代以来,它特定的本体论和认识论特点对文学研究已经产生了极大的影响,不仅形成了引人注目的文艺阐释学学科,而且直接导致了接受美学的产生,推动了文艺研究重心的历史性转移。

在比较文学领域,由于现代阐释学理论和方法的影响和运用,给诸如比较文学学科理论、阐发研究、影响研究、译介学、比较文化研究等方面带来了新的理论支点和方法启迪,不同程度地刷新了这些领域的研究。因此,探讨现代阐释学与比较诗学的理论关联和实践意义,也已经成为比较诗学自身理论研究的重要课题。

西方现代阐释学是在古典阐释学的基础上,经过一系列认识超越和现代转化而建立起来的。阐释学(hermeneutics)一词早在古希腊时代就出现了,它是以希腊神话中的信使神赫尔墨斯(Hermes)的名字来命名的。赫尔墨斯的工作之一是把主神宙斯的旨意传达给人间。由于神旨本身是超越凡人的理解的,为了让凡人能够理解神的意思,就必须对神旨进行翻译、说明和阐释,这三层意思正好构成了早期阐释学的基础。在亚里士多德时代的古希腊哲学家看来,"阐释"的目的就是排除语词的歧义,使之与命题判断之间保持单义性。这种探讨对于古希腊逻辑学和辩论术的发展都有明显推动意义。

到了中世纪时期,阐释学主要是作为《圣经》研究的一个方法论分支。其作用是将圣典中所蕴含的上帝的意图,通过注解和阐释而使之昭明并为人所理解,因而被称之为"神学阐释学"。为着从典籍中理解先验独立存在的神的意图,必须调动一切认识手段,包括文字的考释、句段的分析、语境(context)的了解等等,这样一来,也同时促进了文字的考证和诠释之学的长足发展。

进入文艺复兴和宗教改革时代,阐释学开始逸出解释圣典的范围,扩大到对整个古代文化的阐释方面,其意义在于对古代文本进行新的理解和诠释。这种新的阐释取向开启了阐释学作为人文学科的一般方法论之门,使之有可能成为具体地为历史学、文学、法学、哲学等人文学科提供某种方法论的精神学科。

正是在这样一种社会普遍转型的历史氛围中,德国浪漫主义宗教哲学家施莱尔马赫(Friedrich Schleiermacher,1768—1834)走出来对各个学科领域的阐释学思想进行了综合,形成了具有认识论色彩和普遍方法论特征的一般阐释学。他的一般阐释学以"理解"作为理论上的基石,坚持认为,人类自身的发展史即是一种不断延续的理解进程,就各种历史和现实的文本而言,由于时间距离和环境空间的变化必然造成词语意义的变迁,由于对作者个性心理的不了解必然招致理解上的误解,因此,正确的理解,换句话说即避免误解,便成为阐释学的核心问题。所谓"哪里有误解,哪里就有阐释学"[①]。为了达于真正的理解,必须恢复作品所产生的历史语言环境并揭示作者的心理个性,这就要求作为理解方法论的阐释学应该满足两方面的要求:

第一,对文本语言和语义的理解,必须掌握作为文化共享资源的

---

① 施莱尔马赫:《阐释学》德文版,1959年,第15—16页。

语义规则。

第二，由于文本中包含着作者的原意和个性特征，读者必须经过心理上的转换而进入作者之内心，这样才能达到真正的理解。

十八九世纪在德国兴起的历史意识或历史主义，引发了阐释学重心的再次位移和发展，而这一进展是由德国生命哲学家和阐释学家狄尔泰（Willelm Dilthey,1833—1911）来完成的。狄尔泰主要从经验、历史与人生的关系入手。他认为经验对历史乃至整个人生始终保持着经久的活力与意义，与人的内心有着超越观念的沟通，因此对于历史和文化文本的解释不是在研究一个已经逝去的对象，而是在研究和理解我们自己。狄尔泰对阐释学的推进表现在三个方面：

第一，理解不同于说明。说明是自然科学的方法论，理解才是人文学科的方法论。前者企图直截了当地去说明和圈定某种"真理"，后者则认为，所谓真理就是对于前人及其更先前的人们关于某一主题的解释的再解释的最高成果。

第二，历史在人文学科中具有至关紧要的地位。人是历史之人，理解自己必须理解历史，理解历史是为了理解自己。每一代人都带着自己由历史而来的经验，去接触、去理解、去重新解释历史，并从这种理解和解释中展开历史的意义，同时又往前延伸了历史。因此，对于作品的任何读解，都须将之置入历史的网络中去，所谓阐释也就是我们和过去的生活进行生动联系的一种活动。

第三，在历史人生中最重要的是经验。经验不是随风而逝地漂浮在生命表层的泡沫。经验是生命存在的形式，它保存在历史当中，由历史来加以记忆，随时影响着个人对自身和世界的理解和解释。因此，所谓解释和理解则是一种从生命到生命的运动。

正是在这种认识过程中，狄尔泰觉察到以史学、文学、哲学为代表的人文学科的特殊知识性质以及由此而来的独特的人文学科方法论的可能，即在阐释学中能够为整个人文学科提供能实现理解的一般方法论。这种方法论显然从性质上有别于直线因果式的自然科学方法论。这一理解曾经触发了欧洲大陆知识界关于自然科学与社会科学关系的论争,甚至波及五四以后的中国思想界,引起30年代轰动一时的科学与玄学之争。

从古典阐释学到施莱尔马赫和狄尔泰的一般阐释学,都是在一种具有客观性的方法论和认识论框架中的改进和创造,它把恢复文本和作者的原意视为最高目标。如狄尔泰所言:"阐释学方法的最终目标是:要比作者本人理解自己还要好地去理解这个作者。"[①]这里假定了一个既无偏见又无"前理解"(preunderstanding)局限的客观的阐释者。可是根据狄尔泰自己对"阐释的循环"(hermeneutical circle)的解释,"对整体和它的个别部分的理解是相互依赖的"[②],这种循环不仅存在于传统的整体与部分的关系中,也存在于人的有限存在与历史认识的无限过程、人的经验的片面性与理解所要求的全面性的矛盾循环中,所有的理解都是相对的和没有终结的。因此这个超越作者的绝对高明的阐释者并不存在。狄尔泰就这样掉进了他给自己预设的"阐释的循环"的陷阱。要走出这一陷阱,就必须使阐释学超越认识论的藩篱而继续向本体论的理解升华。

使一般阐释学走出认识论局限,提高到本体论的理解,从而实现向哲学阐释学转变的这一哥白尼式变革,是由20世纪的两位德国哲学大师来完成的,他们就是海德格尔(Martin Heideger)和伽达默尔(Hans Georg Gadamer)。这场变革的关键在于,你必须认识到,不是人通过理解去认识什么,而是人通过理解而存在着。理解不是人的认识方式,而是人的存在方式。海德格尔通过其划时代的名著《存在与时间》开始,从人的此在性、历史性和人存在于语言中等重要命题出发,通过对此在的时间性分析,把理解作为此在的存在方式来把握,对传统阐释学中的难题如阐释的循环、时间距离等一系列问题做

---

① 斯图加特:《狄尔泰全集》1914—1977年德文版,第五卷,第331页。
② 狄尔泰:《创造者的选择》1976年英文版,第262页。

第四章　中西比较诗学的方法思路

出了富于创见性的解释。在海德格尔看来:"理解的循环,并非一个由随意的认识方式活动于其中的圆圈,这个词表达的乃是亲在本身的生存论的先行结构。"①这就意味着,理解不可能是客观的。理解不仅具有主观性,而且还受制于"前理解",一切解释都必然产生于某种先在的理解。阐释的目的是为了达到一种新的理解,这种新的理解又将作为进一步阐释的基础,如此不断循环延伸。于是,理解就不再是去把握一个不变的事实,或者说所谓不变的真理,而是去理解和接近历史的人的存在的潜在性和可能性。追求新知也不再是理解的目的,而是为着解释我们存身其间的世界。"说到底,一切理解都是自我的理解。"②理解一个文本不再是找出文本中不变的内在意义,而是在超越中回返去蔽的运动过程,是为着揭示和敞开文本所表征的存在的可能性。

海德格尔的历史性突破,使阐释学由一般精神科学的方法论转变成为一种哲学。但是海德格尔是从存在主义角度进入阐释学的,阐释学的问题在他看来只是存在主义问题的一个方面。他关于阐释学的洞见常常被存在主义思想的光芒所遮挡。只有当伽达默尔在后期海德格尔思想的启迪下,经过长期的探索,于1960年出版了哲学阐释学巨著《真理与方法》的时候,海德格尔对阐释学的开创性贡献才伴随着伽达默尔的成就而光芒四射,并从此同伽达默尔一起居于现代哲学阐释学科的中心地位。

自那时以来,几乎所有关于阐释学的论争都似乎是在围绕《真理与方法》这部著作所揭示的思想来展开的。在海德格尔和伽达默尔的思想周围,或补充,或批判,逐渐形成了现代哲学阐释学的研究群体和思想网络。如以创造性丰富补充伽达默尔为主的保罗·利科(Paul Ricoeur,1913—)、重弹一般阐释学旧调的美国文学理论家赫

---

① 海德格尔:《存在与时间》1962年英文版,第195页。
② 伽达默尔:《哲学解释学》1977年英文版,第55页。

希(E. D. Hirsch)和意大利法律史家贝蒂(Emilio Betti)、将精神分析、马克思主义与阐释学结合起来形成所谓批判的阐释学的哈贝马斯(Jurgen Habermas),以及具有后结构主义和解构主义阐释学思想的米歇尔·福科(Michel Foucault)和德里达(Jacques Derrida)等人。至此,现代哲学阐释学作为西方当代哲学和思想重要流派的地位便无可动摇了。

现代哲学阐释学不仅给二次大战以来的西方哲学带来了生机与活力,尤其对本世纪后半叶的文艺理论研究造成了极大的影响,这种影响一方面表现为催生了文学阐释学、接受美学和读者反应理论等新的文学研究学科;另一方面更表现为它为文学的价值关怀、文学的意义理解行为、人与作品的诸种关系以及文学作品的认识模式等方面都找到了全新的解释,使诸如包括比较文学在内的既有文学研究学科获得了新的理论动力和研究视野。其中十分重要的一个方面就是,现代解释学的基本思想和方法原则,为从跨文化视野去研究文学思想和文学批评理论的比较诗学,尤其是为追求中国传统诗学走向现代进程,并探索建设具有现代性特征的中国文学批评理论的中西比较诗学研究学科提供了重要的思想资源和适合学科特点以及中国文学思想特征的方法学基础。

二、现代诗学阐释学的认识突围

现代阐释学作为当代人文哲学的重要理论资源,其之所以备受关注,正在于这一理论的基石是立足于一种人道主义的基本认识:即"人"之为人,不仅仅是血肉之躯,而且有自我意识。进一步说,则是人有思想,人在时空进程中具有不停顿的、永恒的反思能力,能够不断地超越自身。所谓"阐释"的丰富性和永无止境的奥秘也正在于此。

现代诗学阐释学对传统文艺研究的超越,也正在于其对于作为文学创作和鉴赏批评主体的人的格外关注。在现代阐释学看来,艺

第四章　中西比较诗学的方法思路

术理解和阐释不仅仅是主体的认识和行为方式,而是作为此在的人的本身的存在方式。由此出发,阐释学关于艺术真理、艺术的理解与阐释、艺术的功用和意义等问题都形成了自己的基本立场和独到见解。正如伽达默尔在《真理与方法》一书的导言中所概括的:"本书的探究是从对审美意识的批判开始,以便捍卫那种我们通过艺术作品而获得的真理的经验,以反对那种被科学的真理概念弄得很狭窄的美学理论。但是,我们的探究并不一直停留在对艺术真理的辩护上,而是试图从这个出发点开始去发展一种与我们整个阐释学经验相适应的认识和真理的概念。"①正是在这一基础之上,现代诗学阐释学对一系列重要的艺术本体论和认识论命题进行了重新反思。

(1)关于艺术真理问题。通过对审美理解的分析,伽达默尔重新审视了艺术真理问题。他认为,艺术的真理存在于意义的连续性中,这种连续性既超出创造者的体验,也超出欣赏者的体验,从而代表着一般体验的本质方式而蕴含着一种无限延续的整体的经验。在伽达默尔看来,真正的艺术是在时空进程中连续不断被理解接受的艺术,作品只有在被理解和感知的过程中,其意义才会得到实现。阅读一首诗,观看一幅画,演奏一曲音乐,上演一出戏剧,都是艺术作品的继续存在方式。因此艺术作品的真理性既不孤立地存在于作品里,也不孤立地存在于审美主体的意识中,其真理性和意义存在于特定的审美理解活动中,存在于此后对它的理解和解释的无限过程中。他曾经说:"……对艺术作品的经验从根本上说总是超越了任何主观的解释视域的,不管是艺术家的视域,还是接受者的视域。作者的思想绝不是衡量一部作品意义的可能的尺度,甚至对一部作品,如果脱离它不断更新的被经验的实在性,而是光从它本身去谈论,也包含某种抽象性。"②按照伽达默尔的说法,艺术作品的意义依赖于作品本

---

① 伽达默尔:《真理与方法》德文版,第 XVII—XVIII 页。
② 同上书,第 XIX 页。

身与过去、现在和未来之间的沟通,因此艺术的真理和意义永远是无法穷尽的,它处在时空延续的无限过程中。这样,伽达默尔就改变了传统阐释学单纯寻找作品原义的倾向,要求从人的历史性存在去看待文艺现象,强调艺术经验天生具备的历史、社会环境制约因素和主体与作品之间的依存关系,从而以全新的角度清理和确认了审美理解与艺术真理的本体论关系。

(2) 偏见、前理解、视域融合(Horizontverschmelzung)和阐释的循环。理解的历史性构成了我们的偏见。所谓偏见是指在理解过程中,人无法根据某种客观立场,超越时空去对作品做出"客观"的理解,这就必然产生偏见。而在理解作为一种认识论模式时,理解的目的只是为着克服主体及其时空偏见去认识作品的客观意义。但理解的本体论却认为,自有艺术以来就未曾存在过纯客观的理解和意义,因为人不能脱离自己的历史性,而且恰恰正是人的历史性构成了理解的基础。如果说这是偏见的话,也只能是一种合法的存在,合法的偏见。问题不在于抛弃偏见,因为这是做不到的,而在于如何理解偏见,并使它成为理解过程中的积极因素,海德格尔把这种偏见称为"前理解"①。任何理解和阐释都依赖于理解者和阐释者的前理解。前理解包括三层意思:

A. 前有(Vorhide)。人必然要无可选择地出生和生存于某一文化中,历史文化在人意识到它以前就已经占有了人,成为其无奈的规定性和进行理解的先决条件。

B. 前见(Vorsicht)。人从文化中接受了语言以及如何运用语言的方式,获得了语言所赋予的关于自身和世界认识的知识和局限,并且必将把它们带入理解之中。

C. 前知(Vorgriff)。在任何理解之前,具有一定经验和知识的人必然形成自己的某种观念、前提和假定。他的头脑不可能是一块

---

① 海德格尔:《存在与时间》1979 年德文版,第 150 页。

白板,而是带着这些前理解去进入意识的理解过程。

从一定意义上讲,在艺术生产中,正是前理解成了历史赋予创作者和阐释者的一种产出性的积极因素,因为它为他们提供了特殊的视域。视域作为一种观察审视的范围,包括从某一特定观点出发所能看到的一切。人如果不是置身于这样的视域中,就不可能真正理解任何文本的意义。无论是原初作者还是后来的阐释者都有自己的视域。文本中总是含有作者的初始视域,而阐释者则总是带有由现实语境决定的当下视域,读解的过程在一定程度上也可以说就是这两种视域的对话。这两种视域由于时间距离和历史文化差别,总是存在各式各样的差距和错位。伽达默尔认为,理解者和阐释者的任务就是不断扩大自己的视域,使两种视域交融在一起,或者说是使自己的视域与其他的视域相接触和交流,从而实现视域的融合。这恰恰就是比较文学和比较诗学研究得以展开的存在基础。在视域融合的条件下,理解者和理解对象都会超越原先的视域,到达新的更高更丰富的新视域,从而为更进一步的理解提供基础,这也可以说是跨文化文学研究的根本目标。

视域融合不仅是历时性的,而且是共时性的,在视域融合过程中,历史与现实、客体与主体、自我与他者构成了一个无限运动的统一体。当然,所谓视域的历史和现实划分主要是出自于阐释学的策略。在实践中,视域的变迁是一个不断延续的生成发展过程。而我们区分的目的在于突出现实与传统的紧张关系,强调视域融合的价值意义,而不是以区分和固化这种对立为目的。真正的视域融合必将意味着,历史视域在理解过程中将不断得以显现,但作为理解的结果或者说当下状态,它又将自觉隐退或被抹去。

有了对前理解和视域融合的新认识,关于"阐释的循环"也就可以有了超越狄尔泰的积极理解。根据狄尔泰的观点,所谓阐释的循环,是指对整体意义的理解依靠对各部分的理解,另一方面,对各部分的理解又依赖于对于整体的理解,部分和整体构成一种循环关系。

在文学作品中,这种循环包括单个词语与作品整体之间的关系,作品本身与作者心理状态的关系,作品和它所属的种类和类型的关系等等。但是,"我们遇到了各种解释的一个共同困难:整个句子应当根据个别的词及其组合来理解,而充分理解个别部分又必须以对整体的理解为前提。"①因而,阐释的循环的困扰在于,置身于历史中的人不可能跳出历史去审视历史,而作为其万千分之一的个人又如何能够真正把握被其包裹于其间的历史整体呢?也就是说,那个藏身于历史迷雾后面的"意义"和"真理"的庐山真面目,它有可能深藏何处和以什么方式存在呢?

根据一般认识论的模式,这个固定不变的"意义"和"真理"恐怕永远都找不到,所以阐释的循环恐怕也就只能是一种近乎恶性的循环。但是如果从本体论的立场出发,从作为历史存在物的人的局限性去考虑问题,这个谜底却有可能在人的身上寻到某种解答。因为,既然探索历史、创造历史和阐释历史的都是"同一个人",因而我们所迷惑不解的东西,从根本上讲并不是作为对象的不变的意义客体,而首先应该是我们自身。我们对于对象的理解其实也就是对于自身的理解。我们用眼睛观察物质世界,用心灵去反思精神世界,最终始终是在审视我们自己。既然偏见和前理解是处在历史中的人进入理解和阐释的出发点和前提条件,循环是为着人的存在追问的循环,那么,人不仅不应该回避它,而且应该将自身作为循环的有机部分,理智地和自觉地加入这种循环。由于人作为一个鲜活的因素的加入,于是,尽管在阐释的循环框架下的理解,"总是相对的,永远不可能完成的",但人在这种阐释活动中不断对世界的揭示,当然也包括人对自身存在价值的揭示,却都并非是无意义的,而是开启了一个不断延续向前的,包含过去、现在,同时也指向未来的理解和认识过程。

(3) 效果历史(effective-history)与问答逻辑(the logic of

---

① 狄尔泰:《创造者的选择》1976 年英文版,第 259 页。

question and answer)。既然人是处于过去、现在和未来的关联中，那么，在这样一个过程中，源于历史的人要理解自身，首先必须理解历史。而作为过去的历史要存活于今日，又必须经由当代人的理解，后人怎样理解历史？历史又怎样对于后人施加影响？历史的意义怎样和作为理解者的人一起处在不断形成的过程之中？所有这些就是阐释学中的效果历史问题。

所谓效果历史，按照伽达默尔的观点，"真正的历史对象根本就不是对象，而是自我和他者的统一体，或是一种关系，在这种关系中同时存在着关于历史的实在以及历史解释的实在。一种名副其实的阐释学必须在理解本身中显示历史的实在性。因此，我们就把所需要的这样一种东西称之为'效果历史'。理解按其本性乃是一种效果历史事件。"[①]这就是说，如果事物一旦存在，它就已经存在于一种特定的效果历史中，因此对于任何事物的理解都必须有所谓效果历史意识。当我们面对浩如烟海的文学典籍之时，我们所投向的关注重心和忽略，以及古代的人和事通过我们的理解而得以有选择的呈现和隐退，这一过程当中本身就充满效果历史的意识。我们在任何时候的理解都是在历史之中的行为，历史只有通过我们的理解才能得以呈现和复活，而在理解中我们于无形中又成了历史的一部分。

在此意义上，一切历史都是现代史，理解过去意味着理解现在和把握未来。人类正是通过与理解对象的"阐释学相遇"去接近理解的所谓真实性。而效果历史则向我们显示了进行创造性理解的可能性。"预期一个答案，就假定了问问题的人是传统的一部分，并将自己看作为它的听众，这就是效果历史的真理。"[②]这将意味着对历史现象的任何认识都是以效果历史的结果为指导的，人类正是在效果历史的不断理解中不断超越自身，人类在不断更新发展着的"效果历

---

① 伽达默尔：《真理与方法》德文版，第305页。
② 伽达默尔：《真理与方法》1975年英文版，第340页。

史"中,始终不断地重新书写着自己的历史和传统。人的境遇的变换延续特点和视域的局限性,既决定了人的存在的未完成性,同时也决定了我们理解历史和历史影响我们的效果历史的生动和不断变动的性质。

在所谓效果历史的过程中,视域的区别与融合反映的只是这一过程的基本特征。但从另一方面去看,理解者、阐释者与被理解对象之间却存在一种天然的对话关系。一次理解就是一个对话事件。对话使问题得以敞开,使新的理解成为可能。这种对话模式是以一种称之为问答逻辑的方式和步骤得以实现的。在问答逻辑模式中,被理解的文本不再是一个被动的客体,而是一个能够主动提问的"另一个主体"。文本将一个又一个问题呈现和言说出来。为了回答文本的问题,我们也必须相应地提出自己的问题,历史文本与文本的历史性本身也包含着对问题的一次次解答,只有了解了这种解答以后,才能从更高的层面上去重建相互视域融合后的新理解。

为此,必须从文本的视野进一步提高到问题的视野,使文本的提问和自身的回答都处在现实的提问状态下,成为未决状态。因此文本或者传统的重建,譬如说,中国传统文论的现代性转化,就不再是我们作为研究主体的、单纯的、主体的单向运动,而是在相互对话过程中带入现实的认识以后的新的理解和建构。并为更新的下一次对话和理解打下了基础。阐释学的问答逻辑消解了传统的关于理解者与文本之间主客对立二分的思维模式,它使理解者与文本之间成为一种主体与主体的对话关系,双方或者说多方都带着自己的视域,带着自己的提问和回答,平等地进入对话,在互为主体的相互问答运动中力求超越自身的视域局限,去追求新的视域建立和开启艺术与生命理解的新天地。

当代诗学阐释学在上述一系列命题上的认识超越,同时也为中西比较诗学确立自己的新的方法论基础,建构了自己的认识和对话原则平台,为比较诗学的发展提供了重要的现代思想的理论依托。

第二节　古今对话：传统诗学的现代性展开

本节提要：

作为中西比较诗学主要价值目标的现代性命题和世界性命题；古今中西四方对话模式的建立；有关诗学研究的古今对话命题种种：譬如传统问题、原义问题、意义的生成和阐释模式、中西诗学对话中的阐释的循环问题、对话原则和方法学的理论基础等。

通观近20年中西比较诗学的进展，其不遗余力的探讨如果稍微概括一下，大致可以归结为以下两个突出的价值目标：

一个是所谓中国诗学传统的创造性转换命题。就其目的而言，它实际上是要探索如何使中国传统诗学资源中有生命潜力的部分向现代敞开，使其合理地成为中国现代诗学的有机构成部分和未来生长基础。这即是所谓中国诗学的现代性命题。

另一个目标则是企图在跨文化的诗学对话中，以中国诗学为一方，积极寻找加入国际性诗学对话的"话语模式"或称"共同的美学据点"。意图在于确立或突出中国文论传统在世界文论格局中的价值和地位，也就是所谓中国诗学的世界意义命题。

基于上述两大目标，在中西比较诗学研究中，实际上存在着互相纠缠而又泾渭分明的两条对话思路：一条是古今对话的思路，一条是中西对话的思路。围绕这两种思路的探讨过程不可避免地会碰到许多理论和实践上的难点困扰。譬如如何看待传统的问题、关于原义的争论、意义的生成和阐释模式、中西诗学对话中的阐释的循环问题，以及有关的对话原则和方法学的理论基础等等。面对这一系列问题，恰恰正是现代诗学阐释学的思想和方法原则为我们提供了极富创造性的探讨角度和思索的理论基础。

比较诗学对中国诗学传统的现代读解，其首先面临的就是如何看待传统的问题。

　　对待既有的诗学传统,常常有一种僵化的态度,就是把它视为封闭的、凝固的、不变的形态,在与另一种文化对话和比较交流的时候,不管对方是否能够理解和接受,不管是否适合现代的文学现实语境,没有任何的现代读解和话语协调,一味地照抄照搬过来。以为只要翻出半柜子古代的文本,抬出几套祖宗诗法文法的话语家法,搬弄一串串所谓"载道"、"言志"、"景外之景"、"象外之象"、"见月忘指"、"羚羊挂角"的术语概念,做几组罗列排比式的分析对照,甚至完全不考虑概念范畴的背景和对象,仅仅是凭借表层的符号类似性,就可以大胆地来一番你现在才有而我家老祖宗过去就有的阿Q式解释。喊喊中国文论传统渊源久长、博大精深的口号,就以为向外部世界推广展示出了一个"原装"的中国诗学的真实形态。这种几乎完全自说自话的、独语的、乌托邦式的努力,扔给他人的近乎就是一具诗学的木乃伊,它既没有生命活力,也没有现实的文学现象阐释功能,不仅无助于传统的弘扬和发展,甚至往往歪曲和损害了传统的形象和价值。

　　在现代阐释学的意义上,文本照搬和考古式的对待传统,不仅抹杀了传统构成的丰富性,更重要的是忽略了传统作为一种从过去延续至今,又必然从现在走向将来的活的存在。其实,就中国诗学的真正传统而言,它从来都不是一种固定不变的凝固体,在其数千年历史时期的不同阶段,也都曾经表现为不同的存在形态,而就其历史发展路径而看,则体现为先人大师的原初话语在历代的阐释下,不断变化、扬弃、丰富、发展的生动过程。这实际上意味着,即使是今天看去已成为历史的传统诗学,在它的发展运作过程中,也是以一套类似河网式的,包含主流和支流、汊港与小溪的精神水系在发展运动着,甚至就是到了近代和五四以来,古代文化与现代文化之间一度出现巨大断裂性振荡以后,传统的潜流也始终还在现代的喧嚣层积下面流淌着。我们可以负责地说,在作为历史和现实存在的人的意义上,传统从来就没有消失,即使是在最激进的年代里,它顶多也就是处于一

第四章 中西比较诗学的方法思路

种缺席性的在场状态而已。

例如以诗学中的言意关系范畴而论,从《易传·系辞》的"子曰,书不尽言,言不尽意"到《庄子·外物》中的"言者所以在意,得意而忘言";从魏晋"言意之辨"到《文心雕龙》的"文外之重旨";从司空图的"言外之意"到后世各种与之相关的"神韵"、"性灵"、"境界"诸说,言意关系从解经学的观点逐渐变为诗学的范畴,从执著于言不尽意的困扰到对言外之意的自觉追求,均经历了一个历代不断加以创造性理解与阐释、融合与超越的过程,而且今天也仍在不断发展中。① 如果只是执著于某一时空条件下的成说,不经过一番创造性的理解和超越,不仅不会有今日中国诗学关于言意命题的丰富内涵,恐怕这一认识连走出古典经学的圈子也有困难。因为即使是在魏晋时代的王弼那里,"言意之辨"也主要只是一个关于《易经》阐释的义理问题。

事实上,传统并非一成不变地留存在以物化形式保留下来的典籍文物和历史遗迹之中。在未经特定时代的主体去"阅读"和"激活"以前,传统的意义并不存在,传统的意义只能出现在现实主体与历史文本的对话和阐释活动之中,只能不断生长在当代人的意识里。于是便少不了扬弃和发明,少不了话语方式的现代转换,否则就很难称之为传统。正如伽达默尔所言:"历史理解的真正对象不是事件而是意义,所以把历史理解说成是主体去接近一个自足存在的客体,就显然不是正确描述这种理解。事实上,在历史理解中总是已经包含了这样一点,即朝我们走来的传统是在现在之中说话,我们必须在传统与现在这种调解当中理解传统,或者进一步说,我们必须把传统就理解为这种调解。"②

如果承认现代阐释学对于传统的分析是符合传统在历史中的实际情形的分析的话,那么关于什么是传统诗学"原义"的争论便不难

---

① 见拙文《语言的激活:言意之争的比较诗学分析》,《文学评论》,1994 年第四期,第 104—106 页。

② 伽达默尔:《真理与方法》1975 年英文版,第 293 页。

解决了。

　　执著于原义与执著于传统的困扰其实均大同小异,历代文人出于维护经典"原义"的目的,总是极力强调一种"述而不作"的治学传统,即对经典的文本只作"注""疏"式读解,只转述而不加以发挥。似乎经典只允许有一个,而注本却可以有成百上千。人们以为这样便可以有效地维护住经典的原意了,殊不知任何陈述都不可能是原样的再现,而是包含了理解主体的认识。"当你带着自己先在的经验结构和指向性去'校、注、疏、述'的时候,便不可避免地渗入了你的选择和判断,你对文本的任何处理行为都必然是一种阐释,是一个以所谓'原义'为起点,不断向着未来的意义积累和生长的过程。正是元典与注疏读解在历史中有机地构成了一个动态的意义组合。你注六经时,不仅是经典在向你走来,同时你也在主动地向经典走去。经典的意义始终呈现为一个发明和运动的过程。"① 如果说有什么称之为"原义"的东西存在的话,它只可能体现为一些最基本的生命困扰,一些与人的历史性存在相关的言谈范围,一些由特定时空和语言环境所决定的意义的有限展开。而且随着视域的改变,它必定会在运动中生长、扬弃和丰富自己,这将意味着,它在历史的每一规定性的时空中只有以现代形态出现才具有积极的价值意义。

　　再以"道"这一重要概念为例,它的原义在先秦铭文中最初只是"道路"之意,"一达谓之道"。此后随时代变迁和历代的阐释逐渐生出丰富的意蕴。《易经》说"一阴一阳之谓道",遂有二元之分;《老子》曰"道可道,非常道",渐融入"言谈"、"理性"、"虚无之道"等多种含义;后世则发展出"天道"、"佛道"、"理道"、"心气之道"、"万物之道",以及近代之"人道"种种。不仅成为中国哲学的核心观念,也成了诗学的主要价值目标,即所谓"言志"、"载道"等等。《文心雕龙·原道》中说"道沿圣以垂文,圣因文而明道",既指万物本体、世界本质、社会

---

① 见拙文《阐释的权利》,《北京大学学报》,1994年第一期,第50—51页。

第四章　中西比较诗学的方法思路

发展规律的本体之道,也包含政治原则、伦理规范、等级制度等工具之道。等到将"天人合一"视为文学应载之大道之后,"弘道"终于成了中国诗学之大法。而今人张隆溪在其著述《道与逻各斯》(*The Tao and the Logos: Literary Hermeneutics, East and West*)中,则主要取其"道"的"理性"和"言谈"这两组与西方"逻各斯"概念较易对话沟通的层面来展开分析,使之既让对方有基本的理解,又在比较融合中产生洞见,这无疑为提升中国传统诗学为世界所认识做出了有益的尝试和努力。[①]

所有这些都无不证明,"原义"只有在现代阐释学的意义上才是中西比较诗学研究的理论前提。对于比较诗学而言,重要的不在于寻找一成不变的所谓诗学的"原义",而在于如何去理解和追问这一久已被悬搁的观念,使之尽快走出古典诗学阐释理论关于原义的种种误区,从而对诗学意义的生成和阐释方式有更接近今日知识水准的全新理解。

现代阐释学在"阐释的循环"命题上与古典阐释学的不同,在于后者相信在整体与部分的依存与循环过程中无法做到"客观的理解",无法寻找到文本的"原义",从而成为恶性的循环;而现代阐释学则认为文本的创造者和阐释者都是"人",他们的偏见和前理解都是作为"人"的局限性而不可避免的,于是,意义的生成和发展只能是一个相对的、无限趋向未来的过程。因此,加入到循环中去,就是理智地进入意义的不断动态生成过程,是一种积极的有价值的循环。

就中国传统诗学而言,其过去的意义生成是历代的阐释主体对居于特定时空中的诗学文本进行不断阐释的结果。既有的诗学观念是主体与对象之间相互对话、相互作用的动态生成物。前述关于"道"和"言意关系"命题的分析展开便可以证明这一点。与此相应

---

①　参见张隆溪《道与逻各斯:东西方文学阐释学》,Durham and London:杜克大学出版社,1992年。

的,则是在今日的语境条件下,在作为对象的传统诗学与作为主体的今人之间,在传统诗学文本与20世纪中国以及世界的文化背景之间,在中国诗学与世界其他民族诗学之间,所谓传统诗学的现代转化,也即是这样的一轮新的循环。而一轮新的阐释循环的开始,绝非是一种学术上的随意选择,而是中西比较诗学对于现代历史要求的主动回应。这也将意味着,对中国传统诗学加以新的言说和阐释的意义,不仅是为着建设属于自己的现代文论话语,为着与当代世界文论主潮的平等对话,而且更是为着这一诗学传统本身的生命延续和发展,是中国传统诗学薪火传递、生生不息的内在需求!

第三节　中西对话:互为主体的应答逻辑

本节提要:

关于中西对话的可能命题;参照系的意义;四方对话中的你中有我与我中有你关系;对话中的关系问题和话语平台问题;应答逻辑作为现代阐释学的基本出发点;互为主体的对话;提问与被提问的区别;中西诗学对话的基本原则;主动提问的策略问题。

然而,我们不能不注意到,对中国传统诗学的现代言说和阐释,始终只是中西比较诗学的众多价值追求之一,而且这一追求的实现,除了依靠阐释学意义上的"古今对话"之外,由这一学科思路所决定的"中外对话"更有至关重要的意义。

无论是为着传统诗学的现代阐释,还是为着在比较中寻求某些跨文化的诗学共相,或者甚至如某些人所说的"规律"探寻,中西比较诗学的学术目标都是在努力追求中国的现代性这一世纪性主题的语境下展开的。双方在现代世界中处境的历史落差反映在诗学领域,则表现为20世纪西方文艺理论话语的持续张扬和中国文论话语的日渐退缩。在铺天盖地袭来的西方文论话语的喧哗中,中国文论在

第四章　中西比较诗学的方法思路

话语和诗学符号系统的学术市场"拥有"上,显示出"失语"症候愈来愈重的倾向。为着摆脱这一处境,中国传统诗学迫切需要更新重建自己的现代话语系统,但是为着重建自己的话语,它又没法不借助于参照系,也就是说,不能不以大军压境的西方话语作为参照。这几乎是现代中国文化,甚至是整个中国社会发展的普遍困境。于是中国的比较诗学研究必然要在古今对话的同时展开中外对话,从而与前述古今对话一起,共同构成今日诗学关系探讨上的所谓双重对话,也可以称之为中西古今的四方会谈。

当然我们必须注意到,这种中外对话范式的建立和区分,实际上包含着很复杂的相互依存关系,常常是你中有我,我中有你。有些问题表面上是古今之争,但是实际上却是中西问题;有些问题表面上是中西问题,但是本质上却是古今问题。譬如中国小说叙事理论的探讨,其中既要考虑到西方小说译介及其小说叙述理论引进对于现代中国小说叙事话语演变的明显影响,同时也要考虑到中国小说叙事传统自身在其发展过程中,内在的朝向着现代性的继承创新,诸如明代文人学士对传统小说《金瓶梅》、《西游记》、《三国演义》、《水浒传》的结构和叙事创新,清代曹雪芹通过《红楼梦》对于小说的叙事方式和意义话语生成的现代性开掘等。

无论如何,所谓中西问题的关系矛盾始终是突出的。如果要以现代性为价值标准去更新传统中国的诗学话语系统,除了与自身传统的对话之外,基于中国文化发展的现代处境,与西方话语的对话交流就注定成为不可避免的功课。而要开展真正的中西对话交流,有两个重要的前提必须解决:一个是对话双方的关系地位问题;另一个则是相互理解沟通的话语平台问题。

首先,关于对话双方的关系地位,这并非只是一种情绪化表达,或者说作为文化意识形态归位以及文化本位立场的所谓"平等"和"不平等"问题。就话语的历史和现实存在而言,不平等早就是一个客观的存在。就目前而言,西方理论话语的强势影响也已经不是一天两天，而是伴随其经济强势存在了一个多世纪的事实，看情形，如果不发生意外巨变，譬如世界大战，这种不平等的局面还得持续相当长的一段时期，这就是我们今天所面对的理论现实。

无论你是如何地强调和呼吁对话的平等，如果不是从学理上去证明其必要和必需，多数情况下也只是本土学人站在中国本土一厢情愿地向对方喊话而已，而且由于使用的是汉语表述，有时候这种喊话几乎近于独白。如果真的尝试要去改变这种不平等的局面，重要的首先不是要从文化意识形态上去计算得失和划分立场，而是要真正从世界文化发展的未来和实际需求去论证这种西方文化独大局面的危险性，从学理上去证明这种现实存在的不平等状况的学术非正当性，并且以合乎学理和理论逻辑的分析探索思路去尝试颠覆它。

在前面论及现代解释学的理论超越的时候，我们曾经说过，在阐释学的关系意义上，阐释者与所谓被阐释对象之间的关系无论多么复杂，实际上还是可以归结为不同表现形式的对话关系。

一次阐释活动就是一个对话事件。这种对话模式是以一种称为应答逻辑的方式和步骤得以实现的。在应答逻辑模式中，被理解的对象不再是一个被动的客体，而是一个能够主动提问的"另一个主体"。对象将一个又一个问题呈现和言说出来，为了回答对象的问题，阐释者也必须相应地提出自己的问题。阐释过程中的这种逻辑应答关系，是现代阐释学理论的基本出发点之一。阐释学的应答逻辑消解了传统的关于阐释者与被阐释者之间主客对立二分的思维模式，使二者之间成为一种主体与主体的对话关系，双方或者说多方都带着自己的视域，带着自己的提问和回答，平等地进入对话，在互为主体的相互问答运动中力求超越自身的视域局限，去追求新的视域建立和开启艺术与生命理解的新天地。

具体到中西之间的诗学对话，无论现实中的西方话语有多么的强势，而中国传统诗学话语如何处于不利的地位，但在阐释性对话的意义上，它们都是具有历史和现实生长能力的活的存在。也就是说，它们各自都具有自己的主体性维度,它们各自的此前和此后的命名和存在,都并不依赖对方为必需的前提条件,而只是一种参考系。中国诗学无论是多么的沉寂,它也并不是一个完全被动地等待别人去阐释的对象性"文本",而是始终具有超越自身可能的主体存在。同样,西方诗学无论具有多么强的现实影响能力,也始终会带着它自己主体的历史"文本"和前理解,也可以说,具有它自己先天的历史视域局限性。因此,它们都是主体,同时又都是并非能够完全自主和超越一切的主体。它们的相遇和对话,不可能是通常所言的主客体对峙关系,而是一种你—我关系,一种不得不面对面的对话关系。总而言之一句话,它们之间互为主体,同时也互为客体。

当然,中西之间这种互为主体的对话关系也不是毫无差别的,当面对问题的时候,如果谁取得提出问题的权利,谁就变成了主动的"提问者",而后者就成了"被提问者",只有处于这样一种问与答的关系中,才会不断有新意义的产生。因此,所谓阐释,也就是一种问与答的辩证法。没有提问,就没有回答;没有提问,无论传统还是现实的诗学存在都只能保持沉默,对话也就不成立。但是,问答式的对话必须有明确的问题意识,而所有这些问题又都受限于双方的效果历史和理解的视域,从而注定只能问其所问,答其所答。正如伽达默尔所言:"只有当诠释者被主题推动着、在主题所指示的方向上作进一步的询问时,才会出现真正的对话。"①在这一基于前理解的阐释视野下,互为主体是前提之一,问与答是前提之二。对话只有在这样的条件下展开,才有可能具有生成性和合理性的价值。

基于上述关系和前提,如果进一步来探讨中西比较诗学对话要求的某些基本原则就较为顺理成章了。

第一,必须坚持对话中冷静理性的平等原则。

不平等的文化现实所可能赋予对话双方的文化立场偏见尽管在

---

① 伽达默尔:《哲学解释学》中译本,上海译文出版社,1994年,第12页。

表现形式上不同,但在本质上却往往有惊人的一致性。

强势的一方,有居高临下的自负,往往情不自禁地走向文化的自我中心主义。譬如所谓过去的欧洲中心主义和今天更为广义的西方中心主义都是这样。他们一方面把自己的文化观念作为具有普适性的全球价值来推广,另一方面却对其他的文化采取漠视冷淡甚至视而不见的态度,或者说至多是作为考古文化人类学的样品加以欣赏。

而弱势的一方,面对强势文化的入侵,在呼唤平等对话无果,急于求成的情形下,由于丧失耐心和信心,很可能就会走向文化上的部落主义,孤芳自赏,封闭自得,对本我文化不加鉴别地一概称颂,拒绝文化上的交融互补和现代进步。

而在本质上,双方都是表现形式不同的某种文化孤立主义,都与历史文化发展的现代进步潮流格格不入。因此,如果不是为着一味地对抗,而是要通过对话去消解偏见,推动各自和世界文化发展的进步,就必须反省各自的文化立场偏见,不是从现实的地位高下出发,而是从历史长时段过程中文化发展的坐标曲线演进观察,从历史上文化之间的影响互补和各自文化地位消长变迁的更多事实出发,理性地去认识各自现实文化地位的阶段性、暂时性和必然转化性,从而在包括诗学对话在内的文化对话过程中,客观地看待自己和别人的文化,在保持自身文化尊严的同时也尊重非我的文化,以学习、借鉴和吸收的态度去参与对话。

就西方的诗学对话者而言,他的修炼在于真正地注意到自身文论体制的历史发展性和现实有限性,并且学会尊重和学习非西方的诗学成就。而对于非西方诗学而言,则要看到并且承认西方文论在近现代发展过程中众多学科领先的事实,客观面对现实的理论话语处境,同时,既要有强烈欲望,抓住机遇,借助他人的经验参照尽快往前追赶,也要反省自身诗学话语体制的不足和落伍方面,认识到这是一个需要一定时间段和历史条件才能逐步发展和改变的理论处境,需要用极大的耐性和坚韧的意志,不断一砖一瓦地去逐渐建构自身诗学的现代体制。

　　这里，不是急于用历史的诗学成就去与现实的西方诗学"比"，而是按思想的理性和现代学术的规则去"说"，去对话。所谓对话的平等，不是以历史的"我"去与现实的"他"比较，而是设法让现实的"我"在各方面都内在地成长强盛到这样的一种程度，那就是使包括对方的优势也转化为"我"的优势，从而使"他"不得不尊重并且平等面对，甚至主动地学习。有自信才有理性，也才有耐心。尤其是对于处于文化现实弱势的一方，所谓冷静理性的平等对话原则，首先就是以承认不平等现实的时间性存在作为前提的。

　　第二，不断争取主动提问的原则。

　　我们前面已经讨论过，中西诗学之间的对话模式是以一种称之为应答逻辑的方式和步骤得以实现的。这种应答逻辑消解了传统的关于阐释者与被阐释者之间主客对立二分的思维模式，使二者之间成为一种主体与主体的平等对话关系。

　　虽然主体的前理解和视域限制决定了它的对话局限性，但同时，它既然有自己的主体维度，也就有超越自身的生长可能。的确不错，在对话中双方都是主体，但是，在这一对话的应答过程中，如何争取提问的权利却具有特别重要的意义。是处于主动发问的位置，还是处于被动回答的位置，其对话的效果也会明显不一样。谁取得提问的权利，作为话题的"问题"或者说"主题"就在问题意识和追问的方向上较多地倾向于提问的一方，谁就有较大的可能控制话题的预设价值方向，并且利用对方的文化资源和视野来论证、补充、扩展和证明自己的主题，并且从对话中获取较多的自身进展。正如前面所引伽达默尔的观点，真正的对话是在主题的推动和指引下，沿着主题指示的方向去推进的。因此，在中西诗学的对话过程中，强调平等关系固然重要，然而，在实际的对话过程中，争取提问的主动权才真正具有关键的实践价值。

　　以近代以来的中西关系为例，大多数情况下都是西方在发问，而我们则穷于应付性地回答。列强的兵舰开进来，大炮都轰到紫禁城下了，于是我们意识到要有自己的"船坚炮利"；西方的火车、汽车、机器、钟表等洋玩意儿一股脑地涌进来了，于是我们又意识到要"科学救国"；而当在世界上都屈指可数的堂堂北洋舰队让比自己还弱小的倭寇打败之后，关于制度和文化意识形态的反省才提上议事日程。

文化上、文学上、诗学上也都是同样，西洋各种的主义、理论轮番地进来，本土于是轮番地应对和试验，真正是前仆后继，不屈不挠。从近代、五四、20世纪三四十年代、八九十年代，甚至都到了21世纪之初了，还是兴味不减，一个高潮接着一个高潮。谁最先引进了某种主义或者理论，并且抓几个中国本土的例子来加以实验说明，谁就可以在中国的文化界和学术界领几天风骚，造就成为一时间的学界名人。

先是现实主义、浪漫主义、自然主义、象征主义、唯美主义以及各种各样的现代主义进来，接下来就是诸如别林斯基、车尔尼雪夫斯基一类"斯基"的俄苏左翼文论和以革命现实主义为代表的革命文论独领风骚的时代。然后到了20世纪80年代，又是各种各样的形式主义、结构主义、精神分析、符号理论、现象学、读者反映—接受理论、解构主义、截然不同的西方马克思主义和后现代等的热门天下。而走到新的世纪转换时期，面对全球化潮流的挑战，诸如后殖民理论、文化研究理论等则又开始大行其道。眼下，当政治和思想界挑起的文明冲突论甚嚣尘上的时候，某些适合了冷战结束以后的世界局势，尤其是9·11以后国际政治情势发展，鼓吹西方价值至上，为西方当权者所青睐，能够满足西方化帝国梦想的理论也开始逐渐浮出水面，譬如某种改头换面的新保守主义或者说政治阐释学等。这一回，又不知国内学界该如何应对了。不过有一点可以肯定，就是我们还是又一次被提问了，被动地应对一定是避免不了的。因此可以说，一百多年来，我们也没有改变这种被提问的被动局面。这就是我们在跨文化对话中的现实处境和全球文化身份。

第四章　中西比较诗学的方法思路

应该说明的是,问题并不在于该不该引进各种西方主义和理论,也不在于这种引进的数量和持续的时间延伸维度。在一个开放的、信息化的和全球化发展的世界里,无论是任何学科,这种引进不仅不是多了,反而是深度和广度都远远不够。因为只有真实全面地把握住了这个世界的发展成果和趋势走向,才有可能在前沿性的起跑线上展开竞争。因此,真正的问题其实是在于如何去看待这些东西的心态和使用它的原则。

首先,作为异质文化语境和经验的产物,应该明确这些都是"他人"的,并且首先也是为着他们自身问题的理论建构和实践尝试。其次是所谓"参照系"的心态,那就是,这些个主义或者理论什么的,对于"我们",对于中国而言,都只是一类仅供参考之物,是一定程度上可资借鉴的东西,而不是可以在中国复制套用的理论,更不应该成为我们现实基本的思考和理论写作范式。所谓借鉴他人,一则是为着看别人在国际学术社会对话中怎么"说",而当我也来"说"的时候,他们怎么才会"懂";二则是如何像对方一样,能够向国际学术界提出出自于自身文化的、又为世界关注的、有意义的原创性和普遍性的问题。

举例说,如果我们在向域外,尤其是向西方介绍中国文学史上的作家作品的时候,只是告诉他们说,杜甫是现实主义的、李白是浪漫主义的、李商隐是象征主义的、李贺是颓废主义的等等,结果对西方读者而言,感觉会如何呢?

首先,他会觉得西方的这些所谓主义和理论真的有全球的普适性,可以用来诠释任何文化和民族的文学现象,当然也包括像中国这样文学底蕴深厚的文化传统。

其次,他会认为,中国的文学批评理论大概没有什么有特色、没有个性化独创的东西,否则,何必用西方理论来诠释。既然用西方的理论已经足以解释这些经典的文学现象和作家作品,那么,其他的理论也就没有什么关心的必要了。

回头看看多年来我们所编写的普遍的文学史、文论史、文学概论、美学导论，或者其他的理论著述等，它们之所以只是在本土流行并产生影响，自说自话，却难以为外部世界，尤其是为西方世界所尊重和引述，也不被他们当作既有传统学术个性，又有现代学科特色和价值的独立理论体系所接纳，其重要的原因之一，恐怕就是太像西方学科和理论的东方改写本和注释性版本了，其内容和风格从根本上缺乏自己文化的创意，缺乏自己的价值倾向、问题意识和话语个性。

而假定我们能够像某些在跨文化学术对话中已经具有提问能力的学者所做的那样，自信和严谨地主动向西方提出某些独具中国文化和文论特色、而又同时具有现代国际学术价值的问题来，其在对话中的关系情形就会迥然不同。譬如钱钟书关于中国诗学中"人化批评"或者说所谓生命批评的论述[1]、关于"通感"的讨论[2]，叶维廉关于汉语语法及其诗学表现特性的比较性分析[3]，张隆溪关于书写文字的表意悖论及其诗学意义的研讨、关于"道"范畴与西方"逻各斯"范畴及其对于中西诗学传意特征的辨析[4]等等，都在一定程度上表现出这种原创性和文化个性的特征，值得加以注意和效法。

上述诸人的这类话题之所以具备主动提问和展开跨文化诗学对话的资格，乃是因为它绝对是一个出自于本土中国文化传统的独特命题，同时又是一个可以具有跨文化诗学推广整合意义的课题，对于世界性诗学的发展有相当的补充参考价值。站在中国文化的立场，关于如何来确定这类跨文化诗学提问的学术命题，钱钟书早在六十多年前就提出了相关的基本原则，今天看来仍旧富于现实意义。根据他的说法，此类问题一般须具备下列特点：

---

[1] 钱钟书：《中国古有的文学批评的一个特点》，《中国比较文学研究资料》，北京大学出版社，1989年，第44页。
[2] 钱钟书：《通感》，《比较文学论文集》，北京大学出版社，1984年，第21页。
[3] 参见叶维廉《比较诗学》第二章"语法与表现"，台北：东大图书公司，1988年。
[4] 参见张隆溪《道与逻各斯》第一章"对书写文字的非难"，四川人民出版社，1998年。

第四章 中西比较诗学的方法思路

"(一)埋养在自古到今中国谈艺者的意识田地里,飘散在自古到今中国谈艺的著作里,各宗各派的批评都多少利用过;惟其他是这样的普遍,所以我们习见而相忘。

(二)在西洋文评里,我们找不到他的匹偶,因此算得上中国文评的一个特点。

(三)却又并非中国语言文字特殊构造的结果,因为在西洋文评里,我们偶然瞥见它的影子,证明一二灵心妙悟的批评家,也微茫地,倏忽地看到这一点。

(四)从西洋批评家的偶悟,我们可以明白,这个特点在现象上虽是中国特有,而在应用上能具普遍性和世界性;我们的看法未始不可推广到西洋文艺。"①

总而言之,你所提出的首先必须是一个具有普遍性的、相对典型的中国诗学问题。其次,它又必定有某种人类的内在相通性。具备了这样的条件,把握了这样的问题,通晓了世界诗学的大势,在跨文化对话中,中国诗学就可以变被动回答转而向世界主动发问,真正参与到现代性的世界诗学建构过程中去。

只是,真正要做到这一点,却并非是一件轻而易举的事情。哪些是典型的中国诗学问题?这些问题又如何具有人类诗学的相通性,并且曾经为域外的诗家学人偶然领悟过?当下世界诗学建构的特点大势是什么?每一个条件的确立都需要艰苦的学术努力和双方互动的长期认知过程。

最后还有一点必须强调,鉴于跨文化对话中话语霸权存在的事实,出于中国文化传统而提出的问题,有时候,或者说相当多的时候,会遭遇西方不愿倾听和应答的情形。面对这种情形,除了继续反省我们提出的问题,即作为跨文化诗学对话中大家共同的问题它是否

---

① 钱钟书:《中国古有的文学批评的一个特点》,《中国比较文学研究资料》,北京大学出版社,1989年,第46页。

成立之外，至于话语的文化区别及其理解难度，则是需要等待对方花费功夫去学会适应的。

对方如果拒绝应答，或者说干脆不屑一顾地转过身去，这种情形在当下的国际学术交流中并非个别现象，至多只能说明对方的傲慢和无知，而傲慢无知难道不正是落伍的开始吗？所以我们不必太沮丧和郁闷。至于作为提问一方的我们，无论对方是否愿意倾听，都一定要坚持自己的立场，不断地提出问题，逼使对方正视问题。而当问题积累到对方不应答已经别无退路的时候，中国诗学的现代超越机遇也就可能正在来临。

第三，始终坚持由多重视域融合走向新的诗学建构的原则。

在本节一开始的时候我们就强调过，要实现中西之间真正的对话，一个重要的前提就是合理的对话关系的确立。在这种关系中实现的平等原则和主动提问的原则，为诗学对话的价值合理性和意义创生可能性提供了基本的学理前提。而另一个重要的前提则是需要一个有效的对话平台，使得对话的各方在这一平台之上都能够找到自己的位置，并且有充分使用自身话语资源的天地。阐释学关于视域之间的理解融合及其关于阐释学循环的现代积极性理解，则为这一复杂对话平台的建立及其有效性提供了另一重要理论前提。

现代阐释学的原则告诉我们，任何理解和阐释都必须依赖于理解者和阐释者的前理解，也就是由个人的历史、文化，及其观念所形成的认识和理解事物的特定视域。在艺术生产中，正是这些各自不同的、特定的视域，赋予诗学最初的创作者和后来的阐释者各自的创造性能量和诗学理解的生长性基础。

诗学文本中总是含有作者的初始视域，而后世的历代批评家则总是带着他由当时现实语境决定的当下视域。因而，整个读解阐释的过程，在一定程度上也可以说就是这两类视域之间的持续性的历史对话。古今中西的诗学各方，由于时间和历史文化差别，总是带着自己视域的洞见和盲区进入融合性的对话。按照伽达默尔的观点，

第四章 中西比较诗学的方法思路

现代诗学阐释者的任务就是要不断扩大自己的视域,在前述所谓双重四方的历史性和共时性的对话中,使自己的视域与其他视域相接触和交流,从而实现新的视域融合,并且超越原先的视域,到达新的更高更丰富的新视域,努力去实现各自诗学理解的现代转化和提升。

在这一视域融合过程中,被转化的不仅仅是中国的古典和现代诗学,同时也包括已经处于一定程度的现代存在形态的西方诗学。这将意味着,就当下时段去看,西方诗学也是属于历史的存在物,它本身也要通过克服自己的中心主义情结,并且在与非西方诗学的融合过程中去朝向未来提升自己。

真正的现代跨文化诗学对话必将意味着,无论是中国还是西方的历史诗学,在理解过程中都将不断得以显现,但作为新的视域融合的结果,历史的诗学又将自觉退居幕后,从而不得不把出场登台表演的责任交给当下可能的、新的诗学形式。在这一意义上,无论是中国的古典诗学,还是西方的现代诗学,在当下的现实境遇中,在行进在去21世纪的新路途中,都存在着通过不断的积极阐释性循环而走向新的面貌转换的可能和必要。

在一定意义上,中西古今诗学之间在一个平台上的对话,也可以视作一种现代条件下的阐释的循环,而有了对前理解和视域融合的新认识,关于"阐释的循环"也就具备了超越狄尔泰限定的可能。前面说过,阐释的循环的困扰在于没有考虑人自身的历史性和有限性。人本身就在历史之中,并且成为历史的万万千分之一,它与历史整体之间的循环互动关系,因为人自身的有限性和历史进化性,从而使所谓"意义"和"真理"的追寻,由于失去了关于人这一要素的不变和稳定性,也失去了它的确定性,既然找不到固定的意义,所谓阐释的循环就很可能是一种恶性循环。

但是如果从本体论的立场出发,换一种观点去看待人的有限性,却可能在循环中发现曙光。既然探索意义、创造意义和阐释意义的都是"人",因而我们对于对象的读解也就是对于我们自身的读解。

也即是说，我们用我们的五官去观察外部世界，用大脑去反思精神世界，用话语和文字去说明这个世界，其实最终都是在拷问和梳理我们自己的存在及其有限性。既然我们人的存在和有限的经验世界是我们进入理解和阐释的出发点和前提条件，而作为部分的我们与整体世界的意义循环追问同时也是为着人的存在的追问，那么，人就应该将自身视作这个循环的有机部分，理智地和自觉地加入这种循环。也就是说，由于人作为重要的鲜活因素的加入，尽管在阐释的循环框架和过程中的理解和阐释，总是没有终极结论的、处于历史时间过程中的有限意义，而不是终极"真理"，但人在这种阐释活动中不断对世界的揭示，当然也包括人对自身存在价值的揭示，就是一个不断在进步的上升运动，并且总是在逐渐接近这个世界的存在意义，同时也开启了一个不断延续向前的，包含过去、现在，同时也指向未来的意义理解和认识的上升过程。

我们曾经论及，中西比较诗学的核心价值目标，从根本上说也就是在于中国诗学本身的现代性和国际化命题。这里还可以换一种说法，既是这种学科性的现代努力，其实也是为了摆脱中国现代诗学缺乏自身主体性话语的尴尬处境。

而为着摆脱这一处境，我们既需要利用中国传统诗学的资源去强化更新自己的现有话语，同时，为着更新提升自己的话语，又不能不以大军压境的西方话语作为参照。因为后者在时间历程和认识循环上已经走在了我们的前面，它在追求其现代性过程中的经验和教训，是我们无可回避的参照物。除非我们愿意一切都从头再来，然而这却好比是让时光倒流一样的困难，或者说是现代的掩耳盗铃行为。

于是，中国的比较诗学研究在这样一个平台上，必然要同时展开古今和中外的双重对话。也就是说，要更新前行，必须依赖与西方话语的对话交流，而要开展交流，则我们既有的诗学话语又必须是一定程度上可以相互理解沟通的理论话语。这意味着，中西古今之间在这个对话的平台上，需要在作为人的基本共同性、文学艺术的历史类

第四章 中西比较诗学的方法思路

同性、诗学话语的历史继承性以及现代交流的互通基础诸方面达成某种程度上的协调,以之作为在这个话语平台开展对话的基础。

其实,这些作为对话的前提、条件和基础,一直都是存在于中西对话的关系格局中的,只不过,我们有时候因为习以为常而忽略了这些前提条件的存在,有时候又因为太多地关注它们之间的差异,而忘记了一直以来就存在于它们之间的、相互赖以交流的共同基础。其实,自有跨文化交流以来,它们就在支撑着这种交流的延续,如果不存在下面讨论的基础,一部中外文化交流史便无从谈起。

一、对话是以人作为人的诸多共同性作为基本前提

如果没有这一基础,所有的所谓对话都不可能成立。因为,只要是人与人之间的对话,而非人与动物的对话,它们之间就必然具有人的自然和社会存在共性。

首先,只要是人,无论种族、肤色、血统和文化如何,也无论是男女老幼或者今人古人,他们都具有人类生命存在形式的内在一致性。在人的形成、生长发育、谋生发展、两性结合、生殖繁衍、群体结构、退养衰老等方面,具有类似的规律行为和延续链条。同时,更重要的,还不仅仅在于人是区别于地球上一切其他生物的生命共同体,是所谓地球这个星球上惟一的"无毛两足动物"(钱钟书),更是在于他们生命的存在和经验方面有着基本的一致性。也就是说,几乎所有的人,都是置身于一种人与人、人与社会、人与自然、人与自身历史的独特的地球生命结构体系中。

居于这样一个独特的生命结构体系中,在宇宙和地球历史的演进、在人的自然历史的发展构成中,作为人类他们所不断面临的问题和困扰,在许多基本的方面都是具有相似性的。譬如关于食物、关于温暖、关于安全、关于性、关于环境、关于发展的一系列基本欲望。无论如何,也无论任何群体和个体,谁都必须加以面对和在这样的一个生命结构中来加以解决。这也是联合国总是常常把这些问题作为自

己的主要议题的原因。它因此也注定了我们作为人的思维和行为的基本命题,而所有其他的相关主题,则注定都是由此延伸开去,变化开去的。至于作为人类精神存在方式之一的文学,它的基本主题也主要是由此基础的出发和延伸。也正是基于这样的基本关系,不同文化之间对话的基本命题和主题基础才得以成立。

其次,基于我们共有的身体、头脑、感官和心灵等基本的生命存在形式,人类对于生命的体验也就有了基本的矛盾共同性特点。而当这些存在的体验和它的矛盾冲突,以一种特殊的语言符号形式记录和表达出来的时候,无论它是多么原始的吭唷呼喊,还是多么精致的史诗巨著,也无论它们的形式和内容差别有多大,它们也就都成了我们今天称之为"文学"的东西。

人类生存体验的矛盾冲突,天然地构成了文学的基本意义表述结构。譬如生与死、爱与恨、时间与存在、欢乐与忧伤、离别与聚首、希望与绝望、奋斗与命运、自我与他人等。在这样的生命存在结构中,作为各种自然和社会关系总合的人,他们之间的每一个人,都无可逃避地处于种种复杂的关系中,他们所面临的全部存在关系,基本上都会被转换成各种基本的人类矛盾冲突形式得以呈现。尽管由于文化和其他因素的影响,这些矛盾冲突有着千差万别的表现形式和主题转换,但是作为人的生命和心理体验格局的基本对立统一关系,却依然是有着相似的矛盾运动形式。而且,尽管这些生与死、爱与恨、欢乐与忧伤等矛盾关系,在不同的时代、不同的文化群体中,被赋予和覆盖了不同的价值评判。譬如文化的、族群的、阶级的、派系的等等,但是,这些都不过是人类出于不同社会群体的、出于不同的文化和价值认识而归结的价值方向。在根本上,它并没有改变上述那些基本的矛盾关系。譬如张三可以同情林黛玉,李四可以喜欢薛宝钗,王二麻子可以恨贾宝玉,或者别的人又颠倒过来,但是,他们之间的矛盾关系格局却始终没有改变。而正是基于这样的基本矛盾关系和冲突模式,跨文化诗学对话才有了共同的意义结构范式。

二、对话是以人类文学艺术发展的
　　历史类同性为先在条件

　　从中外文学艺术的历史发展和结构体系去看,尽管它们有着如此明显的文化、认识和实践的差异,但是如果沿着历史的轨迹,从文类、主题、题材、矛盾冲突结构等有关方面的历史发展过程去考察,你将会发现,他们在基本的历史发展格局上,始终存在许多普遍相似的地方。譬如从主题和题材史去看,关于宇宙创生的神话,关于洪水的记忆和传说,关于逝去的生命和历史的记忆和想像,关于未来社会的期待,以及诸如"爱情与义务"、"战争与和平"、"金钱与道德"、"权利与良心"等题材和主题,在不同文化、不同民族的文学中都是普遍存在,屡见不鲜的。

　　而从文类史方面去观察,尽管各地区和民族在其文学发展史上,不同的文类发展也存在各自不同的侧重,有的民族在一定时期抒情文类较为发达,比如宋元以前的中国,诗歌的发展处在黄金时代;也有的民族在一定时期内叙事文类曾经占据重要地位,比如 19 世纪前后的法国、俄国等民族,无论是现实主义还是浪漫主义的小说创作都达到了高峰。但是,从宏观的粗线条的文类历史看,它们之间仍旧存在很多相似的规律性走向。譬如世界大多数民族的文学发展,都是先有口头文学,然后才有文字记录的文本;而神话和传说总是最初的文类,继而有诗歌,有散文并且逐渐过渡到小说文类;至于戏剧文类的发展,则要看叙事文类和表演艺术在这一文化地域的发展和结合情况而定。有的成熟得早,如古希腊戏剧;有的成熟得稍晚,如中国的宋元杂剧;有的则更晚一些,如文艺复兴时期的英国戏剧和启蒙时期的法国戏剧等。但就其整体而言,世界各民族文学的发展,一般都是有着相对次序发展的文类①历史路径。而这一切,又都是与人类社会发展,尤其是生产力的变迁演进及其内在阶段性相关联的。正如广播、电影、电视文类的出现是以同样的技术传播媒体的出现为前提,近日所谓网络和动漫文学的出现,也不过是电脑和互联网出现后的文学艺术的必然产物。它们所反映出的,正是人类存在和发展的这种类似性和共同性在文学上的表现。

如果我们深入一些去考察,在文学发展的其他方面,还可以发现更多的相似性和共同话题。

三、人类诗学话语的历史继承性和交流程度作为对话的基础

同样,诗学作为关于文学的言说,其与文学本身一样,无论在各种文化、民族和族群之间有多大的差异和争论,它们也都具有人的自然和社会存在共性,具有上述文学发生学上的诸多共同前提和话语命题。

我们都已经有所理解,中西之间各自的诗学话语绝不是凭空出现之物,而是历史性的诗学发生、发展、并且不断更新演进的产物,是原初诗学话语带着自己的原初视域,在历史的时间流程中,不断与不同时代的诗学视域不断对话阐释的产物。它自身的阐释性循环和进展,使其本身就成为一套既有原初基底,又具有历史性不断融合扩展的内容特点的文学言说体制。

诚然,在中西诗学或者文论之间,一直存在众多表述差异和意义倾斜,不过,作为所谓的"文艺理论",它们所面对的探讨对象毕竟都是所谓"文学"。也不管我们对文学这一概念的理解有多大的差异,恐怕我们一般都不会否认,"文学是人类生活经验及其梦想的特殊表

---

① 有关小说文类史的分析,请参见伊恩·瓦特《小说的兴起》中译本第1—2章,三联书店,1992年。

达"这一基本判断。而作为对文学经验和文学现象进行思考和表达的中西文论或诗学,其在一系列有关文学思考的基本命题方面,必然存在自身的历史继承性和众多对话共同的基础。

譬如关于在本体论的意义上追问"何谓文学?"在认识论领域追问"文学何为?"在价值论上追问"文学的功能为何?"在语言论的意义上追问"如何是文学?"等等。而正是这类话题和追问方向的历史继承性和话题共同性,构成了我们展开中西比较诗学研究的起点和最切近的前提。

假定说,单一文化内部的诗学发展是一种古今诗学之间阐释性循环的过程,那么,诸如中西之间的诗学对话,则又是一套更为复杂的跨文化阐释性循环过程。尽管我们所走进的这一循环,既是现代诗学发展的必然要求,同时也是中国诗学发展本身无奈的选择,但是,由于存在上述一系列关于人类存在共同性、文学发展相似性和文论发展继承性的前提和条件,又具有了现实交流基础和理论认识的超越,因此,比较诗学学科的发展本身并不是完全被动和没有出路的。

现代阐释学关于传统、前理解、视域和视域融合、效果历史和对话原则的一系列理论洞见,作为理论的参照已经在启示我们,包括诗学传统在内的各种历史传统,它们既然是一个在历史时空中运动着的活的存在,那么,所谓现代的西方理论同样也包含着关于西方诗学过去的传统成规及其运动发展,包含着古希腊、罗马以来的古代文论思想及其演变的历史,因而,它也是一种流动于过去和现代之间的活着的存在,不错,它当下是现代的理论话语,但是,它同时也是历史的沉积物。

同样,被视为只属于古代传统的中国诗学,在经过 20 世纪的洗礼,经过王国维以来,或者说五四以来数代文论家的阐释,尽管还远没有达到西方文艺理论的现代性形态,但是,它在今天的话语体制中,也未必已经不具有某些现代文论的因子。事实上,在所谓中国现代文论中,不仅有各种明显的西方影响,传统的影子也时时隐现其间。譬如在现代诗歌的批评理论中关于形式、格律、意境、"戴着镣铐跳舞"的讨论；在现代白话小说的理论发展中，中国式的叙事传统，譬如《红楼梦》的叙事创新影响；在现代散文发展中，古代杂文文类、小品文文类等的影响等等。

于是，我们便可以理解，西方的现代中同样有着它自己活着的、来自于过去历史中的传统；而在中国看似凝固的传统中却始终不断地酝酿着现代的因子，有着内在的现代性契机，并且已经不断地在影响着现代。而相对于未来新的跨文化诗学发展和建构而言，无论是中国文论，还是西方诗学，就其当下和未来的走向而言，它们又都确定无疑地是属于"过去"的存在。这将意味着，不仅是中国传统诗学的话语系统正在渐行渐远地走向历史深处，就是西方现代诗学的话语系统，在21世纪超越文化藩篱发展的新的诗学发展面前，也同样会逐渐走向历史的深处。

只不过，相对而言，西方诗学距离当下的诗学建构更近一些而已。于是，在关于诗学的新的历史要求面前，中国和西方均不同程度地站到了一个被称之为"跨文化对话"的共同起跑线上。这就可能为双方一定程度上的平等对话找到了绝佳的话题和起点。因为，在此以前的西方诗学，无论多么具有现代性的特征，但它毕竟只是基于特定文化传统和现实的产物，而在从跨文化的立场和视野去谈文论艺的意义上，现代西方诗学也和我们一样，一切都刚刚起步。

至于中西文论不同的历史和视域差别，从一个侧面反映出来的，必然是各自在过去的历史时空中探索文艺问题的不同侧重和长处，这将为双方在融合过程中的交流互补和视野扩展提供资源的可能。因此，我们完全有理由相信，双方尽管有落差，有不平等，但中西诗学只要坚持互为主体、互为参照的长期融合对话，在这一跨文化的特定的历史语境中，以各自的视域相互接触、试探和碰撞，并不断地反观自身，改进自身，启迪照亮自身和对方，不断探讨种种能够跨越双方诗学的新视域，在不断的循环往复中探寻中西诗学对话的中介性"话语"和对话性主题,那么,未来跨文化诗学的价值预期应该是有着极大发展和建构可能性的。

正如现代阐释学的原则告诉我们的,只要我们是理智地主动加入这一跨文化诗学的循环,我们就不仅不会丢弃自己的传统,还会使传统得到趋于现代性和国际性要求的发展和提升。事实上,这已经不仅仅是现代阐释学理论的推理论证,它同时也已经为近 20 年来,或者说自五四以来中西比较诗学的众多研究实绩在不断证明着。

关于这方面的进展,只要回头去看一看我们在论及中西比较诗学的历史与现状时的梳理,便可有所理解和证实。

第四节 读解模式:中国现代诗学阐释学的可能

本节提要:

文化落差造成的对话不平等关系现实;中西比较诗学研究的困境与问题;中西阐释学之间的发展落差;诗学与经学;诗学与人学;中国诗学的现代生长因子和本体论追问;中国诗学传统的生成阐释模式及其特点;中西诗学认识论的差异;诗学读解模型的建立与现代中国诗学阐释学的可能;诗学阐释学的问题与局限。

在中西诗学研究的方法探讨过程中,基于我们自己中国文化的学术立场和学科理念,无论是应答逻辑的建立,还是中西传统诗学的现代阐释性展开,这些探索都必然隐含着两个内在的目标:一个是我们多次论及的中国诗学的现代性命题,另一个恰好是如何突显中国传统诗学的文化个性问题。而这两个方面相结合的具体理论存在形式之一,最有可能的状态应该就是所谓中国现代诗学阐释学的建立。

然而,严峻的事实是,不同诗学体系的文化落差,必然会给双方视域的融合带来极大的困难。人们尽管在理论上给予欧洲中心主义以普遍的批评,但却不可能在短时期内在实践中改变西方理论的强势地位,这是由近 200 年以来西方在政治、经济和文化上抢占的优势位置所决定的。

　　当你愿意以平等和互为参照的地位与别人对话的时候,别人未必也会有这种意愿,而我们大家又都明白,一厢情愿是不可能结成好姻缘的。也就是说,如果没有长期的思想和时间准备,急于求成,则对话的意愿和努力仍旧会变成另外一种形式的喋喋不休的"话语独白"。实际情况就是,在中国社会整体向着自身需要的现代性推进的过程中,有关西方中心主义的消解,传统学术观念的改变,以及中国诗学传统的转化更新,甚至也包括它的所谓国际学术市场需求等等,这一切,恐怕都需要经历长时期的争取和努力。

　　中西诗学的比较研究,由于其各自深厚复杂的文化和诗学知识传统背景,也由于前述古今中西多重视域的交叉和近代以来互为表里的复杂牵连,给对话和理解制造了重门紧锁的各种意识、历史、文化、学识和语言性的迷雾和障碍。这就意味着,为了成为一个合格的比较诗学研究者,对我们的知识结构、学术深度和语言能力都必然有更高的要求,博古通今已是不易,学贯中西则更难,然而,非如此,却又难有研究上的开阔眼界和穿透能力。

　　尤其值得强调的是,我们至今依旧未能为中西比较诗学研究找到比较满意和适合的学科本体论思想支撑,也缺乏系统的、在实践基础上总结出的有效方法论原则,从而导致目前的研究工作总是停留在表面,要么就是一般性的倡导、问题的罗列、浮泛的比较、学科理论意义和价值判断的简单肯定等;要么就是盲人瞎马式的个体研究尝试,有时候甚至诗歌研究与诗学研究不分,文论研究与纯哲学分析混淆,一般诗学研究与跨文化诗学追问互不相关,显得很难再深入下去。处于这样的学科状况下,与其做自我感觉良好的"精神独白",做过多"学派"的呼吁,不断提出某类诗学"规律"和价值"普遍性"的许诺,或者动辄发明一个什么"学"或者"学派",总是满足于既有的一般性比较分析的成绩,倒不如把问题考虑得困难一点,深入一点。而且

第四章 中西比较诗学的方法思路

在现实的学术语境下,尤其应该回过头来,多作一些关于中西诗学阐释学的学科理论思索和方法论原则探讨,对以往比较诗学研究的成败得失及其经验进行有效的总结,在前人研究的基底上摸索可能的途径,而不必凭空去构想什么理论体系和宏大的理论命题。

事实上,"在我们的价值判断中,普遍性的机遇极少,在我们对知识的寻求中,普遍性的机遇虽多一些,但仍然有限。普遍性的最佳机会就存在于我们使用的方法中。"① 倘若中西比较诗学在实践中逐渐完善了一套行之有效的理论基础和方法原则,而不是随意地、主观想当然地把一般比较文化研究和比较文学研究的所谓方法和模式硬塞到中西比较诗学的头上,则中西比较诗学的学术目标和价值预期也许就会透过这些理论方法的运用而自然地浮现出来。

在这一方面,西方诗学阐释学从古典向现代的成功转化,其在理论和方法意识上的创造性,对于中国诗学阐释学的重建,无疑是极富参考意义的。

从本质上去理解,包括比较诗学在内的各种人文研究,其实是生活在当代社会的人们为着解答现实中的各种生存困扰而选择的追问和探索立场。这个所谓的当代,既是今日的"当代",也可以理解为历史中曾出现过的无数个"当代"。不同时代的人们的知识视域,就是由这些所谓"当代"的现实语境所决定和制约的,是从现实的视域出发,面对各类传统价值的再追问和再阐释。在这一认识原则上,所谓的研究和意义追寻,均可称之为某种"阐释学的探寻"(an hermeneutic inquiry)。

正如我们在本章一开头就指出的,人文学科,广义地讲就是一种关于人及其所置身的世界的阐释学。于是,中西比较诗学无论从本体或者方法上,在其理论和实践层面上,也都可以视之为既有的中国

---

① 杜威·佛克玛:《东西方及其他地方的诗学》,《中国比较文学通讯》,北京,1992年第1—2合期,第3页。

诗学阐释学与西方诗学阐释学的交流和对谈过程。

在这样一个过程中，我们当下所面临的最大问题恰恰就在于，这两种阐释学之间存在着现代意义上的巨大发展落差。

如前所述，西方阐释学在经过了自觉的创造性探索之后，不仅实现了从一般方法论向哲学本体论的历史转变，而且使它的哲学立场和方法体系成为20世纪西方文论发展的最重要的理论动力和思维路径之一。在现象美学、文学阐释学、接受美学、结构主义、解构主义、西方马克思主义文论、新历史主义、文化研究，当然还有比较文学等理论中，都很容易见到现代阐释学的身影。

如同我们在前面的章节中所言，具有深厚传统的中国诗学与整个中国社会在近百年来的命运一样，在现代落伍了，或者说几乎是别无选择地落伍了。它被无可奈何地留在了历史的门槛外面，也就是说，它被拒斥在20世纪全球文论发展的历史机遇之外，未能及时地参与这一历史过程并实现自身的现代嬗变。而作为中国诗学的理论和方法支持的整个汉语诗学阐释学体制，作为这一传统的重要组成部分，同样也错过了实现历史性和现代性超越的重要机会。于是，直到20世纪末，就整体而言，我们的汉语诗学阐释学理论仍然处在古典阐释学的思维泥沼之中难以自拔。

与现代诗学阐释学的要求相比，这种古典诗学阐释学存在着一系列需要厘清、发展和提升的地方：

首先，传统古典诗学阐释学的一大问题，就是诗学与经学的关系纠缠不清。可以说，诗学这个小兄弟在传统经学的大家庭中从未有过自己真正独立的地位。

一直以来，几乎大多数关于中国诗学的论述，都被笼罩和禁锢在经学话语的囚笼之中。诗学的所谓本体论探询，几乎就是原封不动地指向诸如"原道"、"宗经"、"征圣"一类"天"、"道"、"人"的宇宙观和家国天下政治伦理。而所谓诗学言谈的认识论价值指向，显然与纯粹的艺术论、美学论也无多大关系，却似乎都是帝王政治、国家伦理、

第四章 中西比较诗学的方法思路

圣人经典的"文学性"表达和"艺术性"的阐释。各种诗学的范畴、概念等等,譬如"赋、比、兴","言、象、意","情、理、气",以及"文道论"、"文气论"等,总是要以经典和圣言作为起点和归宿。至于历史上的诗学话语演变,则往往被埋在厚重的经学话语沉积之下,难见其美学真相。

直到今日,有的研究者还在坚持把历代经学上的话语权力纷争等同于文论上的诗学话语之争。于是,中国传统诗学话语的艺术历史发展过程,几乎就变成了充满杀气和刀光剑影的话语权力战争。鉴于此,如何使诗学与经学剥离,美学与经学剥离,让中国传统文论的诗学和美学阐释学抖落身上的历史重负,走向其独立自在的形态,将是其走向现代过程中的重要使命之一。

其次,传统诗学阐释学的另一困扰,是在历代陈陈相因的阐释过程中,忽略了人的历史性和能动性,及其在历史中不断的审美认识拓展和鲜活的艺术生命创造能力。在很多情形下,我们记住了"诗学",却忘记了"人",忘记了诗学只是人的存在方式之一。

中国历代的诗学传统,习惯于把远古圣贤的"元话语"加以真理化和绝对化。于是,古代阐释学,尤其是那些较为僵化的流派和思想,往往把对"原义"的追求和对"正确理解"的渴望作为其最重要的价值目标,文本被看成不变的意义仓库,人们以为只要找到打开这个仓库大门的正确密码和钥匙就可以找到"真理"和关于文学的终极价值。于是,文本的文字、音韵、训诂和考据,有时候不仅仅是作为手段,甚至成为某一时期阐释研究的终极目的。经典的注疏和转述要求不能越过前人原义的雷池一步,文章义理的分析也以代圣贤立言为最高使命和荣耀。在这里,不管是"述"还是"作",都只是在古典解经学的意义上基于所谓原初意义的有限读解,以致在诗学思想和范畴概念的发展上循环传承,夹缠不清,很难理出头绪和看清历史演进的线索。

古代诗学的发展运动过程中,普遍缺少大胆的革新和创造精神,即使是最具革新意义的"诗文革新"一类运动,也往往需要披上"古文运动"的外衣,打着复古主义的旗号,把自己的"发明"藏匿于对古代文本的注解里,在层层因袭的包装中偷运理论的"私货",借古人酒杯浇今人块垒。

这样一来,后世的历代诗学著述就被当成了圣人"元话语"的注释性、拷贝式复制的文本系列,历代文本自己的生命都被压缩到圣人话语的身影角落后面,作者本人和他的时代也被虚化成为一种"不在场"的存在状态。

于是,要从这些诗学阐释话语中分清哪些是有今人创造性的"新见",哪些是古人旧有的"陈说",有时候就显得相当困难。今人的视域在置入过去的文本视域之后,便陷入历史话语的囚笼和含混模糊的描述中。新的视域始终是一个迷离恍惚的影子,令人想见其真面目而不得。

其结果只能是,整体的汉语诗学的价值意义构成和它的阐释学理论方法,似乎看去缺乏清晰的推进线索,阶段性的认识提升缺乏独创明确的话语标志物,新见解常常以旧话语来言说。于是,基本的话语体制都似乎仍旧停留在远古的阶段,仿佛与现代世界的诗学话语主潮无关。

这样的分析,并不意味着传统汉语诗学阐释学在它历史的发展过程中没有进步、没有创造性。更不是说,它的理论和话语体制中缺少向现代性转化的生长性因素。而是强调它很久以来一直缺乏这方面的历史意识、言说语境和学术生命的自觉,缺乏对历朝历代每一个诗学研究群体和个体的"人"的价值突出,从而遮盖了诗学历史中时代和人的鲜活生命。这也就意味着,如何恢复中国传统诗学活泼泼的生命体验,恢复"人"在诗学意义追寻中的地位,是中国诗学阐释学走向现代性的又一重要努力方向。这也是在接下来的一章中,我们对于诸如宇文所安那种"通过文本讲述一个文论故事"的写作策略多有讨论关注的原因。

第四章 中西比较诗学的方法思路

中国的诗人和学者在本质上并不缺乏诗学的生命冲动和创造力,只不过是古老的阐释传统压抑和遮蔽了他们的存在。今天我们强调所谓的传统诗学的现代转换,说到底,就是要焕发出这些生命冲动和创造性。

实际上,在中国传统诗学历史中,不同程度,或者说含而不露的,也都蕴藏着大量诗家学人的生命体验,有待我们用现代的眼光去发现和开掘。而在历代中国诗学的观念和话语中,的确也存活着许多富于现代生长性的诗学思想和成长因子。诸如"有无相生"以及"比兴"、"隐喻"的意义生成模式;"以意逆志"、"知人论世"、"仰观俯察"、"优游涵咏"、"人化批评"的意义阐释模式;[①]以及"主体虚位"、"主客换位"、"以物观物"的各种诗学认识关照方式;贴近个体生命感悟、追求言外领会的言意关系的理论言谈模式等等,都是极富于创造性和现代生长性的认识。作为这一文化诗学传统特有的历史创造物,也都有可能在现代的阐释过程中被发现、被激活,并且生长成为现代诗学阐释学的有机成分。

考虑到上述两方面的问题,这第三个方面的问题则是,立足于中国诗学阐释学走向现代学科独立的发展方向和生命活力复归的要求,如何实现中国传统诗学在一般认识论话语的基础上,朝着本体论话语意义上的认知提升,将诗学的一般语言和美学追问,转化为对于人的诗意存在和意义探寻的根本性追问,这显然是中国诗学走向现代性存在的根本性和关键性努力的重要一环。

也就是说,不仅仅是人们要通过诗学去认识自然、社会和其他的什么,更重要的是,在一定意义上,人类本身就是通过诗学而存在着。诗和诗学阐释不再是人的一般认识方式,而是人的基本存在方式之一。诗和诗学的历史性、存在性与局限性,同时也就是人的历史性、

---

① 可参见王宇根《"观"与"外":中国诗学意义的动态生成与诠释》,北京大学 1995 年硕士研究生学位论文。

存在性与局限性。只有我们的理解逐步朝着这样的境界和方向努力，中国现代诗学阐释学的建构才会成为现实的可能。

具体一点说就是，只有理解了中国传统诗学的生成和阐释模式，把握了它的基本困扰方面，体会了它的动态特征和生长性构成要素之后，在各种外来话语范式的参照阐发下，建构中国现代诗学阐释学及其分析读解模型，才会有理论和实践的可能。譬如，只有从整体上了解了中西诗学在人与世界的意义关系理解上的本体性差异以后，我们对中国诗学意识的建构起点和可能的现代价值等等，才会有较为明确的方向性展开。

按照一些学者的见解，西方诗学在理解诗与世界的关系上，是基于模仿论的意识，也就是说，诗只是模仿的产物。这种观念来自于古希腊的哲学观念。所谓模仿（Mimēsis），在古希腊当然并非柏拉图首倡，但却是柏拉图将之提升到一般法则和系统解释的地步。于是，柏拉图将艺术的产生及其语言的呈现统统都纳入模仿的范畴。既然物质世界的万事万物都是对关于事物的"理念"（eidos）①的模仿，而包括诗在内的各种艺术又是对模仿的模仿，因此，所谓诗，说到底，不过是对具有真理性的"理念"的二度模仿，与真理隔着两层以上的空间。既然如此，诗人们的创作就并不像 poiētai（诗人）这个头衔所显示的那样是由于技艺所创造出来，而是由于灵感，是在迷狂状态下对于世界及其关于世界的"理念"的诗意模仿。

例如在《伊安》篇中苏格拉底通过辩诘，就发现全希腊最好的吟诵诗人伊安居然无法权威地谈论诗艺问题，对做诗的技巧和说唱的内容一无所知。② 在亚里士多德的《诗学》中，尽管对于灵感论有所置疑，但是，对于艺术源自模仿的观点却又有更多的发挥。以致不少

---

① 希腊文 eidos 与 idea 均派生自动词 idein（视、看），本义似为"可见的形状"。这两个词在英文中的通常译法是 idea，现代又多译为 form(s)。在我国哲学界较为流行的译法是"理念"、"理式"、"观念"等。

② 参见朱光潜译《柏拉图文艺对话集》，人民文学出版社，1983年，第7—8页。

第四章 中西比较诗学的方法思路

学者认为西方诗学就完全是一种所谓的"模仿诗学"。

古希腊以来关于诗与无意识模仿创作的思想,直接影响了西方阐释学的诞生。既然诗人们对自己的作品并不真正透彻了解,那么文学解释自然也就不必以作者的意图作为最后标准。也就可以如施莱尔马赫所提出的那样,"甚至比作者更好地理解其语言",以及理解文本本身。也就是说,人们甚至可以不必理会作者,而只要通过对文学文本本身的阐释,就可以去实现对于作品的不断深化理解。

而与之不同的是,中国传统哲学则讲求"天人合一",人本身就是世界的一部分,离开了人本身的存在,这个外部世界也就无所谓"在"与"不在"。诗歌的所谓"意境",必然是主客融会交互的产物。所以孟而康要说中国诗学是一种所谓"情感—表现"的诗学。因此,在诸多的学者看来,中国诗学思想更看重的是人如何通过诗歌文本去表达自己内心的情志,而不是再现外部世界的面貌。所谓"诗言志"、"诗缘情"也多是这样的意思。这样,传统中国诗学阐释学讲究"以意逆志"、"知人论世"等等读解方法,正是要阐释者通过诗的文本去寻求和理解作者本人。你甚至可以注意到,所谓先秦诸子的著作,多数都是以作者来命名的,可见认识作者实在比认识他的文字更有意义,或者说,"中国文字的力量把作者变成了权威性文本。"① 诗人的梦想并不是文本的存在与无,而是如何在关于文本的言谈中去实现人的不朽和永恒。

于是,当华人学者刘若愚试图用西方式的分析性方法去选择、剪裁、框定和重新读解中国诗学的文本体制的时候,宇文所安却从一个文化他者的目光和语言机制出发,试图以同情的眼光回归历史语境,去体察中国古典诗歌和诗人的世界,去诗意地走进那一个个中国诗人和诗学家的内心。如果联系到两人各自断然相异的文化背景,于是,这种身份的差异和诗学读解策略截然颠倒的选择,其间暗含的深

---

① 张隆溪:《道与逻各斯》,四川人民出版社,1998年,第81页。

意,对于在对话中试图探索中国传统诗学走向现代进程的人们而言,显然应该是有着某种方法路径选择上的启迪的。

又譬如,在诗学本文,包括各种范畴、概念、术语等的现代读解方面,借助现代阐释学的认识开拓,于诗学阐释学的方法和层次上,我们也可以试探某种新的诗学意义探寻模型。这一模型大致由五个层面的意义阐释结构组成,简略叙述如下:

第一层,首先要考虑文本本身在其原初的语义层面上说出了些什么意义。

第二层,开始追问文本在与当时的语境关联中发挥出了什么意义。

第三层,继续探讨当时形成的意义作为理解对象,在与历代理解主体(诗人、诗学家、一般读者等)的视域融合过程中又生长出多少新的意义,同时某些意义又是如何隐退或消失在历史的阴影下面。

第四层,则不妨从现代的视域去对融含上述三层意义的历史文本进行现代阐释,以今人的知识疆域和分析能力,我们不仅应对历史形成的诗学意义理解进行一番清理和定位,并应能够继续发掘其深部结构和未尽之义,并通过文本的激活和再阐释,从而使历史传统以现代形态存活于当代生活之中,成为当代诗学话语的有机构成。

第五层,则应是在中西诗学对话的深入层面上去展开。作为民族诗学的传统在面对截然不同的另一种文化传统的追问时,许多曾经是天经地义、不容置疑的意义层面和价值结构都将面临被"拷问"、被"拆解"的尴尬境遇,但同时也会碰到被接受、被补充和"重构"新生的历史机遇。

倘若有关中国传统诗学的各种语境、思想、基本观念、基本范畴、概念、术语等,都真正经历过这样一番现代阐释性的洗礼,其具有的相对的历史价值维度和现代生长性的精神和话语层面,似可望在现代诗学建构的语境和架构中继续发扬光大。

总之,在这一轮诗学的国际性阐释循环过程中,民族诗学传统的现代性和创造性转换不仅应该成为可能,即使是就众多具体的诗学要素而言,也都无疑会开启一条无限敞开的意义生长之路。

当然,上述一些阐释思路和层次模式的区分,也只是一种假定性的建构,是为着理解的方便和理论上的清醒而大胆地加以设定的。在实际操作过程中,一切都完全可能是相互交叉、重叠并行的。

但是,我们还是有理由相信,这种尝试探索的目标,既要求它既保持古典阐释学的方法论优长,也体现出现代阐释学的开放性探索;既借鉴了现代西方阐释学的精神,也尽可能地去适应了汉语诗学阐释学的特定视域等,应该是可以期待的。

在探索未来具有现代性和本体论特征的汉语诗学阐释学的历史路途中,类似的解析方法和阐释模式的尝试无疑应该是多样性的,而类似这样的跨越性、技术性探讨的意义,也理应比匆忙地去强调双方的诗学价值比较,去呼吁地位的平等和席位的分配更重要得多。

也还是在这一意义上,我们始终认为:在诗学的一般宏观概念间和价值判定上做简单的比较甚至是比附,确实不是从事比较诗学探索的绝好理由,至少不是主要的理由和目的。当代中西比较诗学的迫切课题,与其说是要迅速地实现现代性的转化,要确立中国诗学的世界意义,倒不如说首先是要让古典诗学阐释学传统从历史徘徊的泥沼中走出来。只有经过艰难的中西古今对话,从而使传统诗学的表述话语融入现代的释义逻辑结构和话语体制;使其意义展开从一般认识论向哲学本体论追问深化;使其诗学阐释学的方法论尽快从传统方法论向具有本体意味的方法层面提升;如此等等。

也就是说,只有我们在关于诗学的思维和理解阐释路径方面有了革命性的改变之后,只有将中国诗学独特的文化视域和话语方式置入现代理论的有机架构里面以后,只有在与包括西方在内的现代诗学视域的反复融合过程中,去实现自身的选择扬弃,从传统中许多富于生命力的生长点出发,全力去建构具有现代特征的汉语诗学阐释学,也只有当这种努力成为诗学研究界自觉普遍的追求以后,中国诗学的现代转化和世界意义才会成为可能。

　　当然,现代阐释学对于比较诗学的意义,并不仅仅限于在所谓方法论的层面,而是包括诗学理解的众多根本性的探讨。譬如它关于理解的普遍性、历史性和创造性的一系列认识原则,无论是在比较诗学研究视野的扩展,还是在具体文本的批评性读解比较方面,都提供了不少值得重视的探讨方向和方法启迪。这里不可能一一描述。

　　不过,需要提醒的是,任何理论和方法上的突破和洞见,也都必然会带来新的遮蔽和局限。就现代阐释学而言,它对"理解"的过于强调和对文本蕴涵的"意义"相对稳定性的忽略,使它带有极大的主观色彩和相对主义成分;它对阐释行为中人的本体立场的强调和对传统阐释学的方法学价值的轻视,不仅使它带有存在主义气味,而且有着一定程度上的以主体的意志去消解历史的解构成分。它没有对理解者的权利加以有效的限制,也没有对意义生长的语境和范围展开做出有说服力的描述。而诸如此类问题的存在,则必然给阐释的随意性和理解上的相对主义留下空子和借口。这是我们在此类方法运用上要时刻保持警惕的。

　　尽管我们目前尚不能肯定地说哪一种阐释是合适的,哪一种阐释是正确的,更不可能断言哪一种阐释是惟一的,但是我们却应该能够确认哪些阐释是随意的,哪些阐释是属于所谓"过度阐释"(Overinterpretation)[①],哪一些理解和意义在有限的时空视域中是有一定范围限制的。这些不仅仅是我们在探讨阐释学与比较诗学的关联时有理由加以注意的问题,同时也应该是我们的思想和诗学的理解底线。

　　现代阐释学为比较诗学的研究开启了某种理论和方法的支持,但它并不是包治一切的灵丹妙药,而且其使用也有一定的限度。在

---

　　① 参见艾柯(Umberto Eco)《诠释与过度诠释》(*Interpretation and Overinterpretation*),牛津大学出版社(香港),1995年中文版。

第四章　中西比较诗学的方法思路

跨文化诗学对话的漫长路途中,可以尝试的方向还有很多。在未来真正的现代中国诗学阐释学得以逐渐生成的过程中,无论在本体论、认识论还是方法论等领域,对话显然注定都是多声部的。

第五章　中西诗学对话的入思途径

在对现代中西诗学对话的前提条件和方法思路有所了解之后，我们将进一步发现，基于中西诗学各自的当下处境，这一对话过程注定是一个较长时段的磨合和相互理解过程，也是一个循环往复、艰难推进的历史过程。

作为跨文化的诗学对话，如何寻找适合当下诗学对话状况的追问途径，如何有步骤地去展开不同诗学之间的对话，将成为我们在具体探索实践过程中必须要解决的重要课题。

首先，在这一对话过程中保持历史意识，冷静理性，从容应对，做好持久努力的准备，应该是一种合乎实际情形的、有着所谓战略意义上的学术研究的心态选择。

20世纪中西文化交流关系和诗学对话的实践经验和教训都证明，在文化和精神领域的创造一旦逐渐落伍，与对话方拉开了相应的距离，其同时在思维和观念领域造成的失落将是极其难以找回的。换一种说法，即是在观看对方的眼光上，一旦从平视或者俯视变成了仰视，再要改回来，没有几代人的时间是难以办到的。

而要消除具体在学科发展和理论建设方面的现代性差距，同样也不可能一蹴而就，如果以为只要设计几个所谓"项目"，论证几条几乎等于是常识的"规律"，甚至在话语符号和著述中贴上了具有现代面目的命名，或者"发明"几种与西方类似却又有名无实的什么什么"学"和"主义"，然后就可以大功告成的想法，不仅显得幼稚可笑和于事无补,干脆点说,几乎就等于是阿Q的精神胜利法的操作手段。

既然你不可能想像在短时期内就能够弥合差距,超越对方,那么,在具体的对话和探讨策略上,就必定得要沿着一条循序渐进、逐渐积累和分阶段深化的路径去尝试。

总结一个多世纪以来中西诗学对话的历史经验和教训,结合我们对现代中西诗学对话现状和前景的认识理解,作者以为,当下中西诗学关系研究的可能追问途径,大概可以从下列层面和方向尝试逐步展开。

第一节 营造众声喧哗的理论语境

本节提要:

文学生产消费的文化语境与学术行为的关系;学术研究与资源环境;改变话语资源西方一家独大的局面;非西方诗学话语资源的意义;跨文化综合理论资源平台的建立;钱钟书诗学叙事的价值和启示意义。

在中西比较诗学学科发展的有限历史过程中,出于研究者最初在西学冲撞下所反映出的学科理念和研究意识,久而久之,在某些学人的意识中,无形中竟然造成一种学术上的错觉或者说片面的观念,即是不加置疑认为:中国诗学或者说文艺学的现代性目标追求以及话语体制的建立,似乎仅仅是一种"学术"的操作和"研究"的结果,是一个学术性的问题,而不可能是创作和批评的漫长实践历程。并且他们也从来不去追问,如果缺乏文学创作界、读者鉴赏群体和批评界普遍的接受和认同,仅仅是依靠专业研究的推进和高深成果发表,真的就可以实现诸如"中国古代文论的现代性转换"以及其他诸如此类的价值目标吗?难道我们就未曾注意到,西方理论近一个世纪以来在中国的莫大影响和话语覆盖,并非仅仅是中国人对它进行"研究"的产物,而是在数量上由少到多,在能量上由弱到强地被普遍接受和实践运用的结果。无论是被动的"塞入",还是主动的"拿来",无论是全盘接受,还是怀疑批判,它都是有"需求"的一种理论资源的接受和文艺批评实践的容纳,以致最后成为一种普遍的理论体制和话语语境,存在于本身就缺乏自身现代性理论话语的中国文化空间。以此为鉴,今天,当我们要考虑现实中国文论或者说诗学的现代性建构努力方向之时,除了不断的课题"研究"以外,作为这种研究基础的其他各种理论资源的积累和话语氛围的营造,便成为最基础但同时也并非是不重要的工作;同时,整个文学的现代生产和消费性活动,也有理由被作为基础的起始和最重要的一环去展开。

在关于中西比较诗学的历史与现状的梳理过程中,我们曾经总结过 20 世纪中国文论的现状,那就是古代文论、西方文论和革命文论大致三足鼎立的基本格局。也正是这三方面的张力,有限地规定了现代中国文论研究的资源、动力和基本的冲突。

由于中国现代文论的建构,基本上是在中国文化面对世界现代文化发展存在历史落差,从而又需要全力去追求现代性这一世纪性主题的语境下展开的,因而文论这三个方面各自的现实地位和影响都极其不均衡。

其中,中国古代文论尽管历史悠久,但是在 1911 年以后特殊的历史语境中几乎已经走进了博物馆的大厅,伴随封建末世沉入地平线,古代文论自身也经历了差不多一个世纪的沉默和准沉默。只是到了 20 世纪 90 年代以来,由于弘扬传统文化的声音渐起,才在一定程度上逐渐受到有限的关注。

革命文论在 20 世纪三四十年代一度崛起,其中也包括它从俄苏和日本左翼文艺运动视域中融入的机械僵化和偏激的成分。到了 1949 年至 70 年代末革命文论一直占有主导地位,并且有过结合中国特色的种种努力尝试。但是,就这一文论体系的基底和整体架构而言,它还是来自于西方思想和理论的革命性一翼。

第五章 中西诗学对话的入思途径

而作为普遍存在的状况却是,其他所有的西方文论在1949年以前和"文革"后这二十多年,始终都是影响巨大,铺天盖地地占领着中国文坛。所以,如果将革命文论也基本上视作舶来话语的一翼的话,就现代中国文论话语整体的发展趋势而言,其趋势基本上可以说就是一个西方文论日渐张扬,甚至一家独大,而包括中国传统文论在内的其他文论话语日渐退缩的过程。

即使是在当下,这种语境的基本局面其实也并无太大的改观。因此,为着要真正实现中西诗学对话的学术目标,作为其首要的努力,就是要在话语资源方面改变西方理论一家独大的局面。让中国历代丰厚的文论话语和各种非西方的理论,包括东方印度、日本、韩国、阿拉伯,甚至南美和非洲的文艺理论话语,只要可能,统统都走到这一跨文化的对话平台上来现身亮相,展示家底,任文坛各家选择接纳,任作家学者众说纷纭,甚至在批评实践方面各显神通,从而营造出一种真正既是跨文化交流,又是各家众声喧哗的文论话语局面。在这一基础之上,所谓的专门研究和理论逻辑推进,才会有一种实践的氛围和鲜活的基础。

事实上,通观既有的中西诗学关系探索对话的实绩,我们还是可以发现,不少敏锐的学者和研究群体已经开始在往这一方向努力。他们的成果可能不是某一具体范畴概念的研究,也可能不是针对某一专门现象问题的深入探讨,但是,却在更深厚的基础和更加宏大的视野之上,建构和营造着跨文化诗学研究的基础和现实语境。譬如,由乐黛云倡导,乐黛云、叶朗、倪培耕等人主编,50多位多学科专家学者撰稿,由春风文艺出版社于1993年推出的《世界诗学大辞典》,就是很好的尝试例证。

该辞典以近180万字的篇幅,将中国、欧美、印度、日本、阿拉伯以及非洲地区等不同文化体系的文论,按照核心概念、重要范畴、重要批评术语、理论立派、名家和专著六大类分类编撰,精炼阐释,并列汇聚,熔为一炉,集为一典。这样,西方诗学中的各种主义概念,中国诗学中的各家品评境界，日本诗学的俳论狂言，印度诗学的味论韵论，阿拉伯诗学的批评八型等等，几乎是第一次如此较为全面地，以相同格局座次，平等地被置放于同一对话的著述平台之上。读者一典在手，开卷即可见到不同文化、不同民族诗学理论、观点、话语符号之间的并置呈现，一时众声喧哗，各抒己见，各有所长，和而不同，却尽显多元文化中各自诗学的多元之美。这样的著述，尽管不见跨文化诗学问题的直接比较和探讨，但却能够营造出浓厚的诗学对话气氛和鲜活的理论语境，它的意义不仅是为专业的中西比较诗学研究创造和积累了扎实的资料和概念基础，同时也为整个文艺创作和批评界提供了一套跨越文化地域的、相互之间充满文化异质性的批评话语参考体制。其意义比专业性的比较研究更加广泛和具备批评运用的实践性。

尤其值得注意的是钱钟书的诗学著述方式。近年来有相当一些学者，包括一些以钱钟书的著述和学术思想为学位论文，并以此为基础撰述出版的专著和论文，在理性梳理和系统总结钱氏的中西诗学研究成就方面做了相当有意义、有价值的工作。不过，人们似乎还未曾从营造跨文化诗学对话的言谈和著述语境方面，去深究钱钟书的诗学写作和理论叙事方式的特殊价值意义。

实际上，无论是20世纪40年代旧瓶装新酒地以传统诗话形式写成的《谈艺录》，还是七八十年代干脆以读书札记写作的《管锥编》，都不是按照西方著述的三段论式逻辑、结构和理论叙述方式去完成的论著，更不是写出来仅供专业的比较诗学研究者参考的著作，而是以中国式的话语结构方式去营造出来的、谈艺说文的、文本化的跨文化对话性沙龙，或者说是一种多元文化的文艺论坛。作者以一人之力，运用其天分的识见、广博深邃的学识和多学科、多语种的知识，调动中、英、德、法、西等不同文化、不同语种的数以千计的著述和跨越多门学科的理论言谈，调动那些古今中外的学人大师，看似缺席而实际在场地参加到这样一场持续性的理论对话中来，作者本人却类似那个羽扇纶巾的诸葛孔明,以所谓在场式的缺席方式,纵横捭阖,指挥若定,发现话题,营造氛围,使对话得以不断继续下去,使外来的理论话语在对话中形状自现,使其优长和不足在交流中互识互见,也使中国诗学的理论创建和特色在对话中得到现代学理的肯定和发挥。应该说,这是一种非常具有本土文化特色,同时又具有跨文化创意的新的诗学言说模式。那些深受西方现代学科逻辑影响,讲求问题意识和现代逻辑三段论写作的学人,可能会批评钱钟书的著述是一味地掉书袋;而强调多做个人化、主题化价值判断的学人,则可能会批评钱钟书的著述中什么都有,惟独没有他自己。然而,如果我们真正理解作者的用意和苦心,就会发现,在中西跨文化学术对话的路途中,无意间营造出一片生动持续的理论对话氛围,在不知不觉中使中国的理论传统与外来理论,尤其是西方话语打成一片,成为活生生的有机存在,比起针对某一概念或者范畴的专门研讨和推理论证,显然在知识、语言、学识和创意方面都要困难得多,也高明得多。

我们甚至也许可以这样说,如果通过不懈的努力,让尽可能多的中国、东方以及整个非西方的理论和诗学话语,更多地出现在具有国际性对话特点的著述、辞典、百科全书和教科书中,其真正的学术实践价值意义,也许比某些极其专业化的专题研究论著的影响恐怕还要更加广泛和深入的多。

第二节　在持续读解中走进对方

本节提要:

精确定义与术语共鸣;中西诗学在思维逻辑习惯、文化习性和语言表述方面的读解差异;寻找突破之路,他者的启示;宇文所安的基本读解策略;混合型参照的读解模式;文本重构:讲述一个关于文论的人的"故事";《典论·论文》和曹丕的范例。

改变西方文论一家独大的局面,让更多中国和非西方的文论话语走上现代学术对话的平台,营造出一片杂语共生、众声喧哗的话语环境,无疑是十分重要的基础工作,但是,既然是"对话",最终必然还是要面临话语之间的交流问题。如何设法去认识、读解对方,走进对方的话语世界,无疑是摆在中西诗学学界面前的又一重大课题,也是中西诗学对话能够深入开展的十分重要的步骤。围绕着如何走进对方的命题,我们在诗学理论译介的方法途径和读解策略方面,需要不断地探索实践和总结前行。

具有一般比较文学理论知识的学人都知道,在中国和西方文论之间,由于历史性的生成传统、思维惯性和文化、语言诸方面的不同,它们之间在推理习性、理解语境、言说和书写传统诸方面的差异都是有目共睹的。如何看待这些个差异并且寻找读解进入对方的理想途径,在以下的讨论中,作者将根据美国哈佛大学东亚系与比较文学系教授宇文所安(Stephen Owen)的学术见解[①],再略加梳理发挥,力图使读者直观地来认识理解其间的某些重要的差异及其关联性。

首先,同时也是十分重要的一点就是,在西方话语传统中始终存在着"对精确定义的渴望"和"术语的共鸣"这样两个方面的理解认识原则和方向。前者强调概念和范畴之类的定义式的精确稳定表述,后者则认可在不同概念群体组合和结构框架条件下的理解差异。

而中国的话语传统中一般只重视"术语的共鸣"这一要素,不甚注意定义的精确。这就给人一种感觉,仿佛中国的概念系统比起西方来是比较模糊的或者说甚至是含混的。有不少研究者甚至以明晰和模糊之间的对立关系来作为区别性研究中西诗学的出发点。其实问题并非如此简单,在很多情形下,中国的多数概念所存在的读解问题,其实只是脱离系统和语境之后,处于某种孤立状态下的意义游离

[①] 参见宇文所安(Stephen Owen)所著《中国文论选读》(Readings in Chinese Literary Thought)"导论"(introduction)部分,Cambridge:Harvard University Press,1992年。

第五章 中西诗学对话的入思途径

和理解困难。而一旦将其置入自身文化的概念系统和言谈语境,其意义也就会变得相当的明确起来。而且,生于和成长于这种文化传统中,但凡受过良好教育的中国学者都能很好地理解这些概念范畴的其中之意。因此,这种不确定性与其说是中国文论的缺点,倒不如说是它的一种文化和传统的重要特点。

其次,中西概念术语之间存在的读解和互译的困难,更多的乃是因为它们的历史悠久,内容丰富,并且在不断生成发展的过程中,又有各种时代和人群的无数视域和认知加入进来,各时代和各人群各自都拥有一套宏大深远的学术文化背景,而每一套术语又都有自己独特的文化场域,因此,如果不具备关于这些学术历史的知识和场域的系统深入的了解,仅仅是依据孤立的文本,是不可能真正读懂其间包含的意义的。其难度,即使是对缺少修养和训练的国人都是如此,能够真正读懂和理解的也不多,更何况置身于非中国文化中的外国人,当然就更是有丈二和尚摸不清头脑的感觉了。更何况中国传统学科文本的表述、叙写和论证方式和结构等,同样也独具自己的文化特征,譬如,以人的身体结构和状态作为修辞表意形式的"人化批评";以简洁的比喻,尤其是隐喻、禅说、象征、意象、反讽等为传意方式特点的"评点式批评"等等,大都不是注重环环相扣的缜密逻辑的西方读者所轻易就能够读懂和真正理解的。

由此来考察中国诗学,立刻就能够意识到,尽管它在"何为文学?"、"文学何为?"一类关于文学的起源、本质、功用、形式等方面的问题意识和历史思维过程中,与西方相比,曾经有着许多类似的发展阶段和话题方向,但是,在其认识路径、表述形式和接受理解的方式等方面,却有着很大的差异。如果要想真正走进对方的世界,显然必须突破一系列厚重的语言、话语、意识和理解的障碍。正是上述这些思维性、文化性和语言性的问题,给诗学之间的跨文化读解带来很大的困难。

在宇文所安看来,中国诗学的概念、范畴、文类和话语修辞习惯等,之所以难以为西方读者所理解,不仅仅在于其看似显得模糊含混的,或者说体验性的言说表达方式,更在于西方读者对能够产生所谓"术语共鸣"的学科历史和相关知识系统缺乏了解,对于所谓作为"能指"的中国文论术语"文本"所指向和表达的意义"所指"不熟悉。这里,这个"所指"即是这种文化及其意指的全部意义对象物,因此,非中国文化的读者一般很难领会这种理论所依仗的思维结构及其特定的产物,即所谓概念的真正诗学含义。而要真正了解对方,除了不断地学习和交流之外,看来还是有必要在认识和读解方面采取一定的策略,以图想方设法走进对方。

我们在述及中西比较诗学历史的时候曾经介绍过,在宇文所安之前差不多20年,也就是中西比较诗学学科化发展的初期,刘若愚为着向国际学术界指出中国诗学的内在世界价值,在他的《中国文学理论》一书中,曾经率先尝试过一种新的方式,即是用西方人比较能够理解的理论结构和话语形式,去对西方世界谈论中国的文论问题,取得了相当的成功,在西方中国学界产生了很大的影响。以我们今天的眼光去看,刘氏的策略基本上还是以西方理论模式作为框架,然后把中国的诗学按照西方理论模式加以拆解,再分门别类地把它们装进这样一个个西方式的"筐"里去。譬如将中国诗学分为"形而上学理论"、"决定理论"、"表现理论"、"技巧理论"、"审美理论"、"实用的理论"等等,由此形成一套清晰的理论结构体系。碰到实在装不进去的,就只好有意无意地加以放弃了。只有天晓得,也许那装不进去的,恰恰正是中国诗学最有个性的方面也是很难说呀。

这样做的结果是,中国诗学的体制在西方读者的心目中倒是比较清楚了,而且确定无疑地被"看见"了,被"认识"了。但是,这样的中国诗学却已经在话语的本质和结构形式诸方面都被"西化"了,并且由于改造和丢弃,加上系统的误读,更使其失去了中国诗学的许多本来面目和特点。于是,在推进理解性对话深入的同时,也失去了许多本来不该失去的东西。也正是鉴于此,叶维廉才在此后提出两个文化和理论的模子同时平等使用,作寻根式探讨,寻找跨文化共相和某些规律的思路。

两个华裔汉学家的做法有所不同,但却都是"分析性"、"研究性"的思路,都是企图借助西方的或者说现代的范式为工具,把中国传统诗学推向"世界"的努力的重要尝试。

说起来,似乎倒是宇文所安这样的后起西洋汉学家的努力有所不同,读过他的文字的人大都会有所感觉,那就是他的研究和写作甚至有些个"中国化"的解经注经味道。在写作中,他特别强调对中国文论要"知人论世",对文本和作者都要有"同情之理解"。在他看来,关注作品,无论是文学作品,还是文论著述,首先最需要关注的是与此相关的作者或者其他人的内心。一个作品真正的伟大,就在于读者能够透过作品,去体察人性,追问存在的意义。

正是基于这样的思路,宇文所安尝试着采用了一些新的写作策略。如果要加以总结的话,我们不妨称之为一种在深入反复的读解中走进对方的思路。这种策略在其包括《中国文学思想读本》、《诺顿中国古典文学选集》、《追忆——中国古典文学中的往事再现》、《瓠落的文学史》和《过去的终结》等著述中,都已经有了不同程度的体现。

首先,在翻译著述的形式结构上,他在前人的基础上,尝试采用一种看似繁复重叠而且老套,但却是颇有深意的著述编撰方式。例如在《中国文学思想读本》这本书中,在以一个西方汉学家的眼光选定了相关的篇章以后,他有选择性地分章、分段,甚至分节地把中国古代文论的"古典原文"、"英语译文"、"阐释性注解"、"重要术语汇编"有机地并在一起,形成一种特殊的编排和读解体例。如果用比较诗学的研究范式去总结,就可以称之为所谓"中国原典"、"越界翻译"、"跨文化阐释"和"语际术语平台"的混合型中外古今对话模式。这种言说模式既保持了对中国文论原典的尊重,又突出了跨语际的现代读解;既体现了研究者个人视域与原典视域融合的现代理解形态,又以一个开放式的罗列陈述结构,为后来的读者视域留下更多的读解展开空间。

于是,作为该书的西方读者便获得了一种读解自由,他们可以在重复跨界的多层次阅读思考中,出入于同一文本的中外古今视域,在各种文本营造的具体语境中逐渐获得关于中国文论话语的语感,也逐渐地去走近文本,走进中国诗学的世界中去。

其次,"视其所以,观其所由",试图讲出一个关于文论的故事。

在宇文所安看来,所谓文学史,很难说有什么极其可靠的源头和不变的文本阐释。理解文本就意味着重构文本,正是在这样不断的阐释重构的历史过程中,形成了我们今天称之为经典和文学史的东西。而这也就意味着,不同的人,读解的策略和方法可以有所不同,但都是出于自我视域的阐释和重构。这其实并非他的发明,而是现代阐释学的一般原则。宇文所安的不同,只是在于他所选择的阐释和重构的角度和策略。一段时期以来,他一直在试图通过对中国文论文本的重组和再阐释,去讲述一个个关于中国诗学及其作者的精神历程故事,并借此构建出他心目中的以人为中心的活的中国古代文艺思想史。

他在《中国文论选读》的"导论"中就明确地提到了他的言谈和写作策略,那就是"tell a story of literary thoughts through texts"[①]。即是通过逐字逐句地对文论文本的体贴性细读,以营造出特定的语境,以某一有迹可寻的时间为线索,通过对文论术语和命题的不断重复叙述和阐释,使读者能对特定的诗学文本和作者达到相对同情的体认,并在其中逐渐领会到一个关于中国文论和它的作者精神史意义上的生动故事。

诚然,讲故事少不了各种情节,而如何通过对中国诗学文本的选择、读解、重组和阐释性梳理,去讲出一个有关作者和他的诗学思想

---

① Stephen Owen: *Readings in Chinese Literary Thought*, Cambridge: Harvard University Press, 1992, p. 13.

的完整的故事,或者说,至少是一个具备主要情节的故事梗概(one possible synopsis of a main plot)便成为作者宇文所安的主要研究方向和写作策略。

他的具体的做法是,除非是别无选择,否则,一定尽量选择有明确作者的文本,这样可以将文本与作者联系起来;再就是要找那种具有较大挑选性和重组可能的文本,以便根据需要加以选择和发挥,他于是尤其不愿意按照中国本土文论的正统价值判断和权威经典体系来决定取舍。譬如《文心雕龙》,他所选择的内容比例就远少于国内的选本,而且他对诗学文本的选择重点也与传统的方式不太相同。一些历来不入正统的通俗诗学著述,譬如周弼的《三体诗》,在他那里却就有专章的分析读解。

而同样,对一个文本的理解,他也要求必须尽可能回到文本自身去,由当下的读者自己去独立体会思考。尤其是作为一个出自非本土文化的"他者",其阅读的视角和理解的方向,更应该给予其充分敞开的自由,非如此,就难于超越传统的视野去发掘新的意蕴和实现跨文化的现代性读解。而关注"人",设法走进人的内心,并且通过对于诗学阐释过程中"人"的激活,走进中国诗学的人性基底,催化中国古典诗学内在生命力的现代释放,这恐怕正是宇文所安极富于个性化的跨文化诗学研究策略。

这里,我们不妨略为深入地介绍一下他在《中国文论选读》中对于曹丕《典论·论文》的读解,看看他是如何来讲述一个关于中国三国时代帝王的文论"故事"的。

众所周知,《典论》为三国时魏文帝曹丕所著,写作时间是在他做太子的后期,也即是建安晚期。当时著名的建安七子大都已经亡故。全书原来共有20篇,所涉较广,据说并不仅仅限于文论。但是主要部分大约在宋代就亡佚了,仅剩下一篇《自叙》和这篇《论文》,特别是由于梁代萧统的《文选》的收录而得以保存流传下来。作为几乎是中国最早的专门论述文学的著述,《典论·论文》相当专业化地讨论了不少文论问题。譬如有关作家的个性,也就是所谓"气"对文学创作的影响关系,作家的才情与文体特征之间的关系,文坛对文学批评应该有的正确态度等等。尤其重要的是,作者几乎是破天荒地肯定了文学的独立价值,反映出中国文学发展过程中时代的变迁和里程碑式的进展,从而具有了某种开创性的意义。

毕竟此前的所谓中国文学,从《诗经》传统以来,就曾经长期与经学纠缠在一起,承载着过重的社会功能和道德义务,甚至可以说是作为经学的一部分而缺乏自己独立的意志。只是到了汉代晚期,关于文学本质的讨论才渐渐有所增强,要求文学与经学决裂的呼声开始逐渐响起,文学对于人性的关怀日渐成为诗人作家的追问主题,所谓"文学的自觉"的时代端倪开始露头。我们也许可以说,宇文所安正是抓住了这一关于人的主题,几乎就是把《论文》作为一篇可读性很强的文学作品来加以分析阐释的。在他看来,《论文》就是一种"literary thought as literature"。他的研究主要以曹丕的思想感情和价值体验为串联线索,加以自己的阐释性事件勾连,从而把全文整合为一个整体,赋予文本以有机的生命,让读者通过这样一篇专业性的诗学论文,却从中读出了身为太子同时又是诗人曹丕的政治危机感、心理变迁和全部的精神活动史。

宇文所安主要是从考察《论文》的文气和语气变迁出发,以叙述论述逻辑的中断和悖论作为线索,借此去窥见曹丕的心理演变。

文章起始,作为太子和未来的帝王,曹丕是以一个居高临下的政治和文化裁判者面目出现的。下笔伊始,他就郑重地提出了一个自从有写作以来就普遍存在的问题,"文人相轻,自古而然"。这与其说是在论文,不如说是在论人;与其说是文体论,不如说是作者论,是企图通过人的品性而评价其文,又以其文而论其人。

接下来,他把文人是否有自知之明,也就是所谓"自见"和"不自见"作为对立的衡量尺度,作为其由人论文的基本标准。由此出发,曹丕论及了围绕"七子"诸人的知识性情长短,文章的本同末异,甚至

第五章　中西诗学对话的入思途径

讨论了不同文体的不同特点和写作要求。于是他发现，一般的个人再聪明也总是存在相应的局限性，达不到所谓"通才"的地步，而"唯通才能备其体"。在曹丕看来，"七子"均各有短长，人人都存在片面和局限，大家都"善于自见"，各个都"谓己为贤"，相互轻看，于是都难以达到通才和圣贤的高度。

这里问题的关键在于，标准应该由谁来制定？谁有资格这么对名动一时的"七子"加以评头论足？谁是这个权威的裁判人？文章前半部分给人的感觉，这个人自然就是曹丕本人了。然而，曹丕自己是所谓样样备善的"通才"吗？恐怕他自己也不敢这样说。除了"七子"，还有他的父亲曹操和弟弟曹植的文章在，论文章的才气和成就恐怕都在他之上，于是剩下的只是他作为太子和后备君王的政治话语权威了，或者说是权力话语，他似乎也只能去借此建立起个人在文坛的全知全能和权威裁决者的地位。

一般讲，君王作为裁判性话语的建立者和权威解释者，在中国传统社会的国家社会政治伦理范围，自然是毋庸置疑，也不准许置疑的。天子圣明无比，属下臣民除了诚惶诚恐地听命，似乎也没有别的选择。但是，说到文学恐怕就是另外一回事了，尤其是到了这样一个文人和文学的自主性开始逐渐加强的时代，君王对于文学的控制力和权威解释权还那么有把握和自信吗？比如曹丕本人，他自己毕竟也是文人，而且还是一个相当有成就的文人。于是，在文章后半部分，开始谈文气关系的时候语气便出现了转折，作者的心理危机开始出现，并形成一系列话语上的矛盾论述。

在论文当中，曹丕曾明确批评两种为文的态度：一是"贵远贱近"，二曰"向声背实"。即指当时的作家一味求古征圣，厚古薄今，求虚名而不看真才实学的毛病。但到了文章的最后部分，我们却看到，曹丕竟然迅速地掉进了自设的陷阱，去极力称赞古代作者的品性和文章，诸如"西伯幽而演《易》"、"周旦显而制《礼》"等，并且以此为典范来批评今之文人，只知"遂营目前之务，而遗千载之功"。同样是一个曹丕,同样是古今比较,但却是刚好自相矛盾,价值判断颠倒了一个个儿。他的心里究竟在想些什么?

一如前文在谈到文气关系的时候,曹丕曾极为肯定地说:"气之清浊有体,不可力强而致。"也就是说,文章的清浊刚柔等风格的形成,是由作家的气质、才情和个性诸方面的整体环境所决定的,很难通过后来的人为努力去达到和改变。但末了一段里他却又慨叹今日"人多不强力",总是为环境所制约,随波逐流,不去下工夫与环境搏斗,努力坚持自己的写作理念,结果痛失以文章建功立业、流芳千古的机会。这不禁让人感觉曹丕有些个"反复无常",何以总是这样自相矛盾。

其实,正是从这些自相矛盾的叙述裂隙和逻辑悖反中,挤开和解构了文章作为文坛权威话语的意义,我们从中即刻窥见了曹丕写作情绪的微妙变迁以及他的身份矛盾和存在恐慌。这里仿佛是有两个曹丕:一个是信心十足,作为政治领袖和全知全能裁判的曹丕;另一个则是犹豫不定,对能不能以文字流传后世,实现生命不朽感到恐慌的曹丕。前一个曹丕是置身事外的政治家,站在文坛圈子之外,居高临下,激扬文字,指点文坛,俨然一个文章"通才"、文坛法官和不朽者的样子。而另一个曹丕却依旧是文人,是建安诸子中的一员,始终念念不忘要实现以文章为"经国之大业,不朽之盛事"的目标。但是,由于气之清浊,才情大小,文之成败,确实也是由不得人的,所谓"虽在父兄,不能以移子弟"。抬头看看现实的文坛,上有父亲著述的巨大阴影,下有弟弟七步成诗的天分才情,周围有"七子"及其诸文人才士的历史影响,谁又敢保证曹丕他自己在未来的历史中能有一席之地呢?

更何况庄子借助轮扁的故事早已经断言,所谓那些流传下来的文本著述,不过是古人精神的糟粕;而桓谭在《新论》中也强调,一个人所理解的东西是不能血统传承的,无论是以父传子或以兄传弟,更不必说其他的人群了。成就和努力的高下,以文字流芳百世的虚无,

第五章　中西诗学对话的入思途径

这些都使曹丕陷入了深深的焦虑。转眼间,父亲驾鹤西归,"七子"相继去世,除了徐干留下一本《中论》外,谁都没有能留下自己足以傲世的著作,不朽又在哪里呢?

环顾历史,建安、正始以往,长期社会动荡,战乱频仍,民不聊生,"白骨露于野,千里无鸡鸣;生民百遗一,念之断人肠。"①生命无常的感受和死亡的巨大阴影覆盖在所有人的头上,"对酒当歌,人生几何;譬如朝露,去日苦多。"②对于生死的恐惧和追问,以及对于生命价值和意义的幻想和思考,成为那个漫长时代的哲学思索和诗学想像的重要命题。曹丕自然也不例外。因此,尽管有那么深重的怀疑和担忧,有着对自己文字的疑虑和生命价值的不安,可除了"立言",他还是找不到别的存在选择,于是,仍旧只能寄希望于著述,寄希望于"立言"。这就有了他的《典论·论文》。而也就是这篇仅存的文字著述,确实让曹丕不朽到了今天。

这样,从政治家走向文人,从信心百倍的全知批评家,变成忧虑不已的文章作者,从圈外的裁判者走进文坛成为惴惴不安的一员,曹丕放弃了政治上的权威和骄傲,显示出其作为人,尤其是文人的一面,艰难地趟过了他从政治家到文学家的曲折的精神心路历程。"文学的自觉",对于这样一个时代的作家而言,不再是一种一无波折的、平顺的文学认识转向,而是一个与社会变迁和生命追问血肉相连的精神探索史。这也由此奠定了《典论·论文》和曹丕本人在文学史上的地位。正如宇文所安在评注的最后说到的:"《论文》的伟大正在于王室的权威语气被在文学的力量中找到的绝望中的希望所代替的方式上。"(The greatness of *A Discourse on Literature* lies precisely in the Way that princely and magistral voice is driven by its reflections

---

① 曹操:《蒿里行》。
② 曹操:《短歌行》。

into a desperate hope in the power of literature.)①

《论文》全文不过千言，可是，宇文所安却通过文本和他的理解性阐释，为其灌注了活泼的生命，的的确确是道出了一个关于文学与生命不朽的所谓故事。毫无疑问，这是通过一个文化他者的眼光读出来的故事，是由一个睿智的西方诗学炼金术士创造性地还原出来的古代诗学灵魂。其实，通过知人论世式的文本重组和细读，极富文学性地把历史叙述和语境再现结合起来，让读者走进活生生的中国文学和诗学语境中去，一直是宇文所安所常用的叙述策略。在诸如《初唐诗》、《盛唐诗》、《追忆——中国古典文学中的往事再现》，以及近年在中国出版的自选集《它山的石头记》和众多论文中，都可以见出这种理论叙事风格。当然，这里必须强调，这无疑依旧是来自于异质文化的他者阅读，是众多读解之一种。但是，如果试图从中国诗学通常的阐释方式观之，那么，自孟子以来的所谓"知人论世"、"以意逆志"的读解传统，在从人和生命追问的立场去认识和建构人与文学的关联方面，在使文学，甚至文论不再是枯燥的"文本"，而是富于血肉的生命存在方面，这样的阐释不是也颇具现代诗学阐释学的翻新意义吗？中国诗学阐释传统如何与世界诗学实现视觉的融合，如何走向现代性实践，不也是很有启发性意义吗？

有的学人曾经批评过宇文所安研究中的所谓"诗学人格化"倾向，然而，我们不妨想一想，一直以来，我们对各类文学作品和文学现象是如何去"分析"和"切割"的？我们的手法和态度就一定是属于所谓关于文学的理想的"研究"方式吗？看看我们某些近于木乃伊解剖的文学理论和文学史著述，难道这种来自他者的读解，对于我们重新来反思自己的批评传统，就没有一点参照价值？

平心而论，无论文学作品或者文论作品，它们其实都是作者心血

---

① Stephen Owen: *Readings in Chinese Literary Thought*, Cambridge: Harvard University Press, 1992, p.71.

和生命的结晶。所谓纸面的文字"文本"只是它的符号性"能指"的储存方式,只有被历代的读者去阅读激活,还它以活泼的生命,它才能真正具有意义,甚至说是"不朽"的意义。作品能够流传,能够"不朽",就在于这种可以被不断阐释激活的生命力量。一个来自文化他者的阅读,可能主观,可能偏颇,甚至可能变形,但是,如果他让作品的意义活了起来,甚至让我们走进了一片有作者的生命在其间流动的文学世界,不也是一件极好的事情吗?既然作品"活了",而且它的生命力由于新的异质文化能量的输入,正在向更远的地域和人群不断延续,我们就没有理由拒绝它的阐释性进入。

第三节 寻找共同话题

本节提要:

学科的普遍问题意识和共同话题;共同话题的可能展开层面:关于文学本质的形而上追问;关于文学意义生产的关系追问;基本术语范畴的比较研究;语言性主题的比较分析;审美性的主题研究等等;诗学中言意关系话题的比较研究示例。

一旦置身于这样一种多元并存、众声喧哗的理论语境中,并且能够在充分理解对方传统和立场的基础上,贴近和走进对方的理论话语氛围,那么,真正意义上的交流对话就必然成为顺理成章的题中之意。

然而,既然是对话,就不仅需要适当的氛围,更需要大家都认可的共同话题。哪怕对话的各方之间在话语体制特征方面具有不同于其他文化的理论个性和表述符号差异,只要有共同的话题,总是能想方设法地找到理解的契合面和意义交流通道的。

但是如果没有共同话题,无论你说得有多么的精彩和有深度,无论你的自我感觉是多么的良好,要么是说给自己听的自说自话,要么就是一场只有仪式而没有实质性交流的聋子对话。如同我们今天常常见到的许多所谓"国际会议"一样,由东道主出于自己的文化和学术目标设定一个话题,一大批本国学人坐在那里,用自己的话语兴致勃勃地谈论一个想像性的普遍国际话题,其实它们或者是一个纯粹本土性的个案,或者至多有点地区性效应而已。而寥寥几个前来参加会议的所谓外国学人,作为点缀,其研究和发言都往往与这一所谓主题没有多大关系,这样的缺乏共同话题的所谓"国际"会议,我看还是少开甚至不开为好。

事实上,基于文化和学术发展的学科史实证明,在同样的学科当中和类似的学科之间,共同的学科问题意识,正是这些学科得以获得跨越民族和文化地域的世界性发展的根本前提,同时也是学科得以成立的价值内核。自然科学是这样,社会科学是这样,人文科学也是如此,一般文学及其理论的研究也不例外。关键在于如何去发现和认识这些共同的学科问题意识和言说主题。

正因为如此,作为跨文化的文学工作者,我们必须学会如何在差异性后面去发现所谓"共相",在符号和话语表述体制差异的后面去发现共同的问题。

在中西文学和诗学关系研究的进程中,如同讨论诸如欧洲批判现实主义对于中国现代文学的影响这样的宽泛命题一样,如果只是满足于去发掘和证明中国诗歌和文字如何影响了庞德及其意象派,或者寒山和拾得如何成了现代垮掉的一代的偶像的"事实"和"关系"追问,那么,中西诗学关系研究就很难上升为"主体话语",也难以在国际学术论争中走进关于学科理论普遍性的会谈正殿,成为主流论争的主体,而只能像有些学者所辛酸地描述的那样,被安排在阁楼和走廊尽头的小会议室里作小范围交流。

在 21 世纪的今天,为着提升和深化中国本土比较诗学的研究水准,以中国文化和诗学的历史实绩作为资源,积极参与到具有当代世界普遍性的学术课题和共同话题的寻求和具体深入研究中去,应该

第五章 中西诗学对话的入思途径

有理由成为当下和未来比较诗学学科发展的重要深入方向。

总结前人的研究和我们当下普遍存在的问题意识,这种共同话题的寻求至少可以从下列层面去尝试展开:

一个层面是从理论的形而上抽象研究层面寻找话题,也就是通常所谓从本质论的意义上去讨论"什么是诗?""何为文学?"或者说"文学的本质是什么?"之类的基本问题。

无论是东方、西方,无论是来自于任何民族和任何文化传统,只要有文学存在,有文论的历史存在,他们就必然要面对和试着要回答这样的问题。

在西方,从古代的代神立言、神赐迷狂、宇宙理念的模仿,到19世纪浪漫主义所强调的,诗不过是强烈的情感自然流露,再到20世纪现代主义,如意象派、黑山派诗人的"主观心境透射"等等,都是属于这类对于文学本质的不断追问立场。

至于中国,自古以来,无论是谈论"文"还是"诗"的本质,总是和那个无所不在的"道"联系在一起。"道"是何物?作者如何去认识"道"?又如何在作品中体现"道"?以及"文—道—人"之间纠缠不清的关系,往往就构成中国传统诗学在关注诗和文学本质问题时的核心范畴。

《文心雕龙》首章就是《原道》。所谓"道沿圣而垂文,圣因文而明道"。① 在刘勰看来,文是什么?文就是宇宙之道、自然之道与人文之道等等,再经由圣人(特定作者)之心融合之后的语言文字显现物。因此,诗的本质就是艺术地凸现道的本质精神。而中国诗学精神所追求的最高境界,则是达到物我合一,主客合一,天人合一,齐物道同的美学意境。其他如儒家的道德伦理诗学观念,佛教的"以心为本",所谓世间万物不过是"心"的表现而已,而文学的意义所在,自然是关注如何去拟写"心"及其幻化的世界等等,也都属于同样的探索方向。

---

① 刘勰:《文心雕龙·原道》。

至于世界其他民族和特定地域文化传统,无疑也有着他们自己关于文学本质的见解。于是,假定以"文学的本质"作为共同话题,不同文化的诗学传统一起来对话讨论,其关于这一命题的认识,肯定会超越局限于单一文化传统的理解,从而深化人类对于文学本质的认识。

另外一个层面,则是从有关文学意义产生的相关环节和关系去寻找共同话题,探讨文学的意义生成方式和阐释模式。

因为任何文学文本和意义的产生都离不开这样几个方面的要素,那就是"世界(宇宙)"、"作者"、"作品(文本)"、"读者(批评家)"。同时也离不开由此而建立起的一系列相关的互动关系,这些关系主要是由所谓"作者与世界"、"作者与作品"、"读者与作品"、"读者与作者"和"读者与世界"等作为基本的关系结构。任何一种传统的文学和诗学,可能都不得不从这些要素和关系出发,去追问和探讨文学的意义生成方式和阐释的可能模式。

不同的诗学传统关注的重心也许有所不同,但是,这些基本的关系结构却是始终存在于所有传统的文学创造和读解过程中,只是表现的方式和轻重不尽相同而已。而在今天,这种关系结构体系已经成为我们从认识论的层面去阐释文学问题的基本范式和思路。

再一个层面,即是从上述理解和认识结构体制出发,进一步把不同诗学传统之间,尽管术语、概念、范畴和言说修辞方式的符号和意义空间不同,但却可以把它们所关注的这些术语、概念、范畴和言说修辞方式以及其他文学要素和认识关系相近的话语元素,有选择地置于同一个诗学话题和对话的场域中,去展开参照式的比较、区分和互释互证,即所谓术语范畴的跨文化比较。以期经由这样的对话性认识手段,去发现和深化对于自身诗学传统的特征认识,并且以自己的诗学个性和传统作为有效资源,积极地参与到现代世界新的诗学建构中去。

另外,文学作为语言性的艺术,对于与文学相关的"语言"和"言语"的研究,也是自有文学的历史以来文学研究的重要部类。尤其是近代以来,在经历了 20 世纪所谓"语言学转向"以后,对于文学研究中语言问题的重视,被提升到了文学的语言性存在和意义发生学研究的高度,并由此去关注语言与文学之间的意义关系的重要地位。基于此,从不同的语言类型和话语体制出发,尤其是从中西方语言的文化和结构差异出发,对话性地去追问它们与文学的意义关联,清理和发掘其间的意义深度和诗学个性,有可能成为现代中西诗学对话最为重要的话题。

还可以继续寻找更多的共同话题层面。譬如关于文学体验的过程模式探讨,关于文学文本的意义分层模型,关于文学批评的方法论特征和范式比较等等。研究者只要不断走进这一学科的对话场域,以跨文化的问题意识去努力叩问,共同的话题就会不断迎面涌来。

关于这样一些寻找共同话题的相关层面及其在深化比较诗学研究方面的意义,在第七章讨论比较诗学的深度研究模式时还将进一步展开。这里,我们仅以"作者与世界的意义关系"为关系平台,以文学创造和读解都必将面临的"语言与意义的困扰"作为共同话题,举例尝试深入追问一下,传统中国与西方诗学是如何来理解和认识这种所谓"言意关系"的。

有关文学创作和研究的经验告诉我们,在作者与外部世界的种种关系方式中,语言和意义的关系居于至关重要的地位。毕竟,作者对于外部世界的任何"观、感、思、构",最终都要以语言来呈现,或者是以语言的物化方式,即文字来呈现。而语言本身,它既是作为人的存在形式之一,又是作为意义的呈现媒介,其在文学中的表达潜能和表达局限,便不断成为追问的主题和对象,并且基本上是以诗学中的"言意关系"这一命题,将种种矛盾关系及其问题给凸现了出来。无论中外古今,言意关系问题都始终是一个被不断探索和言述的理论话题和重要诗学范畴。其实,语言与意义的困扰并不仅仅是文学的困扰,一直以来,它始终就是人类文化最基本的难题之一。

自文明逐渐形成，言意矛盾就像幽灵似的不断纠缠着历代智者或者是诗人的心智，并留下种种思索和疑问。包括20世纪以来，西方人文学科对言意关系刨根问底的反省、当代文化理论所谓的"语言转向"（Linguistic Turn）等在内，以历史的眼光看去，充其量也只是新语境中的又一次旧曲新唱。在阅读中你总是能发现，诸如老庄的玄想、苏格拉底的思辨、魏晋"言意之辨"、巴别塔人类失语的神话等等，至今仍是中外理论家们思考的起点和灵感源泉。

　　命题似乎是永恒和共同的。但不同的知识领域自有不同的研究取向、方法路径和价值预期。譬如哲学追问言意关系，突出关注的是人类依赖语言对外部世界和人自身的认识，即如何由"知"而"识"的问题。而文学面对这一范畴，则往往更加关心怎样运用语言去呈现人对自然、社会和人生的倾听和诗意理解，即如何由"悟"而"显"的问题。尽管这二者之间有着千丝万缕的联系，但由于取向不同，必然就会导致认识的分野，若把不同层面上的探讨混为一谈，追求一次性解决，反而有可能引起混乱和人为地将问题复杂化。例如在某些哲学理论看来，语言不是囚牢便是家园，或者说既是囚牢又是家园，所以认定语言之外无意义。而在中国传统诗学眼中，言意之间的对立统一关系，与其说是一种认识和表达障碍，倒不如说是一块充满弹性的诗意空间、一片美学创造的沃土，是意境的无限疆域。在一定意义上，文学正是通过对言意成规的克服和言意矛盾的利用去实现自身的创新和发展。所以中国诗学尤其注重言象意的圆融，并屡屡强调言外之意的寻求。显然，思想史和文学史都承认言意关系是一个由过去追问至今日，并且必将继续延伸至未来的跨时代命题，需要不同知识领域的持续努力去将研究引向深入。

　　基于这样一种分析和理解，诗学或者说文艺理论对言意之争的探讨，就应该有理由走出一般哲学"言意之辨"的樊篱，尝试拓展一条新的路子。即尝试从文学漫长的言意实践中，从戴着镣铐的创造性舞蹈中，去追问和寻找言意关系特定的美学和人类精神价值。

第五章　中西诗学对话的入思途径

特别是中西比较诗学的方法原则的确立,正好给这类探索提供了一个跨文化的对话场所,为将这种讨论引向深化开启了某种可能。尤其值得注意的是,当代西方文艺理论早已将言意命题视为诗学的核心范畴且突出了研究的深度和力度[①]。而中国诗学历史上一些重大的言意论争,也曾深刻影响了传统中国诗学的走向。其相当有价值的成果正有待整理和形态转化,使之成为世界性诗学言意论争的一个有力声部。如果这种探讨在诗学研究的实践中能够有所启发的话,那么从当代比较诗学的角度出发,在中西古今诗学的对话中去考察言意之间的恩恩怨怨,就不仅是一种思路的开启,同时也有利于中国传统诗学的再认识及在世界文化语境中的重新定位。

在人类文明史上,语言的出现无疑是一件惊天动地的大事。作为所谓通向智慧、"通向权威之路"[②],语言为混沌凿窍,使人兽区分,从而成为文明的最显著标志。

但当人类被语言引导走出蛮荒,在享受语言便利的同时,由于语言使用的局限和言意关系的悖论处境,便又开始质疑语言的价值。在中国,有所谓仓颉造字"天雨粟,鬼夜哭"的传说;而在希腊神话中,有所谓神使赫尔墨斯(Hermes)既是传言人又是说谎者的种种神话。这些言说均透露出人类对语言的怀疑和忧虑。

如同人们喜欢怀念童年的纯真一样,人类的思想者们不知从何时开始,竟然也会莫名其妙地把文明未开前那种蒙昧无言昏暗模糊时期,描绘成为所谓"言意圆融"的、自在和心物无碍之境。于是,历史进程中的难题被抛掷返回到未发生前的原初状态,作了想像中的一次性彻底解决,但是这种所谓的解决,对于我们的认识深化却看不出有什么具体的帮助。

---

① 试看海德格尔的"意义还原"、罗兰·巴特的"语语游戏"、保罗·利科的"话的隐喻"、德里达的"解构策略"、杰姆逊的"语言囚笼"等,无不以言意矛盾为审查起点。
② 张光直:《艺术、神话和仪式,古代中国的通向政治权威之路》,1903年英文版,第81页。

后世哲人常把这种想像性的境界作为理想的状态来言说。庄子所谓"至言去言"①、禅师所谓"第一义"②、海德格所称"存在/语言"状态、后结构主义者德鲁兹(Deleuze)所谓"无符码"时代均是如此。

　　这种本不存在的"超言绝象"乌托邦，竟然被视为认识复归自然和人类本真状态的必由之路，是文字最后突破语言囚笼，面向万化万物的全面敞开，是文学最原初而又最高的境界，从而竟成为历代文学家苦苦追求的理想，确实是颇具反讽意味。无论是严羽的"羚羊挂角，无迹可求"，还是陶渊明的"此中有真意，欲辩已忘言"；也无论是梅特林克(Maeterlink)的"口开则灵魂之门闭，口闭则灵魂之门开"，还是席勒的"脱灵魂而有言说，言说者已非灵魂"③，都不断透露出这样一个"不立文字"的诗意乌托邦的追求。

　　然而梦想毕竟归梦想，它过去不曾存在过，在现代条件下也没有变成事实的可能。只要口说书契的语言文字作为人类的基本存在方式这一事实没有改变，语言与意义之间的矛盾就只能在言与意的矛盾运动中去激活和开发人类的诗性，实现自身的发展。

　　当代理论对"语言中心主义"和"逻各斯中心主义"的诘难和批判，与其说是对语言的不恭，不如说是对作为主体的人过往的思维方式和语言方式的颠覆和批判。当代人为着更贴近地去把握这个扑朔迷离、变化万千的世界，尝试通过拆散、扬弃和重构日趋僵硬的旧有话语系统，从而恢复语言的生机。在这场所谓语言转向的革命性变动中，文学和诗学领域在其历史上展开过的种种可贵探求，中外诗学理论和实践存留下的许多有价值思考，都曾给予当代思想家以种种启发。也许这正是为什么海德格尔在思索存在与语言的意义关系时，常倾心于诗和诗学的原因。

　　人类文学创造的历史，在揭示语言和意义的诗学关系这一命题

---

① 参看《庄子·知北游》。
② 文益禅师《语录》中言："我向尔道，是第二义。"
③ 钱钟书：《管锥编》，中华书局，第二册，第454页。

上也不断表现出自身独特的眼光。文学创作的实践不断证明,"言"和"意"的呈现是一种动态的双向运动,其中融含着不同的意义和语言层次、不同的运动方向和运动形式。这当然是由于,我们在创作过程中对世界人生的直观领会、结构思考、解决表达,都在时间和空间的层面上受限制于既定的历史、现实、文化和语言制约。一句话,我们是在语言和意义的多重预设和先在经验前提下去进行文学创造活动,因此,意义通过语言的诗意呈现,对于双方都始终表现为一种动态开放的、相互依赖和制约的运动性过程。

让我们先看意义的生成。当我们睁眼面对世界,用五官去直观反映外部世界时,类似焦距不准的镜头曝光,在瞬间所获得的,只是一个全面整体但不甚清晰的印象领悟,可以权且称为第一义,谓之"原初意义"。

伴随着瞬间直观,作为主体的人带着自己的历史、文化、修养、经验等诸般"预设",对原初意义进行主观加工,使之进入我们能够理解的意义秩序,从而成为创作的心像材料,并以"心像"或"意象"的形式储存于言说之前的意念之中,不妨称之为第二义,谓之"意象意义"。第二义作为经验的切割、选择,已经开始人为地秩序化,故与第一义明显不同。

而当"心像"通过"言谈"去表现出来时,由于"言谈"与"心像"之间存在理解的差距,同时,由于语言本身的文化储存有着历史与现代、个人与整体的理解和意义错位,其显现的意义必然又经历了一次定向选择和规定,姑且称之为第三义,谓之"言谈意义"。

第三义经文字固定记录下来,成为物化的作品或者叫做"文本"。这一新生的文本因为文字本身的历史文化沉淀,从而不仅会对第三义进行定向、移位、切割、加工、改造,而且还会派生出新的意义,因此可以把这种文字减损和派生后合成呈现给读者的意义称之为第四义,谓之"文字意义"。

最后,读者带着不同的时空局限和个人经验,即所谓"前理解",

以不同的文化知识结构和语言能力去阅读、欣赏、接受作品,其所得意义既有与作品契合之处,也有偏心移位和再补充创造之处,因而形成有区别的第五义,谓之"阅读意义"。这是一个因时因地因人而变动不居的意义,围绕原初意义的内核而表现出上下左右漂移的特点,从而为接受理论提供了无数的佐证。

从意义的这种动态生成过程可以见出,语言对于意义的表达只能"近似"而不会"等一",只能不断去"接近"事物而不可能"穷尽"事物。言不能不尽量去尽意,但又不可能彻底尽意。正是在这其间的运动,不断显现为我们关于事物认识的辩证关系理解和历代文学创造的广阔天地。

换一个角度去考察创作过程中语言的生成方式,也存在相应的层次演进过程。

首先是既定的、因长期发展而存有的所谓普通语言。由于历史的积累,这种语言在现实的境遇中是相对不言自明的文化载体,我们常常称之为"词典性语言"。

其次有所谓作者使用的语言,这种作者意图中的语言及其作者在写作过程中使用的语言,与作者个人的经验和语言修养密切相关,它与词典性语言的关系,常常是既出自于其中但又有内涵外延的出入和质与量的差异,我们不妨称之为"作者语言"。

第三种则被称为"作品语言",它是作者在创作的当下对于语言的特定感觉。作者在运用文字表达心像意念时,常经历着思考创作的痛苦,体现在语言上即是意味着要不断经历所谓"言不尽意"的痛苦折磨,是与自身既定的语言习性和文学语言创造的内心话语搏杀。这种瞬间发生的话语本身的歧义性和文字表达都有别于所谓"作者语言"。而这种语言的独特性也许可以从这样一种感觉去表现出来,即在若干年之后,当作者重读自己作品的时候,他会体味到似非而是的语言和话语陌生感,甚至会发出这样的感慨,这真的是我的"话"么?不信,你就让曾经经历过"文革"并且留下了文字的人们,今天再回过头去读读自己当年的日记或者作品试试看。

第四种则是所谓"读者语言"。读者阅读作品时，无疑将带着他对语言理解的个人经验，以自身语言去与作品语言交流汇通。这当中不仅有意义的"二度创造"，同时也会在话语意义上进行个人的主观再创造，这也是阐释学形成的基础之一。尤其是在读者的"基本语言"背景与作品的"基本语言"背景迥然不同时，也就是说，当同一文化的语言，由于历史而拉开较大的时间距离的时候，譬如古汉语与现代汉语之间；或者不同文化的语言，由于空间差异而拉开较大的空间距离的时候，譬如英语与汉语之间；它们由于时间和空间性的语言文化差异，无疑更加会导致语言理解上的莫大歧义。

这也将意味着，在两种或多种文化的碰撞中，常常会形成某些特定的读者语言。譬如在高度殖民化的环境中，就会有一种对外来文学或本土文学的特定读法和语言理解。无论是所谓上海式的洋泾浜英文，还是夹杂着大量英文词汇和生硬汉语翻译的港式中文，均有这样的特点。

关于这一点，我们从20世纪三四十年代上海的文学作品和当代香港的文学作品，以及上海、香港读者对英语文学和内地文学的歧义理解中，可以说体会尤深。

根据上述两个层面的分析展开，我们从创作和欣赏过程中所显示的语言动态生成过程可以见出，所谓"言"的完全"尽意"基本上只是一种美好的理想而已。

作家的创作没有止境，其通过能动的、历史性发展的语言系统对意义的开拓也不会有尽头，而读者对于作品的欣赏理解也因为语言在时空运动过程中的生长更新而发生变化。所以，我们可以说，语言之于意义，只是一种无限接近的历史过程。语言不存在时，意义只是一片混沌，而意义的基本沟通则有赖于语言与意义对立统一的永恒张力。在探索所谓言意关系的诗学建构时，我们尤其有必要再次确认这一点。

无论古今哲人和诗学对语言如何说三道四,其实他们都清楚这样一个界限:即语言之后真的再无退路。语言之蔽可以"破"但不能"弃"。所谓"破",当然包含拆散重建之义,但绝非弃之不用。抛弃语言而进入纯粹内省显然是不可能的。理论家可以讲"你不懂"但决不会说"我不言"。

伽达默尔引用过德国诗人盖奥尔格一句诗:"语词破碎处,万物不复存。"①就是因为"非名无以领数,非数无以拟宗,故遂设名而召之,立数而辨之"②,所以不能不"寄言蹄以通化"。钱钟书先生曾讽刺说:"道、释二氏以书与言之不能尽,欲并书与言而俱废之,似斩首之疗头风。"③钱氏还从中西互照的角度进一步申说,先引沃尔夫冈·依塞尔(Wolfgang Iser)的"缄默是语言之背,其轮廓乃依傍语言而得";又及中国历代诗家之说,所谓"得意可以忘言,然无言又不见吾'意',即王从之所谓'不尽于言,亦不外于言',盖心有言方知意之难'尽',若本无言又安得而'外'之以求其意。谈艺家如姜白石《诗说》云:'文以文而工,不能为工妙';然舍文无妙,正谓'不尽于言亦不补于言也'。"④只在二者之间。的确是如此,文学创造活动本身就是以有限之语言文字去尽量真切地表达作家对世象人心的无限诗意领悟。一如巴尔扎克所言:"艺术作品就是用最小的面积惊人地集中了最大量的思想"⑤或刘勰所谓"一言穷理","以少总多"⑥。当代历史诗学研究的方法路径之一,就在于探讨如何以言意关系为起点,借助历史留下的各种文学和诗学文本,去网取历史话语中一度失落掉的

---

① 伽达默尔:《真理与方法》,纽约:克罗斯罗德出版公司,1975年英文版,第445页。还可参见海德格尔《走向语言之途》,台湾时报出版公司,1993年中文版,第133页。
② 昙影:《中序论》,转引自《汤用彤学术论文集》中《言意之辨》一文,中华书局版。
③ 钱钟书:《管锥编》第二册,第458页。
④ 《钱钟书研究》第一辑,文化艺术出版社,第15页。
⑤ 巴尔扎克:《论艺术家》,《外国作家论创作经验》,武汉大学中文编,上册,第251页。
⑥ 刘勰:《文心雕龙·物色》。

生活世界的全部生动性和丰富性。

在中国,但凡诗家论诗常喜欢引证《易经》的"书不尽言,言不尽意"。不过他们的立论与老庄玄禅的论言意关系又有所不同,这是因为哲思给人的感觉似乎可以舍实象,超言说,单求抽象虚幻的纯粹推理,而诗人的创作和读者的鉴赏则既不能离开出意之象,更无法斗胆弃绝名言。杜甫称"语不惊人死不休",就说明他深悟言意之间的审美张力所在,欲以千锤百炼之语词去容纳沉郁顿挫的诗境,但无论如何始终都还是在语言上做文章,并且以语词为用力焦点。

当代也有人重新解释司空图的"不著一字,尽得风流"句,认为"著"不宜作"置"解,否则真是无字天诗,诗何以存?似可解为"诗中没有一字标明风流,而尽得其风流",实为言外之意说的另一解法。①

以此申说开去,所谓"羚羊挂角,无迹可寻"也基本上只能是实写与虚写,明写与暗示,明喻与暗喻,事物与象征,命题与意象的距离问题。"鸡声茅店月,人迹板桥霜",喻羁旅之愁思;而"野渡无人舟自横","孤帆远影碧空尽"则喻人的或是闲云野鹤或是寂寥空落之感。文心的领会或诗情的体察,常常是语不言此而读者自悟,从王顾左右而言他当中去了悟作者的诗学动机。所以并非"不说"或"不著",而是"不明言"或让你"悟"而已。一如没有可以言论之"粗",何来可以意致之"精"?故六经虽不能尽传圣人之天道,却也很难说就是所谓糠秕。文学中的言意疏离诚然是实情,但非言无以存意,言意相互发明总是无法否认的诗学事实吧。故今人赏析历代名诗佳作,每有所得便怦然心动,疑虑之处于瞬间涣然冰释,会心之际,竟有与古今大师对坐而谈之快和相通相契之乐了。

所以,在某些思想家看来难以化解的言不尽意悖论,在中国诗家眼中却是一个至关紧要的诗学范畴,这尤其是哲学与诗学在理论取向意义上的重大区别。

---

① 黄维樑:《中国诗学纵横论》,香港:洪范书店,1982年,第144页。

哲学的探讨无疑曾不断启迪过诗学，但它们毕竟不是一码事。历代中国哲学对言意命题的追问，从《易》之"言不尽意"观到孟子的"以意逆志"说，再到魏晋以王弼为代表的"言意之辨"，都曾不断将讨论推向对于言不尽意说的体认。故熊十力先生总结说："体不可以说显，而又不得不以言说显，则已无妨于可建立处而假有设施，即于非名言安立处强设名言。"所以"理之极至，超绝言思，强以言表，切忌执滞。"①在一定意义上确实精到地揭示出中国传统思想对言意问题的质朴辩证理解。

但古代哲学家讨论言意问题，往往只是注意到言对于意的表达困难，而关于言在表达意义上的精微高妙之处，却较少关怀，这使他们和诗学家有些不同之处。换言之，他们对世界意义的变动不居和深远难尽看得较清楚，而对"言"的能动创造作用则较少关注，所谓"筌"、"蹄"之说，就是把语言视为权宜之计，或者说一个盛物的器皿而已。这样，在思维上稍有不慎便有可能情不自禁地滑向明里或暗里的废名弃言之途。

西方古代自亚里士多德以来的逻各斯语言中心学说、启蒙主义的理性哲学，以至现代的实证语言哲学观等等，大都把语言当作一种表述思想的一般工具，想方设法去充分发掘语言的逻辑功能，同时又不断压抑它的诗性和本体性。很显然，他们在思想走向上也与中国的哲学家有点大同小异，有时候甚至更偏激一些。只不过中国思想较为侧重意义层面的分析，而西方哲学家更关心语言本身的省思而已。所以黑格尔说："我，作为这样的纯粹的我，除了在语言中以外，就不是存在在那里的东西。"②而维特根斯坦则在《哲学研究》中反复强调，语词的意义就是它在语言中的用法。"一个字词的意义是由意义的解释所解释的东西"，"正是在语言中期待同满足相接触"③。

---

① 熊十力：《破破新唯识论》，台北：广文出版社，1980年，第18—19页。
② 黑格尔：《精神现象学》，商务印书馆，中译本，下卷，第55页。
③ 维特根斯坦：《哲学研究》，三联书店，中译本，1992年，第202、178页。

而从言意关系的现实困扰去看,未来的发展,恐怕只有真正能动地开掘出语言的理性和诗性双重功能,才有可能走出困境,进一步唤醒语言的活力。

20世纪以来,欧陆思想所谓"重新发现语言"的人文哲学转向,以及哲学家频频向诗学的求助①,似乎都昭示着语言的感性方面又重新开始引起人们重视。以至"在今日英美国家,哲学就其主要的文化功能而言已经被文学批评所取代。"②就语言发展的一般历史事实而言,初期总是感性高于理性,诗性高于理性,诗性高于逻辑的,后来的偏移倾斜则却是与人的理性认识能力强化发展有关系。人类的物质欲求和理性狂热作用于语言的结果,则是语言与意义之间的能动联系和创造张力不断减损,语言在召唤世界进入其物化过程的同时,它自身也落入物的陷阱而发生异化。

从本质上说,语言的痛苦,说到底还是人的心灵的痛苦,一切非语言之过,而是人之过。过度的逻辑和理性导致语言生命力的疏离和遮蔽,而语言诗性的重新召回,将有可能重建言意之间活泼的生命流动。

诗学探讨言意问题的根本目的正在于如何去将语言激活,还它们以生命。"我们生存于中的语言世界并不是一道挡住对存在本身之认识的屏障,而是从根本上包裹了我们的洞识得以扩张深入的一切。"③所以,我们有理由相信,诗学的参与将有利于言意关系的拆解和建构,语言的囚笼只能依靠语言的新生去挣脱,言意的迷途也只有在言意的辩证运动中找回。

需要着重指出的是,并非西方思想家在20世纪才重新发现语言的感性和诗性价值。中国历代诗哲中也多有人深谙个中三昧,并力

---

① 譬如后期海德格尔、后期维特根斯坦对诗与诗学的倾向。
② 理查·罗蒂:《哲学与自然之镜》,美国普林斯顿大学出版社,1979年英文版,第128页。
③ 伽达默尔:《真理与方法》,纽约:克罗斯罗德出版公司,1975年英文版,第405页。

图通过对言意之间弹性空间的开拓去除遮蔽而重获澄明,且逐渐发展出一套超脱筌蹄的语言策略。简单地表述,即是所谓"强设名言"、"因言出意"而又"随说随扫"①。也即是先运用语言把人们对世界的理解凝结成形,在固定为"某事、某物"的同时,又从新的层面去指证其中局限,清除其"绝对真理性"。具体"扫"的语言运作,则有些类似《庄子·寓言》中的所谓"寓言十九,重言十七,卮言日出,和以天倪,……不言则齐,齐与言不齐,言与齐不齐。故曰:"言无言。"言无言;终身言,未尝言;终身不言,未尝不言。"②实际上,言与不言,全在你如何理解言意的运动关系。故言说者能对这种运动保持一种警惕性,说出的同时也是批判的开始。另一种方法则如道禅的言谈手段,说出的同时,则以另一言或物替换喻之。因而所谓"得意忘言"并非真忘或无言,而是出入于意义之际却使语言的呈现成为自动的行为。譬如同健康的胃在消化食物之际,人世间并不会有人去理会和感觉这种"自动"的行为,只有当胃生病的时候人们才会感觉到它的存在。思想要求立一言即破一言,立一义即破一义,以言破言,不执于一说,从而开启理性和逻辑所掩盖的"剩余"意义空间。

与哲学不同,诗及文学则正好享有这样一片相当自由的美学天地,并在象征、隐喻、多义、反讽、意象重叠和以物观物等等的语意纷呈狂舞中,开出一条通向万物万化的语言之途,以"恢复经验中所有那些活生生的相互联系,就好像渔人从海底拉起网儿,鱼跃藻盈"③。难怪海德格尔后期在沉思存在和语言关系时,常常以诗为出发点,并以诗思合一去追随"大道之说"了。

这样,回过头来反省中国诗学在"言不尽意"问题上的开掘,考察汉语文学的诗化功能特征,就不仅意味着一般美学意义上理解与表

---

① 熊十力:《破破新唯识论》,第19页。
② 郭庆藩:《庄子集释》,第949页。
③ 梅罗·庞蒂语,引自刘若愚《中国的文学理论》,中州古籍出版社,1982年中译本,第27页。

第五章　中西诗学对话的入思途径

达的言意关系开拓,同时更暗含着人们通过语言的诗性去沟通心灵与世界的不懈真诚努力。

与西方诗学相比,中国传统诗学对言意问题的关注,并没有满足于对"言不尽意"的诗学创造功能的体认和总结,而是在其历史发展中进一步将"言不尽意"推向所谓"言外之意"美学追求的深化,从而实现了从一般性言意命题的诗学考察到独具特色的民族诗学和美学范畴的建构,在言意关系追问上完成了一次历史性的飞跃。

相对于西方诗学仅仅是在语言框架内左冲右突,于语义成规之外四顾茫茫的仓皇感,中国诗学似乎从容潇洒得多。如果站在比较诗学的立场上去观察,至少在"言外之意"问题的提出和美学内涵的提示方面,中国诗学是走在前列并有独到见解的。

文学创作的实践对于言意空间情不自禁的开发,总是不断给予中国诗家以启示。例如为什么同是言不尽意之难,哲思常常烦恼,而诗学却能够体察会心?在语言命题上哲学思考所要消解的,为什么恰恰是文学要利用发挥的?为什么语言的天性竟能提示文学创造的天地、言意矛盾竟成为诗学安身立命的重要美学范畴等等。所有这些问题,都将历史地逼使诗学家将言意关系作为分析诗学问题的逻辑起点,不断地对其加以思索和追问。

先秦关注言意问题,基本上还是在以言载道的层面。所谓"圣人立象以尽意,设卦以尽情伪,系辞焉以尽其言。"(《易·系辞·上传》),因传达有精粗之别,甚至难以言传之处,故老庄诸家已大有警惕。至两汉,章句、象数之学执滞言象,遂引发魏晋"言意之辩"。尤其当魏晋之际,文学开始脱离学术而独立,世人对文学的看法已渐近今日理路,故能接受争论中王弼诸人的言不尽意观点。汤用彤先生曾指出:"自陆机之'文外曲致',刘勰之'情在词外',此实为魏晋南北朝文学理论所讨论之核心问题,至刘彦和《隐秀》为此问题作一总结。"[①]此

---

① 《中国哲学史研究》,1980 年第一期。

后钟嵘《诗品·序》谓"文有尽而意有余,兴也。"亦为同一问题的回应。

这一时期说诗论文始有人走出"善鸟香草,以配忠贞"的僵硬比附,尝试依文立解,趣近文旨,以意逆志的路子。故《文赋》说:"恒患意不称物,文不逮意,盖非知之难,能之难也。"意不称物是因为万物变动不居,认识不断深化,而文不逮意则是言词难表心象意念。刘勰从心物离合引生的审美层次出发,加以论说。《文心雕龙·神思》曰:"方其搦翰,气倍辞前;暨乎成篇,半折心始。何则?意翻空而易奇,言征实而难巧也。是以意授于思,言授于意,密则无际,疏则千里。"故不能不将注意力转向"文外曲致"的言外之意了。《隐秀》篇也称,"隐也者,文外之重旨者也","隐以复义为工","夫隐之为本,义生文外,秘响旁通,伏采潜发。"① 钟嵘说:"称名也小,取类也大。"范文澜先生言:"重旨者,辞约而义富,含味无穷。"② 而所谓"言在耳目之内,情寄八荒之表",就是一种具体形象的批评了。

诗学入唐宋,司空图正式倡导"言外之意"的诗学主张。所谓"韵外之致","味外之旨","象外之象"③。流风所及,严羽、姜白石、梅尧臣以及后世诸家,相继标举此说,景从者众,一时"神韵说"、"性灵说"、"境界说"皆与言外之意结下不解之缘。以至于宋代,寻求"言外之意"遂成为当时诗人普遍的美学理想。梅圣喻曰:"含不尽之意,见于言外,然后为至。"④ 姜白石强调:"语贵含蓄。东坡云:言有尽而意无穷者,天下之至言也。山谷尤谨于此。清庙之瑟,一唱三叹,远矣哉。句中有余味,篇中有余意,善之善者也。"⑤ 所谓空中之音,水中之月,镜中之象,透彻玲珑,不可凑泊等种种比喻,无不是提示要以音色月象诸般名物言词去引发言外之境,言外之思。所谓"池塘生春

---

①② 范文澜:《文心雕龙注》,人民文学出版社,1960年,下册,第633页。
③ 参见《诗品集解·续诗品注》,人民文学出版社,1963年,《与李生论诗书》和《与极浦书》。
④ 欧阳修:《天一诗话》。
⑤ 《白石诗词集》,第62页。

第五章　中西诗学对话的入思途径

草"、"明月照积雪"的文外意旨和哲思禅理意境,正是一种有意识的诗歌创作实践。所以历代诗话词话,以至于王国维诸近代诗学大师均竭力推重言外之意说。

言外之意说本身并不弃言废言,但也不执滞于言,而是要以少总多,以个别见整体,从一盐而见众味,以"痕迹"引发"全象",借语言之风帆,乘长风破万里浪。

钱钟书先生申说得最透彻:"求道之能喻而理之能明,初不拘泥于某象,变其象也可;及道之既喻而理之既明,亦不恋着于象,舍象也可。到岸舍筏,见月忽指,获鱼兔而弃筌蹄,胥得意忘言之谓也。词章之拟象比喻则异乎是。诗也者,有象之言,依象以成言;舍象忘言,是无诗也,变象易言,是别为一诗甚且非诗也。故《易》拟象不即,指示意义之符(sign)也;《诗》之比喻不离,体示意义之迹(icon)也。不即者可以取代,不离者勿容更张。"①所以"诗藉文字语言,安身立命;成文须如是,为言须如彼,方有文外远神,言表悠韵,斯神斯韵,端赖其文其言。品诗而忘言,欲遗弃迹象以求神,遏密声音以得韵,则犹飞翔而先剪翮,踊跃而不践地,视揠苗助长,凿趾益高,更谬悠矣。……是以玩味一诗言外之致,非流连吟赏此诗之言不可;苟其非言,则无斯致。"②

此两段话至少有四层之意:

其一,说明在言意问题上哲思与文学不同。

其二,即日常之"言不尽意"与诗学之"言外之意"大有区别。

其三,即诗应有言外之意,有文外远神,言表悠韵。

其四,即欲解言外之意,则需不离语言痕迹,反复流连吟赏,方能体悟。

就诗而言,所谓言外之意并非言内无意,而是言中已有一定事

---

① 钱钟书:《管锥编》第一册,第12页。
② 钱钟书:《谈艺录》(增补本),第412—413页。

意,且又举一事而能三隅反,言内言外相互发明,以通万化万物之整体领会。一如《左传》之"秦伯犹用孟明",只一"犹"字,则有孟明之再败,孟明之终可用,秦伯之知人,时俗人之惊疑,君子之叹服,共五义并出。而李商隐一句"锦瑟无端五十弦",只"无端"二字,则把千般感慨、万种愁绪及种种言外之意蕴形象托出,勾起无尽惘然。其诗中言外之意,上达世象之精微,下抵灵魂之隐秘,令人叹为观止,实可为中国诗美学之一大发明矣。

　　古典西方诗学也许似无追问"言外之意"的一贯传统,但如现象学美学、解释学诗学、接受美学等,在对言意象悖论的存在论美学分析中,还是将语言的理性成规撕开了一些口子。至于现代符号学、新批评乃至解构主义思潮,也已开始逐渐重视语义的多重组合关系。譬如燕卜逊的所谓复义分析等等。苏珊·朗格本人就坚持认为,语言符号与艺术符号有联系也有区别,前者只是后者的手段和材料,后者的容量和意象能力都比前者大得多。一组蒙太奇镜头的组接并非是1+1=2的公式,而将会生出更多的内涵。

　　主观世界呈现出来的无数形式以及那无限多变的感情生活,都是语言符号难以完整详尽地加以描写或论述的,然而它们却可以在一件优秀的艺术作品中呈现出来。① 譬如诗句"无色的绿色思想喧闹地睡觉",在日常语言中无疑是自相矛盾,甚至不可思议,而在诗的意境中则因通感而生出丰富的美学内涵。所以乔治·桑塔耶那就强调说:"在一切表现中,我们可以区别出两项:第一项是实际呈现的事物,一个字,一个形象,或一件富于表现力的东西;第二项是所暗示的事物,更深远的思想、感情或被唤起的形象,被表现的东西。"②

　　显见,现代西方诗学家对文意派生、言外之意问题已经有相当的注意。尽管其还不如中国诗学这样对言外之意美学价值作系统追问

---

① 苏珊·朗格:《艺术问题》,中国社会科学出版社,1983年中译本,第128页。
② 乔治·桑塔耶纳:《美感》,中国社会科学出版社,1982年中文版,卷四,第132页。

和确认,但随着 20 世纪以来人文思想进展所引发的批评理论转向,人们对于诗学言意关系的美学探讨,无疑将还会逐渐强化。

总而言之,无论从文学本体观的立场或创作论的角度考察,言不尽意的诗学价值确认和言外之意的美学意义的开拓,对于文学的认识和发展都是至关重要的。

文学作为人类对于世界的诗意领悟方式,其意义的内涵和外延都因着人的认识深化而变化发展,因着人的想像力无穷而具有无限广延性。而语言本身的历史性和能动性,使它不仅作为载体,更作为意义的生产和呈现机制,甚至是作为人的存在方式,时时都在试图要突破语言成规的樊篱,去点醒和引发世界万物存在于作者和鉴赏者心目中的形象呈现。因而,在言意关系的运作过程中,尽量开放语言的命题说明行为和扩张其意象呈现能力,在不断"离弃"又"合生"的过程中,去克服"言不尽意"的语言痛苦,进而达到表达"言外之意"的潇洒自由,进入"手挥五弦"而又"目送归鸿"的诗意王国,便成为诗学和文学在言意问题上不断用力的重心。

正因为如此,朱光潜先生早就强调指出:"文字语言固然不能完全传达情绪意旨,假使能够,也并非文学所应希求的。""文学之所以美,不仅在有尽之言,而尤在无穷之意。"① 倘若言说能尽领悟,叙事能达至美,言意了无距离,则文学还能剩下多少安身立命的根据呢?日常言谈与文学创造的距离又何在?一切关于文学研究的公案和理论又有何存在价值?

也正因为如此,肯定"言不尽意"对于文学创造的意义,揭示"言外之意"的美学内蕴,既是文学关注言意命题的立场,也是文学得以成立的重要逻辑起点。

我们甚而可以这样说,所谓真正意义上的文学性,在一定程度上正生成于言意关系的对立统一之中。而中国诗学传统在言意关系问

---

① 《朱光潜美学文学论文选集》,湖南人民出版社,1980 年,第 348、355 页。

题上的种种见解,尤其是从"言不尽意"到"言外之意"的诗学和美学开掘,无论从理论上或是创作鉴赏实践方面,都曾深刻影响了后世各种诗学理论和主张的形成,而且至今也仍然是创作和批评的重要尺度之一。在当代中西诗学对于言意关系命题日渐重视的理论喧哗中,发掘和总结这类传统诗学遗产的精华,以自身民族智慧和诗学独特性去参与世界性的诗学对话,不仅有利于推动人们对这类重要诗学范畴的认识,也将有利于中国诗学在新的历史条件下的现代性意义深化。

  从上述关于言意关系命题的对话和分析中可以见出,就比较诗学而言,无论在本体论的玄思、认识论的关系探究层面,还是在具体的范畴、概念、术语等等的比较层面,只要我们是在互为参照的前提下,从中去思考、去发现那些有普遍性和共通性的话题,并且带着我们自身的思想资源和问题意识去进入对话,中国诗学的许多基本历史命题,就可能走出所谓民族诗学或者说地区性诗学的相对窄小天地,在具有普遍性、共通性的世界诗学话题研讨进程中,登堂入室,参与对话,发出自己独特的声音;并可返身求诸于己,在参与世界诗学对话的进程中重新发现自身,在现代性的意义上实现精神面貌的转换,重新唤醒和体认中国诗学在世界诗学体制中的价值和意义。

第六章 诗学语言的转换与互译策略

第一节 视域融合与互译性"格义"

本节提要:

透明对应翻译的乌托邦理想;作为跨语际文化阐释行为的译介活动;视域融合理论的启发;"格义"与互译性策略的确立;翻译活动中的文化对话与文化共创现象。

无论中西诗学对话的追问途径是多么的曲折艰难,也无论这种理论间的比较性建构层次多么复杂,纵使中西诗学对话已经具备了成熟的文化和理论语境,学会了极其开放以及平等地了解并且走入对方的历史传统世界,不断发掘出众多共同话题,但是,诗学之间的跨文化对话作为一种"跨语际实践"(Translingual Practice)①,最终都必然要落实到语言交际的实践领域来实现,也就是说,要通过语言的互译去开启意义接受的通道。于是,我们就将不得不面临一系列有关诗学术语、概念、范畴和叙事修辞等方面的语言转化和译介策略问题。

在这样一场对话过程中,中西方的诗学概念为了让对方真正看见自己的面目,必然相互从自身的"母语"进入对方的语言,而这样一

---

① 此概念由刘禾提出,可参见其《语际书写——现代思想史写作批判纲要》一书(三联书店,1999年)中的有关论述。

个过程,绝非是纯技术性地、中性地从一个房间走进另一个相似房间的简单语言换位,甚至也不是形式化的所谓话语转型问题,而是走进了一座无穷无尽的博尔赫斯式迷宫,或者说是一座但丁式的、由语言的地狱、净界和天堂组合而成的历练世界。来自异文化的思想和理论在这一迷宫和历练天地,要经历磨炼、丢失、脱胎换骨的适应过程,也会在其中有所增添和获取,当它以新的语言面目再出现的时候,情形近乎于凤凰从浴火中的再生。

　　面对此一意义上的诗学语言调适、交流和融会性的活动,如果主观想像性地以为,在中西诗学概念对话性互译的过程中,一个汉语词可以完全对应另一个西文词,一个中国诗学的概念可以对应于另外一个西方诗学的概念,从而实现中西诗学之间的整体意义交换和透明的翻译,这只能是一种关于文化交流的乌托邦理想。

　　无论是一般性的文化交流,还是诸如中西诗学之间的互译行为,它们之间的语义和符号关系系统的建立,其实都是一种历史性和人为性的复杂历史过程。这一过程本身就是中西诗学相互见面、认识、交流、协调的一个极为复杂的对话和阐释过程,并且这一过程将会随着认识的深化而改变,而且它也不会很快终结。于是,当我们开始追问,"道"为什么会被分别翻译成"the Way","logos","Tao"的时候;当"风骨"被分别翻译成"the wind and the bone"或者"suasive force and bone structure"的时候;当各种翻译的悖论和策略纠缠住译者的时候,问题的复杂性便开始显现出来。当此时,一般工具性的语言转换和技术性的翻译讨论已经难以触及问题的实质,而必须对这种翻译过程中的历史起点和条件、传统和意识形态掌控、意义的衰减和增添、语义的血统起源和混杂组合关系、相互间的诗学知识本土化过程中的语言策略等等,有更加深入系统的把握。只有这样,才有可能在如此的语言性理论实践过程中,走出非此即彼的二元对立思维惯性,在中西交汇、众声喧哗的现代诗学运动过程中,透视出这一跨文化理论实践的复杂性和变动性。并且希望这种跨语言实践的概念"可以最终引申一套语汇,协助我们思考词语、范畴和话语从一种语言到另一种的适应、翻译、介绍,以及本土化的过程(当然这里的"本土化"指的不是传统化,而是现代的活生生的本土化),并协助我们解释包含在译体语言的权力结构之内的传导、控制、操纵及统驭模式。"①所谓中西诗学对话中对于诗学话语翻译实践的关注,正可以视之为这一努力的组成部分之一。

语言发展的历史事实和现代语言学理论都已经令人信服地告诉我们,语言从它诞生的那一天起,就不是纯工具性和纯符号性的意义仓库,而是和意义血肉难分的统一体。一切文化和思想等等的存在,本身就是所谓语言性的。我们说语言是存在的家园,就意味着语言与人的存在休戚与共的性质。因此,我们不可以想像,与任何一种语言体系有关的思想和意义,不是血肉粘连似的撕裂,而是可以随意和它的符号体系脱离,毫发完整无损地进入另一符号体系之中。

具体一点说,在任何一个或者一组语言符号的后面,不同程度地所融含着的,常常是格外复杂的语义内容,它本身往往就充满文化的张力和意义的历史对话性。譬如汉字,它往往一个字就包含多种意思,有时候同一个字甚至可以表达两个相反的意思。比如"易"字,钱钟书先生在《管锥编》一开首"论易之三名"中就曾经论证过,它不仅有"简易"、"变易"的意思,还有相反的"不易"的意思。因而《易经》的翻译既可能译成英文的"Book of Change",也可以译成"Concise Book of Constancy"。前者强调的是它的"变易"的方面,后者则侧重表达它的不变的方面,即所谓"变动世界中不变的常体"②的意思。面对如此复杂的语言关系局面,翻译就不再仅仅是语言问题,而是地地道道的关于世界的存在和人对其意义理解差异的关系问题了。而所谓翻译行为也就必然地演化成为一场跨越语言和文化传统的意义

---

① 刘禾:《语际书写——现代思想史写作批判纲要》,上海三联书店,1999年,第36页。

② 张隆溪:《道与逻各斯》中文版,四川人民出版社,1998年,第65页。

阐释和对话行为。

就这一方面而言,西方阐释学思想家们的一些相关理论见解,都曾经试图从原文、读者对于原文的理解,以及相关的历史和知识背景诸方面的关系结构去寻求问题的解答。譬如伽达默尔、赫施等人有关视域融合的理论,就从理论上间接地涉及问题的核心所在。在伽达默尔等人看来,诸如读者面对文本的这种理解和对话活动,实际上存在着两个不同的视域,一个是来自读者(理解者)的视域,另一个则是来自于作品(文本)的陌生视域。所谓理解和意义的产生,则是两种不同视域融合的结果。由于读者和文本都是历史性的存在,因此,无论是作为理解主体的人,还是作为理解对象的文本,都具有自己的历史性和变动性。于是,所谓理解,也就只能是作为读者的认识主体所拥有的当下视域与本文所拥有的过去视域的对话,而所谓意义,则就是不同视域相互融合的产物。① 在跨文化的文本互译活动中,这种为了达到意义理解的视域融合关系过程就更加复杂了,因为它所涉及的读者(译者)与文本(原文)的关系,不仅有文本过去和读者当下的视域差别,同时还有文化的异质性差别及其语言体系的差别,从而使这一融合过程格外复杂困难和充满变数。每一种因素的差异性,都可能导致意义理解的切割、偏差和错位。进一步而言,在诸如诗学话语互译这样一类极具理论抽象性和意义漫延性的翻译活动过程中,情形无疑会更加难以把握。于是,选择什么样的互译策略,如何去推动和实现这种跨越语言体系的诗学意义的融合性转换,也就变成了比较诗学研究中最为关键和最具挑战性的课题。

实际上,中国古代的佛经翻译家们很早就已经意识到了翻译行为的这种复杂性和跨文化对话特点,他们把这一复杂的过程称之为"格义"。所谓"格义",据陈寅恪的考证,即是"以经中事数拟配外书,为生解之例,谓之'格义'。"《高僧传·竺法雅传》,所谓"事数",指的是

---

① 参见赫施《解释的有效性》中文版,三联书店,1991年,第1—3页。

第六章 诗学语言的转换与互译策略

佛经中的"五阴"、"四谛"、"十二因缘"等名相范畴,所谓"外书",则是指老子、庄子、儒家等中国经典的概念,至于"生解"则是历代诸生的"注释"了。前两者是不同文化文本的原典教义,后者是人们对它历史性的读解,而格义就是让这些来自不同文化和不同历史视域的思想话语相互试探对话,在理解佛典名相范畴意思的基础上,用中国传统思想的基本概念和历史上各家的学说来加以解释,最后以古代汉语文字的形式叙写成文。于是我们就可以发现,译者的思想如果倾向于儒家,其翻译的佛典就有儒家话语的气息,而如果译者的思想倾向于老庄,则所译佛学著述就多闻道家话语的味道了。①

"格义"基本上可以说就是一种早期的互译策略选择。到了20世纪初,林纾、严复等人对西方文学和思想著述的翻译,从一开始,也基本上是遵循类似的路子,近于原创性地去展开其译解性的"格义"工作的,那时的他们,基本上没有什么双语性的词典类书籍可以参照。当后世的读者通过他们典雅的古文翻译去接受所谓西学思想和观念的时候,其所面对的已经不是单纯的西方学说,而是在经由跨文化对话和双方视域融合以后,在各方面都显出文化的交互性、混杂性和生长性的新东西了。

正如东方的"西学"不等于真正的西学,譬如所谓以汉语翻译表述的各种西方文论;西方的所谓"汉学"或者"中国学"也不等于纯粹的国学或者本土中国文化研究,譬如西方人撰写的中国文学和史学著述。我们今天的读者可以不假思索地去使用类似"文化"、"资本"、"物理学"、"化学"、"逻辑",以及"浪漫主义"等等概念,可是如果回到文化翻译的历史最初状态,去观察它们是如何从 culture, capital, physics, chemistry, logic, romanticism 等英文或者其他语言的符号概念"格义"转化而成,你就会意识到这种由历史上的翻译者去尝

---

① 参见陈寅恪《支敏度学说考》,《金明馆丛稿初编》,上海古籍出版社,1980年,第149页。

试展开的语言策略和阐释活动,其间包含了多么艰难复杂的一场文化对话和视域融合过程。而这些语词概念之所以会呈现为今天的符号形式和意义内涵,则绝对是一种文化的历史生长发展和文化之间共同创造的成果。而在跨文化的交流和译述过程中,当他们要以自己的语言外壳和意义内涵去与外来的语言和观念作所谓"对应"性的意义置换和符号互译替代的时候,基本上还是属于一种由人来加以操控的,并且是在历史过程中不断演进的对话阐释行为。因此,作为跨文化视域融合的结果,只有把它们放到多元文化交流对话的历史大背景中去考察,才有可能看清这种文化共创产物的真实面貌和学术文化意义。

第二节　语词的文化血统与合法化接受

本节提要:

语词文化血统的清理意义;比较学科的特殊问题意识和时代氛围;参照系烛照下的意义返本开新;现代本土理论的西学色彩;语词概念的旅行路线;理论引进过程中的种种第三者文化、语言和翻译主体的中介及其影响;作为理论中介的汉学家们的工作;汉语化和中国化:外来理论在中国的合法化进程。

如果说,在当今时代,包括诗学在内的异质文化之间的对话是历史的必然需求和发展趋势的话,那么,为了穿过不同的语言体系之障,促成思想的非本族语言转化流动,实现异质文化间的有效交流、协调和意义共生,为此而展开与之相适应的基本概念清理和探索有效的互译策略选择,便成为至关重要的学术方法环节,其重要的价值意义怎么强调也不为过。在比较诗学领域尤其如此。

作为第一步,还是让我们从语词的文化血统清理开始。

作为这种诗学概念清理工作的重要一步,我们必须从与概念范

第六章 诗学语言的转换与互译策略

畴的语词翻译相关的目的出发,对自身文化的各种诗学语词、概念、范畴等的本族历史文化血统有清楚的分辨和把握,查明这些术语概念在其自身语言文化传统中是如何产生、发展起来的,而其意义又是如何生成、生长、演绎流变出来的,从而在此基础上寻找跨文化互译的可能性。

这一过程表面上是朝着过去不断追问的意义的还原性努力,但是,它却是在现代比较研究的意义上去展开的,一种特定的关于词语的文化史清理,是一种面向未来的"退而结网"式和暴露家底式的意义敞开。它与通常意义的国别诗学概念范畴研究有着明显的区别。

首先,是因为作为一种比较诗学意义上的概念范畴还原清理及其互译性问题的研究,对于研究者而言,他们是带着自己时代和比较学科的问题意识去进入追问的。我们对于这些概念范畴的过去所做的历史清理,主要是为了切实地把握它们真实生命的整体内涵,这样一来,一旦要通过所谓翻译性的行为努力,驱使这些概念范畴走出自己的语言文字符号外壳,进入非我的文化系统的时候,它们就有可能在对方的语言文字系统中找到自己相对而言较为合适贴身的符号外衣和异乡的理想生长家园。

其次,这种比较诗学意义上的关于概念范畴的历史血统清理,是在有着某种外来参照系和新的理论方法思路烛照之下去展开的努力,这种有外来参照和方法突破的清理,不是简单的历史叠加排队和意义整理,而是完全有可能在新的文化他者的启发和新的理论方法烛照下,使本来的概念范畴的意义内涵和价值理解有新的理解和新的开掘,从而实现所谓返本开新的学术价值目标。

譬如我们在此前已经分析过的,汉语中"道"的概念的生成史。在从先秦"一达谓之道",也就是最基本的"道路"的意思作为起点以后,经由漫长的历史认识过程,期间不断有各种意义被添加、补充和提升,最后逐渐生长成为包含着至高的"天道"、"万物之道"在内的中国哲学思想的核心范畴和融含"载道"、"弘道"等精神的中国诗学大法。关于范畴历史的这类还原性追问,可以令人信服地说明,"道"这一范畴的意义生长历史,本身就构成了一部微型的中国哲学和诗学的意义生成史和发展史。而要将"道"这一概念范畴,在向着西方语言,譬如英语,去实现语言符号性转换的过程中,我们就能够充分意识到其所包含着的深刻意义内涵和外延的历史复杂性。因此,在翻译读解的过程中,就不会认为把"道"译成"the Way"就是天经地义的,而只是其间包含着太多的意义可能性和翻译性的文字符号表达之一种,譬如还可以翻译成"logos"、"Tao"等等。同时,也正如钱钟书和张隆溪在他们的著述中所论及的那样,①由于在对"道"的历史追问过程中引入了"逻各斯"logos这一参照性的概念,逻各斯在语源学和意义内涵方面既表达"思想"又意味着"言说"的意义内涵和内在矛盾张力,可以进一步启发研究者去发现"道"这一汉字表述的概念所呈现出的思想与言说的二重性质。事实上,和逻各斯一样,无论是在中国古代经典著述《老子》中的"道可道,非常道;名可名,非常名"的言说和思想的双关语义,还是"道"这个字本身的名词性和动词性所包含的意义和命名的内在悖论,都是在试图为难以名状的思想和大道进行复杂的命名活动,并且尝试勾勒出思想与言说之间那种矛盾重重的悖谬关系。

而在本质上,它们则都是既内在又超越的,是关于世界意义和语言关系的形而上执著追问和关怀。并且,由于中国文字及其著述的互文性(intertextuality)特征,譬如老子与《老子》的难以区分、"道"的名词性与动词性的颠覆性矛盾关系等等,在思维与存在,以及言意关系的辩证机制上,也许中国古代的思想者比德里达更早地意识到了对形而上关系和等级机制加以解构性处理的意义。

作为第二步,与在译解过程中去清理自身诗学体系中词语、概念、范畴等的文化血统相对应,比较诗学在概念范畴方面的另外一步

---

① 参见张隆溪《道与逻各斯》中译本,四川人民出版社,1998年,第72—81页。

第六章 诗学语言的转换与互译策略

重要工作,则是考察外来的诗学词语、概念、范畴等在中国被翻译、接受、运用和最后合法化的过程,从中去观察和发现其间的意义转移、添加、整合、生长和变异及其影响的背景原因。由此可以对现实的既存诗学符号话语系统的思想来源和意义界定有较全面的理解,同时,也为打破简单的中西对立,深入展开真正意义上的跨文化诗学关系研究奠定语词和概念把握的基础。

当我们今天在探讨文艺理论问题的时候,一方面我们已经习惯于站在中西对立的立场上去不加追问地谈论与所谓"西方文学理论"相关的种种问题,甚至就是在汉语表述的意义上,也把它当作是一个封闭的他者,一个与本土传统和文论未曾发生过关系的异质性理论体系。

可是,另外一方面,我们在谈论这种对立关系的时候,所运用的话语的大量术语概念却似乎又都是来自各种西方理论,譬如说"文学理论"、"现实主义"、"典型"、"阐释"、"阶级分析"、"话语"、"叙事"、"审美性"等等。这些术语概念的"西方"定义和内涵,在历史的演进过程中,它的西方色彩已经被渐渐淡化,以至消失,成了约定俗成、天经地义的现代中国文论传统的组成部分。如果说,处于国别文论研究的立场,我们也许可以对这类涉及跨文化知识交流和语言翻译转换的情形视而不见,那么一旦站在比较诗学的跨文化立场之上,你就绕不过这一历史性的意义生成和话语转换过程。作为比较诗学的研究者你必须追问,包括各种诗学术语概念在内的现代中国的知识和思想传统,其中或隐或显地涂满了西方理论色彩的那些部分,当初是如何被翻译、加工、接纳,最后成为现代本土理论的有机部分的。

具体而言,我们必须要关心这些理论、语词、概念进入中国的旅行路线、语言转换方式、言说主体的身份及其影响因素等等。你不能简单地想像,这些理论的进入仅仅是简单地跨越一条边界和一种语言的直线路程。譬如你不能简单地以为,马克思主义文论就是从德国和德语直接进入中国,而结构主义和解构主义的理论则是直接从法国和法语直接进入中国的等等。实际情况往往要比想像的复杂得多。现代中国文学理论发展的实践和大量的研究都证明,我们在一定阶段对西方理论的接受和认识,许多时候竟然都是通过第三国和地区的传达中介,通过第三种语言转换和第三类转述者去实现的。

首先来看所谓第三国传达中介的问题。

在讨论学科史的时候,我们就曾经提及,譬如梁启超倡导的"政治小说"、"新小说"的主张,最初一般都以为是直接受日本小说理论的影响,而后来的研究则发现,日本小说家的观点却也是来自诸如本杰明·狄斯累利等英国小说家的理论主张。

而20世纪三四十年代中国左翼作家和理论家对马克思主义文艺理论的接受,早期就曾经借助于日本左翼文艺界的思想中介。一段时期以后,又往往是经由当时苏联社会主义文艺界的所谓指导性的传播。

在经由了这类不同文化传统和意识形态的选择性"消化"和"转述"以后,至少它们已经不再是所谓原汁原味的、来自德意志本土的马克思主义文论了,而很可能只是被切割、删改、添加和重新阐释过的产物。

譬如当时日本左翼文艺思想中所谓"福本主义"强调的"真正无产阶级意识",青野季吉的文艺"目的意识"论,苏联文艺界"拉普"即所谓俄罗斯无产阶级作家联合会的只讲斗争、不讲团结和反对统一战线的极"左"文艺主张等,都不同程度地夹杂在一起,流进了中国,其影响甚至一度掌控了中国左翼文艺的理论和思想主张。今天,当我们在反思和批判中国现代文艺发展进程中的极"左"思潮的时候,就不能不考虑到这些文化和意识形态中介的影响因素,切不可把责任一股脑地算到德国特里尔城的马克思头上。

其次,语言的第三中介转换因素,也会影响到意义的翻译和阐释性交换。

进入20世纪以来的现代社会,由于英美等国家的先后崛起,英文作为学术理论话语的强势地位,相对于其他语种便具有了较高的翻译接受普及性。尤其是西方各类语种的理论著述,常常需要通过英文的翻译介绍才能够得到普遍的了解和认知。于是,许多原创自德语、法语、意大利语的理论著述和学术概念,往往都需要经过英语中介才能进入其他语言的学术场域。

譬如,自20世纪80年代以来,在相当长一段时间内,我们中国翻译的德国现象学、阐释学、接受美学、法兰克福学派的理论,以及法国的结构主义、解构主义、后现代主义、文学社会学理论等等,许多最初都是通过英文译本再翻译成中文的。不必怀疑,在这一经过第三者的语言转换过程中,盎格鲁·撒克逊民族和山姆大叔的文化精神和思维方式,毫无疑问地都会伴随着德意志和法兰西的理论一起走进中国学人的意识,大量文化性和理论性的误读现象也注定会出现,我们甚至可以说,一度成为问题的关于西方理论译著"读不懂"的争议和批评,除了理论本身和翻译的问题外,恐怕多少也与许多非英文原创的理论著述,却不得不通过英语的再次转译有一定关系。这一问题近年来已经引起了思想和理论翻译界的重视,经由原文翻译的理论著述重译开始更多地出现在书店的架子上。不过,在思想、理论以及包括诗学在内的专业翻译学研究方面,这仍然是一个值得深入研究的课题。

最后,除了文化传统、意识形态和语言的原因之外,假如不是由本土的学者和翻译家直接去展开理论话语的译介性的工作,而是经由第三方研究者的喉舌来加以转述,情况也很不一样。

譬如20世纪80年代以来,中国本土学界对于西方文学理论的接受,就有一个特殊的现象值得注意,那就是海外汉学界的介入。这种介入在本土中国接受西方理论的过程中,曾经和依旧在扮演着一种特殊的角色,其积极的触媒作用和存在的问题,显然也都是值得认真加以总结的。可惜的是,目前这些都还未曾引起相应的重视。

自从20世纪50年代开始,国际汉学的发展重心逐渐从欧洲向北美转移之后，其在研究的理论方法上面也发生了很大的变化。一方面，汉学传统的研究方法仍旧在被普遍使用，如整理、考证、评点、欧洲大陆学派的史学分析等。但是，北美的文化环境和20世纪文学理论一度大发展的潮流，同样也为汉学界运用西方理论来分析研究中国文学现象造就了气氛和背景，并且为这种研究提供了充分的研究范式和方法工具。于是，在进入20世纪七八十年代以来，汉学界利用西方理论，尤其是新兴的文学理论批评方法来研究中国文学也就成为一时之盛。

在比较文学的意义上，利用他种文化传统中形成的理论来处理本民族文化的文学现象，通常称为"阐发研究"。它可以说是中西比较文学研究中一个相当重要的学术范式，在具体研究中有着广泛的实用性，有人又称之为"移植研究"。实际上，从王国维的《红楼梦》研究起始，它就至今不衰。70年代港台和80年代内地的研究界也多有讨论和尝试。不过，从自觉的学科选择意义上来说，这股风气的再次兴起，却首先是由北美汉学界吹过来的风气。尤其是当时一批学术上业已走向汉学界主导地位的学院派洋人汉学家和华人汉学家，在这一领域用力最多，成果也较为丰富。

20世纪各种新理论的刀光剑影，诸如新批评、符号学、精神分析、原型理论、结构主义、叙事学、语义学、阐释学、接受理论、女性主义批评、汉字诗学、意象研究、解构理论、文学社会学等，都被他们频频运用到中国文学各种文类著述的研究中来。80年代国门开放以来，他们的研究成果就开始逐步被介绍到中国本土，引起中国文学学界的好奇和重视，并且很快构成实际的影响。不少中国的新锐学人也开始大量尝试运用西方理论来研究中国文学的文本和现象。在这样一个过程中，各种西方理论的术语、概念和方法，通过汉学家们的著述和交流活动，也都被间接地介绍给了中国学界，中国学界的许多人正是通过他们的转述和转述性运用，从而开始接受了这些理论概念方法并且尝试运用于自己的研究实践的。

第六章　诗学语言的转换与互译策略

譬如叙事学研究在 20 世纪八九十年代的兴盛就颇有意味。

叙事作为一种文学描写的重要手段，中外古已有之。但是，将叙事作为一种"理论"，作为一种"学"，相对学科化、体系化地普遍运用到文学研究中去，却是源自西方。不少汉学家，譬如浦安迪（Andrew H. Plaks）、王靖宇（John C. Y. Wang）、米琳娜·多列热诺娃（Milena Dolezelva-Velingrova）、丁乃通等人，都将这种理论方法尝试运用到诸如《左传》、《红楼梦》和包括《金瓶梅》、《水浒传》、《西游记》、《三国演义》在内的"四大奇书"，以及中国现代文学、民间文学的分析研究中，也颇有许多新见和发明。他们的成果在新时期被介绍到中国本土以后，一度受到普遍的重视和效仿。也正是在这一时期的包括小说在内的本土各种叙事文类研究中，诸如叙事结构、叙事人称、叙事视角、叙事焦点之类的西方叙事学术语概念，开始频频见于报刊和研究著述中，成为一时的热点，但是诸多概念的言说，却多数都是来自这些汉学家的文字介绍。

但是，随着理论需求的增长和欲见理论庐山全貌的渴望，真正原汁原味的西方叙事学理论著述被陆续翻译过来以后，人们才开始发现，从汉学家那里转述过来的，多数只是关于叙事学的一些基本概念和具体研究方法，而与此相关的西方叙事学的理论背景和哲学动机，我们却较少了解，譬如它的逻各斯理性思想传统、分析哲学基底和现代结构主义理念背景等等。考虑到这些传统和思想的差异，在面对中国独特的文化和文学批评传统的时候，对这类来自西方的、条缕细分、解剖麻雀的叙事学理论的阐发式运用，其对于文本的主观性、片面性和误读理解的可能性都是相当大的，因此必须有所警惕。

近年来，开始有学者把研究的重点集中到所谓基于本土文学历史传统的"中国叙事学"的建立方面。这一出发点当然不错，但是，如果忽略了中国文学叙事所依托的哲学传统和诗学批评范式，只是用剥离西方理论话语外壳，去任意充填中国文学现象而仓促建立起所谓中国叙事理论，其整体的基石和内在的理论逻辑也仍旧是有问题和不具备认识价值的。

至于第三步,也就是所谓外来理论话语在本土取得合法化地位的过程,则是它们与本土文化和理论传统去实现"整合"认同努力的实践结果。这当中包含着一整套相当复杂的所谓"汉语化"和"中国化"的磨合协调过程。只有这样,它在汉语世界里才有融合性生存的可能。

譬如佛教从南亚的印度、尼泊尔一带融入中土,也是在这样一个语言文化的协调磨合的过程中才得以立足生长的,而禅宗就是这一过程中的典型产物。佛教本源于古尼泊尔和印度,且是和中华文明完全异质的文化。它在汉代传入中国后,经中国固有传统思想的改造融合,形成许多独具特质的新宗派,其中隋唐时形成的禅宗就是影响最大的一派。于是它也就不可避免地要被诗学这个中国古代思想文化中极为敏感、活跃的表现领域所吸收,并被融入其自身体系中。而正是在这一时期,禅宗的思想和话语系统,对中国文论和诗学的发展提供了新的外来的助力。这当然也是比较诗学研究需要加以关注的领域,因为它对中国古代诗学话语的现代转化,以及中西比较诗学研究,都极具学科方法论和研究范式的借鉴价值。

这里,我们只简单地以严羽的《沧浪诗话》作为例子加以讨论。

众所周知,《沧浪诗话》在论述方式和话语运用上的一大特点便是所谓"以禅喻诗"。严羽使用了相当多的禅宗术语来讨论和比喻诗歌的境界及诗之参悟工夫。这种做法曾经招致了一些人的反对,但不可否认的是,他所使用过的一些禅宗术语,譬如"妙悟"、"熟参"的概念,"羚羊挂角"之喻,"镜花水月"之喻等等,后来都被人们理解并被吸收到了中国诗学的话语体系当中,几乎是"无迹可求"地成为了中国诗学话语术语概念的组成部分。

那么,中国古代这种文化融合带来诗学发展的事实,给我们的启示是什么呢?

首先,它说明,中国传统文论诗学之所以能够生生不息地发展,

第六章 诗学语言的转换与互译策略

一个重要的原因,就在于其在自身深厚的历史发展基础上,同时具有极大的包容力和吸收转化异质文化因素的能力,于是,中国的文化系统就往往能够通过交流吸收和自身的调节机制,将外来文化资源转化为自己所用。那么,今天当我们面对西方理论话语的涌入,如何借助这种外来的资源和力量,促使本土的传统文论诗学实现现代化转换和提升呢?既然已经有历史的镜子在照着我们前行,作为当代人的我们就已经没有必要再犹豫了。

其次,诸如《沧浪诗话》这样诸多所谓以禅喻诗的诗学著作,影响之所以巨大,其思想之所以流被后世,至今不衰,原因也许就在于,作者既找准了禅思与中国传统思维的某些契合点,同时也找准了诗和禅在思维上相通的关节点。它们之间的内在关联,或许就是所谓"妙悟"至"悟"。"悟",其实是中国古代先哲一种重要的学习方式,无论是儒家,还是道家,在有关经典学习、伦理修养、感悟宇宙大道等方面都有过相似表述,那就是强调经过漫长的学习、自我修炼、沉思冥想等,最后达到突然领悟今日所谓"事物本质"的境界。而禅宗的所谓"妙悟",则正好形象地说出了这种思维和发现的过程,从而正好构成它们之间的契合点。至于禅宗修行与诗歌创作过程中,那种修炼与苦吟、禅悟与诗悟、禅境与诗境之间互相转化的精神现象相似性,也正是它们之间相互沟通阐发的关联之处。那么,在当下,通过跨文化诗学对话去追求传统诗学的现代转化和建设未来新的诗学话语体系的时候,如何利用新的资源,并且寻找它们之间文化根基上的契合之处,也将成为比较诗学研究的重要使命。而《沧浪诗话》的流传和影响,正好为怎样寻找各种资源间的契合点提供了一个很好的范例。

那么,一般来讲,外来的理论话语是如何在本土获取合法化地位呢?

首先,是翻译者和研究者们,带着自己的文化视域和问题意识,于不同的历史时期内,根据需要,从广泛的西方文论中进行选择和取舍,确定将要译介的理论偏重。包括相关的所谓主义、流派、系统的理论著述、评介、观点和概念等等。然后,在语言的层面上将其设法"格义"转换成汉语的表述,譬如所谓"结构主义"、"新批评"、"精神分析学"什么的。而在基本术语概念的意义上,更是要让其"汉语化",譬如变 poetics 为"诗学"、interpretation 为"阐释"、irony 为"反讽"、signifier 为"能指"、signified 为"所指"、empathy 为"移情"、synaesthesia 为"通感"等等。

西方的诗学概念一旦穿上了汉语的外衣,与这些汉语词相应的中国诗学的某些含义,便也悄悄地钻进了貌似西方概念的术语范畴体内。譬如作为中国文类学诗学表述的"诗话"、"词话"的意义,便进入了来自西方的广义"诗学"的身体里。到了这一步,西方 poetics 的概念在汉语表述的意义上,已经变成了一个亦中亦西的诗学混血儿。"汉语化",这就是它们之间最初的联姻。

接下来是阐释性的"整合"步骤。各种西方的理论、方法、术语、概念等等,一旦被翻译成为汉语的词汇,除了译者本人在经历了"格义"的甘苦之后,对其含义能够有所领悟,其他的读者也必须在自己的阅读接受过程中,对这些看似陌生的、外来而又已经汉语化的术语概念的意义做出"阐释"。否则,他们也就不可能将其思想和方法运用于批评实践。于是,所谓"意义"上的"中国化"的进程便得以进一步展开。

那么,在这一过程中,都是由谁和由哪些因素来参与这种"阐释"性的意义读解行为呢?

不必说,汉译西方文论文本的读者,他们几乎全部都是以汉语作为母语的汉语世界的人们。想想看,他们当中任何一个人,无论他的外语或者外国文学批评理论的修养达到多么精深的地步,在借助汉语表述的读解过程中,注定还是要将他们的中国文化和诗学的视域融入其中的。不同的读者,其视域和前理解自然都不一样,那么,他们对这些汉语化的西方诗学概念的理解也不尽相同,于是,各种解释、评述和定义纷纷出笼,结合中国文学现象的尝试性的批评实践也此起彼伏,褒贬不一。

譬如多年来,我们关于"现实主义"的各种各类、千奇百怪的理解和批评实践便是由此而生。什么"积极的现实主义"、"消极的现实主义"、"批判的现实主义"、"超现实主义"、"魔幻现实主义"、"新写实主义"等等,不一而足。正是这些"中国化"的翻译、读解和批评实践,建构了我们对于所谓西方理论及其术语概念的系统化接受,同时也充实了现代中国批评话语的概念构成。这本身已经成为了一个重要的跨文化的比较诗学命题。而这些所谓的西方理论,在一定程度上已经成为了中国式的"准西方理论",其术语概念也正在走进现代中国的文论体系之中,成为它的有机组成部分。

同时,我们还必须意识到这样一个事实。那就是,我们对于西方理论的接受绝对不是一个瞬间结束的共时过程,而是自19世纪末以来,差不多跨越至少两个世纪的历时过程。在这样一个时间过程中,我们于不同时期选择介绍的西方文论的重点是不一样的;甚至即使是同样一种理论,在不同时期,我们对它的认识、理解和接受的侧重也是不一样的。

譬如从五四时期到20世纪末,中国于不同时期和不同的人对于尼采及其理论的接受,就有种种的不同,甚至截然相反的诠释。在鲁迅那里,是从"重新估定一切价值"出发,挑战封建政治和伦理道德秩序,改造国民性,启蒙图存。而在40年代的"战国策派"那里,借助所谓"超人哲学",却成了为法西斯主义和国民党强权统治招魂正名的"理论"工具。而到了80年代以后,尼采对西方思想中逻各斯理性的"解构"性批判,则成了新一代学人解放思想、挑战传统成规、追求现代性发展的武器。正是在这样一个过程中,所谓中国命题和文化中的中国因素,在被不断阐释运用之后,整合性地走进了汉语世界中的尼采,成为中国化尼采理论概念的有机构成。

最后,由于对西方理论接受的这种历时性过程,是一个长时段的历史性活动,在进入所谓世界性跨文化普遍交流时代以后的今天,这样一个进程正在变成文化和理论发展、更新、生长的主要动力和普遍的意义生成方式。

于是,外来的理论资源在异域也同样面临着一个积累、代代交流传承,以及定义化、学院化、辞典化和在异域文化中终究被本土化的所谓"融入"过程。或许我们也可以这样说,是一种理论和思想的"去西方化"的过程。如果说,一部分西方理论资源还能够以所谓"理论"、"主义"和某某"学"的形式,保持其舶来的汉语命名,譬如"西方文论"、"女性主义"、"精神分析学"等,那么相当多的术语概念,却都已被有意无意地去掉了"西方"的命名,脱掉了西装革履的洋外衣,穿上了中国文化的袍服,在其汉语化和阐释传承过程中,被当成了约定俗成的现代汉语文论或者诗学的概念。

譬如前述所谓"典型"、"主体"、"客体"、"内容"、"形式"、"主题"、"文类"、"人称"、"话语"、"悖论"、"象征"、"意象"等等,我们的文学概论、原理、专著、文论史等,在运用这些术语概念的时候都是潜移默化,信手拈来,从未关心过它们的出身和来历的。而在经过阐释性和实践性的历史淘洗之后,它们已经与那些中国传统的诗学话语,如"意境"、"境界"、"文气"、"风骨"等一起被建构性地熔铸成了现代语汇,成为了现代汉语文论或者说现代中国诗学的有机组成部分。从而基本上完成了它们在现代汉语中国的本土化和合法化的历史进程。

于是,从译源国文化、译入国文化以及其他中介传媒文化的多重关系和基底出发,借助现象还原和阐释性展开的各种方法策略,考察和追问当下那些汉语文论的相关语词,或者说术语概念,是如何经由翻译、阐释、运用和传承,逐渐穿过语言和文化之"障",在异域文化中实现意义的转移、添加、再生和合法化的过程,便注定要成为当下和未来比较诗学深化的重要领域。

第六章 诗学语言的转换与互译策略

第三节 翻译的宿命与突围策略

本节提要：

语际交流的人为性和语言性特征；翻译的宿命：文化和语言根源及其表现形式种种；"兴"的例子；作为规律的"宿命"与现代诗学阐释学机遇；语词符号层面的多元选择策略；语义层面的陌生化认同策略；意义阐释性层面的读解策略；"气"的跨文化阐释实例。

需要强调指出的是，同大多数翻译行为类同，尤其是在诸如思想和理论的翻译性接受方面，包括诗学术语概念的跨语言、跨文化的意义转换和再生，在其运作过程中始终存在着很大的人为选择性。这种"人为性"意味着，译者或者说阐释者的语言、文化和理论功底等，往往是这一转化能否成功，或者说达于何种理想境界的知识前提。

但是，所有这些转化的具体形式，却是经由翻译者和阐释者的译介和读解策略体现出来的。因此，对各种不同的理论和诗学的译介和读解行为的考察，也同样是未来比较诗学研究的深度工作。

由于所谓跨文化和跨语言的语义转换，更多是一种持续不断、代代接力的读解和翻译实践活动，因此，在接下来的讨论中，我们将主要通过对一些中国古代文论术语概念的英译例证考察，企图以此去展开某些有关互译性策略和语言文化性困扰的学理探讨。

不过，在进入所谓互译性策略的分析之前，我们首先要讨论和论述一下所谓翻译的"宿命"问题。

大家都清楚，这个世界上存在着多种多样的民族、语言和文化传统，而事实上，既没有任何两种文化之间的概念、范畴、句式表达的意义内涵和外延完全等同，也没有任何两种语言之间的词语和句法系统的符号体系能够一一对应互换。

当你打开任何一部词典的时候，你将会发现，作为语言符号的任何一个字词,其所包含的意义往往都是多种多样的,一词多性和多义都是普遍的语言现象,而且,越发达的语言越是这样。因此,当两种文化和语言之间发生意义交换行为的时候,再高明的翻译家也不能保证,他通过两种语言之间实现的意义转换结果是百分之百的准确和完整。

一般讲,即使没有所谓完全不懂和基本误解的错误翻译,然而,出现定向、定位、定性的意义切割、宰制和误读,在翻译过程中都基本上是属于正常现象。从翻译行为本身的复杂性和困难性出发,文化和理论性的误读,以及语言转换过程中的意义减损和添加,基本上也可以说就是一种翻译的普遍宿命。

具体到文论和诗学话语,相比较一般语言和文学性的翻译,情况就更加复杂一些。

由于受到各自思维和文化传统的影响和制约,中西文论诗学话语在各自的意义倾向和表述侧重方面,一直以来均存在较大的差异性。

一如我们此前借助宇文所安在《中国文学思想读本》的导论中的见解所展开过的分析一样,如果说,西方文论在其发展过程中有着一贯的所谓"精确定义"的传统,中国诗学却似乎没有这种传统习惯,它所强调的是所谓具体经验的"共鸣",而一般性概念的定义也大多只有一个相对动态的含义,于是,在能指和所指之间,就形成一片很大的模糊性读解空间,而在理解中又往往是只可意会而不可言传的。

这种见解对中国文论和诗学的认识理解显得尤为重要。尤其应该指出的是,中国文论的历史性和思想来源的多元性,与西方社会中常见的文化一元性不同,后者基本上是以基督教文化作为思想来源,而中国文化的思想来源则往往呈现出多元性的特点,譬如儒家、道家和佛学等,从而在文论和诗学上形成了它特定的复杂话语读解系统,其中许多重要的文学命题和术语意义在其历史形成过程中,总是不断发展而充满争论的。一个概念的历史涵义所容纳的,差不多就是

第六章 诗学语言的转换与互译策略

文论本身历史的缩影。因此,从某种意义上看,关于准确定义或者说意义内容的完全翻译就几乎就是不可能的。这可以说就是中国文论本身在遭遇翻译选择时特殊的宿命。

这里我们不妨举出一些简单的翻译实例,便可以初步见出这种翻译过程中无可逃避的误读宿命。

首先,即使是看似意思比较一致或者说日常容易理解的词汇之间的置换,由于其文化背景的不同,意义其实也并不是真正能够整合的。比如,"天"与"heaven","鬼"与"Gods","神"与"spirits","礼"与"rites","性"与"human nature","先王"与"former kings"等。其中有关的汉语概念主要来自中国文化中的儒家传统,而英文的概念则是与基督教文化的历史传统息息相关。二者之间在思想和文化认知上的差异是不言而喻的。这样,你不必深入探究便可以认定,它们之间肯定不可能实现真正的意义整合互换,因为它们各自表述的是两种截然不同的宗教体制和文化传统的观念。

比较典型的例子就是,17 世纪初耶稣会传教士如利玛窦等人,为了传教的需要,曾经试图在天主教义和儒家思想之间找到某种所谓的契合点,他们着儒服,习四书五经,允许中国教徒祭孔庙和祭祖等等。结果还是在罗马梵蒂冈教廷与清王朝之间,引发了近一个世纪的所谓"礼仪之争"。以致最后双方都决不让步,互设禁令,在中国也一度全面禁止传教,国门关闭。直到一百多年以后,中国的大门被西洋大炮轰开,教会才再度得以在中国合法传播。

而读者如果不能运用自己的传统和知识结构去对这些概念加以理性区分,在理解上就必然会出现较大的认识误差。

其次,一些具有极为丰富的意义内涵的汉语诗学单音节词,在翻译成某些英文词汇之后,译文中的意义就变得明显单薄和减损化了。比如,"化"与"transform","刺"与"criticize"等。很明显,在汉语中,"化"和"刺"都具有较为清楚的意义方向性,传统的中国诗歌教化批评常常有所谓以上"化"下,或者说以下"刺"上的说法,而

"transform"和"criticize"则似乎没有这类含义。再比如所谓"正"与"correct","文"与"pattern"等,其汉语的含义显然就不仅仅是英文词典中的所谓"纠正"、"正确"、"恰当"和"范型"、"式样"、"格调"、"模仿"所能容涵的了。

又譬如,有些重要的文论术语,在中西文论传统中,各自都有着极为复杂的历史内涵,而一旦对译,其间的相互错位性意义切割和定位,往往导致后来理解上的种种歧义。比如我们此前分析过的中国传统的"诗"与西方"poem"的不同。中国的"诗",正如我们在本书中曾经论述过的,主要是基于言志和抒情的基本传统,一般讲,有着很明显的、以单一文类的抒情诗歌为关注对象的"文类学"特征,因此,中国的诗学,就其对象的边界而言,基本上是属于所谓的"文类学诗学";而西方的所谓"poem"则不同,它是基于模仿和多种文类的概括,譬如早期是指叙事性的史诗、悲喜剧,以及抒情诗歌等,后来甚至包括了长篇小说文类,好的小说甚至就直接称之为 epic(史诗),因此它的所谓诗学"poetics"概念,则是指向整个文学大类的"文艺学诗学"。这样内涵和外延都很不相同的概念,被作为互译交换的替代性词汇以后,如果只是简单地从汉语词汇的意义上去理解西方诗学,或者只是单纯地从英文词汇的意义上去认识中国的传统"诗学",以及"诗话"、"词话"之类,就很可能会造成读解上的误会和学术上三岔口式的不必要争论。

我们还可以再深入看看"兴"这一中国诗学概念的英文读解和翻译。它在一些关于中国诗学的英文著述中被翻译成"metaphor"或者"affective image"。可是,实在说,以"兴"这个概念在中国诗歌抒情理论中重要的位置,其涵义也实在是太复杂了。《诗大序》较早提出这一概念,却没有加以详细明确的解释。于是,后世各家均以自己的理解不断诠释发挥,使"兴"成为中国诗学当中一个最具包容性和概括性的重要诗学范畴,并由此派生出一系列相关的范畴群体,比如,"兴起"、"兴会"、"兴喻"、"兴咏"、"兴象"、"兴趣"、"兴体"等等。

第六章　诗学语言的转换与互译策略

按照文学创作和读解的一般功能去理解，中国的"兴论"和西方的"表现论"之间似乎有着某些相通之处，因为它们都承认文学作品不仅仅是外部物化世界的简单整理再现，而同时也包含着"心灵世界"的外化。但是，中西对何谓"心灵世界"以及对于这个心灵世界的体悟、设计和表达，却都有着不同的文化解读。中国的伦理之心与西方的类似灵魂的心灵自不相同。一个现世的有限存在之心，与一个来自上帝赐予的永恒心灵，其外化的方式和特征也都是不一样的。中国式的"兴"，不仅包含诸如此类的"metaphor"的"隐喻"和"affective image"的"引起感性的想像"，而且还融含了复杂的天人合一意境和心物同一的共时转换关系。因此，直接表现物我二元关系的、所谓历时性或者线性呈现的"metaphor"即所谓"隐喻"，以及"affective image"即所谓"引起感性的想像"等，就很难正确地体现出它的真实精神面貌。

事实上，对于西方隐喻的理解，避不开与西方的二元对立和相互转化的思维方式内在的关联。而"兴"则是与中国诗学中有机的内外同一宇宙观密不可分的。也许，从诗学的意义上我们可以这样说，西方的所谓"image"不过是间接的以情造景，强调心灵自身的创造性。而中国的"兴"却是当下体验中的心与物的共时性交融。这样，哪怕是在"image"（想像）前面加了一个具有动态感的所谓的"affective"，它毕竟仍旧落在了西方的逻辑语境范畴中，没法传达出"兴"的真神。

这就是所谓翻译的"宿命"。面对这种解不开的差异性的宿命，翻译者注定找不到所谓终极性的最佳选择，而只能不断地通过自己的理解去接近它。

当然，我们说"宿命"，并不意味着听天由命和无所作为。事实上，所谓"宿命"，不过是意图说明一个客观存在的事实，至于如何看待和利用这一"事实"，却又是另外一回事了。

从某种意义上说，正是意识到这种翻译的"宿命"，才使人们可以去选择和确定适当的翻译"策略"，并且重新来认识被翻译过来的理论文本的意义和价值。比较诗学研究的目的之一,难道不就正在于此吗?

假定说,大量的汉译世界文学名著,因为其特定的文化共创特性,已经表现出要从所谓的外国文学中抽离出来的趋势,作为其独特的跨文化文本特点,很可能将会被命名为本土现当代文学的有机组成部分的话,那么,所谓"西方文论"或者说"中国文论",一旦在译解过程中穿过语言文化之障,成为他种文化的理论构成的时候,作为一种所谓的"翻译文论",它的命名和读解,恐怕也都要换一种说法了。

从根本意义上说,所谓文论的存在,更多是一种关于理论和批评的思想和思维逻辑的存在,它对话语体制和文化体系的依赖尤甚。各种本源文化的文论和诗学与各种翻译文论交汇在一起,在不同文论相互交叠、作用的空间中,呈现出"复调"式的、"众声喧哗"式的局面,创造出不同文化间对话的繁盛话语基础和多元关系的对话平台。无论如何,这对于世界不同民族和文化地域之间文学和文论的未来发展,无疑都是大有助益的。

在对所谓翻译的宿命有所理解之后,我们对诗学翻译过程中的语言策略及其价值意义,应该可以说就有了进一步的认识。

语言翻译活动诚然有它无奈的误读宿命的一面,但是,正是这种规律性现象的存在,为其在跨文化语境中新的诗学意义生成,开启了更大的可能性。

同时,由于语言翻译活动的人为操作性特点,如何主动采取恰当的语言策略,以便尽可能地借助他人的语言外衣,相对较为全面和充分地传达本源诗学的涵义,并且借助新的语言和文化参照系,在互译性的过程中,去引发属于未来的新的诗学话语和意义的生成,则是跨文化诗学对话在翻译读解这一重要实践层面的学术使命和理论挑战。

就具体的文论和诗学翻译而言,目前至少存在逐渐深化的三个层面的策略性探讨和尝试的路径:

第六章 诗学语言的转换与互译策略

1. 语词符号层面的多元选择策略；
2. 语义层面的陌生化认同策略；
3. 意义阐释性层面的读解策略。

其实，就是在这三者之间，也同样存在着种种剪不断、理还乱的逻辑和意义关联，只是为了理解的方便，我们下面不妨略微分述之。

在论述过程中，就中国文论的英文译述而言，我们将重点采用宇文所安在《中国文学思想读本》中的译介实例，同时也参考其他译述者的材料，以此作为分析考察的对象。这种选择和分析，主要是基于问题的深度和某种代表性，并不代表本书作者有意的学术价值判断。

首先，看语词符号层面的所谓多元选择策略问题。

翻译过程中语词的选用，看似十分简单的事情，然而，其间的策略性选择，却也包含着译者颇费心思的学术考量和语言知识能力。

举例说，通常的翻译讲究所谓"信、达、雅"，而理论文本的翻译则进一步讲究语义、逻辑的贯通和表达的学术性典雅。但是，在具体要把中国传统诗学的文本翻译转换成诸如英文文本的时候，新的问题就会出现。

众所周知，汉语，尤其是古汉语，是一种所谓的"孤立语"，它对语法的依赖性较弱，单个字词的自主性和表意能力却又都非常强。这也是我们通常所说的，汉语之所以具备较强诗性表达能力的原因之一。而英语则是一种所谓的"屈折语"，语义的发生较多时候要依赖语法的规则和意义连接能力。于是，当我们企图把汉语表述的中国古典文论和诗学文本翻译成英文文本的时候，就将如宇文所安所说的那样，面临两难的选择："要么追求描述的连贯性，不惜伤害某些文本"，"要么为照顾每一特殊文本的需要而牺牲连贯性"。

如果在译成英文的翻译过程中过于讲究英文话语的流畅和典雅，则往往就意味着对受众的文化和理论思维习性作出较大让步。这样对受众的迁就，常常是以牺牲本源文本的文化和理论意义为代价的。这种典雅通畅的译文，很难让西方读者注意到中国文论的术语概念与语词符号之间的密切关系,也难以感受到中国文论诗学叙事的修辞和表述张力,从而不易体会到中国文论和诗学区别于西方文论诗学的个性特征。

鉴于此,近年来,诸如宇文所安这样一些中国文论的翻译家,宁愿选择所谓"笨拙的译文"方式,即宁愿放弃表述上的局部通达,而把翻译的重心放到语词概念的相对正确和意义还原上面来。尽管读者在阅读过程中可能会觉得"生硬"和"费力",但却可以感受到一套在文化和语言表述上迥异于本土传统的理论话语。而且,在经过有引导的不断入思和反复读解过程之后,人们也许能够更加贴切地理解和接受这种来自异域的理论话语。

关于这类所谓"笨拙的翻译"策略,其选择当然依旧是多种多样和因人因文而异的。

譬如,有所谓"逐字对译"的方法:比如将"关雎,后妃之德也"译成为"kuan-chü is the virtue of the Queen Consort";再比如说将"正得失"译为"to correct achievements and failures"等。在英文中,这样的动宾搭配一般是不常见的,但是译者却坚持这样来译,目的就是切近原文。虽然英文读者在理解这些句子的时候会有"隔"的感觉,但是,在基本能够理解的前提下,却感受到了非我的异文化的气息。

另外,还有所谓"一字多译"的方法。比如,将"志之所之"的"志"译成"mind",却又将"在心为志"的"志"译成"being intent",将"发言为诗"之"言"译成"language",却又将"情动于中而形于言"之"言"译成"words"等等。这些都是企图针对不同的语境,对同一术语给出在此语境下相对贴切的翻译,从而使译文在意义上做到相对准确,即便这样也许会给西方读者带来读解的某种困扰也罢。

当然,比较极端的办法,干脆就是用罗马式拼音来直接标注和译读某些重要的中国文论术语概念。譬如:风(feng)、正(zheng)、情(qing)、言(yan)等等。当这些重要术语在英文或者说其他西文中被用罗马拼音标示出来的时候,事实上,它就已经在提醒非本土文化的

第六章 诗学语言的转换与互译策略

读者注意到概念的重要性和意义交换的难度了。从而使非本土的读者清楚地意识到中西理论术语之间的重大差别,以及需要在读解中通过不同的路径才能理解它的意义真髓。

其次,作为第二种策略,可以说是与前面一个层面的策略密切相关,那就是所谓语义层面的陌生化翻译认同策略。

在中国文论和诗学的术语概念翻译中,常常有一些汉语概念的涵义超乎想像的丰富和多变化,而外文,譬如说英语一些类似对应的术语概念的涵义却相对简单,或者说具有另外的语义传统背景。这样,如果直接加以对译,西方读者虽然能够接受,但是,被接受的意思显然已经偏离了它在汉语当中的本来意蕴,而在中国读者看来,则有明显的简化、切割,甚至歪曲。譬如把"文"翻译成"literature",看似很好的对译,实际上意义却走样许多。即使是把"文"译成"literary patterning"也很勉强。在权威的英文词典中,pattern 除了"典范"、"模本"之意外,尚有"an arrangement of form; disposition of parts or elements; design or decoration"等等之意。而在中国古代,关于"文",在其历史生成过程中同样有太多的意蕴被添加其中。《易·系辞》曰:"物相杂,故曰文。"《说文》训为"错画也"。《释名》:"文者会集众采,以成锦绣;合集众字,以成辞,如文绣然也。"而从整体上看去,如同我们在前述基本概念一章中分析过的,中国传统文论,像《文心雕龙》中的"文",所谓"为文之用心",意思是与天文、地文、物文等相对的"人文",是一个时空向度远超于西方文学和诗学概念的大范畴。具体而言,就是由天地之心生出的各种各样的"言",用我们今天的概念来表达,也可以说就是各种人文言谈和写作的"话语"及其固化物——文本,尤其是经典的文本。因此,这样的英文翻译,虽然多少有些关于形式安排和结构整理的技术性联系,但是,意义上的差别却是很大的。也就是说,英语的译文表面清楚,实际上,如果不通过阐释性说明,却是极容易造成理解上的错位和误读的。

于是,为了寻找更好的翻译,一些学者就试着采取一种所谓陌生化的翻译策略。具体做法是,在翻译的过程中,有意识地选取一些看似意义不太恰当吻合,但是却在某种层面富含深意的词语,直接把汉语术语的意思外壳复制过来,然后再通过一系列的解释、例证以及和其他文本的互文参照,使这个外文词产生新的所指,并且有意识地引导读者慢慢去接受和习惯其在特定语境中新的含义。

这样,人们一旦看到这个词在翻译过来的中国诗学文本的语境中出现,就会对它的独特涵义所指了然于胸。譬如,早期把"道"翻译成"the Way"的时候,不仅中国人看来很奇怪,就是外国人看来也十分费解。因为,英文中的"the Way"实在没有中国的"道"那么多深远复杂的意思。但是,经过长期的接受和阐释,它在英文翻译的中国文本里便有了约定俗成的意义,于是,今天的西方人一看到"the Way"出现在有关中国文化的文本和言谈语境中,就自然而然地会联想到那源于《道德经》的玄妙的"道",而不会认为这个 way 仅仅指的是道路或方法。

同样,在将外国文论术语翻译成汉语时,我们也往往会在自己的汉语中先寻找一个初看未必合适,但是却有特定文学含义的词语与之对应替换,再通过对相关西方理论涵义的阐释和文学文本的系列批评实践,使本土的中国人既能够理解这种翻译选择在其译源国文化中的涵义,同时又理解其汉语符号外壳借用的理由及其意义的新的填充。譬如古代文学中的"史诗",就其在中国文学史中本来的字面意思,主要是指一些所谓咏史之诗,和西方"epic"的意思相去甚远。但是在经过了多年来的阐释性传播和影响性运用,以及诸如《荷马史诗》等在中国本土的译介和流传接受等辅助影响,今天,无论是在讨论西方文论时提到"史诗",还是在现代文论话语中分析所谓史诗,恐怕已经很少还会有人对其涵义产生误解了。因为在这个语境下,人们总是会很自然地把"史诗"的能指和"epic"的所指联系起来。当然,对于一个仅仅只了解中国文学,压根不知道"epic"为何物的人,则又是另外一回事了。

第六章 诗学语言的转换与互译策略

关于这种从"陌生化"入手,通过阐释性意义添加运用,逐步引导读者认同的翻译策略,在宇文所安的《中国文学思想读本》里,譬如在其对严羽《沧浪诗话》有关词语的翻译中,就可以找到很好的例子。比如,他把严羽关于"诗之极致有一,曰入神"的"入神"翻译成"divinity"。初读去确实给人一种与原义面目全非之感。因为,所谓"divinity",在英语里是一个宗教色彩极其浓厚的词,意思是:"the quality or state of being like God or a god",其所指的意思很确定,在字面上就是类似神或者根本就是神的特定状态和特征,与所谓上帝或神有明显的关涉。而在古代汉语文论诗学中,"神"则被运用于艺术创造,无论如何也没法和上帝搭上关系,它只是被用来形容一种绝妙的、似乎是一般人力难以达到的境界。严羽所说的"诗之极致有一,曰入神",谈论的就是诗歌创作和表现中一种超越了技艺层面的化境。从谢赫《画论》中对画家"入神"的赞扬,到杜甫的"下笔如有神",以及从金圣叹小说理论中的"神境",到我们平常口语中的"神了"。所谓艺术创造中的"入神"状态,指的就是在充分把握了对象特点、规律并掌握了炉火纯青的技巧后,在创作时获得的一种高度自由的升华及其成果表达的至高意境。

但是,以译者本人对中国文化的了解之深,应该不可能不知道中国文论中"入神"之"神"的特殊含义,而书中的注释和分析中同样也没有提到上帝或神,可见作者并没有错会严羽本人的意思,那么,他把"入神"译为"divinity"就并非是误译,而只可能理解为一种有意为之的策略选择。很显然,在这里,译者有意让"divinity"这个词的能指,与它们在原来英语语境中的关于上帝和宗教的意义所指发生了断裂,而转向另外一个中国文化传统中特别的"神",他从中国文化和文论的深层意蕴上,抓住"自然"、"天然"、"天人合一"的精髓,把西文中具体的、个别的实体"神"的状态,演化为所谓"自然天成"之"天"、之"神"的艺术状态,表达为一种"神妙"的"艺术境界",并将它灌注到"divinity"这样的语言符号中去,再经过中英文本对照、概念注解和意义阐释,营造出特定意义的接受语境。这样,一旦读者置身于中国文本的阐释语境中,宗教性的上帝之"神"就会隐身,而中国诗学的"入神"境界就将会意性地进入读者的意念。事实上,该书在英语世界的使用实践证明,译者颇具匠心的翻译策略还是十分成功的。

不过,这种所谓"陌生化"翻译策略的使用也还是有条件和前提的。

首先,要使译文的读者的理解意识能够穿过母语的符号外壳,又能够使理解和认同性达到其中的外来理论含义,这必定是一个反复阐释、说明和实践影响的时间过程。寻找一个简单对应的语词外壳相对容易,但要让读者接受改变和添加了的新意义却很难,这正需要现代诗学和比较诗学研究者以及批评者不懈的努力。

其次,中国文论和诗学的许多字词的涵义往往不太固定。在不同的时代、不同的文本,甚至不同的段落和句子修辞的语境中,往往意义就不甚相同,需要在文本的语境中仔细地区分。如果仅仅是固定地把"书"译成"what was written";"言"译成"what is/was said"或者"language";把"意"译成"the concept in the mind"或者"the concept";把"辞"译成"words"或者"statement";把"志"仅仅译成"intention"或者"condition of mind"等等,一旦改换了文本和言说的语境,恐怕就会出现翻译中文不对题的局面。

尤其是碰到像"气"这样典型的,涵盖中国思想、哲学、文学诸领域的核心范畴的汉语词汇,仅仅是靠陌生化的处理就不行了,而必须进入到所谓意义理解的复杂层面去深入认识和理解,因时因景、因地制宜地去决定具体的译介和阐释策略,以及语词、修辞方面的翻译选择。这就是下面所谓的第三类策略,意义阐释性层面的读解策略。

让我们从前面提到的"气"这个典型例子开始。《孟子》中有所谓"养吾浩然之气"的说法,于是宇文所安就在《中国文学思想读本》中把它翻译成"the fostering of boundless and surging ch'i(气)"。对于这样的英文表述,如果仅仅从个别的句子本身看去,别说西方读

第六章 诗学语言的转换与互译策略

者不知所云,就是懂些中国文论同时也懂英文的中国读者,读来也如在五里雾中。问题就在于,"气"这一概念,即使是对于中国的学者而言,也实在是太复杂了,如果不深入到理论文本的意义生成和逻辑演进的历史中去不断认识和理解,并且根据实际语义去决定翻译的字词选择和修辞结构,确实是很难将这个所谓"气"及其相关的文本意思译介出来的。

毫无疑问,"气"是中国古代文论中最核心的概念之一。但实际上,它同时也是中国哲学中的核心范畴。其含义的内涵和外延都非同小可。

下面不妨略举数例,并稍加申述。

首先,在本体论的层面上,"气"在中国古代思想中,是作为宇宙或自然的本源存在而呈现出来的。所谓"天地合气,万物自生"(《论衡》);"气者,生之元也"(《淮南子》);又如"气道乃生;生乃思;思乃知;知乃止矣"(《管子》);《诗品》中也说"气之动物,物之感人,故摇荡性情,形诸舞咏"。《庄子》中有一段话讲得比较清楚,即所谓"无听之以耳,而听之以志;无听之以心,而听之以气。听止于耳,心止于符。气也者,虚而待物者也。唯道集虚,虚者心斋也。"在这里,这个"虚而待物者也"之"气",就是直觉认知要达至的疆域,通过"听之以气",便可能达到物我两忘、气道合一的存在至高境界。

其次,"气"也是指人在道德或伦理层面的修养和陶染。如孟子就认为,"气"是"集义所生者",并且认为"我知言,我善养吾浩然之气。……其为气也,至大至刚,以直养而无害,则塞于天地之间";"气,体之充",所谓"配义与道"(《孟子·公孙丑上》)。"气"被作为道德伦理的状态,是因为中国古代认为宇宙具有"六气",而人秉六气,就会生六情,所谓"民有好、恶、喜、怒、哀、乐,生于六气"(《左传·昭公二十五年》)。即使是今天,"气"在现代汉语中也仍旧保留着它的伦理道德层面的涵义,正如我们日常谈到人和社会现象的时候,常常说什么"正气"、"邪气"一样。先秦以后的历代哲人诗家,都继承了这一

"养气"的思想,其议论多见于诸家言论诗文之中。

其三,所谓"气"又是指基于作家个人气质和性情境界的精神状态。譬如曹丕就说:"文以气为主。气之清浊有体,不可力强而致。……虽在父兄,不能以移子弟"(《典论·论文》)。曹丕之后,刘勰也对"气"有所论述,《文心雕龙》专列"养气"一章,在其他的篇章中也多次论及创作与"气"的关系。所谓"才有庸俊,气有刚柔,学有浅深,习有雅郑:并情性所铄,陶染所凝"。进而言,"才力居中,肇自血气;气以实志,志以定言。吐纳英华,莫非情性"(《文心雕龙·体性》)。白居易也曾说:"气凝为性,发为志,散为文"(《元少尹文集序》)。关于"气"与言、"气"与文的关系,历代文人诗家也多有议论。韩愈就曾经说:"气,水也;言,浮物也;水大物之浮者比浮。气之与言犹是也。气盛则言之短长与声之高下者皆宜。"①也就是说,只有真正的"文气"灌注其中,无论高下长短的言说才会恰当地表达作者的意念。"气"显然就成了文学的生命力所在,一以贯穿起文学文本的各要素。正如叶燮在《原诗》中所言,"理、事、情"三者虽然是诗文的基本表现要素,但是,"然具是三者,又有总而持之,条而贯之者,曰气。事、情、理之为用,气之为用也。"②也就是说,只有"气"才是本,是灵魂,气脉贯穿其间,文学才能变成鲜活灵性的东西。

其四,"气"也被用来指涉作品的独特风格。如"徐干时有齐气"(《典论·论文》);"试咏《鹿鸣》、《四牡》诸诗与《文王》、《大明》诸诗,气象迥然有别"(《说诗晬语》);以及我们在中国文论、诗话、词话中多见的"气势"、"气韵"、"气象"、"气息"、"骨气"、"气体"、"气脉"、"气味"、"气魄"、"气调"等各种与评介作品有关的术语概念等。譬如李白、杜甫的诗歌,前者所谓"豪放",后者所谓"浑厚沉郁",就都是以气势所展现出来的独特诗歌风格。关于他们的诗歌,你当然可以在具

---

① 韩愈:《答李翊书》,《隋唐五代文论选》,人民文学出版社,1999年,第206页。
② 叶燮:《原诗》,《清诗话》下册,上海古籍出版社,1982年,第576页。

第六章 诗学语言的转换与互译策略

体事理和形式上去学习他们,但他们的这种"气",却是难以模仿的。

除此以外,"气"的相关物理属性和生物属性,作为哲学思考和诗学思考的基础,也是不可忽略的。譬如与物质的固体状态和液体状态相对的气体状态。《说文》中就解释说:"气,云气也。"而在古代医学和生物学看来,人与生物都有"气",或者说就叫做"元气",气在即生,气消则死,所谓"力气"、"断气"、"元气大伤"、"一口气上不来,便走上了黄泉路"等等。"气"作为宇宙万物存在的本原体现和人的生命力的状态,而文学只有感应和灌注了天地和人的精神之气,才会具有真正的生命力。如此等等,当然还可以有其他的分层和解释。

在这里,面对如此多层面和意义的"气",就是专业的中国古典文论研究者也会意识到把握的困难,更何况翻译成外文。

不过我们在这里暂时还来不及考虑如何去彻底梳理清楚"气"的历史涵义,而是先关心如何确定关于这个"气"的适当的翻译策略,也就是如何去向西方的英文读者解释明白这一变化多端的"气"的基本意思。

前面我们已经说过,对于中国文论和诗学的术语概念,宇文所安有直接用一种英文语词符号对译的情形,同时也有根据语义和语境的变化灵活处理,一词多译的情形。而对于"气"这一概念,他在全书中几乎一直固定地用罗马式的注音法"Ch'i"来翻译,只是在后附的属语汇编中,才给出一些相应的英文翻译。

可见,他对"气"的这一概念的处理是非常谨慎的。一方面,这说明"气"作为一个中国思想、哲学和诗学的概念,在西方理论中确实难以找到与之较为对应的词语。哪怕是找到诸如像 logos 这样的概念来翻译"道",使之部分贴近"道"含义的术语也很难;另一方面也说明,宇文所安本人对于这个术语上所浓缩的中国传统文论涵义的复杂和丰富性有清楚的认识,并给予了相当的尊重,所以,他宁愿用所谓"笨拙"的罗马式注音直译来保全术语的完整和丰富性。

然而,真正采用注音直译的办法,看似简单,其实最难。因为它意味着,在概念本身的翻译上,放弃译入语的知识和意义结构的帮衬和自然的理解,读者就完全不可能通过注音去理解什么,其意义的任何接受,都必须直接依赖译者的阐释和随时随地的注解说明了。

现在让我们来看看宇文所安在关于《典论·论文》的译介分析中,是如何来向英语学界的读者作出"气"的涵义解释和交代的。①

出乎意料和饶有兴味的是,他并没有直接从"气"的文化和形而上的种种论述去展开,其论述的起点非常有意思和饶有趣味。

他首先去关心曹丕如何把文学和音乐加以类比。从诗歌的起源和社会功用出发,他认为历史上的文学作品,尤其是古代的作品,特别是诗,都是要大声朗读和吟诵的。吟诵一定是文学最早的传播和记忆方式,而工具性的记录,譬如甲骨、金文或者说用各种刀、笔、纸之类,则是后来的事情。吟诵作为口腔等器官的运动行为,顺理成章地也就和音乐,特别是吹奏乐有了某种相似性和可比性。在某种意义上,这可以算得上是跨学科比较的旁通路子。

这样一来,便涉及"气"的物理和生物特性种种。一方面,"吟诵"与"吹奏",都和"气"这个词的原始意义,即"呼吸"、"气息"有关;另外一方面,它们又都共有一种所谓创造和表达的"即兴性"特点。而所谓"气",其实不止在字面上与吟诵和吹奏的呼吸行为有关,就是在"气"的所谓物质性感觉层面的意义上,也都可以这样逐渐引申出来的。到了曹丕,在《典论·论文》中就把它直接引申到超越物质感性层面的精神意义层面了。所谓"文以气为主。气之清浊有体,不可力强而致"。并且很尖锐地指出,二者不可分离,始终是水乳交融的。譬如音乐和文章的写作,曲调节奏或者谋篇布局等技巧,尽管可以相似和模仿,但是,个人天分、才情及其所修炼到的"气"的状态不同,文章的高下却是大不相同的,同时也不可能模仿。也如刘勰在《文心雕

---

① 参见宇文所安《中国文学思想读本》,美国哈佛大学出版社,1992年,第57—72页。

第六章 诗学语言的转换与互译策略

龙·风骨》篇中所言:"缀虑成篇,务盈守气,刚健既实,辉光乃新,其为文用,譬征鸟之使翼也。"而明代文论家许学夷则明确地说,"诗有本末。体气本也,字句末也。本可以兼末,末不可以兼本也。"[①]经过这样一番解释,读者从"气"这样一个术语中的阐释中,不仅可以了解"气"本身在中国文论和诗学中的意思,而且可以窥见中国文论和诗学与西方明显不同的表述方式。那就是,中国的文论诗学家们,往往喜欢用一些譬喻性、意象性的概念来表达抽象的理论概念,并且让术语概念的符号本身承载起远远超出其字面意义的种种抽象含义。除"气"之外,这种情形还有所谓"风"、"神"、"体"、"骨"、"韵"、"境"、"味"等等。

在这里,宇文所安并未像传统西方文论的著述概念和表达方式那样,直接给"气"下一个准确的界定,恐怕这也不是他的目的所在。在他的笔下,如同"气"这样的,对于中国学人而言,虽然不能给出明确定义,但几乎都能够心领神会的概念,经过他有点"陌生化"的译介性阐释以后,在英文文本中也开始呈现出相应的多义性和丰富性。他并且还进一步指出:"气"本身应该具有某种物质性的存在状态,而不仅仅是注入其间的某种虚无的力量。"气"是构成一首诗的所有因素——天才、学习、个性、情感——之外,用以激发出文本生气活力的不可缺少的东西。正所谓"文以气为主",没有"气",任何东西都将变得毫无活力。

译述者还进一步论述了"气"作为一种存在物,其形态不是固定的,而是具有某种变动不居的所谓即兴发生性和快速流动性。所以后世也常常把"气"看成运动之物,所谓"一气呵成"什么的。在文本,如诗歌、散文中,"气"通常都表现为,当作者处于强烈易变的情感和灵感控制之下,生动的话语和意念如长河灌注,一泻千里地喷涌而出。

[①] 许学夷:《诗源辨体》,人民文学出版社,1987年,第326页。

由此，宇文所安很自然地就把我们引入了对中国和西方文论术语概念的某种异质性的思考。在他看来，西方的许多创作理论强调所谓文本的客观性，就是说在创作中，目标是先于文本而存在的，作为创作主体的作者对文本有绝对的"驾驭"能力。在整个写作过程中，作者的意志控制着写作的意图和风格。而在中国，很多文本与作者的关系都是一而二，二而一的水乳交融关系。

在创作过程中，作者对于文本并不具有先在的绝对控制权，而是即兴式的"一气"贯注，富于变化而前行式的参与性创造。有时候作者与文本之间的关系压根就分不开，譬如说作者老子与文本《老子》，作者苏东坡与《赤壁赋》中的苏东坡，诗人寒山与他的居住地以及《寒山诗》等等。当然，这并不意味着中国传统诗学中没有文本客观性的论述，譬如诗歌创作中的所谓"活法"之类。但我们毕竟可以从中窥见中国诗文创作和诗学观念方面的某些个性特征。

译述者的论述尽管没有系统地讨论"气"的多种意义，而纯粹是本于对"气"的本原性质的解释和发挥性分析，甚至可以说是有着某些来自"他者"的想像和发挥，但在某种意义上却洞穿了中国传统文论诗学的内向性和西方传统文论的外向性（比如"模仿"理论等）差异。

这也在一定意义上证明，一个词的历史很可能就是一部缩微的文化历史。而中国传统文论诗学术语对中国文化的至关重要意义，并不仅仅在于文论诗学本身所承载的深厚历史内涵，更多的常常为文学以外的各种文化思想所共享。

最后，译述者还论述了"气"的不可遗传性。所谓"至于引气不齐，巧拙有素，虽在父兄，不能以移子弟"。译述者从曹丕的这段议论，很自然地就联想到出自《庄子》中轮扁的故事。在译述者看来，轮扁是一个关键的转折点。曹丕由此突然发现，人们想成为"通才"和"智者"的努力恐怕都只能是徒劳，从而从所谓权威掉入了精神的恐慌。这涉及宇文所安试图讲出的一个有趣味的诗学和诗人的"故事"

第六章 诗学语言的转换与互译策略

的主观建构。关于这一点,我们在前面已经详细地分析过。这里需要再次强调的是,我们可以由此发现,宇文所安关于言意关系的主题在这里又一次得到复现,从而使儒道两家关于言意关系的不同观点之争在这里得以延续。经由轮扁的故事,译述者猜测曹丕一定感到了空前的恐慌,但同时也清醒地注意到,"尽管曹丕在这里想说的只是'气'的不可传递性是写作最本质的特性,轮扁的故事讲述了写作本身在传递人心最本质东西方面的无能",可是曹丕并没有走向轮扁那样的极端,而是转而以"盖文章经国之大业,不朽之盛事"的慨叹给自己以宽慰和舒解。为了弥补这一方面的缺失,译述者紧接着就带领读者去回忆一些关于语言反映人内心世界的有效性的文学观念,譬如孟子的"我知言",孔子的"不言,谁知其志"等等;并且再一次强调,语言虽然不能完美地表达心志,但语言依旧是表达心志必不可少的工具。

总而言之,不管怎么说,宇文所安尽管将"气"直接拼注翻译成了"Ch'i",但是,他的阐释性译述,还是为西方读者理解中国式的"气"开启了一个充满跨文化读解意味的窗口。

如果参考一下作者在该书编定附后的所谓"术语汇编"中关于"气"的种种翻译性"释义",如"breath","air","steam","vapor","humor","pneuma","vitality"等等,我们不妨还可以对其关于"气"的译介性论述做一点总结:宇文所安大概认为"气"的原意就是一种物理学和生理学上的存在物,它是流动的和随机即兴式发生的;进而从"气"的物质层面理解再引申到所谓精神层面的形而上意义,借以表达文学创造得以鲜活的生命性体现和表达的状态和原因。并且"气"与个人的才情、天分和所谓"气质"密切相关,因人而异,有高下"清浊"之分,可以"养",但不具备遗传性,等等。

看来,"气"或者说"Ch'i",的确是一个从"有"到"无",从"形而下"到"形而上"不断生成和提升的、极为重要的中国文化和文论诗学概念。

难怪刘若愚在他的《中国的文学理论》中,会把不同的关于"气"的言说,分别归类到不同的结构场域中去了。譬如庄子的"听之以气……气也者,虚而待物者也",这里,由于"气"有直觉认知、道我为一的意思,被归入了形而上的理论;至于曹丕的"气"由于主要是指基于个人气质或精神状态而具有的创作个性和天赋,则被归入了表现的理论;而《典论·论文》中"徐干时有齐气",这个"气"既然是指作品具有的审美品格,也就自然地归属于审美的理论了,等等。和宇文所安一样,刘若愚清楚地了解中国文论术语的模糊抽象性和直觉认知性的特点。由于古代中国的批评家习惯于用高度诗化的语言去表达感性直觉的印象,而不是区分性的理性概念,也就在整体的意义上无法精确界定其含义。而翻译介绍的行为本身又不能不把这些感受性概念翻译成理性的概念,尽管这样做也许会失去其中的诗意,甚至终究也逃不掉逻各斯"等级制"的框定和宰制,但是只要不至于剥夺其基本的和本质的意义,其重要的学术交流和对话目的之第一步,也就算是基本达到了。

其实,在翻译过程中,任何的对应词都是人为地给定和历史地形成的。也许,从某种特定的意义上去看,比较诗学的研究也就是一种跨文化的思想翻译和交流行为,其中产生的有意识或无意识的误读,才正是其对于比较诗学最有意义的启示。这意味着,当某种文化以自身的特点走入世界的时候,误读的产生是必然的,恐怕也是必需的。"误读",可以说正是我们互相了解的入口。在不断的误读和阐释中,我们恰恰有可能正在越来越接近彼此文化的真实。

说到底,翻译的这种宿命现象和译介策略的复杂选择和种种困扰,其实都证明了一个道理,那就是:无论是在西方理论向中国的传播,还是向西方译介中国文论诗学的历史过程中,所谓"原汁原味"的"推销",是压根不可能存在的。误读、误解不可避免,意义的添加和生长也是注定会发生的情形。但是,这一切都并不意味着翻译和介绍的不可能。我们只需面对这一不可避免的"变形"现实,尊重它不

第六章 诗学语言的转换与互译策略

可避免地向着异文化和国际化的现代性转化,同时通过不懈的努力,经由适当的阐释和译介策略,尽可能地把西方理论的真谛学到手,把中国文论诗学的真精神、美学个性和批评话语特征,较好地传达给异邦,流传于世界,并且期待其在现代和未来发展中新的生长。能够做到这一步,恐怕就该谢天谢地了。事实上,其他诸多文化、思想、理论文本及其术语概念的翻译介绍,又都何尝不是面临这样的处境呢。

第七章 中西诗学对话的深度模式

到目前为止,我们已经讨论了比较诗学学科产生的文化语境、它的历史与现状、中西诗学的基本概念、方法思路、入思途径、语言转换原则、互译性策略等等。

作为一本导论的著述,本书的基本任务似乎可以说已经完成。但是,对于每一个研究者而言,在尝试开启中西诗学研究的实践之门的时候,他实际上还面临着一系列重要的入门障碍和选择困扰。其中十分重要的问题之一就是:根据比较诗学作为一门学科发展的历史经验以及诗学的当下研究进展和前人的实践深度,就具体的中西诗学关系研究而言,依据目前的认识边界,它主要存在着哪些基本的探讨领域?而一旦研究者决定要去开展类似方向研究的时候,在这个学科的探索道路上,已经或者说正在开启出何种类型研究的深度模式?

然而,本章的命题所牵涉到的追问和讨论,实际上已经站在了理论探讨和实践尝试的分界点上。

所谓研究的类型区分和深度模式,作为具体跨文化诗学研究实践的历史梳理和总结,由于研究者个人秉持的观念和视野的不同,始终是充满争议和见仁见智的。由于研究者的知识结构、学术立场和关注重心的不同,其愿意走进的研究场域和企图去撕开的意义层面也各不一样。在许多情形下,他们之间甚至连关于理论本身的分类模式和组合体制都不尽一样。因此,学术目标相似的深度模式,其命

第七章　中西诗学对话的深度模式

名和言说方式也常常是有所不同的。

但是，无论如何，中西比较诗学作为一个学科的未来发展和实践深度，在很大程度上，却不得不依赖于我们对研究的深度模式理解这一领域问题的认识深度和广度。

在讨论比较诗学的入思途径的时候，我们就曾经强调，为了在实践的意义上能够展开真正的中西诗学对话，我们不仅要努力营造理想的、众声喧哗的多元理论语境，要在不断反复读解过程中走进对方，而且要积极去寻找理论上的共同话题。于是，当我们真正开始去寻找共同话题的时候，我们就已经走到了研究的类型场域和深度模式的门槛边上。

不过，由于此前我们所关注的只是关于什么是"共同话题"，以及如何"展开"共同话题的追问，当时侧重要梳理的只是共同话题的形成机制问题。因此，还来不及从整体上去系统地探讨和辨析，当下的比较诗学学科领域内，究竟存在和可能应该存在哪些类型的共同话题？这些话题的性质、内涵和外延如何？而研究者又该如何去深化相关的话题研究？如此等等。而这些则正是我们接下来要尝试着去加以讨论的。

论及如何去区分各种不同的共同话题场域，探索不同的研究深度模式，这无疑是任何研究者都将面临的难题。其间任何人都不可能想当然地去凭空起炉灶，主观推理，全凭想像地去建立一些不着边际、无法操作的模式，而只能以现代文艺学研究的基本学理结构作为参照，以既有的比较诗学研究的历史经验和现实问题作为依据，尝试着去区分和论证既有的，或者说正在形成的某种深度模式存在的可能性和研究可行性。

而正是从这里开始，我们的叙述和分析逐渐开始从学理和方法的阐述，进一步走向了具体的研究实践。

关于这方面的具体研究，本土和域外都已经有许多人在尝试着进行实践，各种研究也已经陆续涉及众多的深度研究模式并发表和出版了许多成果,读者自可以从本书提供的文献和参考书目中去认识理解,在本章中我们就不再也没法做到系统全面的论述,而是择其一二重要的分析模式加以展开,从而为没时间系统钻研本学科文献的读者提供相关范例而已。

第一节 诗学对话关系的深度模式结构

本节提要:

深度研究模式结构方式的多元性;文学的观念属性模式;文学的意义生成和阐释模式;文学的语言性存在模式;汉语和文言的诗性特征比较;文学的文化——审美阐发模式;文学的学科性理论建构模式。

由于文学批评理论本身发展逻辑结构的特点和阐释体制的进入路径具有多元性,因此,其跨文化诗学对话的深度模式结构和研究展开,在很大程度上也必须遵循一般文学理论,或者说诗学研究的结构体制以及不同深度层面的展开顺序。由于研究者对于文学和文学研究理解的学理思路不同,这些个系统的理论认识的结构方式也往往不同,但是,就大致而言,至少它还是应该涵盖下列一些基本的深度模式层面。同时这也是目前国内外比较诗学研究界一直以来都在尝试实践探讨的范围和重心。其中第一、二、四这三种模式,由于将在本章后面三节中作为示例来加以深入讨论,在本节中就只作一般论述而不再例证展开了。

一、文学的观念属性模式

作为一般文学研究的观念模式,它的核心命题是追问所谓"文学究竟是何物?"这一极其形而上的问题。而其根本目的则是探讨文学与世界以及人生的意义关系,因此它具有极为突出的本体论意义。

第七章 中西诗学对话的深度模式

简单地说,这种探讨所关心的并非各种具体的文学事实本身,而是企图透过这些文学现象的表面去追问它可能存在的普遍性质,也就是人们通常所说的"文学的本质"。

对于比较诗学学科而言,这一追问的悖论性和矛盾性在于,对于文学本质的追问本身,至少在表面上看去具有寻找所谓惟一终极回答和真理性的特点,但是,由于它并非某一民族和文化的独有专利,因此,这个世界上无论哪一个民族和哪一种文化传统,只要它曾经有着文学的历史和现实存在,那么它就没法回避这一关于文学与世界的意义关系问题,它就必须不断尝试着去回答与之相关的问题。于是,就出现了这样的局面,一方面是要寻找惟一性的回答;可另一方面,由于各不同民族文学发生发展和各文化传统形成延续的背景和历史特点不同,对待这同一命题,人们的探索路径和侧重往往不一样,由此得出的初步结论也常常有很大差异。于是,在目前和可以估计到的将来,能够作出惟一性结论的机遇和可能性几乎就不存在。

尤其在那种历史和传统差异明显不同的文化之间,譬如以儒道文化为主体的中国和以希腊、罗马以及基督教文化为主体的西方,有关这方面的回答有时候甚至就是南辕北辙。而比较诗学的目标,就只能是试图将这同一命题下不同文化传统对它的不同探索和回答置于同一平台上,在比较性的对话中加以追问分析,尝试协调整合各种不同的立场和见解,从中去寻找新的探索途径和追问方式,力求将对这一命题的探讨推向一个新的高度层面,从而使回答更加接近现象的意义本身。

因此,面对这样的悖论和矛盾局面,作为基于跨文化立场的关于文学存在意义和基本性质的追问,研究者所持的现代比较意识就要求他尽量放弃所谓"惟一性"的乌托邦期待,更多地从多元文化的视野和文化相对主义的现实原则去考虑问题。

二、文学的意义生成和阐释模式

与所谓观念属性模式的追问不同,文学的意义生成和阐释模式所关注的问题层面就比较具体,或者说不那么形而上学。它关心的主要是关于文学"生产"的各种过程性、关系性的命题。实际上它的核心命题是要追问:"文学的意义从何而来?"而其根本目标则是希望找到文学与世界和人类之间最紧密的关联,并由此去发现创作、传播和接受的内在动因和秘密。

不同国家和地区,由于文学和文化地域传统的区别,对于文学生产和接受过程中的关系理解往往不太一样。于是,他们在文本、自然、社会、作家和作品之间,各自关注的关系重心也明显不同,言说的话语方式也大有差别。有时候你甚至觉得他们之间各有一套自己的话语,言说着各自关于文学意义产生的感悟和理解,相互之间难以对话。

但是,在比较诗学看来,任何关于文学文本、意义生产和阐释问题的讨论,基本上都是建立在以文学"文本"为核心,以及包括人、自然、社会在内的外部"世界"、"作者"、"读者"等基本要素及其关系之上。同时也离不开由此而形成的一系列文学生产的基本关系结构和运动特征的探讨。

显然,不管是任何发育程度的文学和诗学,无论是所谓传统的、现代的、还是后现代的,它们也都需要从这些要素和关系出发,去探讨文学的意义生成。

不同的诗学传统肯定会从它自己的立场和经验去关注问题,并在历史进程中形成它自己独特的解释重心和结论方式。而比较诗学的目的之一,就是要基于这些基本的关系要素,尝试着去建立起同一命题之间不同文化诗学见解之间的对话关系,并且在相互的理解、映证和补充过程中去加深对这一领域的认识,从而不断去寻找文学生产和阐释理解的关键动力结构,去寻找接近所谓意义"真实"的最佳路径,并且推动文学创作和读解过程的不断发展与深化。

三、文学的语言性存在模式

前述文学的观念属性模式所探讨关注的,更多的是"何谓文学?"这样的根本性的命题。而意义生成和阐释的研究模式,则更注重文学创造和鉴赏批评中的主要关系和意义生产过程。然而,它们都不可能真正将文学的语言性问题作为思考和分析的重心。

而我们却又都明白这样一个最基本的事实,那就是,无论中国文论和西方诗学存在着多么大的认识、理解和分析理路的差异,有一点它们却都是共同的,即任何文学和关于文学的论述,无论它们是古典的还是现代的,无论是传统的还是前卫的,它们都只是一种"语言事实"。文学作为一种语言的艺术作品,以语言的方式存在于世界,这应该说就是其根本特征之一。无论是口头语言还是诉诸于文字,它们所表现出来的也都是一种关于具有审美特征的语言的经验和见解。因此,主要基于语言的思考和分析模式,应该是任何一种文学研究学科对于文学进行深度追问和探寻的重要一翼。

当然,即使是从语言的基底去探讨文学问题,不同的文化传统和不同的时代一直以来都始终存在着不同的思路。撇开20世纪以来的各种与语言分析有关的文学批评流派不谈,譬如布拉格学派、俄国形式主义等,即使只是就整个文学语言研究的趋势而言,至少也主要有两个方面的明显不同的分析思路。

一个方面是从宏观语言论的立场入手,试图去追问文论和诗学背后所隐藏的语言观念的变迁及其对于文学和文学理论思想演进的影响;另一个方面则是从不同民族具体的语言体系、语言种类和语言事实出发,去探讨不同文化传统下的语言要素及其结构特征对于文学的制约和影响。对于前者,语言是作为意义本身的存在方式去加以讨论;而对于后者,则更多是作为与意义相关的语言策略去加以分析的。

从比较诗学的立场去展开宏观话语层面的诗学研究,其具体的分析展开模式可以多种多样,但基本上还是把不同诗学传统之间尽管由于具体术语、概念、范畴和言说方式的符号和意义疆域不同,但是其所关注的文学要素和认识关系却基本上有着某些相似性、同时具有可比性的、相近的话语元素寻找出来,并将其有选择地置于同一诗学话题和对话的场域中,展开互为参照的比较、区分和互释互证。这样做的目的,是以期经由这样的对话性认识手段,去发掘和深化对于那些深藏于语言后面的民族和文化间独特的诗学特征的认识,并且使这些语言性的诗学特征和诗学个性的普遍价值得以彰显,使得其独特的言说方式为本文化传统以外的世界所理解和认可,在表述方式上得到一定程度的现代转化,从而作为有效的历史诗学资源,积极地参与到现代世界新诗学的建构中去。譬如本书中关于言意关系的跨文化分析,国内外一些学者对道与逻各斯关系的研讨,对于比兴与隐喻之间内部关联的追问等等,都具有这类宏观语言论基础上的跨文化诗学研究的特点。

其实,所谓的宏观语言论,就其学理的基础和源头而言,如同某些研究者所言,其整体理论的根基基本上是建立在西方现代语言理论关于语言三维性的理论认知上。这里所谓的三维性,主要是指人们在理解和把握语言表达意义上的三种基本取向:工具性、审美性和真理性。而大约在19世纪以前,无论中国的文论和西方的诗学,大都只是在工具性和审美性这两个维度上来理解文学和文学关系的。其认识和理解的历史,也就是围绕着语言而展开的实用工具主义和审美形式主义的冲突和互动。有鉴于此,我们就应该可以从语言和语义的层面入手,来深入探讨西方诗学从技艺学到美学的发展路径和历史转折。而同时也可以从实用主义和审美主义互动的层面去分析中国古代文论的一体两面关系,[①]并且对双方加以比较和衡量。

[①] 参见余虹《中国文论与西方诗学》,三联书店,1999年,第70页。

第七章 中西诗学对话的深度模式

但是,在进入 20 世纪以后,欧洲和北美的文论思维先后都受到了西方现代哲学和学术理论中所谓的"语言学转向"的普遍影响,以至于一旦离开关于语言的言说,离开对各种语言哲学和语言理论进展的关注,许多文学批评理论就不知道该往何处推进和突围了。这种围绕语言不断追问的结果,使得 20 世纪以来的文论语言关注重心发生了根本性的变化,从工具论、审美论走向了对于诗学语言的真理性维度的重视。如果说技艺和实用的诗学所关心的是语言与实在的关系,那么,审美的诗学则关心的是语词与语词本身的关系,至于所谓基于语言存在论的诗学,则主要关注的是语言与意义的诗学本质关系。

的确,如果我们综合语言现象学和关于人的存在哲学以及与此相关的语言学理论去看,作为人类对于世界认识和理解结果的呈现行为,所谓意义的原发性和语词的建构性、意义的虚无性和语词的解构性等,无论从什么角度去观察,似乎都是难分难解、一体相关的。也就是说,既不存在离开语言的意义,也不存在离开意义的语言。语词的能动性始终与世界的真理性、历史性和现实性密不可分。而诗或者说整个文学,在人的认知各领域的系统中,作为相对而言比较原发性和较少功利性的语言与意义的关系领域,正是现代哲学和文学批评理论下工夫去大力展开诸如此类的"思—言—诗"关系思考的理想对象物。

作为文学家和诗人的人们,既要经由语言去实现我们对于世界的"观、感、思、构",结成"心像",生成"意境",同时也要经由语言,才能把内心的"潜本文"呈现为语言化的所谓文学作品。

一个作家与非作家的差别,在很大程度上,正取决于他对于语言与意义关系的理解和呈现能力。

在这一论述的场域里,语言问题基本上也就成了生存性的意义问题。一如张艺谋的电影《秋菊打官司》中的秋菊,她与村长的官司,绝对不是一般的精神利益和物质上的金钱赔偿等问题,而是被转换成了语言问题,是要向村长讨一个"说法"的问题。在这场官司中,越往后来,一切都变得不重要,就只剩下"说法"了。只要有个合理的说法,只要村长开口说出正确的语言即所谓"道个歉"、"认个错",就一切都可以了结,而偏偏村长就是不说,于是,在秋菊的执著言说和起诉下,请读者注意,这里所谓"起诉"也是一种言说,于是村长最后只好进了监狱。而这根本就并非秋菊打官司的目的,所以在片子的结尾,当村长随警车而去的时候,秋菊的脸上竟然显出莫名的惆怅。

事实上,历代的文字狱,还有那人人皆知的"清风不识字,何必乱翻书"的故事,以及"文革"期间无数关于语言和文字的冤狱,作为严峻的生存问题同时又都是和语言息息相关的。语言在这样的语境当中,真的就是生存的基本问题了。

但同时,语言当然也是重要的诗学问题,语言的表述呈现能力如何,决定着文学的生命力。在这里,作为语言的所谓"形式"不仅是"有意味的",其实它本身就是意义。因此,我们由此出发去展开的,在比较诗学意义上的言意关系探讨,便不可避免地成为比较诗学领域里最富思辨性和挑战性的课题之一。

至于所谓微观语言策略方面的诗学研讨,既然是基于不同语言的种类特征和语言内部的具体差异性的比较和追问,那么,它关注的除了语言整体结构的特性外,对于字、词、句、语法、修辞诸方面细部关系的诗学意义探讨,也就不可避免地会成为诗学和比较诗学研究者情不自禁关注的重心。

这里应该可以举出一个比较典型的研究者个案。我这里说的是华裔学人叶维廉的比较诗学研究经历。他的基本学术路径是以英美语言的诗学特性作为参照系,通过严格的语言比较分析,来探讨中国语言,主要是指古代汉语和中国文字的独特诗学魅力和诗性价值,其在提升我们对于汉语和汉语诗学意义的认识上,许多方面都有所拓展深化,蕴意深远,颇多启发。

考察叶维廉的著述,我们可以发现这样一种基本的见解,那就

第七章 中西诗学对话的深度模式

是,在他看来,中国的古汉语或者说文言文在用字、用词、修辞、造句和所谓语法的诸种表现方面,都普遍具有独特的传意特色,并非一般的拼音文字可比。一直以来,在西方的中国文学研究界,无论学者们对于中国其他传统文类,譬如小说、戏曲等,有着什么样的偏见,但是在关于中国古代诗歌的价值意义方面,不管其能否真正理解,对它的成就和世界性地位基本上都是一致肯定的。而我们也都清楚,中文诗歌必然是通过古代中国的语言文字来传意表达的,这就促使我们必须正视这样一个诗学事实,那就是,中国古代诗歌的独特魅力,在一定程度上,绝对是与其语言文字的特点分不开的。至于其在多大程度上决定着中国古典诗歌的命运,那就只能通过基于语言角度的、系统认真的深入研究去加以证明了。这也可以说是叶维廉的基本学术目标吧。

而中国的古代诗歌如何经由这种独特的汉语文字,通过作者的传意和读者的读解,去传达出自身的美感魅力,光咱们自己说了还不算,还必须以其他的语言和诗学系统作为参照,譬如英语和英语诗歌。于是,对于中国古典诗歌的语言性诗学研究,便别无选择地成为了当代中西比较诗学研究中一类十分重要的课题。

这里所谓基于语言立场的比较诗学独特的方法,即是以某种外文(如英文)及其文学为第一参照系,以现代汉语或者说白话文作为第二参照系,建构起一套中西古今的诗学语言对话深度模式。通过深入的辨析和探讨,企图可以为打开中国古代诗歌阐释学的基底和语言外壳开启一条理想的路径。实际上,这也可以说就是叶维廉个人秉持的独特研究范式和方法选择。

当然,从事这样的研究,作为一种知识结构条件的前提,它要求研究者不仅要精通相关种类的中西语言、文化和文学的情形,有着实际的跨文化生活体验,甚至他自己最好也是一个作家尤其是一位诗人。而叶维廉本人则幸运地恰好符合全部的条件,又对于比较诗学学科有着极好的专业化训练,有着一份对于汉语诗歌和诗学的历史自豪感和责任心，这就难怪他在此一研究层面能够有所建树了。

　　一般人学拼音化的外语，尤其是学英文的人都知道，它们大多有着严格的语法结构。譬如人称代词（I，he，it）、冠词（a，the）、确定位置和关系的前置词（on，when，where）以及关于单数、复数、时态、语态的语法要素和严格的句法结构等等。这些词素和语素在组合和修辞过程中对句子的意义不断加以定位、定向、定义和定性，对各种意义关系加以指定、澄清和说明，从而使得思想的意义得到明确的表达。

　　但是，在诗歌意义的弹性表达、深度展开和各种所谓言外意蕴的读解阐释上，这样的语言却无疑会使诗歌的表达受到多方面的束缚。即使是一个母语不是西文的读者，在阅读这些西文诗歌的时候，也多少会感到这种局限。当然，这并不意味着拼音化的西文不适合用来记录和表达诗意，它自有它的诗性特点，有待另外述说。

　　而与之形成明显对照的是，中国的古汉语和文言文相对而言却比较缺乏上述这些词素和语素的规定性要求，其字、词以及语法的规定和结构方式都有着较大的灵活性。譬如人称代词的不明显和少用、通常无动词成句、不大用规定性的时态和语态、一词多性、时空无明显限制性等等。

　　严格地说，这种语言的存在现象，在日常语言，尤其在理性的科学语言的表达方面，具有语言表述上不严格的特点，容易带来理解的歧义。当然这也许只是某些学者的一面之词，因为在现实生活中，再精密的科学论文，哪怕是爱因斯坦的相对论，不也被翻译成了汉语了吗。不过，我们应该承认，汉语的前述语言特性始终还是存在的，而当它被利用来记录文学，尤其是诗歌的时候，却意外地在诗意和美感的表达以及阐释的深度和广度方面，能动地开启出了一片无限广阔的美好天地。

　　在这方面，叶维廉通过与英文诗歌及其翻译的比较，通过对从最典型的、语法最为灵活的回文诗的分析，到用词遣句、声韵格律都比较严格的五言、七言律绝的语言性比较展开,逐步发掘和总结出一套关于古汉语和文言文在诗性表达方面存在着的一系列的语言个性特征。譬如,他就认为:

1. 古汉语由于非人称指代的语法特点以及其他因素,导致非我化的诗歌意境的普遍性,作者自我融入浑然不分的"存在"和事物的千变万化中,使无我的、"无言独化"的物象以本原的面目呈现,较少作者的主观处理,给"诗"与"读者"之间留下意义自由进出的较大空间。

2. 由于语法和语义的缺失、放弃和灵活性,古汉语和文言使诗歌中的事物超脱一般拼音文字诗歌分析性和演绎性的局限,让物象直接具体地演出。而且能够使时间空间化,空间时间化,譬如"不觉暮山碧,秋云暗几重"之类的句子,就具有视觉事象共存并发,在诗意的空间上存在所谓雕塑性、绘画性的特点。

3. 正如我们都了解的,由于文言文在语义上常有的词性活用和关系的不确定性,一般少有单线的因果追寻,从而能够在意义上多线发展,全面网取,并且在理解上有意义的多重暗示性。因而,它一旦成为诗歌的载体,就使读者能够较自由地从不同的想像和形象生成管道进入,然后相对自由地通过自己的精神参与去实现个性化的诗意理解和美感体验的完成。

4. 同时,在文言文表述的汉语诗歌中,由于包括人称代词普遍缺失在内的一系列主题消解的语义表述现象的存在,一旦当主体(往往就是所谓的"我")缩减消融到极小化的时候,在汉语诗歌中就会出现诸如物象之间直接对话的情况,也就是诗学上所谓"以物观物"的状态。譬如"风去、台空、江自流"的意境,以及所谓一种"我看风景—风景看我—风景互看"的互为主体的、循环往复的意象运动过程。并且,汉语诗歌中普遍存在的意象的并发现象,在读者的解读过程中还会导致类似电影蒙太奇式的种种叠象美感。

如此等等,我们还可以总结出许多类似的汉语语言的实行特点。

可见，与传统的西洋拼音化诗歌相比较，以古汉语为基础的文言文创作的诗歌，在意义和美感的表达以及读解方面，的确有很多自己独特的性质，而这些个性又是和中文作为一种独立结构的语言和方块汉字的具体语言构型特点分不开的，有时候甚至是由其所决定的。

因此，从具体微观语言的角度去展开的跨文化诗学比较研究，一方面能够达于对中国诗学的美感领域和生活风范的深入了解和领悟，另一方面，也可望有意地逗引出中西不同的语言和诗学的会通和认识。这是多数认真严谨的研究者个人的愿望，同时也是我们之所以将比较诗学的研究置于语言论的深度对话模式场域里来加以追问的重要目的。

四、文学的文化—审美阐发模式

除去从观念形态、意义生成与阐释以及语言层面去建构跨文化的诗学深度对话模式外，不可或缺的无疑应该是从审美层面去展开的诗学对话。之所以这样强调，是因为文学和诗歌都不仅仅是一般的意义对象物，而是具有明确的非物质功利性和非理性解魅能力的领域。在这一领域中，基于人类天性和文化进化发展欲望的审美需求，远远大于其认识和理解包括人在内的世界的期待。

审美精神既是人类的基本精神存在方式，同时也是文学和诗学本身的根本属性之一。离开审美比较的比较诗学肯定会让人怀疑它的存在意义。

然而，比较诗学意义上的审美追问，却不得不与产生这些审美类同和差异的各自文化的传统发生关联。除去人类天性以外，审美行为的特征和个性总是和该地域和民族群体的文化精神密切相关的。于是，当然只有从文化精神出发，才可能在参照和比较中去看清某一文化之下其诗学审美的特点和差异性。

文化精神是某一文化中经由历史、时代和历代思想及其社会实践的总和，而从文化精神的比较开始去看审美的异同，则可以更清楚

第七章　中西诗学对话的深度模式

一些地看到问题的深度。所谓中国人的审美习惯如何,西方人的审美习惯如何,等等,其实支撑其后面的多数就是相关的文化精神及其社会实践的表现形式而已。将审美与文化精神联系起来作跨越性的考察,既可以见出中外审美想像之间的差异,也可以把握其文化精神是怎样在背后制约审美想像、审美习性、话语言说方式和语言符码特点的。这就是我们为什么要把审美比较与文化精神的比较联系起来的理由。

那么,如何着手去开展这种被称之为"文化—审美阐释深度模式"的比较诗学研究呢?选择始终还是多种多样的。即使就目前学者们的尝试而言,他们各自的主题选择、研究路径和运思结构方式也同样有着很大的区别。

譬如轰动一时的刘小枫的《拯救与逍遥》(上海三联书店,1988年),写作的动机和出版的副标题都是比较诗学。就具体的内容而言,作者主要是从价值现象学和当代阐释学的理论立场出发,以二元对话的学术分析结构方式,集中讨论了诸如"天问与超验"、"适性得意与精神分裂"、"希望中的绝望与绝望中的希望"等一系列重要的中西美学精神主题。但是,正如作者自己所言,比较诗学对于他只是一个写作的理由和一个似是而非的言说方式。他所关心的实际上是充满形而上意味的个人信仰问题。因此,全书的具体论述、中西对话交锋和思想碰撞等,都是从个人和社会的精神信仰及其在文学诗学中的表现方式,以及它们之间的异同和高下层面去展开,极少去涉及有关诗学审美方面的比较和分析。即使是有一些,也让人觉得总是游离在主体论述之外。因此,本书尽管是一本深刻而富于激情的著述,但却不是一本以审美意蕴为主要论述模式的好的比较诗学著作。也正因为如此,作者在 2002 年修订版中毫不犹豫地删去了该书的比较诗学副标题和相关的诗学分析内容,进一步突出了其个人信仰主题。

与之相比较,诸如张法的《中西美学与文化精神》(北京大学出版社,1994 年)倒是更接近我们这里确认的研讨模式和主题内容。作者在试图整体把握中西文化的基本精神和对中西美学精神做整体性形态、结构和历史性梳理的基础上,抓住中西在和谐、悲剧、崇高、美感、灵感、典型论、创作论以及审美具体方式诸方面的观念和理解言说异同,结合大量的文学和诗学的文本事例,由此展开了颇具深度的有说服力的分析讨论。

譬如作者通过追根溯源的比较分析,发现美学上和谐思想建构的一个重要关键是如何处理对立因素。在这一关节点的认识上,无论是中国还是西方在认识上大致都是一致的。而且中西和谐观念在心灵意象上的审美表现,都有着一些基本的理想存在方式,譬如追求整体的和谐、空间的和谐以及时间的和谐等等。但是,中西关于和谐的审美在其精神的某些走向上又是有着明显区别的。

中国传统文化精神的一个重要理念,就是所谓"天不变道亦不变"。建立在这一理念上的和谐观念也是讲求精神和审美追求的恒定性和谐,如果世人实现不了修身、齐家、治国、平天下的整体和谐的政治和美学理想,那么,他或者跟从道家去追求与自然的和谐;或者在失落中以一种美人思妇般执著相思的形式,通过文学,尤其是诗歌的意象,去幻想和执著地追求这种和谐;更有甚者,哪怕个体的和谐追求已经彻底绝望,面临所谓陈子昂式的"前不见古人,后不见来者。念天地之悠悠,独怆然而泣下"的处境,也就是说,即使个体的和谐已经彻底绝望,诗人对于整个文化天道和谐运行的信念却始终不会丧失。正是在这样的心态之下,中国文化始终能够保有其基本稳定的审美和谐模式。

而西方就有所不同,作为建立在所谓实体、形式和明晰性基础上的和谐观念,随着社会的发展,文化的运行,人类的认识不断前行,人们对于人自身、世界、生物圈乃至整个宇宙的认识不断改变,不断深化,于是,他就要求对过去的和谐关系不断做出解释和重新加以构型。如同从亚里士多德到康德、黑格尔各自的宇宙以及世界和谐模型的差别一样,如果一方面认识不断深化,而另一方面对于这个人类大千世界的处境和宇宙整体的最终真实状况又不得而知,那么就会在哲学、审美和诗学精神中生出种种荒诞感来,从而也就有了尼采、有垮掉的一代、有荒诞派的戏剧等等。西方美学上的和谐理论也由此受到强有力的挑战,并且在现代和后现代美学的摇摆不定中等待新的出路。

由上足见,文化—审美阐发的深度模式比较分析,在比较诗学研究中是可以借以保持文学和诗学固有的文学性和审美特性的重要研究范型;也是在当代文化批评理论流派众多,各种思想分析日益纷纭复杂的语境中,尽可能地保持比较诗学作为一种关于文学性的理论研究的重要环节。

五、文学的学科性理论建构模式

上述各种研究的深度模式,都是从不同的角度、不同的立场和不同的层面出发,对不同文化传统的文学和文学理论所作的跨文化诗学研讨。它们的分析性、阐释性特征是十分明显的,而其中关于理论创新的建构性努力却只能是作为隐藏其后的某种内在动机而已。但是,无论如何,当代中国比较诗学的学术努力,和其他本土类似的文学研究学科的努力一样,其往前期待的、一个可以隐隐约约感觉到的目标,就是尝试在不断的努力中去建构属于中国现代文化自身的、有学科疆界和整体结构感的文学批评理论。

就比较诗学自身而言,恐怕它的潜在学术野心也许同样应该如此,即严格地按照现代学术理论话语的体系和话语结构方式,以有史以来的中国文论为核心资源,结合各种西方理论和现代中国文论的创造性资源成分,尝试着去分析、组织、描述和构建具有坚实的历史基础,同时又具有创新性和现代性的各种中国文论话语和学科理论。譬如所谓"中国阐释学"、"中国叙述学"、"中国文类学"以及体现中国文化内蕴和本体解释能力的诗学对话理论、文学人类学、文学社会学等等。

显然，对于比较诗学学科而言，这无疑将是一种非常具有诱惑力和挑战性的理论前景。也许我们今天的学术实力和知识准备，还达不到奋不顾身地，全力以赴地去进行这样普遍尝试的时候，但是，虽不能至却应该可以心向往之，一旦未来时机成熟，这样的尝试肯定是激动人心的。

除了上述几种重要的深度模式之外，在不同的角度和深浅层面上，我们还可以总结列举出其他的模式。但是，在本书中恐怕暂时没有必要再继续展开叙述了。而对前面那些研究模式的总结和介绍，主要还是根据前人以及当代学人，尤其是近二十多年以来，本土既有的比较诗学研究成果的借鉴和总结肯定并不全面，作为梳理和总结者的作者也难免以偏概全。同时，就是这些研究及其成果本身也存在诸多的问题。可以肯定，在未来的研究实践中，这些研究模式可能会发展，也可能被证伪和淘汰，而一些新的研究的深度模式则注定也会被探索和生长起来。

然而，有一点值得强调的是，比较文学学科在它的历史发展过程中所表现出来的一个最重要的学科特色，就是在探究方法上比较突出的所谓类型化特点，这对于比较诗学也不例外。因此，我们在学习和入手研究的过程当中，也应该和必须注意到这一点，从而可以避免一些不必要的弯路。

同时需要说明的是，所有这些"模式"，同样不过是探索性分析过程中有关研究场域的结构性分类图式，它们之间最大的区别只是入思角度和追问路径的不同，而在模式与模式之间则并不存在截然对立的对象关系壁垒。同时，它们在研究的意义关系层面上也始终是相互渗透和相互补充的。我们甚至可以说，无论从任何一种深度模式入手，你实际上都可以普遍地探求和叩问文艺研究相关各个方面的众多普遍性问题。

探讨中西文论和诗学对话的深度模式，从学理上去看，主要还是出于我们对理论本身的超越性期待，因为理论之所以称之为理论，理

第七章 中西诗学对话的深度模式

应具有一定程度上的抽象性和普遍性,而不是只适用于一时一地或者特定的、具体的对象的言说体制。对于理论,我们所希望它的,是在探讨文本对象的时候,能够跨越某些历史、文化的和语言的屏障,在比较而言更为普遍性的层面上去开启对文学的认识和洞见。

但是我们同时也必须清醒地意识到,任何关于文学的理论言说都是从具体的地域性文化传统、从不同的历史背景和社会生活语境中产生出来的。因此,形成于不同文化的理论,在具体的文化观念形态、美学理念、诗学表述范畴、言谈重心等方面,相互之间都注定会存在不同程度的差异和紧张关系。而我们这种所谓比较性的理论研究,尤其要学会去处理这样的各种紧张关系。对于比较诗学研究而言,就更是应该把这种关于理论之间差异关系的比较和对话性地思考等等工作,作为自己的不可回避的使命。

最后,还有一点需要再加以强调的是:所有这些理论之间的差异性特征,无论是文化观念形态、美学理念和表述歧义等,作为它的话语凝固形式,在话语和语言特征上,大多数又都是以范畴(包括很多术语、概念)的方式表达出来的。因此,研究这些类似的范畴之间的关系,就成了我们展开各种形式的比较诗学研究的重要起点和环节。

这里所谓范畴(category),按照通常的说法,就是人的思维对客观事物的普遍本质的概括和反映。各个学科都有自己的一些基本范畴,由此去搭建起该学科的基础理论构架。譬如化合和分解等是化学的范畴,商品、劳动、价值等是经济学的范畴,本质和现象、必然和偶然、内容和形式等是唯物辩证法的基本范畴等。① 文学批评理论本身也并不例外,同样也有属于自己的各种范畴。前述的所谓"道"、"气"以及"言"、"意"等,就都是属于中国古代文论的范畴。

而比较诗学研究的基本目标之一,就是要寻找不同文化和民族的诗学和文论中那些命名和含义接近的范畴和概念,并将这些产生

---

① 参见《现代汉语词典》。

于不同历史、文化和语言环境中的文论和诗学范畴放到平等的位置上来,令其形成相互的比较和对话。

这样做的目的有二:

其一是在互相认识和交谈的过程中,去达于对自身的重新认识和对它者的理解。

其二则是在此基础上,去尝试熔铸一批新的范畴和概念,为构建未来新的美学和文论话语打下基础。

相对而言,前一个目标比较切近,而后一个目标就显得更加困难和辽远一些。

由于这种研究的范式相对比较机械,人们往往是选取各方近似的范畴和概念来展开比较。因此,在分析和叙述形式上,常常是两个范畴之间的二元对话和比较的关系,譬如"想像与神思"、"虚静与距离"、"崇高与雄浑"、"典型与意境"、"荒诞与逍遥"等等。当然,有时候也可能是同一个范畴的不同意义方向的探讨,不过基本上还是表现为一种内在的二元对话关系,譬如诗学和美学方面的"和谐"、"通感"等等。作为一种形式上较为简单和似乎机械的分析研讨模式,在比较诗学研究开展之初,曾经是研究者们普遍运用的方法和范式,到了今天,正如本书中所介绍的,本土和域外的比较诗学研究已经在深度和宽广度等方面有了很大的拓展,细加反思,这种借助范畴、术语、概念等展开内在和外在的二元对话和比较的研究范式已经显出很大的局限性。但是,在客观上,它还是我们从事比较诗学的基础性研究工作,各种扩展和提升性的研究,也都是在这一基础上去发展实现的。所以,尤其是对初入门者,这种以范畴术语为基础的对话性研究方式,还是一种入门研究尝试的重要选择之一。

更何况,就研究本身的好坏优劣而言,主要还是由研究者的知识深广度、研究能力和学术智慧所决定的。离开了这一重要的主体,什么理论、范式、方法都不起作用。如果鲁镇盛产苹果,树上落 100 个苹果下来,阿 Q 也只知道拣了兜了就跑,躲到土地庙大吃一顿,而不

第七章 中西诗学对话的深度模式

会像牛顿那样去思索出个万有引力的理论来。这话也许有些极端,但也的确反映出层次不同的研究者之间的天地差别。

第二节 深度模式研究举例(一):文学的观念属性模式

本节提要:

文学观念研究的跨文化深度模式特征;西方文学观念的发生和流变;从"灵感说"到"模仿论";"表现说"在现代西方的崛起;道家之"道"及其文学观念;儒家之"道"及其文学观念的流变;佛禅思想与中国诗学精神的内在关联;严羽的"以禅喻诗"说及其展开;中西模仿论的内在差异;中西表现论的精神歧义;其他文学观念属性研讨模式的可能。

所谓文学的观念模式,就是从理论的形而上抽象研究层面出发,去探讨"文学是什么?"的命题。说具体一点,即是说要从根本上去追问"文学与世界的意义关系"。

而所谓文学的"形而上"层面探讨,简单地说,就是企图超越作为社会生活事实和客观存在物的文学现象本身,去追问它的普遍性质,也就是过去我们所说的"文学的本质"。

当我们试图从本源性的意义上去关注"什么是诗?"、"何为文学?"的时候,实际上我们就已经开始了这种探寻。世界上无论任何一种民族和文化传统,只要它有文学存在的历史,关于文学与世界的意义关系就是它们没法回避,也必须不断尝试着去回答的问题。

文学毕竟已经发展到了 21 世纪的今天,在被普遍意识到的所谓"全球化"发展倾向和跨文化交流的文学学术语境中,一旦我们将这样的共同话题置于共同的对话平台上,让不同的诗学传统相互加以对话、比照、补充和印证,则肯定有希望超越原先只是封闭在自身文化疆域中的理解,并进而深化人类对于文学本质的认识。

于是,在比较诗学领域中,人们便努力尝试着去建立起了一种从形而上的立场去追问文学本质问题的模式。这是一个以关于文学的认识论探讨为基础,却又将意义倾向归宿于关于文学的本体论理解的深度模式。

在这一探讨中,研究者至少会涉及一系列问题层面:譬如,首先的问题是,哪些是中西文论诗学传统中固有的文学观念属性理解?其次,由这些观念抽象生成的关于文学本质属性的理论形态描述的面貌如何?然后是,在对话性跨文化比较分析过程中,它们之间可能显现出什么样的差异和个性?也许,应该还有其他更深的可能层面有待开拓。

这里,我们首先需要了解:哪些是中西历史上曾经存在过的基本文学观念。

正如通常的西方文学理论曾经不断告诉我们的,西方的基本文学观念是源起于古代的希腊、罗马,尤其又是以柏拉图、亚里士多德以及在他们之前的另外一些人,譬如赫拉克利特、德谟克里特等人的观点为代表。

不过,如同我们在分析比较诗学的基本概念时曾经提及过的,如果再往前推移,在所谓古希腊神话时代,南部欧洲的人们实际上已经有了自己关于文学本质的基本观念,那就是通常所谓的代神立言说。根据这种见解,一旦酒酣耳热,神赐迷狂,灵感附体之后,诗人便会像传声筒似的,以人的语言说出神的意志和见解,这个东西就是所谓的"诗"。而文学的本质就是所谓"灵感说"前提下的"代神立言"论。它尤其强调,诗歌不是"做"出来的,而是神所"赐予"的,诗人说到底不过是一个神的语言和思想的"转述者"而已。

而持朴素唯物主义观点的赫拉克利特、德谟克里特等人却认为,艺术是对自然模仿的结果,在他们看来,"艺术……显然是由于模仿

第七章　中西诗学对话的深度模式

自然。"①

柏拉图虽然在一定程度上承认诗歌是神启和酒力使自身陷入迷狂状态下的产物,但是他对诗人是否有资格代神立言却持怀疑的态度。在他看来,诗或者说包括悲剧、喜剧等,即今天所谓的"文学",更多的是诗人对自身以外的东西的模仿。不过他的模仿和赫拉克利特等人的仅仅模仿自然不同,他的模仿具有不同的层次,包括对于所谓最高价值的"理念"的模仿,也包括对于基于此理念的"知识"和"事物"本身的模仿,同时也包括对于事物的所谓"影子"的模仿。而当诗人去模仿事物的影子的时候,他就变成了"影子的影子",成了完全不可靠和有害于理想的社会生活的东西。

至于亚里士多德,他不仅继承了老师柏拉图的模仿理论,而且强化了诗歌创作作为各种学科技艺之一种的重要性,也就是说,"诗"与人的心智和技艺能力有关系,它是可以做出来的。"诗学"也是有学习参考价值的。而且"诗"同时也是有用的,因为他的论证是:"诗"对于外部各层次理念和事物的模仿,同样可以达到真理性的境界,能够体现事物的本质性。

此后,这种以模仿为主流的理论在西方不断延续,并且在后来的时代里以表达"理性",反映"现实",镜像"人生"、"自然主义"等不同的表达方式得到发展。直到19世纪欧洲浪漫主义兴起,各种与之不同的、以强调个人主观意志和情感表现为重心的诗学主张才又开始大行其道。譬如浪漫主义诗学就强调,诗不过是强烈的情感自然流露。而20世纪的现代主义,如意象派、黑山派诗学则主张,诗仅仅是"主观心境透射"等等。

可见,在西方,虽然所谓模仿论的言述在较长时间内曾经居于主流地位,但就整个西方诗学历史上关于文学的观念属性的追问和探讨,却始终是异见并出、丰富多彩的。

---

① 赫拉克利特:《著作残篇》,《古希腊罗马哲学》,商务印书馆,1982年,第19页。

如果说，自希腊、罗马以来，西方关于文学观念属性的探讨，在主流上基本是围绕着对所谓模仿的见解一线贯穿，其发展表现为对这一命题的见仁见智甚至颠覆性解构来展开。那么，中国历史上关于文学观念属性的探讨却很有些不同，它从一开始就是多元发展的，其明显地表现为不同思想流派之间的观念对立，尤其是在主要的派别如儒家、道家和释家之间，对于文学的观念属性均各有自己的逻辑起点和价值守护。并且正是在这种流派之间观念的对立和互补中，不断推动这一领域的探讨向前推进。后世的论者几乎从任何一家的理论中都可以引申和发展出一整套独立的诗学观念体制来。因此，在展开中西文论诗学之间对话的时候，从一开始我们就必须注意到这种明显的理论差异性。如果硬要把中西之间视为截然对立的、各自一个内核的两个整体理论来加以比较，其对中国诗学传统结构的切割和误读，肯定会远远大于对西方理论的认识和整理本身。

让我们首先来看看道家的文学观念。

就道家的思想传统而言，无论是谈论宇宙、世界社会和人生，总是与它的无所不在的"道"联系在一起。谈论诗学和文学同样也不例外。

那么，"道"是何物？人如何去认识这个"道"呢？《老子》中说得明白："道生一，一生二，二生三，三生万物。"[①]这就是说，道是万物的根源所在，这里当然也就包括了作为文学的根源。

那么，作为万物的根源，"道"的表现形态又如何呢？

首先，"道"是天地万物产生之前就先在的存在，它是一种原始混沌圆融的存在物，所谓"有物混成，先天地生"（《老子》二十五章）。它虽然是万物产生的源头，但是它本身并无物化的意志和目的，而是与自然类同，所谓"道法自然"（《老子》二十五章）。道的自身并无所谓什么"为"与"不为"，它居于有与无之间，有名与无名之间，所谓"道可

---

① 《老子》四十二章。

道,非常道;名可名,非常名"(《老子》第一章)。显然,"道"的无限性、抽象性、无规定性、不可物化性,以及作为自然的象征物和有限与无限的统一体,它甚至比上帝和神都具有更高的超越性。与西方思想相比,道就近乎于中国式的最高"理念"和"绝对精神"。

在道家的理论言述中,我们较少看到关于文学艺术的直接言论,但是,它却对中国的文学艺术观念产生了甚至大于儒家的影响,其原因很可能就在于其关于"道"及其衍生观念的言述,在很大程度上吻合了文学艺术发展的某些所谓本质性和规律性的东西。

譬如文学境界的自然之"道",所谓"法自然"、"天地有大美而不言",所谓"大音希声"、"大象无形"、"至乐无乐"、"言不尽意"、"得意忘言"等等,都是切近文学艺术特性和至高境界的精当描述,至今还有着鲜活的生命力。

"道"在诗学言述中,常常以难以琢磨的"气"和物化性的"境"和"象"等呈现外化,成为艺术审美观照和探讨的对象。因此,无论是"载道"、"望气"、"意境",还是所谓"文道关系"的讨论,以及上述种种具体的审美言述,就是这样构建起了源起于老子和庄子的道家之"道",以及文学上"文—道—人"之间纠缠不清的关系,并成就了中国传统诗学在关注诗和文学本质问题的核心范畴。

而作为中国人哲学以及思想观念主流的儒家,它的文学观念自然也是与其文化和哲学的特点密切相关。

儒家文化是一种所谓社会型的文化,其哲学也是一种现世性的、关于生活伦理和社会组织的哲学,因而不是太注重"形而上"和"彼岸"、"来世"的状态。儒家也说"天"和"道",但是它的天道都是更近于现象界,而非形而上本体界的论说。它的天,是与现实人生和社会关系密切相关的。"天意"与"民意"如果吻合也就意味着合符了天道。神授的君权,如果违背了社会的民意,就会被颠覆和剥夺。所以,同样是谈一个"道"字,儒家和道家是明显不一样的。道家之"道"具有形而上的本体性和超越性,而儒家之"道"却是与合符规律的社会运转和人伦日用联系在一起。因此,儒家在价值追求上倾向于求"仁",所谓"仁者爱人";求"和",讲求"中和"之道,"和而不同";求"礼",所谓"克己复礼为仁";求"正",所谓"子曰:《诗》三百,一言以蔽之,思无邪"①。而"无邪"就是要求合符于理性,规范纯正,等等。

　　出于这种现世性的社会文化传统和人生哲学,儒家的文学观念基本就是一种工具性的诗学。它历来强调载道言志,劝上讽下,"补察时政",教化人心。这里所载之"道"是立足于自然和社会的"人文之道";所言之"志",是社会规范、民心民意和个人意向的"意志"、"情志"等。《诗》之"六义",所谓"风、雅、颂、赋、比、兴",以及作为批评手段的"美、怨、讽、刺",基本上就是把文学作为社会生活的反映和社会治理手段来看待的。从而在文质关系、美善关系和所谓"寓教于乐"的实用审美追求领域等,均建构起了儒家与道家明显不同的文学观念体系。

　　至于所谓"释家"的文学观念,则是因为自汉代佛教传入中国,能够与中国思想结合而立足,并且实现了它的合法化和本土化的融入生长过程后,其思想也就自然地成为中国传统思想文化的一部分,并逐渐对古代中国人的文学观念构成了不可忽视的影响,故而不能不加以区分和介绍。

　　佛教是一种讲究所谓"因果业报"、"生死轮回"的宗教体系,现世的"业"和来世的"报"互为因果。生命个体的贪欲作恶,使人走入所谓"无明"的状态,越来越深陷于向着阿鼻地狱深层的恶性循环。为了走出"无明",开始向着天国胜境的上升轮回,以致摆脱生死忧患,就必须通过历经千难万险的所谓"修行"。修行的道路有千万种,但都离不开所谓"心性"的参悟。《大方广华严经》中就说:"三界虚妄,但是心作。十二缘分,是皆依心。"可见,强调"以心为本",在心物关系的运动中去发明佛教的思想结构关系,是佛教哲学的重要逻辑起

---

① 《论语·为政》。

第七章 中西诗学对话的深度模式

点。而作为中国化佛学的禅宗,同样讲究"明心见性",以心为镜。《六祖坛经》所载神秀和尚的名偈中说,"身是菩提树,心若明镜台。时时勤拂拭,莫使惹尘埃。"就是关于这种心性和心镜隐喻关系的最精彩言说。它与其他佛学的一个重要区别就在于对修行途径和时空关系的特殊体认。它尤其讲究智慧性的"顿悟",借助生活中最最日常的"事物",譬如一花一叶、一"事件",譬如当头棒喝、一"行为",譬如担水砍柴、一"动作",譬如拈花微笑等,通过象征、隐喻、反讽性的表达和理解,去达到对于佛性、佛理和佛道的真切体悟。

佛教,尤其是禅宗的心性理论、思维进路和领悟方式,在很大程度上与艺术创造,诸如绘画书法和诗歌创作的体验、思维和感悟过程有众多相似的地方。这种心性理论与老庄的"心斋"、"坐忘"之类的心物学说常常能够相互参证,所以,当佛禅的言说在古代中土成为与儒、道三分天下的学说之后,其对六朝以后的中国文学艺术创作和文论诗学的发展必然构成影响。不过,有时候这种影响也常常和道家的言说混为一体,不易分辨。当然,既然承认道、禅能够互证,于是,在通常的论述中,在言及中国文论的基本家法的时候,人们有时候就只谈儒、道二分了。不过,有时候这种区别还是可以辨别出来的,譬如画家的画论中谈到所谓"外师造化,中得心源",所谓"造化"等等,就明显与佛说更近,而离老庄远矣。刘勰的《文心雕龙》虽以儒家思想为主线,论述中依旧道禅互见。考虑到他本人曾经在南朝佛教中心的定林寺跟随高僧整理佛经十余年,晚年又弃官为僧,那么,其言说中的相关议论显然是不能一概归于老庄的。譬如他在《物色篇》中讲到"写气图貌,既随物以宛,转属采附声,亦与心而徘徊。"以及所谓"目既往还,心亦吐纳","情往似赠,兴来如答"等等,就多是在以禅语喻诗语了。

当然,最典型的还是严羽在《沧浪诗话》中的"以禅喻诗"说。

尽管"以禅喻诗"并不是自严羽才开始,而是早见于唐代,在皎然的《诗式》中已经多用佛禅之语来阐释诗歌问题。而早于严羽的北宋诗学家吴可,则在其著名的《学诗诗》中就已经把"学诗浑似学参禅"的意思讲得十分明白,所谓"学诗浑似学参禅,竹榻蒲团不计年。直待自家都了得,等闲拈出便超然"。但是,严羽毕竟还是在诗学理论上把"以禅喻诗"的诗学观念讲得更为透彻全面的第一人。他的贡献在于,不仅仅是强调诗境与禅境的相似性,学诗与参禅的方法路径类同性,更在于指出了禅与诗在本质上的内在相通性。他的"别趣"、"别才"、"兴趣"、"妙悟"的诗学主张,借助佛禅言说,却把批评的矛头指向了宋代诗学的一时流弊。他认为诗歌的内在美学本质在于"兴趣",针对宋人过分地以"书"、"理"入诗,又为诗歌的本质追求,强调诗有"别趣"、"别材"。并且举例说:"盛唐诸人惟在兴趣,羚羊挂角,无迹可求。故其妙处玲珑透彻,不可凑泊,如空中之音,相中之色,水中之月,镜中之像,言有尽而意无穷。"[①]所有这些"音"、"色"、"月"、"象"的比喻和语词,都是从禅宗语汇借用而来,同时又被巧妙地转化成了中国诗学的重要术语范畴。尤其是他在诗歌创作论上的"妙悟说",更是把诗歌创作过程中苦心孤诣的追求叩问和直觉获取的辩证关系形象地表达了出来。《沧浪诗话·诗辨》中就说:"大抵禅道惟在妙悟。诗道亦在妙悟。"诗歌要想达到所谓词、理、意、兴的浑然天成式的融合,光靠才学、知性和苦吟还不行,还需要妙悟,而妙悟的前提则是"熟参"和"以识为主",也就是要在才、学、识通达的基础上,以参禅式、领悟式的努力去学习和感悟,以求真正"妙悟"出有"入神"境界的诗篇。所谓"诗之极致有一,曰入神。诗而入神,至矣,尽矣,蔑以加矣!惟李杜得之"[②]。严羽的诗歌理论虽然多有争议,但是正是其创造性地转借禅宗话语,实现了对诗歌美学神髓的有机表述,以及对于创作过程中直觉功用的总结,对后世产生了颇大的影响。由此也足见佛禅思想对于中国文学观念的渗透所在。

---

① 《沧浪诗话校释》,郭绍虞校释,人民文学出版社,1962年,第24页。
② 同上书,第6页。

第七章 中西诗学对话的深度模式

仅从以上简要梳理便可见出,无论是西方还是中国传统文论诗学,它们关于文学的本质属性的言说,都具有其历史性和多样化的丰富构成,并且均从不同的层面和不同的侧重点讨论了文学的基本属性问题。因此,在依照现代的学术话语来总结它们的整体理论形态的时候,最好不要只是抓住某一干流,就将一方简单界定为某一类型的诗学。譬如中西之间所谓"再现与表现"、"模仿与体验"的对立等。这样的区分看似壁垒分明,界限清楚,容易理解和接受,但是,由于它对某一文论系统思想不得不做大量简化的梳理和抽离,导致对复杂的理论现象的切割和定位,从而注定带来理解和认识上的一系列武断和误区。好比是只抓住了一根削剥得滑溜溜的木杆,而真正参天茂密的大树和森林却在众人的眼中消失了。这是我们在从事理论形态描述的时候尤其需要注意的。

在对中国和西方历史上的各种文学观念有所认识的基础上,我们便可以从中去区分、总结和描述它们在理论模式上的类同性和差异性。面对同样都是阐释文学与世界的意义关系,基于文学艺术发展的特性和所谓规律,在一些基本的理论模式走向和分类上,东西方始终程度不同地存在着某些共性,而与此同时,它们在关注重心和意义方向上,又始终有着不同的个性差异和追问倾斜。这或许可以说是我们对东西方,甚至也包括更多的文化体系的文论特点的一个大致的估价。

譬如说"模仿论"。一般都认为这是西方文论的一大特色,这确实也并不错。模仿可以说是西方最古老悠久的文学观念,我们在从赫拉克利特、德谟克里特到柏拉图、亚里士多德以来的西方文论言述中,均可以感觉到这条主线的存在和发展。本书在叙述中西比较诗学的历史与现状的时候,也曾经提及美国比较文学学者孟而康(Earl Miner)关于"基础文类"决定"原创诗学"的观点。在他看来,历史上西方的基础文类主要是源起于古希腊的"戏剧传统",强调对于生活的反映和摹写,因此,其原创性的诗学就是所谓"模仿论"的。无论是模仿自然,还是模仿作为理念的影子的具象世界,甚至是模仿这个世界的"影子的影子",始终都离不开模仿二字。可以说,正是这种模仿理论导致了古代作为所谓"技艺"的"诗学",以及现代作为所谓专业性艺术学之一支的"文学理论"在西方的繁盛和发达。

但是,我们也应该注意到,中国诚然没有西方那样系统发达的模仿理论,但是,这并不意味着中国的文论和诗学中就没有类似的言谈和观点。

其实,正如我们对西方模仿所作的层面区分一样,即使是在西方,所谓"模仿"也并不意味着"复制",更不是镜子似的镜像式还原。何况镜子也多有变形,譬如哈哈镜、放大镜之类。真正的艺术模仿,还是要从所模仿的对象世界,譬如社会人群中去寻找"共相"或者说普遍性、典型性的东西,譬如题材、人物、意象、行动和文学表现形式的多种可能性等。另外,所谓西方的"模仿",不仅仅是模仿自然和社会,一如德谟克里特曾经说过的那样,让人去向蜘蛛学习织布,向燕子学习造房,向天鹅和黄莺学习歌唱。所谓模仿,同时也包括对于琢磨不透的"第一动因"或者说最高"理念"的追求和"模仿",而这个"理念",在某种意义上,却是和中国的"道"有些相似的东西。

中国文论诗学强调"文以载道",而讲"道法自然"。《文心雕龙》开头首章就是《原道》,所谓"道沿圣而垂文,圣因文而明道"①。那么,文学所要表现和追求的根本目标是什么呢?当然不过就是宇宙之道、自然之道与人文之道等等,它们经由圣人(特定作者)之心融合之后就变成所谓文学。因此,诗的本质就是艺术地再现道的本质精神,而其最高境界,就是要到达物我合一,天人合一,齐物道同的状态。既然有形世界的面貌是由"道"所决定的,而诗歌和其他作品中的言、象、形、意等,也由"道"来决定,它们都只是表现"道"的中介之物,因此,无论是圣人还是一般作者,他们也都要去学习和体认这个

---

① 刘勰:《文心雕龙·原道》。

"道"和"自然"。而"道"的本身又是人为不可改变的存在物,除了去接近和竭力地表现它,此外别无他法,这难道不就是一种更加艰难的"模仿"吗?

再者说,中国文学的传统基本上是以诗文为中心的,有着相当多的文学是作者内心情感抒发的言述,"诗言志"作为中国诗学的"开山纲领"①也合乎情理。但是中国历代的作家和诗人同样也极为关怀作品与现实世界的关系。儒家诗学不仅要大讲特讲"文以载道","兴观群怨",就是在文学的创造方面,也从来不否认诗歌是社会生活和自然景况的反映,否则,就不会要求读者通过诗歌去认识民间的呼声和"多识鸟兽虫鱼"了。其实,中国早在《易经》的《系辞》里面,就已经强调了所谓"观物取象"的重要性。至于像一些叙事诗,如《木兰辞》,以及如杜甫的极其现实主义的诗歌,包括《三吏》、《三别》之类,难道不正是现实生活的拟写和典型性模仿吗?其实,中国诗人就是在谈到情感抒发的时候,也不仅强调"心"的作用,同时也强调"物"的原因。只有"春秋代序,阴阳惨舒",才会带来情感的摇荡和诗歌的产生(《文心雕龙·物色》)。也只有"气之动物,物之感人",才会"摇荡性情,形诸舞咏"(钟嵘《诗品》)。很显然,在中国古代的文论中,"情"与"物"之间的关系,一直都是血脉相连的,忽视一方和强调另一方都是不切合实际的、片面的。

进一步而言之,如果我们不是把诗学的眼光仅仅局限在作为文类学诗学的诗论词论上面,那么,在大量的小说评点和戏曲散文文类批评中,有关社会生活与文学的关系论述,也常常都是喜欢把各种叙事性的文学文本与历史和社会对照起来讨论的。想想看,如果不是有人相信文学是对过去和现实生活的模仿,那么借助历史的改造来完成文学创造的"演义体"小说就不会在中国大行其道,而所谓"索隐

---

① 朱自清:《诗言志辨》,《朱自清古典文学论文集》(上),上海古籍出版社,1990年,第190页。

派"的《红楼梦》研究也不会成为"红学"的大流派了。因为所谓索隐,不就是相信小说就是生活的模仿吗,于是,才一个个都硬要满世界去寻找"京华何处大观园"。

可见,模仿论的理论见解,在中国传统文论中始终还是有着一定市场的,尤其是在儒家的诗学主张里面。

同样,在关于"表现论"的理论模式的习惯性区分和界定方面,许多看似已经成为定论的见解,其实也同样大可以值得商榷。

如果说,在强调文学与世界的意义关系的时候,"模仿论"的观念极容易成为人们对文学性质理解的理论概括,那么,一旦把研究者的目光转移到文学与作者的意义关系上来,所谓"表现论"的文学属性主张就会成为关注的重心。毕竟无论诗还是其他文学作品,都是由作者写就的,而任何文学创作,尽管会受到外部世界的影响,但它更是作者个人感受的产物。面对同样的自然和生活世界的现象,一般人处于其中而不能将其凝练性地诗化为作品,但是作家却能够办到,可见作家的个人感受和表达才能所具有的关键作用。

具体到中国文论诗学的情形,正如前述美国学者孟而康所言,中国的"基础文类"主要是抒情性的诗歌,因此它的所谓主流性的"原创诗学"就是所谓的"情感—表现诗学"了。一般来讲,这也确实合乎古代中国文学的实际情形。就理论的意义上讲,虽然领悟性、模仿学习性的"原道"、"宗经"、"征圣"是中国古代文学观念的显在价值意义强调,一如以所谓道德理念去压抑人性冲动,去规定一般人类生活的原则一样。但在真正的创作和鉴赏理念上,中国的诗学言谈却是更加强调诗人,也即是作者在整个文学创造活动中的决定性作用。这也是为什么在中国,谈文学的教化作用的时候,理性的儒家始终把握言说的话语权力,而一旦涉及创作的要诀和作品美学精神的时候,便只好把言说的讲坛让位给在想像力方面恢弘奇异、汪洋恣肆的老庄一派了。

古老的"言志说"可以说就是中国最早成熟性的表现论言说。所

第七章 中西诗学对话的深度模式

谓"言志",即是认定,诗歌主要是作者情感和志向的表现。陆机在《文赋》中更进一步提出所谓"诗缘情"的见解,从文类学诗学的意义上,强调诗作为一种艺术样式,其主要的功用还是在于表达人的内心情感。曹丕在其《典论·论文》中所言之气,其中就包含诸如个人"才气"、"生气"和"血气"等等的含义。它们在诗中的表现,也都是属于个人化和个性化的,所谓"虽在父兄,不能以移子弟。"也就是说,文学的才气不具备诸如思想理性的继承性,而只是一种个人的情志表现。

这种认为文学是个人情志、才气和情感表现的"表现论"主张,在中国历史上一直有着其不断的继承和发展,并且发展到关于其他文类,譬如散文、戏曲的论说方面。晚明时期李贽的"童心说"和袁宏道诸人的"性灵说"等,就不仅涉及诗歌,而是更多论及了所谓"文章"的写作与个人情志的关系了。

另外一方面,正如我们前面所说的,尽管所谓"模仿说"在西方诗学中较长时间地处于主导地位,但是,在西方诗学的流向中,将文学创作视为情感和内心的表现,依旧存在一条未曾断流的历史发展河床。即使是竭力主张模仿说的亚里士多德,虽然强调作品与现实世界之间的密切关联,但他同样也注意到了情感和想像的地位。他在《诗学》中就提出,作品不仅可以模仿事物"已经"有的样子,而且可以模仿事物"应该"有的样子。诗人的职责"不在于描述已发生的事,而在于描述可能发生的事,即按照可然率或必然率可能发生的事"[①]。至于19世纪以来的浪漫主义诗学,基本上就不接受模仿论的主流理念,而坚持认为诗歌就是情感和主观想像的表现。譬如湖畔派诗人的代表人物华兹华斯就断言:"诗是强烈情感的自然流露。"[②]至于到

[①] 亚里士多德:《诗学》,罗念生译,《诗学、诗艺》,人民出版社,1962年,第28—30页。

[②] 华兹华斯:《抒情歌谣集序言》,《19世纪英国诗人论诗》,人民文学出版社,1984年,第22页。

了现代,诸如近现代西方美学对"直觉与表现"的诗学精神弘扬;现代心理学和精神分析理论对无意识领域的开掘及其对 20 世纪文学创作理论的影响等,都在更加深入和学理化的层面上,推进了关于文学作为人的内在精神和情志表现的理论认识。以至于到了 20 世纪末叶,西方诗学中更出现了所谓"反模仿"和"非模仿"的倾向。[①] 因此,在今天的文化语境中,如果再执拗地坚持认为西方诗学理论完全是"模仿说"或者"再现论"主流一统天下的观点,就多少有些显得不合时宜了。

当然,从中西比较的意义上去看,我们也许更应该注意到,即使是同样的"表现论",同样的强调文学是作家心志和情感的表现,中西方的主张依旧是有所区别的。西方的表现论思想,尤其是 19 世纪以来的主张,一旦强调作者个人的主观精神和情感在创作中的作用,就把他视为决定性和惟一的源泉,从而和外在的现实世界割断联系,极端的比如意大利美学家克罗齐,干脆就说"直觉"就等于"表现"。而中国的表现论虽然重视作者的心志和情感,但又总是和现实的所谓"物"世界有着千丝万缕的关联,在从情感的直觉意识通往文学性表现的道路上,有着极为艰难的转化过程,期间始终离不开外部世界的参照物。

大量的研究证明,"诗言志"的"志",既包含"情"也包含"理",而所谓"理",自然也就意味着对于现实世界的认识。中国文论诗学中诸如"情理关系"、"心物关系"、"情性与自然的关系"的讨论比比皆是。这就足以证明,古代中国的诗家在强调情感心志在创作中的关键作用的时候,并没有脱离自然和社会的现实关系。尤其是我们熟知的"意境"理论,作为中国固有而独特的诗学理论,在创作和欣赏的不同层面上,无论怎么讲,它强调的都是个人的诗意精神内涵与外部

[①] 参见孟而康《比较诗学:文学理论的跨文化札记》中的有关分析,中文版,中央编译出版社,第 33—34 页。

第七章 中西诗学对话的深度模式

物世界的完美融合,这正好典型地反映出中国诗学思想在理解和表达个人情感心志和外部世界关系上的审美理念。

另外一方面,中西诗家处理个人情感的态度、强度和深化方式也不尽相同。譬如,大多数传统中国诗人所在意的情感,往往是内在的、比较起来相对中和的情感,所谓哀而不怨,怨而不怒,关键在于一个"真"字。也就是说,是一种真实、真诚、真挚的感觉,有一个在内心酝酿诗化和隐喻式曲折表达的过程。所谓"愤怒出诗人",其实多数是在西方诗学观念影响下的现代观念。西方的情感表达往往是直接的、激烈的和明喻式的表达,他在感觉上觉得他的爱人像一朵红红的玫瑰(罗伯特·彭斯),就直接说出,决不拐弯抹角。而中国传统诗学则不然,在情感的表达上更多讲究曲折和含而不露的表达。譬如,明明是自己思念远方的妻子,却偏偏要说妻子在思念自己,所谓"今夜鄜州月,闺中只独看"(杜甫《月夜》)。再比如,一个考生明明是想向考官打听对自己考试的印象,却要转弯抹角地借助新娘子见公婆的心境来表达,什么"昨夜洞房停红烛,待晓堂前拜舅姑。妆罢低首问夫婿,画眉深浅入时无?"等等。这样的表达,如果离开特定的语境,也许难以窥见作者的真意,但是,诗歌本身的意境,却超越了作者的情感意念,而达到了更高层次的审美普遍性。这些,也许可以说就是中国式的表现论的独特之处吧。

除此之外,基于文学的观念属性认知而形成的理论模式,还可以有譬如注重文学的愉悦和社会教化价值的"功用论",也称之为"实用论";注重作家个人的独特生命经历和体验的所谓"体验论"等。如果把它们置放于跨文化对话的语境中来加以追问,其在各自不同的领域都可能开掘出超越自身文化局限的深度对话模式。譬如中国的教化理论与西方的寓教于乐观念、中西灵感和天才理论的分野、中西生命体验和存在论创作观念的类同和错位等等。

以上种种,恐怕都是有待于比较诗学的研究者在未来的对话中去加以展开的有意思的学术命题。

第三节　深度模式举例(二)：文学的意义生成和阐释模式

本节提要：

文本生产和意义阐释的基本要素和关系；艾布拉姆斯的理论结构及其运用性展开；关于"意义"及其生产的阐释学问题；"文本"与"意义"的"生产性"关系；作为"意义"生产主体的作者和读者；历史传统与时代精神在文学"意义"过程中的能动作用；创作和阐释主体与文本之间的互动。

在本章第一节中我们就已经说过，所谓文学的意义生成和阐释模式，其所关注的重心并不在于"何为文学？"、"文学的本质是什么？"这一类形而上的命题，而是关于文学"生产"的过程性关系命题。它的核心主题实际上是要追问："文学的意义从何而来？"

由于任何文学文本以及意义生产和阐释的讨论，都离不开下列几个方面的要素，那就是所谓"世界"(包括自然、历史、社会等)、"作者"(包括有名的或者无名的、有意的或者无意的作者)、"作品(包括有形的和无形的，也包括文字的、声音的或者其他物化形式的文本)"、"读者"(包括作为批评家或者欣赏者的读者，也包括愿意借助不同感官去读、看、听、嗅、触摸所谓"作品"的"读者")等基本要素。同时也离不开由此而建立起的一系列文学生产的基本关系结构。这些关系结构普遍是由所谓"作者与世界"、"作品与世界"、"作者与作品"、"读者与作品"、"读者与作者"和"读者与世界"等等基本的运动和影响关系构成。

因此，在认识论的思路上，任何一种传统的文学和诗学，可能都不得不从上述这些要素和关系出发，去追问和探讨文学的意义生成方式和阐释的可能模式，从而使它成为今日一般文学研究中的普遍问题。这也是我们今天之所以能够从这一思路出发，去进一步探讨

第七章 中西诗学对话的深度模式

不同文化之间关于文学的意义生成和阐释模式的前提。不过,与关于文学的观念属性追问不尽相同的是,这里关于文学意义生成和阐释模式的探讨,虽然也是从认识论的分析立场出发,但其学术价值重心并非指向形而上的、所谓文学存在的本体关怀,而是指向了有些近乎形而下的"意义生产"。前者关心的主要是所谓"性质"命题,而后者关心的则更多的是基于"关系"的意义存在方式。

就文学的意义生产关系探讨而言,在跨文化诗学研究的意义上,不同的诗学传统关注的重心明显有所不同,但是,其中某些基本的关系结构,却是始终存在于所有文化传统的文学创造和读解过程中,只不过各自表现的方式和轻重不尽相同而已。于是,人类关于文学的对话,就有可能遵循着这样一条理解和阐释思路,去建立起一种基本的理论研讨范式,即所谓"文学的意义生成和阐释模式"。

关于这方面的关系系统归纳,美国学者艾布拉姆斯(M. H. Abrams)于20世纪50年代,在《镜与灯——浪漫主义文论及批评传统》一书的第一章"导论"中关于艺术批评的诸要素及其关系的论述,对于深入这一方面的讨论提供了很好的理论逻辑结构起点。① 在此后相当长一个时期内,曾经有不少学者或套用、或改进,但都是以此为基础去展开自己的理论结构分析,譬如刘若愚、叶维廉以及国内众多的学人。如果你去翻阅80年代中期以来不少相关的文学理论和比较诗学方面的专著,其中或明或暗地都可以看到艾布拉姆斯的理论结构的影子。

这种分析的基本结构关系图式可以简单地表述如下:

---

① 参见艾布拉姆斯《镜与灯——浪漫主义文论及批评传统》"导论",中译本,北京大学出版社,1989年。

它基本上是以作品为中心,并且基于作品与其他几个方面的不同关系,从而建立起不同的文学意义产生和阐释的探讨方向。

而刘若愚最初从比较诗学的立场出发,去研究中国的文学理论的时候,也是先套用这个框架,将中国的文学理论分为"说教的理论、自我表现的理论、技巧理论和妙悟的理论"四种。① 关于这种认识,他在1962年完成的《中国诗学》一书中表达得比较清楚。但是到了后来,他进一步发现,这一框架比较难以容纳另外一些中国文论的既有理论资源,于是就把这种文论批评的四要素重新加以组织改进,变而成为一种循环运动的关系,见下图:

在刘若愚看来,这样一调整,整个文学艺术的意义生成和相互作用过程就变得更加清晰了。而且这个过程不仅包括了作家的创作过程和读者审美体验的过程,同时也涵盖了先于作家创作的存在过程,以及读者审美体验以后对世界的认知改变。整个过程既是逻辑渐进的,又是双向互动的,而且还可以是循环进行的。

必须要提醒的是,无论是艾布拉姆斯还是刘若愚,这种对于文学意义生产上的结构性图式化理解,其优点是可以比较清晰地呈现文学创造和批评阐释过程中各主要的因素之间的关系,所以,在20世纪80年代以来国内各种文学理论和批评的著述中,我们都可以看到五花八门的套用和复制,而且搞得越来越复杂,有时候令读者如读科学专著,大呼不懂。而其存在的问题也正是在于这种结构主义式的研究方式,在运用到像文学这样的人文学科的时候,常常有着机械和科学主义的生硬与牵强,尤其是被用到中国这样的东方国家文学传

---

① 参见刘若愚《中国诗学》,芝加哥大学出版社和伦敦 Routledge & Kegan Paul plc 出版社,1962年。

第七章　中西诗学对话的深度模式

统中更是如此。因此我们既要看到它可资借鉴之处,也要注意其在研究上的局限性,事实上,中国传统思想中的结构意识,通常并没有这么条理分明。这也就意味着在真正深入的研究过程中,未必是可以随意地加以套用的。

既然是关于意义的生产和阐释命题,那么,首当其冲的追问当然是:什么是意义?或者说,什么是文学的意义?

在现代阐释学的理论立场看来,所谓"意义",绝对不是一个简单的语义学问题,而是一个阐释学命题。并且,恰恰是在阐释学关于所谓"意义"的追问过程中,人类体味到了意义问题的全部历史性和复杂性。

在本书关于中西比较诗学的方法论思路一章中,我们曾经介绍过,阐释学曾经经历了从神学阐释学到一般方法意义上的阐释学,再到现代哲学阐释学的现代性转化过程。正是在这样一个过程中,人们关于"意义"的产生和呈现有了不断深入的理解。譬如,在施莱尔马赫看来,所谓意义,无非就是作者的原意和文本的字面意义两种,抓住了作者和文本的关系,就可以把握作品的意义。

而狄尔泰则认为,基于人的共同人性和生命意识的作者原意,是构成理解的客观性的基础,因此,阐释的目标在于如何通过读解去重现作者的原意。

赫施却认为,意义诚然是文本所固有的,但它需要人去读解才会呈现,而恰恰是人的读解具有可变性,即使是作者本人对自己完成的文本的读解也是可变的,于是,读解过程就只能是一个读者与文本之间的关系过程,一个作者去无限接近文本原意的过程。

但是,在意大利学者和作家艾柯看来,必须同时兼顾文本意图、作者意图和读者意图三个方面,这三个方面的阐释性权力辩证关系的协调,是避免所谓"过度诠释"的条件。① 艾柯还认为,作者和读者

---

① 参见艾柯等人著《诠释与过度诠释》中译本,三联书店,1997年,第45—66页。

不会恒定地永远在场，而是始终变化的，而文本则永远站在那里，因此，文本本身的意图相对稳定并且始终在发挥重要作用，因此，作为判定意义读解是否有效的标准，恐怕还是在文本本身。这样，我们虽然不能说哪一种意义读解是惟一正确的，但却可以判断哪一种意义读解是糟糕的。在此一意念上，艾柯的意义砝码重心终于押给了文本，从而坚持了意义解释的有限性和客观性原则。

至于伽达默尔，他坚持认为在所谓读解和阐释性活动中，并不存在主体与客体的关系，而是一种面对面的平等的"你""我"之间的对话关系。阐释者不提问，文本也只是一个"沉默者"，何来"意义"可言？而如果阐释者的一方没有另一个言说者，亦即文本，也就构不成对话关系，同样也没有意义生出。而在对话过程中，对话的各方，包括作者、读者、文本、历史等，都是各自带着自己的前理解和偏见去进入对话的，都是以自己的有限视域去参与理解和意义的生产。由于人自身的存在有限性和历史有限性，任何视域（人、传统、知识、历史等）都是有限的、不圆满的，因此，任何理解阐释和视域之间的融合也都是不完善的，其形成的意义也只是这种融合的有限产物。所谓"意义"，也就是一种视域关系的融合。它既回不到文本，也回不到作者和读者，而是处于它们之间关系的一种意识存在状态。

这样，即使是基于上述西方诸家的观点，我们也可以看出，所谓意义的"生成"与"阐释"，实际上是同一件事情的一体两面，或者说，所谓意义，也就是基于某种关系原则的阐释行为。在施莱尔马赫那里，重心是作者与文本的关系；在狄尔泰那里，作者的原意具有决定性的意义；在赫施那里，却是读者与文本之间的理解关系尤其重要；而艾柯虽然偏向于文本，但他的意义生产关系却是建立在文本、作者与读者三家意图互动的关系基础之上；至于伽达默尔，则根据人的有限性和不同视域的有限融合关系，为意义的产生和阐释开启了现代理解的自由空间。而前述艾布拉姆斯及其他学者充实建立的文论批评要素和关系结构图式，对我们从跨文化立场去考察文学意义生成

第七章　中西诗学对话的深度模式

和阐释的深度模式,倒是提供了一类多元的视角和入思关系路径。

在对"意义"、"阐释"及其相互关系有所了解之后,我们可以进一步探讨以下更具体的问题,那就是:文学或者说文学作品的意义形成和阐释,究竟离不开哪些基本要素?而这些所谓基本要素之所以能够促成文学意义产生的前提性条件又是什么?

首当其冲的要素当然是"文本",也就是通常所谓作品。无论它是有形的还是无形的,是文字的还是声音的,甚或是其他物化形式的文本。作为文学作品的文本,它都是文学意义产生最重要的前提和基础,也是连接其他意义生产要素,如作者、读者的核心交汇点。没有作品,一切要素都将星散而无从谈起。

那么,所谓文学的文本,它必须符合哪些条件,才会产生我们所需要的文学性"意义"呢?

首先,构成作品形态的言说系统必须是开放的,而不是封闭性自足的。也就是说,构成这一作品的深层语言(langue)和表层言语(parole)并不仅仅只是过去"知识"和"意义"的容器,而是不断接受和处理来自外部世界信息的阐释性有机结构,甚或是某种特殊的对话"主体"。文本作为有机整体,它以其与外部世界的存在作为自己存在的前提,并且与外部世界不断发生着信息的交换行为。所谓意义则可能就是在这样的交换过程中不断动态性的生成。

其次,在作为整体的文本内部,其结构各要素之间是能动的和本身就有着意义生产功能的。譬如字词、术语概念、句法、语法、修辞、语义范畴、叙事结构等等,它们的性质、功能和结构诸方面关系的结合方式和变化,都可能带来意义的生成和变化,譬如形成所谓比兴、象征、隐喻、陌生化(defamiliarize)、叙事视角的改变等等。

最后,不仅文本的结构体制本身具有意义的"生产性",而且,这一文本结构所指涉的外部事物本身也必须具备,或者说可以被赋予"意义",而后者则是和作为主体的作者和读者对它的观照密不可分的。一方面,具备上述起码条件是作品文学意义得以产生的前提;另一方面,当作品被要求具有这些条件的时候,也就意味着,所谓意义,只可能是在各种"关系"中才会得以产生。也只有在文本与人、世界和历史传统等各方面关系的运动过程中,意义才会涌流出来。而文本自身各要素,人以及外部其他要素的"有限性"、运动性特质,则注定意义的产生以及关于意义的阐释,无论对于过去、当下和未来都是始终开敞着的。

其次的要素当属作为阐释者的"作者"和"读者"。这里所谓"作者"和"读者",可以是有名的,也可以是无名的,或者说根本就没有被命名。在历史和现实中,在中外文本的生产过程中,由于各种各样的原因,始终存在大量的"匿名"作者和批评家。许多著名的文本,包括像《圣经·旧约》和《诗经》这样的超级经典文本及其读解阐释,均存在这样的情形。这里的作者也包括所谓天才、圣人,但更多的却是通常意义上的普通人,至于读者就更是如此了。

在中国早期历史上的文本生产过程中,还有一类特别的现象,那就是作者与文本之间合而为一、纠结在一起的情形。譬如先秦的所谓"子"书,当我们说到《老子》、《庄子》、《孟子》、《荀子》、《墨子》的时候,书名号外面的作者与书名号里面的文本命名常常被整合成了一个东西,离开了作者这个权威的阐释者,文本的经典性便会大打折扣,其意义甚至存在被颠覆和消解的可能。而后世读者对于文本的阐释和意义创生,也会由于诸如所谓"述而不作"的传统,使读者也往往处于在场性的"缺席"局面。事实上,在文本诞生的过程中,作者是最先的催生者和在场者,而在文本形成之后作者却又往往自动缺席,或者说,在文本诞生之后他基本上就是一个缺席的在场者。但这并不意味着"读者"就一定会在场,在面对所谓经典的时候,读者往往会比作者更加隐蔽自身。

那么,是哪些条件在影响和制约着作者对于"意义"的阐释呢?

首先,最大的限定就是,人之作为"人",在时间和空间中都只是一种有限性的存在,尽管也许可以说是特殊的存在。在广袤的空间

第七章 中西诗学对话的深度模式

和绵延的时间过程中,作为个体的人的短暂生命和全部感官所能够触及的"世界",绝对是极其有限的,这种有限性,在那个全知全能的"上帝"看来,几乎是微不足道和不必计算的。我这里的意思是说,在意义的阐释活动中,假定真有这样一个上帝存在的话,仅仅是这一限定,作为有限生命和感官视野的人,就已经注定任何作者的意义阐释,都是相对的和所谓有时效的。

其次,从表面上看,作者的阐释行为具有它完全自主的主体性,但是实际上,任何作者从他出生开始,也就是海德格尔所谓"被抛"入这个众生居住生活的世界开始,这个世界就不是他主动的选择,而是业已被他人所"命名"过、"解释"过的意义世界。表面上自主的主体阐释,实际上通过所谓"前理解"和有限的"视域",时时处处都受到此前他人的阐释,也就是所谓历史和文化传统等等的制约。

再者说,置身于现世的作者,由于个体独特的生命素质赋予、天分、环境、文化—教育背景、生活经历和所谓事业兴趣的价值倾向等等,多少都会决定它对于周围世界的历史和现实的价值理解方向。而所有这些,都将会决定不同作者在不同条件下的阐释立场,而基于不同阐释立场去展开的意义阐释活动和结果,也都将在不同程度上受制于上述前提。

在这里,作为阐释者的"作者",与作为另一个阐释者的"读者"的主要不同也许就在于,作者在对话和阐释活动中,争取到了首先提问的权利,并且尝试着把自己的前理解、有限视域和价值倾向融合到了文本的框架结构中。在一定程度上,作者总是试图主动引导文本的意义走向。至于读者,由于是"后发制人"的阐释性参与,他在一定程度上,可能不得不被作者和文本的"意图"所控制,被要求面对二者只能"问其所问"。但是,作为读者,在面对作者和文本的时候,由于时间和空间的滞后延展,使文本和作者相对读者而言,又都变成了所谓的"传统"和"视域"的一部分,这就使读者有可能在意义的阐释走向上,具有更新的时空向度和知识视野,从而取得新的阐释权利,使意义的把握朝着比较而言更高层次的理解循环走去。

这里必须指出的是，不仅仅作者的个人性因素制约着文本意义的创生和阐释，读者的个人因素同样也在不断地影响着意义的生成和演变。如果说，作者的生命素质取向，包括家庭背景、知识结构、人文—社会环境，决定了其意识形态和文化诸方面的价值选择，从而制约了他的最初文本意义形成，那么，读者上述种种不同的个人因素所造成的知识和价值取向，也就会形成各不相同的意义阐释走向。譬如，不管曹雪芹对《红楼梦》的阐释本意如何，作为没落世家贵族的后人，他的命运和他要为这一段由繁华而入困顿的历史做"传"的个人心境，注定了文本其间必然包含欲语还休、言说不尽的甜酸苦辣意义。而此后不同的读者，由于个人性因素所造成的价值差异，更会对文本作出无数不同的阐释。于是，在当时的革命党读者眼中必然看出的是反清复明的暗示；在性情倾向才子佳人的读者那里，则不过是一些妙极了的卿卿我我故事；在有考据癖背景的人那里，会通过文本满世界地去考证小说与时代没落世家的关联；而在现代读者眼中，不仅有人看出核心的主题是社会的不平等关系和阶级斗争，同样也有人热衷去发现其中的同性恋甚至双性恋之类的意义，如此等等。

可见，个人因素以及由此造成的文化价值倾向，对于文本的意义阐释效用，同样也是至关重要的。

除了文本、作者和读者外，在文学的生产和意义阐释的关系结构节点中，作为所谓"世界"之重要部分的人的"历史传统"和"时代精神"，显然对于文学意义的生产具有几乎是主体之外的全部决定性的意义。

我们有理由认为，在文学意义的发生和建构的延续过程中，比较诗学关于历史传统和时代精神的理解始终都应该是广义的。这个所谓的历史传统和时代精神，不是一般意义上的、单纯的人类文明的线性历史，也不是编年史记载意义上的帝王将相史和国家民族的宏大叙事史，而是文学文本和作为创作与读解主体的人的基于过去和现

第七章 中西诗学对话的深度模式

在时态的全部"前理解"的总和。

它至少应该包括与之相关的认识论意义上的人的历史性社会存在、各种时间因素、空间因素、宇宙—天地观念、自然环境、人种、知识传统。所谓的知识传统,其中当然包括各类文学传统和地方性知识,以及人的精神认识视野和能力等等。无论是对作者、读者或者是有待诞生的文学文本而言,其文学意义得以产生的、过去和当下的、可以称之为主体精神以外的全部世界的资源和依据,都只可能来自于这一被称之为历史传统和时代精神的总和物。套用阐释学的原则说法,这一切都构成了意义生产的所谓"过去视域"和"当下视域"。

作者从这个复杂的历史传统和时代精神的资源体系中去发现、挖掘、认识、加工和生产各种文学的意义,并且将自己和作品本身也不断抛入这一历史传统和时代精神之中去,与之构成循环的对话和潜对话;而读者则围绕着自身的全部历史传统和时代精神形成自己的精神资源,并通过读者作为主体的人的认识能力去形成自己的全部"前理解",由此去通过读解文本以及作者,在循环互动中形成自己主体意义上的所谓文学的"意义"。由于无论作者或者读者的个人并不在历史传统和时代精神之外,因此,他个体的意义生产过程本身也成了全部意义生产循环过程的能动部分。

至于作品,或者说文本,它作为文学意义上的各类物质化载体,不过是历史传统和时代精神在作者和读者创造加工过程中留下的较为系统的符号性"痕迹",是一堆大大小小、各式各样的符码,所谓"漂浮的能指"。至于文本的意义,也就是所谓的"所指",只有在主体的关照下,在与扑朔迷离、纷纭复杂的历史传统和时代精神的对话交往过程中才能呈现出来。否则,它可以说什么都不是。

正是在这一意义上,我们可以断言,离开了历史传统和时代精神,假定真有那么一个生活在真空中的作者和读者主体,他对文本展开的再高明、再科学的生产和技术性"细读",面对传统和时代都是缺乏可信度和价值意义的。

那么，历史传统和时代精神，作为重要的文学意义的生产性关系要素，在这样的互动循环过程中的能动性又是从何而来呢？其中关键的因素自然还是人。说具体一些，文学意义生产的关键是作为主体的人对于历史传统和时代精神的认识和理解。

一方面，依据阐释学的见解，我们这个人所居住的所谓世界，自从人的"出现"或者说被"发现"以后，就已经是一个业已被解释过的世界，或者按海德格尔的话来说，就是有关人的一切事物此前都已经被"命名"了。所有的意义理解都是在这样一个已经被理解、解释和命名的世界基础之上再去加以展开的。所有的意义创造和理解行为都只能在这样一个庞大的"前理解"体系基础上去进行，你别无选择。

但是，人终究是个体的人，或者说是有着文化、信仰、环境、知识、修养、身体和精神智力等方面差异的人，是所有这些意义生产和阐释模式要素中最为活跃和能动的要素，也是最具创造力的核心要素。只有人，才能够将这些所有的要素和"前理解"进行"加工"和创造，使历史传统和时代精神通过人成为有意义的文本，使文本的意义从能指结构的潜在魔盒中不断释放出来，使一切的"前理解"转化为当下的"理解"，又使当下的"理解"成为新的"前理解"，使处于变动不居的历史传统和时代精神中的文学文本，在不断的理解（读解）中生出无限多可能的意义。于是就有"诗无达诂"，有"红学"、"莎学"等等。于是，文学的生产和文学意义的阐释也将成为需要不断从过去走到现在，又将从现在走向未来的持续不断的事业。

当然，也就在这样一个意义的生产和阐释的历史过程中，所谓的文学经典便在这样一个不断的循环过程中渐渐浮出水面，同时也不断在历史的阐释河流之中隐现沉浮。而经典的生成和沉浮的历史过程，也就是人作为不断变化的阐释主体，借助历史传统和时代精神对文本意义的不断再生产过程。于是，我们对作为作者和读者的主体与文本之间的意义关系就需要给予特别的关注。

譬如，在作者与文本的意义关系上，传统西方的理论观点认为，

第七章 中西诗学对话的深度模式

文本的意义来自于作者的赋予,在作者借助语言将意义灌注于文本的身体之间以后,意义就固定在那里了,读者所要做的只是透过语言去发现作者寄寓其间的意图就行了,语言之后无意义,也更不存在什么言外之意。早期的解释学就是这样千方百计地想去发掘作者的原意,甚至即使是到了美国现代阐释学家赫施那里,他也仍旧是把作者的意图确立为阐释的有效性的惟一标准,从而成为现代文学解释学中的异数。但是相反的却是,以作品与读者关系为研究重心的接受理论则认为,作品的意义并不全由作者的意图所确定,而更多是能动地存活于经由阅读行为而产生的读者与文本的相遇过程中。而以"新批评"为代表的形式主义的分析理论则更是偏激地有意忽略掉作者和读者,将研究的重心只是集中于作品的文本本身。在新批评的主张看来,意义只存在于文本的内在特性之中,存在于文本的语词符号、语义内涵、句段区分和结构关系之类的形式特征当中。更激进的解构性观点则干脆认为,在文本的"能指"符号和意蕴"所指"之间并不存在必然的特定意义关系,文本的意义仅仅只是一个能指符号自身不断延展和变异的过程,它不可能到达一个确定不变的终极意义。

而我们今天从跨文化比较诗学的文学意义生产和阐释的各要素之间的循环关系去考察,则可以说,每一种理论的主张都偏重和注意到了某一组意义关系,而同时也不可避免地忽略了其他关系,从而又在文学批评理论上有所推进的同时,对于意义关系的理解也有所遮蔽。

稍作比较,我们同样能够不同程度地察觉,中国文论诗学在处理文本意义从何而来的命题上,与西方诗学有着某些异曲同工之处。在作者与作品的关系上,中国文论诗学十分关注作者的写作意图对于理解作品的客观有效性。

在《文赋》和《文心雕龙》中都把一窥作者"为文之用心",当作首要任务之一。而魏晋以往的所谓文学批评中的"人物品藻",在一定意义上却是把文章与作者的生命和审美风范紧密结合的范例,所以,钱钟书先生在论述中坚持把"人化批评"作为中国古有的文学批评的一个特点来看待。[①]

然而,在另外一方面,中国文论同样更加重视读者在阐释过程中的积极作用。所谓"诗无达诂"(董仲舒《春秋繁露·精华》)可以说正是中国式诗歌阐释学的经典主张。中国的诗文评论以及小说评点也都不太提倡对文本确立意义上的惟一性解释,而是强调所谓"兵家读之为兵,道家读之为道,治天下国家者读之为政,无往不可"(《一瓢诗话》)。金圣叹就认为,像《西厢记》这样的作品,"断断不是淫书,断断是妙文",只不过"文者见之为文,淫者见之谓之淫耳"。

显见,在文学意义生产和阐释的关键命题上,中西诗学和文论虽然在侧重点和具体的内容上不尽一致,但是探讨的思路却有其大体一致的地方,即都不外乎是从作品与世界的关系、作品与作者的关系、作品与读者的关系,以及作品自身的内在关系等角度去展开思考和分析的。

于是,也难怪钱钟书先生要说:"东海西海,心理攸同;南学北学,道术未裂。"本书在这里再一次征引这段话的目的,也就是想强调,在文学意义生产和阐释的路途上,中外不同文学和文化传统在深层的对话意义上,无疑还是能够相互对话和沟通的。无论文化和传统的差异再大,文学毕竟还是作为"无毛两足动物"(钱钟书语)的人的文学。

第四节 深度模式研究举例(三):审美—主题阐发模式

本节提要:

生命意识作为人的基本精神属性;作为诗学精神现象学的文学

[①] 钱钟书:《中国古有的文学批评的一个特点》,《中国比较文学研究资料:1919—1949》,北京大学出版社,1989年。

第七章　中西诗学对话的深度模式

性生命主题；传统中国思想中的生命意识；气之聚散与阴阳五行；儒家伦理化的生死观；道家对于生死的审美超越；禅宗的生命觉悟与民间的永生意识；中西文学中的死亡焦虑和永生绝望；形而上解决方式与伦理化解决方式；终极价值追问与死亡诗意：中西在诗学精神主题上的悲剧性认同和作为文类的悲剧错位；死于爱和死于道德：中西文学中死亡主题的内在冲突模式及其展开；向生而死与向死而生：中西不同的追问和审美倾向。

在本章一开始，我们就已经试图从学理上加以说明，所谓比较诗学意义上的审美追问，必然与产生这些审美类同和差异的各自文化的传统发生关联。某一诗学的审美行为特征及其个性，往往是该地域人类群体的文化和文学传统的衍生产物。于是，比较诗学的审美范式研究也就只有从各自的文化精神出发，才可能在参照中去看清某一文化之诗学审美的特点。

在具体的个案研究上，我们既可以选择审美基本范畴的比较研究，也可以选择某一特定审美主体去做对话性的阐发展开。

在这末了的一节讨论中，我们决定选择中国文学中与审美密切相关的生命意识，借助西方关于生命及其生死这一文化和诗学主题的历史叙述参照，尝试重新来考察一番中国文学和诗学中的生命审美意识。希望读者能够在蕴含诗意和审美的讨论和叙述中结束对于本书的阅读和接受。

毋庸置疑，所有的各种文化记载都能够证明，自人类具有自我意识以来，有关生命的秘密就始终在困扰着从古至今的人们。生命是何物？何谓生？何谓死？这些疑问根深蒂固地植根于人类心灵，使你挥之不去，欲忘不能，哲学和文学对死的言说，从古至今绵延不断。由此我们也许可以进而认定，生命意识也许本来就是人之所以为人的一种基本精神属性。

人被抛到这个世界，从来并非个体自身的意志。因为所有的人先天就不曾具有选择生与不生的资格,但却在来到世上的第一瞬间便取得了死的权力。而且,现世的"生"从一开始就是以"死"的威胁为背景和条件的。

人的自我意识一旦形成,死的幽灵就随时困扰着世人。在死神的阴影下,全部人类的生命从一开始便抹上了一层苍凉而悲壮的色彩。正如帕斯卡尔所言:"人只不过是一根苇草,是自然界最脆弱的东西;但他是一根能思想的苇草。用不着整个宇宙都拿起武器来才能毁灭他;一口气、一滴水就足以置他死命了。然而,纵使宇宙毁灭了他,人却仍然要比置他于死命的东西更高贵得多,因为他知道自己要死亡。"①

精神对死亡意识的探寻,作为一种价值追问,其根本目的在于理解死亡的积极意义,支持人的价值信念,维护人的生存信心。这是一个基本的人类命题,作为人类一翼的中国思想和文学自然也不会例外。

而从比较文学的学术立场和跨文化视野出发,立足于东亚国家的文化传统和文学特点,对中国文学中的生命意识,尤其是其间对于生与死的精神想像和文学表述,展开一次尽管简略但却是相对系统和认真的研讨性梳理,无疑应该是相当具有启发性的话题。

之所以这样判断,当然是因为,文学可以说就是关于人的一门特殊学问,是关于人的诗性的精神现象学。当我们把"生命"的命题置于比较文学的层面来展开对话的时候,在承担人类价值信念的天平上,它不可能是纯粹的、可有可无的"学术"讨论。若非如此,文学将不能面对文学价值的根本问题,也不能解释自有文学以来,中外文学家何以无休无止地在生死的门口流连忘返。

在人类庞大的文学宝库中,处处呈现出新生和死亡的诗意。这里既有屈原式的质询、荷马式的赞美、莎士比亚的诗情、陶渊明的啸

---

① 帕斯卡尔:《思想录》,何兆武译,商务印书馆,1987年,第157—158页。

第七章 中西诗学对话的深度模式

吟,也有川端康成的体验、陀思妥耶夫斯基的叩问、曹雪芹的倾心……而假定把"生"与"死"之命题从文学中撤出,也许从此就没有了文学。换言之,生命的命题在人类诗意的构建中举足轻重,作为一种精神价值尺度,它始终在衡量并显现着人类生存的意义本身。

一、传统中国思想中的生命意识

我们正处在一个新世纪的开始,科学进步和技术发明虽然在相当大的程度上改善了人类生存的物质条件,甚至空前地延长了人的寿命,但却终究不能解决生死的问题。人性的基本状况也没有因为文明的发展而有根本改变,令人担忧的倒是由于人文精神的日益走向边缘和理性之恶的不断释放,导致物质主义的空前膨胀,处在全球化和网络信息社会变奏曲中的现代世界,在精神上从未如此苍白。面对精神今日的处境,我们对生存意义的关注,乃至我们全部的价值信念都在重新受到拷问,作为生存价值另一种表述的生死命题也面临再一次的质询。由此,文学对于生命意义的追问便被赋予了特殊的精神使命。

那么,历代中国圣哲和诗人又是如何看待同样的命题呢?

古代中国关于生命的观念相当丰富和复杂,如果用比较提纲性的简化方式进行粗线条的表述,占主导地位的可以说是基于原始的气论和阴阳五行思想基础之上的天人合一生命观。

认为"气"是生命的本源存在和运动方式,这在古代中国儒家和道家著述中都有论述。道家的创始人老子就认为"道生一,一生二,二生三,三生万物,万物负阴而抱阳,冲气以为和。"[①]在老子看来,尽管世界起源于道,但是万物却是由道的演化形式的"气"所构成,而生命也是由于气之所致,因而离开气就无所谓生命。而庄子则进一步发展了老子的思想,认为气是构成生命的原动力,所谓"人之生,气之

[①] 《老子》四十二章。

聚矣,聚则为生,散则为死"①。在他看来,气是构成天地万物以及人类的共同基本物质,人的生死、物的荣枯也都不过是气的聚散变化而已。至于儒家,在形成物质形式的自然之气以外,则更加强调与人的修养相关的精神之气。例如荀子就是从构形和养心两个方面来论述气的作用,他说:"水火有气而无生,草木有生而无知,禽兽有知而无义,人有气有生有知亦且有义,故最为天下贵矣。"②孟子甚至将气与人的修养的关系抬升到了人格形成的价值高度,强调养成"浩然之气",而有了浩然之气,就能成为"威武不能屈,富贵不能淫,贫贱不能移"的大丈夫。

很显然,中国古代的气论不仅肯定了气是构成和维持生命的物质基础和运行动力,而且将其提升到精神形成和人格修养的文化高度,使得热爱生命,关心现世,提升自我生命的价值,成为具有中国文化特色的人文哲学命题。这对后世的哲学和诗学诸方面的发展都构成深刻的影响。

至少在先秦殷周的时代,阴阳和五行的思想在中国就已经初步形成,《易经》以及更早的伏羲八卦的基本符号"—"与"--"就被后世作为男女性别和天地阴阳的基本符号,进而被用来解释自然和生命的变迁。而在先秦古籍《尚书·洪范》中,已经明确地命名了五行的称谓,用来解释世界的起源以及相关的基本物质。所谓"五行,一曰水,二曰火,三曰木,四曰金,五曰土"。到了春秋战国以后,阴阳学说与五行学说合而为一,进一步发展成为阐释自然万物和宇宙生命的基本理论。除了著名的阴阳五行家邹衍在关于《周易》的阐释性著述中将世界和万物演化变迁的理论基础立足于这一学说之上外,汉代的大儒董仲舒在其关于天人感应的理论中,也主要运用阴阳五行学说来论证万物和生命的起源。所谓"天地之气,合而为一,分为阴阳,判

---

① 《庄子·知北游》。
② 《荀子·王制》。

第七章 中西诗学对话的深度模式

为四时,列为五行"①。也就是说,包括人在内的宇宙万物统一于五行,五行统一于阴阳,而阴阳则统一于天道。

阴阳五行的思想,不仅作为中国古代哲学的重要思想基础,被用来作为解释宇宙生成和人类产生的世界观,而且也被中国古代的医学家和其他的专门家用来作为解释生命变化过程的理论支点和方法论。例如,在古代的医书如《黄帝内经》和《素问》中,就频繁地论及阴阳五行与生命和死亡的关系。"阴阳四时者,万物之终始也,生死之本也"②对于人而言,所谓生命的活动过程,就是一个阴阳五行矛盾运动的过程,正常的生命也就是其间关系的相对平衡,而平衡失调就会生病甚至死亡。这类关于自然和生命关系的见解,无疑也将对中国文化和诗学的观念、表述和阐释施加影响。

基于阴阳五行和气之聚散的生命理论,最终作为传统中国人的生命观念,则是以"天人合一"和"重人贵生"作为根本性皈依。于是,中国人在关于生命的关怀重心方面,表现出尤其突出的"向生而死"倾向,即着重关注对于生的追问,而将没法在自我意识的条件下亲自体验的死亡及其言说悬搁起来,只是企图通过对于生的探讨去领悟死亡的生命意义。

在这一根本性的出发点上,无论是儒家、道家以及中国式的佛教——禅宗,甚至民间的鬼神信仰,都没有太大歧义。譬如庄子就说过"身非汝有,是天地之委形也;生非汝有,是天地之委和也;性命非汝有,是天地之委顺也;子孙非汝有,是天地之委蜕也。"③而"天地与我并生,万物与我为一"④。也就是说,一切生命、生存、繁殖和死亡都是天地运行的结果,虽然贵为人类,其生生不息与世间万物同出一源,与天与地的地位平等,源于道也归于道。正是以这一根本性的认

---

① 董仲舒:《春秋繁露·五行相生》。
② 《素问·四气调种大论》。
③ 《庄子·知北游》。
④ 《庄子·逍遥游》。

知为基点,中国传统的各家各派都循此思路去发展建立自身群体的生命观念和生死学说。

二、生死一体,殊途同归

在中国有关"生死"的观念性想像和思考方面,影响最大的莫过于儒家的观念了。我们不妨称其为伦理化的生死观。这是传统中国最为理性的思路,可以说也是中国的主体思路。

这一思路最著名的言说是以孔子的"未知生,焉知死"作为标记的。《论语》中记载了这样一个故事,弟子季路向孔子请教对待鬼神的态度,孔子回答说:"未能事人,焉能事鬼。"季路又进一步请教"死"的道理,孔子则干脆说:"未知生,焉知死。"①这段对话表面给人以孔子本人对死亡和鬼神讳莫如深的感觉,但是实际上,以本书作者的理解,孔子其实是在以反诘的方式表达自己的生死追问路径。作为思想大师,孔子本人对于人生的短暂和死亡的焦虑有着比常人更深切的体会。《论语·子罕》中就说:"子在川上曰:'逝者如斯夫,不舍昼夜。'"面对奔腾不息的江流,孔子感叹光阴流逝、生命的短暂与追求人生价值的矛盾,所谓"生有涯,而知无涯"。于是,对于死亡的焦虑便以现世人生功业未竟的曲折方式表现出来。这是孔子特有的表达方式和问题逻辑,哀死而不患死,重生安死,通过对于生的意义追问去达于对死的认知,生死一体,知生自然就会懂死,六合之外,可以存而不论,因为确实也就是所谓"未知生,焉知死"了。所以,宋代大儒朱熹在为孔子这句话作注的时候就说:"知生之道,则知死之道。尽事人之道,则尽事鬼之道。死生人鬼,一而二,二而一也。"②

孔子的生死观其实是十分鲜明的,在他看来,只有通过生活的实践,才能去体验和思索生命与死亡的价值意义。这种现世伦理特征

---

① 《论语·先进》。
② 朱熹:《四书章句集注》,上海书店出版社,1987年,第65页。

第七章 中西诗学对话的深度模式

明显的生死观,构成了中国人对死的基本精神态度,影响着历代人们对生死的解决办法。到了后世如王船山的"生死死生,成败败成"(《读通鉴论》)和洪亮吉的"生者行也,死者归也",基本上都是孔子观点的延续和发展。不过,在儒家生死观的框架基础上,还发展出了一种朴素唯物主义学说的层面。譬如荀子的"生,人之始也,死,人之终也",王充的"人死气消"论,章太炎的"人死而为枯骼"(《原教下》),这类言说在中国古代思想中也是比比皆是的,其对于中国人生命观念的影响也不可小看。

与儒家观点明显不同的,则是老庄式"审美超越"的生命思路。即庄子的所谓"方生方死,方死方生"①和"齐死生"的立场。

在庄子看来,生与死不过都是生命的不同表现形式,"生也死之徒,死也生之始"②。生是死的继续,死是生的开始,生生死死,本质上并无区别。所以当他的妻子去世的时候,他不仅不悲哀,反而鼓盆而歌。但是,老庄学派对于死的坦然,并非意味着他们意识不到人生的短暂和生命的价值。庄子就曾经说过:"天与地无穷,死生如昼夜。"生命在世,如"骐骥之驰过隙也"。如此短暂的在世生命时间,如同大自然的荣枯循环,都应该遵循自然的原则,学会珍爱和欣赏生命。对待人生,也要像对待自然的态度一样,超越是非、得失、荣毁,顺应生死的规律,逍遥享受在世的生命价值。这并非宗教式的解脱,也非儒家式的悬搁,而是对于基于天人合一原则的生命审美超越,从而达到"无君于上,无臣于下","虽南面王乐,不能过也"的"真人"、"神人"境界。

佛教虽是来自外域,但是在本土化的过程中接受了中国文化的诸多观念,从而对中国人的生命意识建构也构成不浅的影响。尤其是作为中国化的佛学的禅宗,影响更大。

---

① 《庄子·齐物论》。
② 《庄子·知北游》。

一方面，佛教将生老病死列为四大真谛的"苦谛"之首，生死轮回，苦海无边。世俗的死亡不过是一次生命存在循环的开始。在世的苦难也并不可能因为死亡而一了百了。没有真正的"觉悟"，就不可能认识生命的本质意义，也不可能达到诸如再生成佛的至高境界。

那么怎么才能觉悟呢？佛教各家的解说不一。但是，就禅宗而言，就是要以"平常心"对待，注意活泼泼的生命情趣和在世生活的领悟。坐卧行走，吃饭穿衣都能悟道。这就使得过于超越现世逻辑、学理谨严繁复的佛家学说又回到了现实生活的地基上。也就意味着需要顺应自然，重视现实生命的价值，任性逍遥，以凡人之心和行动去领悟生死的意义。这可以说是另外一种意义上的"重生安死"，向生而死的生命观念。佛教禅宗的生死观作为中国文化的一个组成部分，对中古以后中国人的生命哲学和文学创作的发展都有相当影响。

除此之外，在中国民间文化和道家支流的神仙方术学说中，关于"永生"、关于"长生不老"和"不死"的言说，也曾经有一定的思想地盘。尤其在历代帝王和达官富人中，多有走火入魔者。但是在长期炼丹保生和寻求不死之药的努力无数次注定失败以后，人们对于不死的追求渐渐被关于永生的绝望所替代。真正的信奉者历代都有限。但是这种思想却可以在文学的描绘和想像中被不断书写。这是在讨论中国人的生命意识与文学关系的时候不可忽视的一个方面。

正是以上述中国人深层的生命意识，以及各家各派对于生死大事的不同理解为基础，传统中国文学和诗学在想像、表述和叙写有关生命和生死之类的基本主题方面，表现出了与其他文化传统和国家民族既有共性却又明显区别的生命理解。

三、死亡焦虑与永生失望

为了更好地展开有关中国文学和诗学中关于生命意识及其生死命题的讨论，作为一种比较诗学的思路，我们在接下来的讨论中，将引入西方诗学中有关生死命题的讨论作为参照系，并且力图在这种

第七章 中西诗学对话的深度模式

跨文化的诗学比较和对话中去突显中国文学对于生命主体的特殊关怀、叙述倾向和诗学特征。当然,如果可能的话,这种比较的隐含理想目标更在于,通过相互的比照和认识,能够从文学艺术对"死"的言说中去引出人类对生命精神价值的历史性理解和现实关怀。

人类的文学对于"生死"的追问始于何时?因为神话和传说都已太久远了,我们已无法去确切考证。也许可以说,自有文学以来,"生死"就是文学最基本的题材和主题选择。尤其是"死",作为文学开掘不尽的矿藏以及文学通过对"死"的言说确立自己的存在,均构成了这同一事物的两面,一如"爱"在文学中的地位一样,始终生生不息,绵延不断。

文学和诗学对于"死"的追问已达到何种广度和深度,这又是一个充满兴味而又十分艰难的论题。然而不妨质言之,中外文学在题材、人物、思想、主题诸方面对"死"的叙说迄今已是汗牛充栋。神话、诗、小说、戏剧、散文、影视,无一不涉及"死",甚而诸多文学名著的标题便以死命名。国外文学中,像《死魂灵》、《死的十四行诗》、《死屋手记》、《死亡游戏》、《死者之书》(又译《亡灵书》)、《人都是要死的》、《死亡赋格曲》、《死者的对话》、《死亡默想》等等,可以说比比皆是。至于中国文学,仅仅司马迁一部《史记》,在充满文学想像力的112篇人物传记中,涉及他杀、自杀和死亡悲剧的就接近70篇。

在所谓诗学和审美的深度问题上,文学对死亡的诗意追问,从俄狄浦斯的哀号、屈原的天问、窦娥的死愿、维特的赴死、里尔克的冥思、川端康成和三岛由纪夫的审美叙事等,其所爆发出来的惊天地、泣鬼神的感染力量,以及对死的哲学化推演,构成了比哲学思考更加形象的追问和展开,在大不相同的灵魂震撼和净化体验中,不断潜移默化为人对生命的诗意理解方式和审美立场。

所以,我们可以说,"死"就是文学心甘情愿的宿命,也即是说,"死"在文学中的存在,就如同人在世间的存在一样,其作为"事实"的不可言说性和作为"自我疑虑"的必须言说性,同样都是激动人心的。

作为"死"的"事实"之另一面，人对"死"的追问是对自我的挑战，具有最基本的存在意义上的探询，也是可以寄予希望的思路。

中西文学与死亡最先的相遇，无疑首先是从作品中透露出来的对于死的焦虑和对于永生的失望感开始的。人的必死性导致人在死亡远未到来之时便产生了对死的焦虑。例如屈原所谓"惟天地之无穷兮，哀人生之长勤；往者余弗及兮，来者余弗闻"，这便是一种充满焦虑的悲叹了；中国的书法大师王羲之更是直截了当地挥洒笔墨："固知一死生为虚诞，齐彭殇为妄作，后之视今亦犹今之视昔，悲夫！"希腊神话英雄阿喀琉斯甚而宁愿在人间帮工也不愿到冥界为王。焦虑的结果，直接体现为对生命永生的渴求。于是，神话、史诗、古代传说便历史地担当起这一使命。奥林匹斯众神本身就是自然界日月星辰山川雷电的永恒化身。上帝与天使的永在，西天菩萨对生死的超脱，中国古代神话人物的长寿等，所有这一切，都使得我们可以断言，所谓对于死的焦虑，在人类童年思维的条件下确实促成了神话的繁荣，而作为一个重要的诗学命题，它与文学创造的发生动力学命题明确地产生了最初和必然的联系。

不过，我们也注意到，即使在人类早期的文学形式中，中西历史文化围绕生命意识见解的差异性就已开始显现。如果说希腊众神之不死反映了西方民族对永恒追求的执著，那么中国的神话则更关心神的现世业绩而不是寿命问题。在类如盘古、女娲、伏羲、黄帝、羿、禹的神话中，神的事迹成为描述的主体却并不关心永生与否，甚而神也会生老病死，如盘古以身体四肢创造山川万物却消解了自己的生命。有了生老病死的问题，于是就有了传说中的所谓"禅让"故事，这在西方是稀见的。

尽管如此，人类对永生从来就并不真抱有什么希望。换一种说法，永生了又能怎样？它对于生命存在的真正价值又具备何种意义呢？奥林匹斯山上诸神的生活说起来是如此的枯燥和乏味，他们往往只有在与生生死死的众生发生关系时，生命才会有血肉光彩。希腊神话最精彩的场面常常是神人之间的爱情及其他纠葛。如果我们比较一下宙斯与天后赫拉的关系和宙斯与凡女丽达、伊娥的爱情,后者无疑要生动得多。

情形往往就是这样,情感和理想的珍贵价值只有在死神威胁下才会浓缩和升华,而永生正是爱与恨等情感的坟墓。法国作家西蒙娜·德·波伏瓦的著名小说《人都是要死的》塑造了一个名叫福斯卡的人,由于获得永生反而给生带来更大的悲哀。他爱少女贝娜特丽丝,而少女却爱他的会死的儿子安托纳。她说:"当安托纳朝湖心游过去,当他身先士卒冲锋陷阵时,我钦佩他,因为他在冒生命的危险,但是您,您的勇敢是什么?"的确,倘若没有死,生之乐趣,生之幸福,生之目的便瞬间消失。

中国古代最著名的嫦娥奔月神话与其说是对永生的向往,不如说是对永生的否定,"羿请不死之药于西王母,嫦娥窃以奔月,怅然有丧,无以续之。"①好一个"怅然有丧",把永生的寂寞和无意义以近于反讽的方式揭示了出来。正如中国唐代诗人李商隐的《嫦娥》诗所言:"云母屏风烛影深,长河渐落晓星沉。嫦娥应悔偷灵药,碧海青天夜夜心。"生之趣味正在于意识到死的不可避免才得以成立,花开花谢,生死交替,正是人之为人的基本存在方式。中国现代作家周作人在《笠翁与兼好法师》一文中引14世纪日本和尚兼好之语曰:"人生能够常住不灭,恐世间将更无趣味。"可见,对永生的否定态度无论东方或西方,都有普遍的超越理解。

为何一涉永生便意义全无?

这首先是因为一涉及永生,人生便不再有目的。人生目的是人对自己的现实价值和意义规定,它表现为一种可能性。目标的价值正当性促使我们以有限的生命去追求这种可能性,人生价值多在这一追寻过程中显现。而一旦永生,可能性便成为注定的事实性,也就

---

① 《淮南子·览冥训》。

不存在失败的可能,而一旦追求无动力,也就无所谓目的了。

其次,一涉永生便令人生的乐趣和价值判断全部丧失。我们都知道,事物都是对立的存在,生命的欢乐乃是由于有死亡的痛苦陪伴,幸福因为有牺牲作为前提,即使是痛苦也因为有可以被生命承担的可能才具备美学价值。人可能因为失去希望而选择死亡,然而一旦登上死亡之旅,当飘向天国的驼铃声叮咚传来之时,人对生命的强烈眷恋之情便使现实的痛苦也被赋予了诗意的色彩。在生与死的十字路口,文学上演过无数出血泪纷飞、惊天动地的精彩人生戏剧,而历代的读者和观众也在这种场面和氛围中不断接受着灵魂的净化。正是文学对生死的诗意言说,给流血的历史和沉重的人生抹上了一层希望的亮色。

对于真正的人生而言,其所最难以承受的不是痛苦的沉重,而是失去价值判断力的彻底空无,所谓生命之"轻"(米兰·昆德拉),也就是存在的无目的性。所以中国的庄子说:"吾生也有涯,而知无涯,以有涯随无涯,殆已。"①抛开后面所谓"生而不说,死而不祸"②的生命消极性不谈,这种"有涯"与"无涯"的对立,却正好真正道出了生命的价值焦点和文学创造的内在激发机制。有涯与无涯是生命的核心悖论,人向"知"的追求便是向"死"索取意义,理想的辉煌依赖于"死"去提升,而文学正是凭借这一巨大矛盾纽结去建构文学自身的世界。

正是从这一角度去看,死亡意识在诗学审美意义上,也即是在文学的发生和创造动力学意义上,确实担负起了至关重要的使命。

四、悲剧与悲剧性

但是我们必须面对这样的事实,那就是,由于中西历史文化的差异性,它们各自文学中死亡诗意所呈现的内容和形式都是会有所不

---

① 《庄子·养生主》。
② 参见《庄子·秋水》。

第七章　中西诗学对话的深度模式

同的,并由此决定着中西文学对"死"的态度和属于体裁史、类型史方面的相对差异性。

但是在此以前,我们先要关注"死"与文学中悲剧性的关系,这将既是一个诗学审美范畴问题,又是一个有趣的主题史命题。

只要稍微思考一下,一般人也都会明白这个道理,那就是,人类对于死亡的恐惧并非来源于死亡本身,而是来自我们对死亡的想像力,即关于"死"的"意识"。这种意识作为我们对世界人生感到焦虑的根源之一,使死亡意识一开始就给人生,也给文学抹上了一层悲剧的灰色。人的必死性注定了人的努力的最后失败。但是,死亡可以切断生命的延续,可以毁灭个体生命企图超越死亡去达到无限目的的渴望,但人依旧会前仆后继地向死亡抗争。

这在希腊神话中是以西西弗斯的命运作为象征的。人一方面追寻着生命的意义,而死亡又随时都在毁灭生命的意义,这一对不可解决的矛盾构造了人类文学和诗学意义上全部悲剧的核心模式。无论中外关于悲剧的定义有多少种言说,从亚里士多德、拉辛、司马迁到鲁迅的论述都隐含了这一模式的内核。

在诗学主题史的意义上,悲剧性可以说是文学的基本立场,这一点中西似乎并无深刻对立。中国的司马迁笔下荆轲式的"风萧萧兮易水寒,壮士一去兮不复还"(《史记·刺客列传》)的壮烈,并不亚于希腊悲剧的力量,在心灵震撼和灵魂净化意义上,它们同样都是千古绝唱。由对"死"的诗意冥想和呈现而透射的悲剧意识,基本上是所有国家民族文学的普遍现象。

在中外文学大师的笔下,这种悲剧性的展示始终充满着苍凉、美丽和哲理化人生慨叹的韵味。曹孟德虽有"老骥伏枥,志在千里,烈士暮年,壮心不已"的豪唱,可也难免有"对酒当歌,人生几何,譬如朝露,去日苦多"[①]的悲叹;陶渊明虽有"采菊东篱下,悠然见南山"的超

---

① 曹操:《龟虽寿》、《短歌行》,《曹操集》,中华书局,1959年。

脱,然而却在"亲戚或余悲,他人亦已歌"的吟咏中透出对生命的眷恋。① 诗人里尔克在《杜伊诺哀歌》等一系列作品中,不仅把诗人对死的冥思引向新的高度,而且也把由死引发的世事苍茫的悲剧感推到了极至。"正当那把人引向生活的高峰的东西刚显露意义时,死却在人那里出现了。"② 正因为"注定了的离别,定然已约定了再见的日子"(叶赛宁),陀思妥耶夫斯基才把死亡视作向虚无索取意义的手段。就连对生活充满积极态度的海涅到临近死亡时,也曾吟叹:"乐器从我的手里落下。那只酒杯,我曾经愉快地放在骄傲的唇边,如今它打碎了,碎成了许多碎片。"

显然没有必要再列举下去了,这将是一个贯穿中西文学历史的长长的名册。不是诗人愿意选择死亡,而是死亡意识永远在追逐着诗人,死所带来的悲剧性作为文学价值精神构成的基石,同时也是文学创造性生活的前提。

更何况,一部人类文明史不也同样是血泪交织和布满死亡陷阱的历史么?自杀、杀人、吃人、形而上死亡、诗人的自杀、绝望、虚无,作为种种"死"的外在表现,早已使历史文化淤积了厚重的鲜血。近代更如马克思所言,自从资本来到这个世界上,"从头到脚,每一个毛孔都滴着血和肮脏的东西"。鲁迅也曾说,在历史陈年簿子的字里行间,处处都写着"吃人"。如果更进一步从人类共同的生命形式去看,"死"的不可回避性正是诗与诗学悲剧性审美的最重要根源。悲剧性一旦从死亡意识中脱胎出来,就会扩展为普遍的信念基调和精神价值,伴随社会历史条件的不同和人的认识水准变化而潮起潮落,缕缕不断。

如果我们仔细考察中国文学对于"死"的关怀,就会发现,先秦时代的中国,人们对于"死"的忧患感并不太强烈,而到了魏晋时代,伴

---

① 陶渊明:《挽歌诗三首》,《陶渊明集》,中华书局,1979年。
② 参见《文化:中国与世界》,三联书店版,第2卷,第469—470页。

第七章　中西诗学对话的深度模式

随人的觉醒,面对世事黑暗、王朝更替,以及杀戮和流血造成的"白骨露于野,千里无鸡鸣"(曹操《蒿里行》)的局面,生命的无常感时时侵袭诗人的内心,佛、道诸家对生死的讨论进一步使古代的知识分子注意到人的基本存在问题。由对于生命的眷念引发的悲剧感笼罩着整整一个时代的诗文,这就是汉魏两晋文学中始终充满时光飘忽和生命短促的悲叹的原因。① 这在"三曹"、"建安七子"以及嵇康、阮籍、陶渊明的诗文中都有充分的体现。此后历代虽有涨落,但无大的潮流,直至近代以来,随着社会危机加深和外来文化的引入,引起对个体的人的普遍关注,文学中关于死和人生悲剧性的意识再次突出起来,以《红楼梦》的主题思想和人物命运的悲剧性为发端,到现代文学史上关于生死的探讨便具备了相当的规模。事实上,几乎所有的现代文学大师都涉及过"死"的命题,甚而鲁迅的《呐喊》、《彷徨》所收25篇小说,便涉及了24人的"狂"与"死"。死亡命题作为五四历史和文学的特殊现象,曾经引起研究界普遍的注意。②

尽管我们都清楚,西方文学中对于"死"的悲剧性言说有着一贯的传统,在追问和讨论的深度和广度上均可以说成果丰富,但无论如何,如果忽略了包括中国在内的东方的文学见解和思考,其研究范围仍旧是不全面的,其结论也很难说有普遍的代表性。

有关文学理论和美学的一般常识告诉我们,悲剧性并不等于悲剧。在一般意义上前者属于主题学和审美内涵问题,而后者则偏重体裁史和类型学方面。就后一方面而言,中西的差异性似乎表现得尤为突出。中西各自对于生命和"死"的基本审美态度和解决办法,在很大程度上制约着某一文类或体裁在特定民族文化地域的发育程

---

① 参见王瑶《中古文学史论》,尤其是其中《文人与药》、《文人与酒》二文,北京大学出版社,1998年。
② 参见王润华《五四小说人的"狂"与"死"与反传统主题》,《文学评论》,1990年第2期;张鸿声《从狂人到魏连殳——论鲁迅小说先觉者死亡主题》,《中国现代文学丛刊》,1988年第3期。

度,而从这种发育程度又可以反求诸于不同历史文化条件下人们的审美精神价值取向。这确实是一个非常有价值的理论话题。

就西方而言,无论是哲学的、宗教的或科学的立场,都体现为一种执著地冥思死亡、探究死亡、注重终极价值追问的精神趋向,这里不妨将其称为对死亡的形而上解决之道。至于就中国而言,无论是儒家的道德操心、老庄的生死审美超越、仙佛鬼神的循环论观念等,说到底仍旧是现世理性的不同外化方式,是以实用理性和自然主义态度对待死亡,是乐生而注重现世,彼岸只是此岸的延伸,死亡仪式也为的是活人,所以,我们把它称为伦理化解决。

而正是这种对"死"的形而上解决和伦理化解决的对立,导致了中西文学在某些文类、体裁选择上的离异性和揭示世事人生的基本结构模型的不同,导致了它们之间在审美意识上的明显差异性。

这里我们不妨分别加以讨论。

前面曾经谈过,由于对"死"的普遍焦虑,决定了文学精神中"悲剧性"的历史存在,但悲剧性并没有在中国带来一般公认意义上的悲剧体裁和悲剧文类的发育,与此相反的倒是悲剧在西方的高度发达,成为西方文学史上最有特色的文学形式。从古希腊悲剧、文艺复兴如莎士比亚式的悲剧、古典主义如拉辛式的悲剧、浪漫主义如雨果式的悲剧,直至今日荒诞派戏剧,在西方始终存在一股强大的悲剧创造和欣赏的历史传统。在一般意义上,悲剧反映人类面对不可改变的命运时所表现出来的西西弗斯式的抗争,悲剧人物注定要在抗拒中走向肉体或精神的毁灭。然而这一激动人心的过程,无疑将震撼读者和观众的身心,净化其灵魂,实现精神超越,还原生活本来的丰富性和生动性。

悲剧在西方之所以兴盛不衰,显然与人们对死亡的这种形而上态度有着密切关联。西方对"死"的形而上解决传统还促成了充满神秘色彩的哲理性诗歌类型的发达。对于死的主观思辨和宗教神秘主义冥想的联姻,催生出大量充满死亡甜美诗意的名篇杰作。但丁、彼

第七章 中西诗学对话的深度模式

特拉克、济慈以及 20 世纪的诗人们,无不以吟咏死亡主题为荣,在对死之冥思、死之欢悦和骷髅美感的体悟和吟诵中,作家和诗人企图去洞悉生命的真正价值。正如德国思想家斯宾格勒在《西方的没落》一书中指出的:"在关于死的知识中,产生了我们作为人类而非兽类的世界观。"(中文版,第二卷,第 101 页)

而中国传统文化中对"死"的伦理化解决方式,则注定使得中国文学难以产生西方文类意义上的悲剧。

既然恶有恶报,善有善报,有情人终成眷属,悲惨的结局和死的神秘美感又从何而生?既然人人都说神仙好,却只有娇妻、金钱、富贵忘不了,又何必问彼岸如何?既然"形神一离,千年无再生之我",一切对死的命运的反抗又有什么意义?难怪著名美学家朱光潜先生不无遗憾地说,中国仅仅元代不到 100 年间就产生了五百多部戏剧,却竟然没有一部真正西方意义上的悲剧。即便是像《窦娥冤》这样血泪飞溅一时的故事,其结局也是皆大欢喜的。我们也许可以这样理解,所谓中国戏剧,在伦理化解决方式的制约下,大多数只是一种蕴涵着悲剧精神而又注定了喜剧结尾的正剧。这大概正是中国传统戏剧的必然。

中国式正剧之"正",一方面反映出中国传统思想中突出的中庸精神和中和之美的艺术原则,同时也无不与中国人对于生死问题的现世伦理态度有关。在中国,不是未知死,焉知生的形而上追问,而是未知生,焉知死的存而不说,敬而远之,或者企图通过对于生的追问去实现对于死的认知。如果强行要说,便从道德伦理立场去评价,即所谓"得而正毙",以"正"为最高标准,推而上溯便是《易经》所谓"原始反终,故知死生之所"①。说明白一点就是讲究死得合于原则,因此,纵然有生命危险,也要先系好头上的帽缨再从容就死。这种中国式的态度不可能视死为人生价值的最终发现方式,也不需作形而

---

① 《易·系辞上传》。

上推演。所谓"盖棺论定"不是因死而引发精神的升华,而是以死为界,对此前的人生作道德总结。任何大喜大悲都不符合中和求正的原则,因而,文化的价值便是在悲喜的动态平衡中去寻找中庸的现实之路,这也在无形中影响了中国式戏剧的美学原则。以一般中国观众的生死观念,一台以陈尸流血为结局的悲剧是难以接受的,而离开了观众的选择,戏剧又能上何处去寻找自身?这从接受理论的一面也提示了中国难以有西式悲剧的佐证。

尽管如此,却并非意味着中国传统文学和诗学审美对"死"无动于衷。毕竟生死事大,死的苍凉和美丽依旧充满诗意。作为现代作家和教授的废名先生虽然抱怨"中国文章里没有外国人的厌世诗,中国人生在世,确乎是重实际,少理想,更不喜欢思索'死',因此,不但生活上就是文艺里也多凝滞的空气"①,但他毕竟从庾子山那里找到了"霜随柳白,月逐坟圆",在杜子美那里找到了"独留青冢向黄昏"的死亡诗意。实际上在中国古典诗歌的汪洋大海中始终有着一股喟叹人生短暂、生命易逝、死亡不可变更的抒情传统。从庄子的人生如白驹过隙,魏晋诗人生命不常的慨叹,所谓"生年不满百,常怀千岁忧","人生似幻化,终当归空无","欲就麻姑买沧海,一杯春露冷如冰",还有受中国影响的日本旧诗中的"生死变幻如耕田"、"生死之中雪纷纷"等,②都揭示出中国古人对生死的诗意态度。中国诗歌的这一独特审美意象传统,表现出面对死亡时,诗人对于生的执著和对现实的留恋之情。

尤其值得注意的是,因为老庄式死亡相对主义和审美超脱的影响,中国诗歌和其他文学对"死"的言说总是以对生的发问为途径的。庄周梦蝶的生死置换,化为历代诗人"不知今夕何夕"、"不知斯世何世"的叹惋,这实际上是一种并不真正追问的发问方式,是疑问式的

---

① 废名:《中国文章》,《废名选集》,四川文艺出版社,1988年,第732—733页。
② 其中日本诗人的诗句引自何显明、余芹著《飘向天国的驼铃》,香港:海风出版社,1990年,第178页。

第七章 中西诗学对话的深度模式

悬置,是以审美的眼光去透视死亡,从而力图超越生死的时空向度去寻找充满身世之感的永恒感觉。这恐怕也就是中国人对于"死"的独特态度和解决办法在诗和文学审美方面的特殊奉献了。以抒情传统为主体的中国诗歌如果离开了这种人生喟叹,不知会减色多少。至于文学中的神佛鬼怪,要么是无限延长此生,要么另造一套彼岸人生系统去满足现实不能达到的愿望,如《搜神记》、《西游记》、《聊斋志异》之类,基本仍在伦理解决的格局之内。中西诗学在文学体裁和叙事表现诸方面的离异性,相对而言还是容易看得比较清楚的。

五、生命的道德价值

既然价值信念的差异决定了中西诗学对死亡命题的关注倾向,制约着诗意的性质及某些文类和体裁的发育程度,那么,当文学去叙述生命和死亡命题之时,决定其基本艺术结构的内在冲突模式又是什么呢?不解决这一问题,我们仍旧难以从文学本文内部去把握"死"与文学的审美关系。

在这里,由于本书内容的文字要求,我们只能基于一种扫描式的梳理去透视问题的倾向性。

在西方,这一内在冲突的基本模型多数是表现为死与爱的冲突及其变形,如义务与爱情、存在与虚无的对立。而在中国,这一模式则是死与道德的矛盾及其变形,如仁义与暴虐、正统与叛逆的不相容性。当然,随着历史社会形态的不同,它们固然也会有差异,不过就一般文学价值而言,这类基本冲突模式不仅揭示了中西艺术结构形式和美感经验的差异性,而且也印证着它们在基本信念和生命存在状态上的不同理解。

在西方文学中,爱与死的内在冲突历史地提供了几乎多数悲剧和含有悲剧冲突因素的作品内在结构和外在形式的基本模型。其例证举不胜举。凡是多少熟悉西方文学者都会有这种体会。这也就是一般西方悲剧观念中所说的,在对死的体验中才能真正领悟爱的意义,通过死的震撼去激发爱的力量。这不单纯是弗洛伊德所揭示的低等动物性行为与死的联系,也不是罗洛·梅所论证的雄蜂在交媾行为中的必死性等生物本能,甚至也不是一般性爱中的死亡冲动问题。① 而更多的是指在人类意识和精神价值发展史上,广义的爱与死的相互关联性,即以死来惊醒爱的价值意识。在拉丁文作品中,amore(爱)这个字常与 morte(死)这个字相连。在爱琴海神话中,永生之神与永死之神是母子关系。而在古希腊神话中,作为众人钟情对象的美女海伦却带来了特洛伊战争的死神阴影。这些都揭示出死与爱之冲突在西方的历史渊源性。

而作为它的变形表现,在古典意义上是义务与爱情的冲突,譬如哈姆莱特与奥菲丽亚的矛盾、罗密欧与朱丽叶的矛盾、罗德里克与施曼娜的矛盾(高乃依《熙德》)等。而在现代意义上则是存在与虚无的冲突,如加缪的《局外人》、阿瑟·米勒的《推销员之死》、贝克特的《等待戈多》等。在一定意义上,歌德的《少年维特之烦恼》中维特与绿蒂的冲突,却是典范意义上的死与爱的对立统一,它以维特自杀的枪声呈现了这一冲突的内在统一性,即以死来担当最后也是最高的爱。至于现代作品中,那种生存的虚无感;那种心灵被挤干了血液,对世界满不在乎的冷漠;那种隔着冰墙看人生的态度,难道不同样也是人间真爱的失落和精神死灭的悲剧极致么?里尔克曾相当精辟地说过:"如果不是把死看作绝灭,而是想像为一个彻底的无与伦比的强度,那么,我相信,只有从死这一方面才有可能透彻地判断爱。"(《慕佐书简》)恐怕,这就是西方式的关于爱与死关系的经典理解了吧。

而中国传统的文学和审美在构建和解决"死"的矛盾时,所强调的往往不是个体对生命意义的探索和对世界意义的发问,而是以国家、民族和家庭为价值尺度的信念追问。"死"在这里基本上被认定

---

① 参见罗洛·梅《爱与意志》,蔡伸章译,甘肃人民出版社,1987 年,第 139—140,142—143 页。

第七章　中西诗学对话的深度模式

为一种伦理道德问题。因此,死与道德便成为中国传统文学和诗学中内在的核心结构。前面提到孔子的"得正而毙"、孟子所谓"生我所欲也,义亦我所欲也,二者不可得兼,舍生而取义者也"①。这些观念可以说揭示出了其中关于死的最基本的价值标准。

这样,再回过头来看传说中的中国古代圣贤对于死亡的选择,大多就是属于一种普遍的道德决定了。譬如从屈原之死透射出来的家国民族之忧,正是浸淫于传统中国思想的必然结果,其根本价值就建立在这种国家民族的伦理道德层面,因此我们完全不必向屈原之死去索取所谓形而上的意义。

由此可见,一切现实的价值评判,尤其在中西文学对话的意义上,绝不是单一文化的选择,而必须着眼于人类生存历史的无可选择性和未来价值的不断探索性,而这一切又都是需要慎之又慎的。

死与道德的内在冲突在中国文学中确实是普遍可见,尤其是在史传性文学的精神结构中基本居于主流地位。《史记》恐怕算得上一种典范了。司马迁的"人固有一死,或重于泰山,或轻于鸿毛"(《报任安书》)便是由此提炼出来的标准精神尺度。中国历史上从来不缺乏杀身成仁者,而文学中如荆轲、高渐离、李广等众多历史英雄之死的震撼人心的感召力,也正在于这种尺度的力量。如果不是从体裁文类的思路去寻找悲剧,那么,中国众多的人物文学传记,倒真算得上是正宗意义上的中国式悲剧。

由死与道德的基本冲突,在特定历史条件下,必然衍生出打上时代和意识形态烙印的变形结构,如正统与叛逆、仁义与暴虐之类。《水浒》中的"叛逆"们最后虽然受了"招安",但是《荡寇志》的作者仍不解气,非斩尽杀绝不可。《红楼梦》中那个具有叛逆思想的林黛玉不管是如何让人揪心,也还是非死不行,而正统的薛宝钗却是洞房花烛寿终正寝,同样也是这种伦理和审美标准的必然选择。所谓"不正

---

① 《孟子·告子上》。

不死"，就是一个严格的生命价值标准，也是传统中国文学的价值模型。即使是冤死屈死之人，如《窦娥冤》的女主角、《说岳》里的岳武穆王等，要是不能最后在道德上占上风，实现所谓恶有恶报、善有善报的结局，那么，不仅死者灵魂不得安身立命之所，作者不能自圆其说，就连读者和观众，如果在心理上找不到道德伦理的平衡，也不会最后对作品加以最后批准和认可的。正因为如此，文学中有悲剧色彩的故事最后总会有追谥加封、荫及子孙的说法和托梦伸冤、报仇雪恨的喜剧尾巴，更有无数大团圆的尾声去满足观众的心理快感。在中国文学关于死与道德的冲突中，关键从来不在死的本身精神意义和力量，而是由现实道德上的合理与否去形成价值判断，所以在"文革"中，一旦自杀，无论理由如何，总是被批判为所谓"自绝于人民"。于是，关于这种充满封建性的持久道德的历史影响力量就可想而知了。

很显然，由于价值尺度不同的缘故，如果以西方式观念到中国寻找悲剧及其审美价值，除了空手而返，大概不会有什么收获的。

综上所述，我们在历史地梳理中国人的生命观念和对待生死命题的不同态度的基础上，以西方文学为参照，就中国文学和诗学中的生命审美意识进行了初步的清理和探讨。大量中国文学史和诗学史的事实所提供的信息似乎都在说明：无论是东方还是西方，甚至就是在东亚国家之间，尽管有着类似的对于生命的关怀、对于死亡的焦虑和由此而来的关于生命的悲剧性审美理解，但是，由于文化传统的差异，由于认知和价值方式的不同，它们在文学性和审美性地思考、言说、阐释和处理这一命题上，却又都是存在着不同的价值倾向选择和不太相同的历史发展路径。

中西对于生命关怀的思考和追问路径错位，使得中国人在生命意义的追问上始终遵循一条"向生而死"的方向，企图通过生的了解去领悟死的意义；而西方的追问却是"向死而生"，力求借助对于死亡的思考去猜测生的价值。

而具体到文学和美学，同样的悲剧性主题，西方式的形而上追溯

第七章 中西诗学对话的深度模式

和解决方式,为西方意义上的悲剧文类的发达提供了诗学的前提和条件;而中国式的道德价值判断和审美超越方式,尽管不可能形成西方式的悲剧文类,但却为中国以诗歌为代表的文学园地笼罩上一层苍凉而美丽的诗意。所谓"不知江月待何人,但见长江送流水",作为中国唐代诗人张若虚的不朽名句,大概就是这种诗学意境的形象体现吧。

如果需要,我们还可以举出更多关于跨文化诗学对话的深度研究模式的例子。但是,作为本书的理论和实践要求,以上示例作为作者个人近年的初步研究成果,也许基本已经可以用来证明本书中作者自己建立的学科观念和方法路径了。接下来,则是应该由读者自己进一步去体会和尝试,并且在实践过程中去完成读者自己对于本书相关理念的种种扬弃,而这也正是作者所预设的教学和阅读期待所在。

结语:比较诗学的学科存在及其学术意义

最后,让我们再简略回顾一下本书所讨论的主要内容:

在绪论中,我们简略论及了诗学与比较诗学等概念的缘起。

第一章,我们从文艺研究发展的历史趋势、比较文学学科深化的理论向度、文学理论创新的现实要求,以及中国古代文学批评理论如何参与现代批评理论国际化进程等角度出发,分析了比较诗学学科所产生的文化语境。

第二章,我们主要基于中西诗学交流关系和理论对话的前提,分别从历史交流过程中的中西失衡、非学科化时代的成就、学科化时代的建构,以及20世纪八九十年代以来中外新的学术进展等不同方面,系统地梳理了中西比较诗学学科在域外和本土中国发展的历史与现状。

第三章,我们从文学与诗、诗学与文论的中西方理论的关联和异同,从现代汉语语境中的比较诗学学术发展重心,从跨文化文论对话的学术理念等方面,运用现象还原和阐释性展开的方式,认真分析了有关中西比较诗学的一些基本概念。

第四章,我们以当代诗学阐释学的学术理路为理论背景,从以古今对话为契机的传统思想的现代性展开,以中西对话中互为主体的应答逻辑为理论范式的整合思路,以及建构中西现代诗学阐释学的可行性论证等方面切入,细致研讨了中西比较诗学可能的方法思路。

第五章,我们从如何营造众声喧哗的理论语境,如何在持续的交

结语 比较诗学的学科存在及其学术意义

流和读解中走向文化的对方,以及如何寻找共同的话题等可能的学术角度,探讨了中西这类文化差异极大的诗学话语对话的理论入思途径。

第六章,由于不同文化之间诗学的对话,归根结底都是要利用语言来展开的,因此在本章中,我们尝试从视域融合与互译性可能、从语词的文化血统与合法化接受、从翻译的文化宿命与突围策略等问题意识和解决之道的追问,去深入讨论诗学语言的转换和互译性的一些可能策略。

最后一章,也就是本书第七章,我们从总结已有的比较诗学研究实绩入手,企图清理并建构出一些比较重要的、较为能够适应于中西比较诗学研究的深度研讨模式。作为本书所建构的理论体制和方法路径的一种实践尝试,也作为作者本人初步的的研究尝试,本章列举出有关"观念属性模式"、"意义生成与阐释模式"、"审美—主题阐发模式"的具体研究实例。试图为本书的读者提供几种直观具体的研究范例。尽管它们未必是典型和权威的,但却都是本书作者自己研究尝试的成果和心得体会,而且也都是可以和读者来分享和商讨的。

对于一本导论性的著述,作者希望这样的理论与实践配合的书写方式,相对比较能够贴近本书的学术理念、方法原则和教学动机。故祈望读者能够有所体察,同时注意批判性、拨正性和补充性地阅读本书的内容,并且真诚希望其中有朋友能够参与到比较诗学学科研究的行列中来。

假如能够实现这一著述理念,甚至哪怕只是部分地实现,作者就已经格外的满足了。

当然,作为一本导论性的著作,它的所谓学科导引作用无论如何只是初步的,而且,对于某些习惯于全盘接受的读者,弄不好还会有一定程度的误导可能,从而以僵化的视野去看待还处在形成和发展过程中的比较诗学学科。因此,这里需要再一次提醒读者,在现代学术的意义上,一切都不可能盖棺论定,一切都在发展过程中,一切也都是可以讨论的。

在作者本人看来,即便是比较诗学学科本身,虽然作为当代文艺研究的必然选择和重要分支,其意义绝对不可小看,但是,其在有关当代文学学术研究整体理论建构过程中的作用,也仍旧只是属于各种有效路径之一。它尽管有着其独特的跨文化视野和方法,但同时却又不得不依赖国别文论和诗学研究的各种成果材料和学术方法作为其研究的基础。作为比较诗学工作者,我们确实有必要对此始终保持清醒的意识。

在本书中,作者在学术上所设立的基本目标,当然是企图把中西比较诗学作为在本土中国深化跨文化诗学研究的主体和重心来加以论述展开和理论建构。同时,我们始终又坚持把中西比较诗学的具体学术目标定位于:传统诗学现代价值的重新认识,外来文学理论思想的参照和消化,本土当下文学批评理论的现代性梳理以及未来能够适应全球化和跨文化要求的本土诗学的学科性建构等。同时在研究的学理思路和基本方法方面,则试图将其规划为一套以古今对话为经线,以中西对话为纬线,经纬交错纵横的、所谓四方对话的学术研讨结构和理论范式。正是在这样的学术语境和学科理论前提下,作者坚持认为,文艺研究的跨文化大趋势显然已经不可避免,并且正在日益成为普遍的研究选择。

但是,基于中西现代性历史进程的落差和理论发展的水准不平衡,它们之间的真正关系调整和平等对话的态势形成,恐怕将是一个较为长期的历史过程。你不能想像,会在某一天早上醒来时突然发现,在古今对话的过程中,中国的古代文论诗学已经实现了所谓"现代性"的转化。这注定会是一个潜移默化的、涓涓细流似的流入过程,是一个去芜存真、去旧图新的选择性学术目标生长过程。同时你也不可能想像,当你在某一天早上醒来时发现,西方文论与中国文论已经握手言欢,并且在同一个言谈的对话圆桌上实现了携手共进。最后,你更不能想像,你会在某一天早晨醒来,发现中国文论和诗学的现代性进程已经完成,一套全新的理论话语屹立于世界之林,抑或变成了普适性的世界主流话语。如此等等,这些都是眼下许多专业人士的豪言壮语和急于立马去实现的学术目标。但是,本书作者则没有这样的急功近利动机和感觉。在作者看来,即便是你学过了比较诗学的学科理论,即便你们或者是我们,在跨文化诗学对话和研究的实践过程中小有进展,但是,作为后发国家的学术处境,的确仍旧是"路漫漫其修远兮",前方路途正远,而且荆棘遍地。要修炼成正果,绝非一代人的努力就可以大功告成,我们需要的只是坚韧的意志和长期奋斗的准备。

但是无论如何,道路已经初见雏形,队伍已经开始集结,只要我们持续顽强地努力下去,比较诗学理论和该学科的前途都始终是可以预期的。

教学和阅读参考书目

选目说明：

考虑到本书阅读和课程学习的需要，同时也考虑到作为深入学习和研究参考的需要，作者为读者选择了下列两套参考书目。

前者是作为阅读本书和课程学习必须完成的最基本阅读，而后者则仅仅是为进一步学习研讨的参考所需，读者可以根据需要参看。

为了节省篇幅，所选著述除极个别外，都是本书作者所确认的真正属于跨文化文学批评理论研究的所谓比较诗学著作。至于其他著述，即使是与本学科相关的地区和国别思想以及文学理论研究的历代经典和专门性研究著述，包括像柏拉图的《文艺对话集》、亚里士多德的《诗学》、曹丕的《典论·论文》、刘勰的《文心雕龙》等，作者也不打算像做学位论文那样，在此书目中再一一罗列，但这并不意味着它们对学习本学科不重要，读者自可以知道在哪里找到它们。

即使是属于比较诗学的著述，如果是与本书的讨论关系不大的，也不拟一一收录。同时由于作者的文献能力和识见有限，肯定也会有不少的遗漏，期望读者能够指出提醒，或许某一天有机会重印之时，当再一一补入。

作者谨识

一、课程教学和学习基本书目

叶维廉:《比较诗学》,台北:东大图书公司,1988年。
钱钟书:《谈艺录》,中华书局,1984年。
钱钟书:《管锥编》(四册),中华书局,1979年。
钱钟书:《管锥编增订》,中华书局,1982年。
刘若愚:《中国文学理论》,台北:联经出版公司,1985年第二版。
厄尔·迈纳:《比较诗学》,中央编译出版社,1998年。
张隆溪:《道与逻各斯》,四川人民出版社,1998年。
张　法:《中西美学与文化精神》,北京大学出版社,1994年。
黄药眠、童庆炳主编:《中西比较诗学体系》,人民文学出版社,1991年。
叶维廉:《中国诗学》,三联书店,1992年。
黄维樑:《中国古典文论新探》,北京大学出版社,1996年。
余　虹:《中国文论与西方诗学》,三联书店,1999年。
《中西"比较诗学"论文选》(内部),《中外文学研究参考》编辑部,1985年。
周发祥:《西方文论与中国文学》,江苏教育出版社,1997年。
曹顺庆:《中西比较诗学》,北京出版社,1988年。
乐黛云、叶　朗、倪培耕主编:《世界诗学大辞典》,春风文艺出版社,1993年。

Earl Miner, *Comparative Poetics: An Intercultural Essay on Theories of Literature*, Princeton, New Jersey: Princeton University Press, 1990.

Zhang Longxi, *The Tao and the Logos: Literary Hermeneutics, East and West*, Durham & London: Duke

University Press, 1992.

Stephen Owen, *Readings in Chinese Literary Thought*, Cambridge: Harvard University Press, 1992.

Poetics: East and West, Edited by Milena Dolezelova-Velingerova, University of Toronto, Toronto Semiotic Circle, Victoria College in the University of Toronto, Monograph Series of TSC, Number 4, 1988—1989, ISSN 0838—5858.

James J. Y. Liu, *Chinese Theories of Literature*, Chicago University Press, 1975.

二、扩展阅读和研究参考书目

让·贝西埃,伊·库什纳等:《诗学史》(上、下),百花文艺出版社,2002年。

艾布拉姆斯:《镜与灯——浪漫主义文论及批评传统》,北京大学出版社,1989年。

宇文所安:《迷楼——诗与欲望的迷宫》,三联书店,2003年。

宇文所安:《他山的石头记》,江苏人民出版社,2003年。

艾　柯:《诠释与过度诠释》,三联书店,1997年。

伽达默尔:《哲学解释学》,上海译文出版社,1994年。

郑树森编:《现象学与文学批评》,台湾东大图书公司,1984年。

饶芃子等:《中西比较文艺学》,中国社会科学出版社,1999年。

钱中文等编:《中国古代文论的现代转换》,陕西师范大学出版社,1997年。

张隆溪:《20世纪西方文论述评》,三联书店,1986年。

刘小枫:《拯救与逍遥》,上海人民出版社,1988年与2002年。

刘　禾:《语际书写——现代思想史写作批判纲要》,上海三联书店,1999年。

史景迁:《文化类同与文化利用》,北京大学出版社,1997年。

童庆炳:《中国古代文论的现代意义》,北京师范大学出版社,2003年。

周发祥:《西方文论与中国文学》,江苏教育出版社,1997年。

黄鸣奋:《英语世界中国古典文学之传播》,学林出版社,1997年。

史成芳:《诗学中的时间观念》,湖南教育出版社,2001年。

刘耘华:《诠释学与先秦儒家之意义生成》,上海译文出版社,2002年。

王晓路:《中西诗学对话——英语世界的中国古代文论研究》,巴蜀书社,2000年。

高友工、梅祖麟:《唐诗的魅力》,上海古籍出版社,1989年。

王元化:《〈文心雕龙〉创作论》,上海古籍出版社,1984年。

狄兆俊:《中英比较诗学》,上海外语教育出版社,1992年。

赵毅衡:《远游的诗神——中国古典诗歌对美国新诗运动的影响》,四川人民出版社,1997年。

钟 玲:《美国诗与中国梦——美国现代诗里的中国文化模式》,台湾麦田出版社,1996年。

叶舒宪:《原型与跨文化阐释》,暨南大学出版社,2003年。

代 迅:《断裂与延续——中国古代文论现代转换的回顾》,西南师范大学出版社,2002年。

曹顺庆等:《中国古代文论话语》,巴蜀书社,2001年。

李咏吟:《诗学阐释学》,上海人民出版社,2003年。

张祥龙:《海德格尔思想与中国天道——终极视域的开启与交融》,三联书店,1996年。

伽达默尔:《真理与方法》,上海译文出版社,1992年。

Han-Georg Gadamer, *Wahrheit und Methode*, Tuebingen:

1960. (*Truth and Method*, revised translation by Joel Weinsheimer and Donald G. Marshall, New York: Seabury Press, 1989.)

Ricœur, Paul, *Interpretation Theory: Discourse and The Surplus of Meaning*, Texas Chritian University Press, 1976.

Ricœur, Paul, *The Conflict of Interpretation: Essays in Hermeneutics*, Evanston: Northwestern University Press, 1974.